# PROLOGUE

Elle était Katleen à nouveau...

Dans son rêve, elle se retrouvait à Mhor Castle, un an plus tôt, en 1745. Elle retournait au paradis de son enfance, en Écosse. Seul le doux murmure du vent des Highlands venait troubler le silence de sa chère maison.

Elle riait. Un rire léger, vaporeux... Un nuage de bonheur lui réchauffait le cœur.

Les appartements qu'elle partageait avec sa sœur jumelle se situaient dans l'aile est. Dans le cabinet de toilette, Morna essayait robe après robe sous l'œil amusé de Katleen.

— Non, Morna ! Si madame MacKinnon apprend tu es sortie ainsi vêtue, elle ne nous laissera plus jamais mettre le nez dehors !

Elle rit à nouveau, renversant gracieusement la tête en arrière. Ses boucles brunes formaient des vagues ondulantes dans son dos.

— Katleen, j'en ai assez des chaperons et je me moque de ce que madame MacKinnon peut penser ! s'exclama Morna en tirant impudemment sur le décolleté déjà très profond de la robe de brocart vert.

— Voilà qui impressionnera certainement Duncan, jeta Katleen. Mais comment jugera-t-il une jeune fille qui s'habille en robe de bal pour aller pique-niquer ? Il croira que tu as perdu l'esprit !

— Pas du tout ! Il appréciera beaucoup, j'en suis sûre.

— Et le blâme retombera sur moi !

Katleen se plaça à côté de sa sœur, face au miroir, en posant tendrement une main sur son épaule.

— Mets ta robe de satin bleu, Morna. Elle conviendra nettement mieux à la circonstance, crois-moi. Madame MacKinnon a accepté que je t'accompagne, mais si elle découvrait que tu t'exhibes dans cette tenue, tu ne pourrais plus jamais t'aventurer dehors sans une armée de chaperons !

— Katleen, te prendrais-tu pour ma mère, par hasard ? rétorqua Morna avec une sévérité feinte.

— Je dois avouer que oui, parfois, plaisanta Katleen en soupirant, les yeux pétillant de malice. Elle aida promptement sa sœur à dénouer son corset et à ranger sa robe dans l'armoire.

En satin bleu pervenche, Morna ressemblait à un ange, chose qui ne risquait guère d'arriver à Katleen. Elle était aussi brune que sa sœur était blonde, et ce contraste leur donnait des allures très différentes, même si elles avaient les mêmes yeux indigo, le même petit nez retroussé, les mêmes lèvres charnues d'un rouge soutenu. Depuis leur plus tendre enfance, chaque fois qu'un adulte devait accorder le bénéfice du doute à l'une des jumelles, c'était la blondeur angélique qui l'emportait.

— Aurais-tu l'obligeance de m'aider à me coiffer ? s'enquit Morna en s'asseyant devant sa coiffeuse surmontée d'un miroir ancien.

Cette fausse affectation fit sourire Katleen. Elle prit la brosse en argent et commença à lisser les longues mèches cendrées.

— Katleen, dit Morna au bout d'un moment, tu devrais te changer. Ce n'est pas dans cette vieille robe de laine grise que tu trouveras des prétendants.

— J'ai l'intention de dessiner, cet après-midi. Je ne vais tout de même pas me vêtir de taffetas pour griffonner mes croquis !

— D'accord, mais Duncan risque d'emmener l'un de ses frères aujourd'hui. Fais un effort, tu ressembles à une vraie souillon !

— J'ai donc l'air si rebutante ?

— Non ! Pardonne-moi, Katleen. Tu es magnifique ! Mais... (Elle pivota sur elle-même et lui arracha la brosse des mains.) Laisse-moi arranger un peu tes cheveux. Je vais les relever, comme les miens. Tu paraîtras un peu plus apprêtée.

— Si tu y tiens... Mais ne t'étonne pas si Duncan me prend pour un épouvantail quand je reviendrai de ma séance de dessin. Ce genre de coiffure ne tient jamais longtemps sur moi !

Katleen s'assit à la place de Morna qui commença par démêler les longues boucles brunes. Puis elle ouvrit sa petite boîte incrustée de pierres : elle ne contenait plus que deux épingles.

— Où sont les tiennes ? demanda-t-elle à sa sœur.

— Tu n'as qu'à prendre des rubans, je n'en ai plus.

— Il doit bien t'en rester quelques-unes ?

— Mais non, Morna. Je n'en ai plus...

Katleen se tut brusquement tandis que sa sœur allait chercher le coffret précieux sur l'autre coiffeuse. Quand elle l'ouvrit, une exclamation lui échappa.

— Mon Dieu, Katleen ! Mais elle est pleine de fusains !

— Oui, je les utilise pour dessiner, figure-toi.

Elle se leva, prit un ruban de satin bleu et noua son opulente chevelure d'ébène sur sa nuque.

— Tu es vraiment irrécupérable, soupira Morna. Maman nous avait offert ces coffrets pour qu'ils nous portent bonheur et tu t'en sers de fourre-tout !

— Mais j'y tiens beaucoup ! D'ailleurs, je l'ai toujours avec moi.

— Si maman avait su que son cadeau deviendrait aussi bassement utilitaire ! Regarde, ton portrait est tout sale.

Elle prit aussitôt un mouchoir pour l'essuyer.

Les deux petites boîtes en émail bleu, bordées de filigranes piquetés d'éclats de diamants et de saphirs, étaient identiques, mis à part le portrait peint sur le couvercle. Sous chacun d'eux figurait une inscription, choisie par la sorcière qui avait vendu les boîtes à leur mère : « La Bien-Aimée » pour Morna, un choix bien accueilli puisqu'il était tout simplement la traduction de « Morna » en gaélique ; pour Katleen, par contre, la sorcière avait inscrit « L'Ensorcelée », ce qui avait suscité bien des émois... Consterné, le père des deux fillettes n'avait pu empêcher plusieurs de ses domestiques de quitter Mhor Castle dès qu'ils eurent appris la nouvelle. Depuis la nuit des temps, les Highlands demeuraient le berceau de superstitions de toutes sortes...

— Allons, Morna, oublie mon sacrilège pour l'instant et dépêche-toi, dit Katleen en faisant disparaître sa boîte à fusains dans une poche enfouie parmi les plis de sa robe. Nous sommes déjà très en retard. Duncan a probablement quitté Nairn à l'heure qu'il est. Il a peut-être même commencé à pique-niquer sans nous.

— Tu es vraiment impossible ! commenta Morna en se rasseyant pour terminer de se coiffer. J'ai bien peur que tu ne finisses vieille fille, ou pire : que tu n'en sois réduite à épouser le cousin Straught !

— Je voulais justement te dire qu'il a renoncé à me courtiser.

— Ça alors ! Lui qui semblait si... acharné, s'étonna Morna en tendant à sa sœur la dernière épingle. Papa n'aurait jamais dû lui léguer le pavillon de chasse. Depuis la mort de nos parents, il n'a cessé de rôder autour de nous et de te courir après. Oh, il aurait pu faire un soupirant acceptable s'il ne possédait pas ces yeux cruels ! C'est vrai, il n'est pas dépourvu de charme, mais il paraît si vieux ! Il a au moins trente-cinq ans !

— Évidemment, avec ses vingt-huit ans, Duncan est un gamin à côté de lui ! plaisanta Katleen.

Morna appuya son menton sur ses mains et se regarda rêveusement dans le miroir.

— Oui, mais Duncan est tellement... tellement...

— Fâché.

— Quoi ?

— J'ai dit fâché, répéta Katleen en inclinant la tête. Nous sommes très en retard, au cas où tu l'aurais oublié.

— Oh, bien sûr ! s'exclama Morna en se levant d'un bond.

Elle rangea vivement dans son coffret ce qui traînait sur sa coiffeuse et s'écria soudain :

— Ton ourlet !

— Ô mon Dieu ! Il est défait ! constata Katleen en regardant le bas de sa jupe. Je vais me changer, j'en ai pour une seconde. Je...

— Non, Katleen. Je vais aller chercher Duncan et tu nous rejoindras au bas de Forsyth Knoll. Nous pique-niquerons là-bas tout compte fait.

— Tu veux partir seule ? C'est impossible, madame MacKinnon nous écorcherait si elle l'apprenait !

— Elle n'en saura rien puisqu'elle est au chevet de sa sœur aujourd'hui. A moins que tu ne le lui dises... glissa Morna avec un air malicieux.

— Je ne dirai rien mais...

— Alors, à tout à l'heure, Katleen, à Forsyth Knol !

Sur ce, Morna sortit en trombe.

— Tu devrais peut-être m'attendre... cria Katleen en essayant de la rattraper.

Mais Morna avait déjà disparu au détour du corridor.

Katleen ne fut pas longue à se changer. Elle parvint au sommet de Forsyth Knoll au moment où la calèche de Morna s'engageait sur Moray Firth Road. En courant, elle aurait encore pu rejoindre sa sœur mais il faisait si chaud qu'elle décida de se reposer un moment sur la colline.

Tout autour d'elle, le mauve des bruyères semblait apaiser la campagne où des ajoncs odorants embaumaient. Leurs senteurs se mêlaient à celles du genièvre, de la laine de mouton et de la mer. La nature déployait ses enchantements en cette fin de matinée ensoleillée. La vie était délicieuse.

Ses jupes déployées autour d'elle, elle s'assit sur un lit de fougères. Elle décida de croquer la voiture de Morna qui descendait lentement le chemin... mais elle n'eut pas le temps de sortir sa boîte à fusains.

Elle se figea et tout à coup, son cœur s'arrêta de battre : elle vit la calèche verser dans le ravin, près du loch ! Puis une douzaine de cavaliers surgirent sur le chemin. Morna criait, mais les hommes ne semblaient pas l'entendre. Ils descendaient tranquillement de cheval...

Affolée, constatant qu'apparemment ils ne se décidaient pas à porter secours à sa sœur, Katleen s'élança en courant vers la vallée. A mi-distance, elle vit l'un des hommes ouvrir la portière de la calèche. Elle était trop loin pour distinguer ses traits mais quelqu'un allait enfin aider sa sœur.

Son soulagement fut de courte durée. Morna poussa un hurlement terrible. Sous le choc, Katleen chancela, clouée sur place. L'homme émergeait de la voiture et, cette fois, elle le reconnut. C'était le cousin Straught, son soupirant qu'elle avait repoussé ! Derrière lui, le corps inerte de Morna retombait dans la calèche et une horrible tache rouge maculait l'étoffe bleue de sa robe. Un cri échappa à Katleen. Au même moment, elle comprit qu'elle venait de signer son propre arrêt de mort.

Effectivement, les compagnons de Straught relevèrent immédiatement la tête et la désignèrent du doigt. Quand elle croisa le regard de son cousin, elle sut qu'elle était perdue.

Jamais elle n'aurait imaginé qu'en refusant de l'épouser, il plongerait dans une telle folie meurtrière.

— Faites-lui subir le même sort qu'à l'autre, ordonna Straught à ses hommes. Ensuite, vous me l'amènerez : on la mettra là, à côté de sa sœur.

Déjà, les assassins commençaient à gravir la colline. Malgré les larmes qui lui brouillaient la vue et ses jupes qui entravaient ses pas, Katleen s'élança vers les bois qui bordaient le loch. Mais les voix se rapprochaient. Réprimant ses sanglots, elle continua à courir, éperdue mais déterminée, comme si un miracle pouvait encore se produire.

Hélas, elle était cernée. Au sortir de la forêt, une sorte de gnome à forme humaine apparut devant elle. Il lui saisit le bras et l'entraîna de force jusqu'au bord du loch. A ce moment-là, l'un de ses poursuivants brandit un couteau. Une lueur sauvage brillait dans ses yeux tandis qu'il s'apprêtait à le plonger dans le cœur de Katleen...

# PREMIÈRE PARTIE

## LA NOUVELLE-ORLÉANS
## Mai 1746

### 1

Elle émergea du cauchemar dans un sursaut. Son cœur battait à tout rompre. Elle suffoquait dans l'atmosphère humide et chaude de la pièce.

Elle essuya ses joues mouillées de larmes et durant un long moment, étendue dans l'obscurité, l'image de Morna occupa ses pensées. Son fantôme semblait rôder autour d'elle. Sa sœur lui manquait. Si seulement elle avait pu apparaître là, devant elle, si seulement elle avait pu revenir lui tenir compagnie dans la vie dure et solitaire qu'elle menait maintenant en Louisiane !

Mais Morna ne reviendrait pas. Katleen soupira, résignée. Elle tenta de puiser dans le passé le réconfort du souvenir, en se remémorant le temps béni de sa vie en Écosse. Hélas, il était écrit que cette nuit la pousserait au désespoir : elle ne parvenait plus à se rappeler avec précision les détails de sa vie d'autrefois, la sensation du satin sur sa peau, la douce chaleur de l'âtre qui réchauffait les nuits froides. Elle ne pouvait même plus se représenter clairement Mhor Castle sous la dentelle frémissante des premiers flocons de neige.

Une seule année loin de chez elle et déjà la mémoire s'émoussait... Dans un effort désespéré, elle ferma résolument les yeux afin de revoir des scènes qu'elle ne voulait pas abandonner aux abîmes de l'oubli.

— La Crécerelle a encore fait son rêve.

La voix provenait des profondeurs obscures de la masure. On ne l'appelait plus Katleen, ici, comme la jeune Écossaise d'autrefois, mais Crécerelle, du nom de ce petit faucon de l'Ancien Monde, si fier et si habile à lutter contre le vent.

— Non, dit-elle doucement.

— Oh, petite fille, on ne me la fait pas.

Un pas traînant s'approcha d'elle, et elle sentit le bref contact d'un doigt osseux sur ses côtes.

— Tu peux nier autant que tu le voudras, mais ce jour maudit à Mhor restera à jamais gravé dans ton esprit. Je te connais, tu sais.

— Mhor n'existe plus. Je ne me souviens plus de rien.

L'accent de vérité qui vibra dans ses paroles la surprit elle-même. Elle s'assit, lasse et triste.

— Allons, qu'est devenue la petite fille qui me mettait au défi de la tuer, sur la colline de Mhor ? Tant et tant que je m'en suis trouvé incapable et que nous avons dû fuir jusqu'ici !

— Peut-être n'existe-t-elle plus elle non plus, Bardolph ? Tout s'évapore dans la terrible chaleur de la Louisiane. (Elle tapa sur son lit fait de mousse grisâtre.) On étouffe ici ! Pas un souffle d'air, jamais !

— Je n'y peux rien, mais j'ai là quelque chose qui devrait te faire plaisir.

Bardolph alluma la chandelle. La flamme éclaira brusquement ses yeux sombres, profondément enfoncés dans leurs orbites, fixés sur la jeune fille.

Elle se leva et secoua ses guenilles, chassant le minuscule chaton noir qui s'y accrochait.

— Alors, quelle est cette surprise, Bardie ? Juste ciel ! Tu t'es levé à l'aube pour me l'apporter ou bien tu rentres d'une nuit passée à la belle étoile ?

Il faisait effectivement penser à un oiseau de nuit. L'obscurité convenait mieux que la lumière du jour à son corps tordu, à sa peau noire et à ses longs cheveux gris. Il était peut-être repoussant mais elle l'aimait. Il lui avait sauvé la vie et, durant cette année qui venait de s'écouler, il s'était efforcé de lui rendre l'existence supportable.

— Regarde ça ! Je l'ai trouvée hier soir. Elle séchait sur le rebord d'une fenêtre. Je te l'aurais donnée plus tôt si la vieille prostituée à qui elle appartenait ne m'avait poursuivi comme une furie.

Bardolph ouvrit un petit sac et déplia devant elle une jupe vaporeuse bleu lavande. Lcs ycux brillants, Crécerelle prit le vêtement et laissa courir ses doigts sur la soie.

— Oh, Bardie, tu n'as aucun scrupule, soupira-t-elle.

— Peut-être, mais moi je pense à toi. Allons, essaie-la, petite fille. Je suis sûr que tu as oublié le plaisir de porter des beaux vêtements.

— Sa propriétaire y tenait sans doute beaucoup... hésita-t-elle encore.

— Elle en a des dizaines, à ce qu'on raconte. Décide-toi, voyons !

La jeune fille tourna le dos à Bardolph pour enfiler la jupe par-dessus ses guenilles. Elle tombait à la perfection, bien qu'un peu courte.

— Vous êtes trop bon, monsieur, dit-elle au vieil homme en l'embrassant sur le front.

— Je pense bien, acquiesça-t-il sans façon. Va t'arranger un peu, fillette. Le jour va bientôt se lever.

— Qu'as-tu encore comploté ?

Au lieu de lui répondre, Bardolph la poussa vers la cuvette.

Pour sa toilette, elle en était réduite à se laver avec des chiffons et à se peigner avec ses doigts. Elle n'avait plus la possibilité de se prélasser dans des sels de bain parfumés au lilas, ni de s'en remettre aux mains expertes d'une femme de chambre pour sa coiffure. Toutefois, bien que Bardolph se moquât souvent de ses efforts, elle parvenait à ne pas ressembler tout à fait à une sauvage, malgré l'existence misérable qu'elle menait aujourd'hui.

Car sa vie avait radicalement changé. Elle chercha le regard de Bardolph. Contrairement au cauchemar qui la torturait sans répit, son visage hideux ne lui glaçait pas le sang... Elle se mit à lacer son corselet, déterminée à chasser les visions qui la hantaient. Mais la sérénité l'avait quittée désormais, son rêve la poursuivait nuit et jour. Elle tira d'un coup sec sur le lacet.

— Flûte ! s'exclama-t-elle. Je l'ai cassé.

Heureusement, elle réussit tant bien que mal à fixer le vêtement. Sa pauvreté ne lui permettait pas de porter de corsage en dessous.

— Maintenant que je t'ai trouvé une nouvelle jupe, il te faut des lacets ! Tu veux peut-être un corsage neuf aussi ? plaisanta Bardolph.

— Où trouverions-nous l'argent pour acheter tout cela ? soupira Crécerelle.

— Le « Bonaventure » arrive au port aujourd'hui. Il paraît qu'il amène plein de riches passagers. Même la fille de Thionville est à bord. Elle rentre de Paris.

— Ah, je comprends, tu voudrais que j'aille faire les poches de tout ce beau monde, n'est-ce pas ?

— Oh, petite fille, je m'en chargerais volontiers

si je n'étais si mal en point. Je ne suis plus bon à rien avec mes mains qui tremblent.

— C'est à cause de tout ce rhum que tu bois. Tu finiras par te tuer, Bardie.

— Mais j'ai soif, moi ! Il faut bien que je me rince le gosier ! Écoute, tu pourrais te contenter de détrousser un passager ou deux. De quoi t'acheter deux trois petites choses, et moi du rhum, juste ce qu'il faut pour me calmer. Qu'est-ce que t'en dis, fillette ? Ce « Bonaventure » peut être une aubaine pour nous !

— Dis-moi, Bardie, c'est pour cela que tu m'as rapporté cette jupe ?

— Non ! Non ! J'aurais pu la revendre, pas vrai ? Et je ne l'ai pas fait !

— Tu as voulu me corrompre, voilà tout, continua-t-elle en croisant ses bras sur sa poitrine. Tu es pourri de vices, Bardolph Ogilvie. Même la grâce divine ne suffirait pas à te sauver.

Elle le regarda se tortiller devant elle. Il lui inspirait un sentiment de profonde pitié. Certes, il sombrait dans l'alcool mais c'était son unique réconfort dans cette vie misérable.

— D'accord, Bardie. Si ces voyageurs sont si riches que tu le prétends, ce n'est pas une petite bourse qui leur fera défaut.

— Tu es un ange, petite fille ! Tu ne tarderas pas trop ?

— Non.

Elle releva ses jupes pour prendre le couteau fixé à sa jarretière. C'était un « sgian dhu », un poignard écossais, noir et brillant, le seul bel objet qu'elle possédait. Un jeune homme mourant le lui avait donné un an auparavant, sur le bateau en partance de Glasgow, en lui disant qu'elle risquait fort d'en avoir besoin au Nouveau Monde. Et elle avait appris à s'en servir, effectivement. Elle le gardait toujours sur elle, plaqué sous sa jarretière qui n'avait pas d'autre utilité, puisqu'elle ne portait pas de bas.

— Je t'ai bien éduquée, Crécerelle ! fit Bardolph en éclatant de rire. Tu es une rapide. J'espère seulement que tu ne rencontreras personne de plus rapide que toi.

— Ne t'inquiète pas. Bon, dit-elle en replaçant le couteau sur sa jambe, j'y vais.

— Et rapporte de l'argent ! Si Straught nous voyait ! On n'est pas près de mourir, nom d'un chien ! cria le vieil homme en se frottant les mains.

La simple mention du nom de Straught emplit la jeune fille d'effroi. Peu de choses avaient le pouvoir d'entamer son courage, pourtant. Mais son cousin avait assassiné sa sœur jumelle et l'aurait tuée elle aussi si, au dernier moment, Bardolph n'avait renoncé à exécuter les ordres de son maître.

— Il ne s'imaginait sûrement pas que j'atteindrais ma dix-neuvième année, murmura-t-elle pour elle-même.

Soudain inquiète, elle scruta les alentours du taudis avant de s'aventurer dehors. Qui aurait imaginé que la pauvresse qui vivait là était de sang noble ? Pourtant, envers et contre tout, elle gardait le secret espoir de redevenir un jour la lady de jadis.

— Tu y arriveras, fillette, dit Bardolph qui savait lire dans ses pensées.

— « On » y arrivera ! rectifia-t-elle aussitôt.

— Non. Je ne suis qu'un vieil ivrogne des bas-fonds d'Édimbourg. Je ne pourrais rien contre le cousin de ton père.

Il rit puis s'assombrit brusquement.

— Je retournerai chez moi, Bardie. Et ce jour-là, Erath Straught n'aura plus aucune chance d'échapper à la potence.

— Pour sûr, petite fille ! Les gens de là-bas te croient morte, mais quand tu réapparaîtras, ils découvriront la vérité, ils sauront que la mort de ta sœur n'était pas un accident mais un meurtre. Et alors... N'oublie pas que Straught doit voir ton fantôme à chaque instant. Je parie qu'il ne passe pas une seule nuit sans se demander ce que tu es devenue. Car il ne peut être certain que tu sois morte, que tu...

— Tais-toi ! l'interrompit Crécerelle en se mordant les lèvres.

Une image défila devant ses yeux : un rouge vif sur un bleu tendre... Comme si un étau lui enserrait soudain le crâne, lui infligeant une douleur insupportable. Dès que l'on évoquait le souvenir de Morna, elle se sentait défaillir. Et le chagrin ne l'aidait en rien. Au contraire, il alimentait les terribles cauchemars qui la torturaient.

Reprenant courage, elle songea à son projet de retourner en Écosse. Bardolph ignorait qu'elle avait réussi à cacher un peu d'argent. Si aujourd'hui elle avait la chance de tomber sur des bourses bien remplies, elle parviendrait à ses fins. Et elle rentrerait à Mhor, quels qu'en soient les risques !

Le chemin jusqu'au port constituait une véritable épreuve. Crécerelle habitait dans le quartier des mendiants. Partout, devant les taudis, des ivrognes bien pires que Bardolph encombraient les rues, avachis. L'un d'entre eux s'inclina devant elle pour la saluer. Elle l'ignora. Aussitôt les autres l'interpellèrent.

— Mais c'est que Mademoiselle marche la tête haute ! Bien trop haute, on dirait !

Crécerelle continua son chemin, malgré les rires gras qui fusaient d'un peu partout. Une gueuse à l'air hagard l'aborda, la main tendue. La jeune fille n'avait pas un sou à lui donner. Irritée par son refus, la femme lui agrippa la jupe et l'entraîna violemment contre un mur. Mais elle la lâcha sans demander son reste quand Crécerelle sortit son « sgian dhu »... Elle savait que ces gens-là ne l'accepteraient jamais, particulièrement les prostituées qui arpentaient le quai, sans doute à cause de son allure fière ou tout simplement parce qu'elle n'était pas des leurs.

Mais elle fuyait surtout les hommes. Ils passaient leur temps à boire et tournaient autour de Bardolph avec des airs faussement amicaux. En réalité, ils n'attendaient qu'une chose : qu'il meure, laissant la belle Crécerelle à leur merci...

Quand elle arriva en vue du « Bonaventure », Crécerelle oublia ses craintes. Parti de Paris, le bateau avait accosté au petit matin. Les dockers commençaient à peine à décharger. Elle examina attentivement les lieux, cherchant à repérer une proie éventuelle.

Une vache descendait lentement la passerelle, sous les regards nostalgiques des passagers qui se sentaient déjà bien loin de leur pays natal. Les bovins étaient rares à La Nouvelle-Orléans et cette vache ferait l'objet de soins attentionnés.

Crécerelle remarqua l'un des passagers. Contrairement aux autres, il ne semblait pas ému. Elle se faufila entre les énormes tonneaux de rhum des Antilles, pour observer l'homme de plus près. Il paraissait contrarié de se retrouver dans cet endroit boueux. La ville coloniale ne manquait pourtant pas de charme, dans la lumière pâle de l'aurore.

Plutôt séduisant, il ne devait pas avoir plus de trente-cinq ans. Très grand et de belle carrure, il dominait largement ses compagnons de voyage. Mais ce n'était pas seulement son physique avantageux qui captait l'attention de la jeune fille. Il possédait en effet quelque chose de bien plus intéressant à ses yeux : un énorme saphir luisait sur son jabot.

Il s'agissait incontestablement d'une pierre de grande valeur. Elle avait tout de suite repéré son éclat incomparable. Munie d'un tel joyau, elle pourrait convaincre sans la moindre difficulté un capitaine de bateau de l'emmener au bout du monde ! Et pour elle, le bout du monde, c'étaient des lochs bleus, des collines rocailleuses et des ballades gaéliques...

Elle soupira. L'homme semblait plutôt musclé. Elle aurait besoin de son couteau pour s'emparer du bijou, une opération délicate... Elle observa encore son menton carré, la flamme bleue de son regard — ou verte peut-être ? Et si ce saphir ne valait pas la peine de prendre un tel risque ? L'inconnu l'impressionnait : elle l'imaginait s'emparant du couteau et le retournant contre elle avec une habileté imparable...

Après tout, elle pourrait se contenter de sa bourse. Il lui suffirait de le heurter. Un coup de couteau bien placé et le gousset lui tomberait dans la main. Élémentaire.

Crécerelle détaillait anxieusement sa victime. Avec un peu de chance, elle réussirait à s'emparer du bijou. Elle verrait plus tard pour la bourse, décida-t-elle en s'approchant furtivement de la planche de débarquement. Les passagers s'y succédaient un à un. Une Française très plantureuse, qui ne passait pas inaperçue dans sa tenue rouge cerise, avançait avec précaution. A ses côtés se tenait une jeune fille vêtue de brocart vert. Crécerelle regarda la riche étoffe avec envie. Elle faillit même tendre la main pour sentir sous ses doigts le contact du tissu autrefois si familier. Elle n'avait que dix ans lorsque ses parents furent emportés par la fièvre, mais elle se souvenait du bruissement des robes de sa mère sur les dalles de la grande salle, de la douceur du manteau en satin de son père, lorsqu'il la prenait dans ses bras...

Revenant au présent, elle reporta son attention sur le quai où la jeune Française parlait à l'homme au saphir.

— St. Bride, viendrez-vous nous voir, maman et moi ? Nous allons nous sentir tellement seules sans votre compagnie, dans cet endroit isolé. Je crains que nous n'ayons du mal à nous accoutumer à cette ville primitive, nous qui sommes tellement habituées aux fastes parisiens.

— Lady Catherine, répondit le dénommé St. Bride, votre mère vous aura bientôt mariée à un comte. Quel intérêt pourraient vous procurer mes visites ? Vous me trouveriez vite aussi fruste et barbare que cette ville.

Il sourit, et Crécerelle constata que ses yeux n'étaient pas verts, mais d'un turquoise très pur. Dans son visage aux traits réguliers, ils brillaient d'un éclat bien plus vif que celui de la pierre qui ornait sa chemise. Ils évoquaient l'océan : comme lui, ils devaient prendre des nuances différentes selon le temps et devenir cruels ou caressants selon ses humeurs. Malgré elle, Crécerelle frissonna...

— Mais St. Bride, s'obstinait la jeune Française, votre compagnie est certainement préférable à toute autre.

— Catherine ! Ton insistance est déplacée, intervint sèchement sa mère. Les hommes préfèrent les jeunes filles réservées. Allons, viens !

La comtesse fendit la foule et se hissa dans une voiture luxueusement attelée.

— Ton père nous attend, lança-t-elle avant de s'asseoir lourdement sur les coussins brodés.

Un attroupement de miséreux s'était formé autour de la calèche. Ce n'était pas seulement le spectacle de cette richesse insolente qui attirait ces gens, mais aussi une sorte de respect mêlé de crainte. Il s'agissait en effet de la voiture de Jean-

Claude Thionville, comte de Cassel, reconnaissable entre toutes. Il contrôlait presque tous les voleurs de La Nouvelle-Orléans, mais pas Crécerelle, heureusement ! Sa position et ses richesses faisaient de lui le maître incontesté de la ville. La seule différence entre lui et les gredins comme Bardolph résidait dans la qualité de ses vêtements.

— Je dois partir, St. Bride, continua la jeune fille. J'attendrai votre visite avec impatience, plus qu'aucune autre.

Crécerelle comprit à ce moment-là que lady Catherine devait être la fille de l'ignoble comte. Elle regarda avec mépris l'homme s'incliner devant elle avant d'effleurer sa main de ses lèvres.

— Cela reste à voir, milady, rétorqua St. Bride avec un cynisme qui le rendait inquiétant.

Après le départ des deux femmes, escortées par la foule comme de véritables reines, seuls quelques passagers se tenaient encore près de l'homme. Tous tournaient le dos à la jeune fille, sauf St. Bride qui lui faisait face. Elle remarqua l'expression sévère de son visage et faillit reculer. Surmontant son appréhension, elle avança néanmoins, assez près pour découvrir que ses cheveux noués sur sa nuque grisonnaient prématurément sur les tempes. Au lieu d'adoucir ses traits, ces fils d'argent accentuaient au contraire son côté prédateur. A nouveau, elle fut tentée de faire marche arrière...

Depuis près d'un an maintenant, elle subtilisait des bourses et avec l'habitude, la peur avait disparu, d'autant qu'elle n'avait rien à perdre. La Crécerelle était même connue aujourd'hui, elle s'était fait sa place. Pourtant, elle devait rassembler tout son courage pour s'attaquer à cet homme-là. Il ne semblait pas facile à berner et plutôt dangereux.

Malgré ses craintes, Crécerelle se décida enfin. Elle s'approcha, attendit que St. Bride détournât la tête et, armée de son couteau, elle s'élança. En un éclair elle souleva la veste et coupa le lien qui retenait la bourse. Elle avait renoncé au saphir : trop risqué. Le fruit de son larcin bien lourd dans sa main, elle voulut s'enfuir, mais une poigne de fer s'abattit sur sa nuque.

— Mais cette misérable m'a pris ma bourse !

Elle se débattit comme un beau diable. En même temps, à travers l'étau qui la retenait, la chaleur de la main sur sa peau lui procurait une sensation étrange. Affolée, elle cessa brusquement de gesticuler, se disant qu'elle n'avait aucune chance d'échapper à St. Bride de cette manière. Mieux valait tenter autre chose.

— Non, monsieur ! Elle était tombée et je l'ai ramassée pour vous la rendre, mentit-elle en levant vers lui son regard bleu effrayé.

Il parut amusé mais nullement prêt à pardonner pour autant.

— Me la rendre ? En vous enfuyant dans la direction opposée ?

St. Bride reprit sa bourse et la fixa à sa ceinture. Puis, sans lâcher la jeune fille, il se tourna vers un petit homme, d'aspect insignifiant, qui l'accompagnait.

— Où sommes-nous donc ici ? Dans un repaire de brigands ?

Crécerelle ne prit pas garde à ses paroles. Juste au niveau de ses yeux, sur la large poitrine de l'homme, brillait l'objet de sa convoitise, son passeport vers la liberté. En forme de lion rampant, emblème de l'Écosse, l'énorme joyau aussi bleu que son ciel natal l'attirait comme un aimant. La jeune fille ne put résister. D'un habile coup de couteau, elle subtilisa le bijou, tranchant en une seconde l'étoffe sur laquelle il était fixé. Sous l'effet de la surprise, St. Bride la relâcha et elle en profita pour lui échapper.

Hélas, elle avait de nouveau sous-estimé son adversaire. Il lui suffit de quelques enjambées pour la rattraper. Tout se passa très vite alors. Comme il la ceinturait par la taille, ils glissèrent brusquement et s'étalèrent de tout leur long en plein milieu d'une flaque de boue.

St. Bride éclata de rire en considérant ses vêtements souillés ; cette gaieté inattendue ne rassura pas Crécerelle. Il s'agissait d'un rire rageur. Elle se demanda s'il n'allait pas lui tordre le cou. Il reprit la pierre précieuse qu'elle n'avait pas lâchée et la glissa dans la poche de son habit.

— Il vous fallait donc le saphir aussi ? Mais je vous avais à l'œil cette fois.

Il la dévisageait avec un air menaçant qui l'alarma. Elle se débattit violemment. Pour tout résultat, l'étau des mains autour de sa taille se referma. Elle se retrouva captive, plaquée contre lui. Il eut alors un sourire cruel et charmeur à la fois.

— Laissez-moi ! s'écria-t-elle en essayant de le repousser.

A nouveau, sans effort apparent, il la serra encore plus fort contre lui, réduisant à néant les efforts désespérés de la jeune fille. Comprenant l'inutilité de se mesurer à lui physiquement, elle changea de tactique et tenta de l'apitoyer.

— Je ne suis qu'une pauvre fille sans le sou à la recherche d'une petite pièce, une enfant perdue. Ayez pitié, le Seigneur vous le rendra !

Elle l'implorait du regard tout en priant pour qu'il ne l'envoie pas dans cette horrible prison, près du cimetière. Elle n'y avait jamais pénétré, contrairement à Bardolph qui lui en avait fait une description épouvantable. D'après lui, la vermine y grouillait partout. Sur des paillasses jetées sur le sol moisi par l'humidité, les pauvres hères mouraient à petit feu.

— Une enfant ? répéta-t-il en imitant son accent gaélique.

D'un geste brusque, il tira sur son corselet et dévoila sa gorge.

— Non, vous n'êtes plus une enfant, continua-t-il en contemplant sa peau dénudée. De plus... (Il lui saisit le menton et leva vers lui le visage de la jeune fille pour l'obliger à le regarder.) Vous me semblez un peu trop raffinée pour une mendiante.

— Laissez-moi partir ! gémit-elle. S'il vous plaît...

Ses yeux bleu nuit soulignés d'une épaisse frange de cils le suppliaient.

— Depuis quand les voleuses de bourses savent-elles dire « s'il vous plaît » ?

Il l'étudia en silence durant un long moment, remarquant l'extrême finesse de sa peau, les courbes douces de son corps, les cicatrices sur ses chevilles, témoins de la vie rude qu'elle menait.

Crécerelle rougit et comprit qu'il ne lui créerait pas de problèmes. Il paraissait être un homme d'affaires, de pouvoir : il ne perdrait certainement pas son temps à traîner une voleuse en justice. Mais au moment où il allait la lâcher, une voix s'éleva derrière eux.

— Ferringer, Malcolm va emmener cette petite traînée en prison. Elle a essayé de voler votre bourse et elle a abîmé vos vêtements.

Le petit homme, qui se tenait en retrait jusque-là, lança soudain un violent coup de pied à la jeune fille. Elle eut tout juste le temps de l'esquiver en se jetant dans les bras de St. Bride.

— N'oubliez pas que cette voleuse est une femme ! s'indigna St. Bride.

— Je ne voulais pas lui faire de mal, Ferringer, mais nous devons châtier les criminels. Nous ne sommes pas dans un endroit aussi civilisé que Savannah.

Comme il parlait, Crécerelle put enfin voir son visage... et elle blêmit. Trapu, avec ses cheveux roux noués sur la nuque et ses lèvres fines et cruelles, il était reconnaissable entre tous. Rouge mais néanmoins aristocratique, son nez ne passait pas inaperçu avec ses narines frémissantes. Et puis il y avait ses yeux, aussi gris et familiers que les eaux de l'Atlantique nord. Elle se souvint qu'ils n'étaient pas uniformément gris : l'un des iris portait une minuscule tache rouge, la marque de Satan...

Un frisson, tels les doigts glacés de la mort, descendit le long de sa colonne vertébrale. C'était Straught. Straught, le meurtrier de sa sœur, la cause de tous ses malheurs ! Elle baissa la tête en priant pour qu'il ne la reconnaisse pas. Après tout, elle n'avait plus rien de la pimpante héritière écossaise, il ne pouvait la reconnaître.

Pour lui, Katleen avait mystérieusement disparu. Il ignorait que Bardolph Ogilvie, l'un de ses acolytes, l'avait enlevée. Il ignorait que Bardolph souffrait de violentes douleurs aux articulations et qu'il était resté à l'écart ce jour-là, craignant que son maître, le trouvant inutile, ne le congédiât. Il ignorait que depuis, quelqu'un s'occupait de lui, allait voler de quoi lui procurer son rhum et l'aidait à survivre dans le Nouveau Monde.

Non, cet homme ne savait pas ce qu'était devenue Katleen. Peut-être même la croyait-il morte... Mais Crécerelle n'avait aucune envie de mourir une deuxième fois. Lentement, elle recula, malgré la main qui la retenait toujours.

— Lâchez-moi, chuchota-t-elle, si faiblement qu'on ne devinait pas la frayeur dans sa voix.

— Je vous lâcherai quand je le voudrai, répondit St. Bride en baissant ses yeux brûlants sur l'étrange et superbe créature.

— Lâchez-moi ! cria-t-elle, cédant à la panique.

Le couteau tombé dans la boue était presque à sa portée.

— Si vous vous tenez tranquille je vous donnerai une pièce, mais cessez donc de gesticuler !

Elle ne l'écouta pas. Les yeux gris du démon la dévisageaient, elle sentait un froid mortel envelopper son corps. Seigneur ! Il l'avait reconnue !

— Je vous ai dit de me lâcher ! hurla-t-elle en se tordant dans tous les sens.

Sa main libre atteignit enfin le manche du « sgian dhu ». St. Bride, qui n'avait rien vu de la manœuvre, reçut la lame dans la main.

— Petite punaise ! s'écria-t-il comme le sang giclait sur la jupe de la jeune fille.

La douleur lui fit lâcher prise et Crécerelle en profita pour disparaître comme un éclair, ne lui laissant que le souvenir de chevilles fines et meurtries, et d'un regard bleu nuit plus doux que le velours...

## 2

— C'était Straught, j'en suis sûre !

Crécerelle reprenait difficilement son souffle après sa fuite éperdue.

— Impossible. Comment a-t-il pu nous retrouver ? (Bardolph avala une longue gorgée de rhum : il avait déniché une bouteille oubliée dans un sombre recoin.) C'est à cause de ses yeux, les yeux du Diable, je l'ai toujours dit... Tu as vu ses yeux ?

— Oui. J'ai oublié beaucoup de choses mais pas eux.

— Alors c'est lui. Ce St. Bride a dû vendre son

âme à Satan pour avoir des fréquentations pareilles ! Mais sans une bourse bien remplie, on est cloués ici...

— J'en trouverai une. Il faut que je me nettoie, ajouta-t-elle en regardant sa jupe maculée de sang.

— Crécerelle, dit Bardolph en lui prenant le bras. Je t'ai déjà sauvé la vie une fois, je ne sais pas si j'en serai encore capable.

Elle s'aperçut qu'il avait aussi peur qu'elle. Il tremblait de tous ses membres. Le vieil ivrogne n'avait probablement accompli qu'une seule bonne action dans toute sa vie, mais Straught la lui ferait payer très cher, si jamais il mettait la main sur eux.

— Ne t'inquiète pas, Bardie, je vais me procurer de quoi partir d'ici, je te le promets.

Après avoir lavé sa jupe, elle quitta la cabane.

Crécerelle ne retourna pas au port. On la recherchait certainement. Elle préféra aller traîner près des casernes, où elle aurait peut-être la chance de dérober la montre en or d'un militaire. Mais ce n'était pas son jour. Les hommes en tricorne et veste bleue lui lancèrent des obscénités, la menaçant même de leur baïonnette. Ceux qui venaient d'arriver, eux, ne connaissaient pas la ravissante petite romanichelle qui vivait sur les berges. Ils essayèrent naïvement de l'attraper mais le « sgian dhu » eut tôt fait de les en dissuader.

La nuit tombe de bonne heure en Louisiane, et Crécerelle avait toujours les poches vides quand les lueurs dansantes des bougies commencèrent à animer les fenêtres des bâtiments militaires à colombage. Malgré la chaleur, elle frissonna, prenant soudain conscience de la profondeur de sa solitude.

— Mademoiselle ! Mademoiselle !

Crécerelle fit volte-face. La terreur de voir surgir son cousin lui avait fait oublier qu'il ne connaissait pas un mot de français. Elle faillit éclater de rire quand elle aperçut un soldat complètement soûl qui l'appelait de l'une des fenêtres de la caserne. Elle disparut dans l'ombre du bâtiment en maudissant tous ces hommes et leur idée fixe.

La nuit, son couteau ne lui offrait pas une protection suffisante. Elle devait rejoindre Bardolph. A La Nouvelle-Orléans, on n'avait aucune pitié pour les voleurs. Ils pullulaient, attirés par les riches cargaisons en provenance de France. Il ne lui restait plus qu'à espérer que demain serait un jour meilleur.

Évitant les docks, elle traversa le quai et s'arrêta un instant. Devant elle s'étendaient les cabanes qui bordaient le Mississippi. Leurs murs étaient faits de poteaux profondément enfoncés dans le sol sablonneux, surmontés d'un toit de chaume ou de feuilles de palmier séchées. De la fumée s'échappait de la plupart d'entre eux car leurs occupants cuisinaient leurs repas sur des petits feux de fortune, à la manière des Indiens.

Ils menaient une vie précaire sur le fleuve. Leur maison tenait debout jusqu'à ce que leurs piliers fichés dans le sol détrempé commencent à pourrir. Quand l'eau montait, ils étaient obligés de surélever leur demeure. Ils passaient leur vie à construire et à reconstruire leur abri. En comparaison, les chaumières de pierre des Highlands paraissaient indestructibles.

Un sourire éclaira son visage : elle se souvenait de celle des Robertson, qui vivaient dans l'ombre de Mhor Castle. Ils avaient été les bergers du vieux châtelain et elle revoyait leurs trois fils en tartans rouges, qui couraient dans les prairies herbeuses, aux beaux jours. Quand les neiges hivernales les cantonnaient chez eux, Morna et elle allaient leur apporter des chaussures... Qu'étaient-ils devenus ? Crécerelle avait entendu parler de la dernière grande bataille qui avait ensanglanté l'Écosse, près d'Inverness. On disait même que de grands bouleversements avaient eu lieu.

« Non, mon beau pays n'a pas changé », se rassura-t-elle en fronçant les sourcils. Les Highlands n'étaient pas traversés par un large fleuve qui rongeait tout ce que les hommes bâtissaient. L'odeur de la mort et de la putréfaction n'atteignait pas ces climats nordiques. A son retour, elle le savait, elle retrouverait son pays intact, immuable et noble.

Crécerelle se hâta de reprendre son chemin. Elle ne ralentit qu'à l'approche de son quartier. Straught rôdait peut-être dans les parages. Elle maudit l'habileté de St. Bride. Si seulement elle avait pu s'enfuir avec sa bourse merveilleusement lourde ! Elle et Bardolph seraient déjà loin à présent...

— Je n'ai pas eu de chance, dit-elle au vieil homme quand elle entra dans la cabane.

Elle ne le distinguait pas dans le noir. Il devait s'être écroulé dans un coin, tellement ivre qu'il avait oublié d'allumer les chandelles.

— Cela ira mieux demain, continua-t-elle. L'essentiel pour l'instant est que Straught ne sache pas où nous trouver.

Son petit chat vint se frotter contre ses jambes et elle le prit dans ses bras.

— Oh, Candy, tu dois avoir très faim !

Tâtonnant dans l'obscurité, elle parvint à allumer quelques bougies. Puis elle chercha la jarre en terre où elle rangeait des poissons séchés. Une sorte de gargouillement la fit brusquement se retourner.

— Crécerelle, murmura Bardolph.

Il gisait sur le sol. Son ventre n'était plus qu'une large plaie béante.

— Mon Dieu ! Ô mon Dieu ! s'écria la jeune fille, horrifiée.

Une main sur la bouche, elle se précipita vers lui.

— Crécerelle, c'est Straught.

— Non ! C'est impossible. Il ne connaît pas notre repaire.

La vue de tout ce sang lui donnait la nausée. Elle serra Candy si fort contre elle qu'il se mit à miauler.

— Il se sera renseigné... Petite fille... donne-moi de l'eau...

Tant bien que mal, malgré les tremblements qui l'agitaient, elle parvint à emplir une auge et à le faire boire. L'horrible gargouillement s'amplifia. Bardolph allait mourir.

— Ne les laisse pas m'enterrer ici... Promets-le, Crécerelle.

Il tendit vers elle une main suppliante. Des larmes envahissaient ses yeux sombres, fatigués par l'alcool et la douleur. La sueur perlait le long de ses tempes.

— Ne bouge pas, Bardolph, je t'en prie...

— Je t'ai sauvée, petite fille, ne l'oublie jamais. Et je t'ai aidée à retrouver le goût de vivre. Peut-être... (Il s'accrocha à ses jupes.) Peut-être réussiras-tu à lui échapper, Katleen... murmura-t-il dans un dernier souffle.

Ses yeux doucement se fermèrent, un frisson parcourut son corps, puis son visage retomba sur le sol.

— Bardolph ! cria-t-elle en le secouant. Tu ne peux pas m'abandonner ! Tu ne peux pas mourir ! Je t'en supplie, ne me laisse pas !

Candy tenta à nouveau de lui échapper mais elle le retint fermement, il était désormais tout ce qui lui restait au monde. Des larmes coulèrent le long de ses joues. Ivre de chagrin, elle aurait voulu se blottir contre le vieil homme pour tenter d'apaiser sa peine. Lentement, elle parvint cependant à se calmer et à rassembler ses esprits. Comment avait-elle pu imaginer un instant que l'infâme Straught ne l'avait pas reconnue ?

Elle essuya ses larmes et se redressa. La petite boule de poils entre ses mains la réconfortait quelque peu, mais ses pensées s'affolaient et la panique la gagnait. Qu'allait-elle faire à présent ?

Une voix familière s'éleva soudain derrière elle.

— Katleen, ne bougez pas.

Elle sentit ses cheveux se dresser sur sa tête. Anéantie, elle n'avait pas vu l'homme se faufiler à pas de loup dans la masure.

Une main chaude et douce lui agrippa le cou.

— Jetez votre couteau, Katleen, et je vous lâcherai.

Malgré sa terreur, elle reconnut la voix. Son instinct prit alors le dessus : elle saisit le « sgian dhu » sous sa jarretière... mais le choc de la mort de Bardolph avait ralenti ses réflexes.

De plus, un autre homme surgit derrière elle et l'empoigna sans ménagement, une sorte d'énorme brute contre laquelle elle n'avait aucune chance. Le « sgian dhu » atterrit sur son lit de mousse. Le colosse la plaqua contre lui, la tournant face au premier homme.

C'était Straught bien sûr. Il la fixait de son regard glacial.

— Vous êtes venu pour me tuer, n'est-ce pas, cher cousin Erath ? Vous et votre bande de coupeurs de gorges ! Vous n'êtes qu'un lâche ! Un lâche qui a besoin d'une armée entière pour s'en prendre à deux jeunes filles !

— Et cela ne m'a pas suffi puisque vous m'avez échappé.

— Et je vous échapperai encore !

— Pour l'instant, vous êtes ma prisonnière ! Désolé d'avoir été si long à vous retrouver, mais même si j'avais su que vous m'attendiez sur les docks, je n'aurais pu me libérer du jour au lendemain. J'avais quelques affaires à régler, à Mhor et à Londres.

Il fit courir un doigt le long de la gorge délicate de la jeune fille, avant de reculer pour s'essuyer la main.

— Que puis-je faire pour vous, Katleen ? Ou peut-être dois-je vous appeler Crécerelle désormais ? C'est comme ça que vous ont nommée les petites prostituées qui traînent sur les quais, quand je leur ai donné votre description et quelques pièces d'or. (Il rit.) Elles ne vous aiment pas beaucoup mais le surnom vous convient à merveille. C'est vrai que vous avez fait du chemin ! Si seulement vous ne vous étiez pas obstinée ainsi, vous et moi on aurait pu... Et Morna... On vivrait tous heureux à Mhor, à l'heure qu'il est.

Katleen détourna les yeux. Elle ne voulait pas penser à Morna, pas maintenant ! Mais il avait réveillé son sentiment de culpabilité. Comme elle regrettait de ne pouvoir remonter le temps ! Tout serait si différent...

Straught épiait ses réactions.

— Malgré tout ce qui est arrivé, reprit-il d'une voix traînante, je me sens des obligations familiales envers vous. Il fut une époque où je vous considérais comme... ma future femme.

— Si j'avais su...

— Quoi ? l'interrompit-il. Si vous aviez su que j'étais prêt à vous assassiner, votre sœur et vous, vous m'auriez épousé ? Quelle noblesse d'âme, Katleen ! J'aurais dû vous exposer mes plans avant d'agir.

— Parfaitement ! cria-t-elle. Mais je vous ai sous-estimé et maintenant, j'ai la mort de ma sœur sur la conscience !

— Non, Katleen chérie, fit-il doucement. Je sais ce que vous auriez fait : vous m'auriez craché à la figure et envoyé en prison ! (Un sourire sinistre se dessina sur ses lèvres.) Peut-être qu'à présent... Si vous vouliez... Dites-moi, que vous inspire votre cousin aujourd'hui, hum ?

Il avança vers elle et elle eut un mouvement de recul.

— Je m'y attendais ! jeta-t-il sèchement.

La colère s'empara de lui. Il lui saisit le menton pour l'obliger à le regarder.

— Comment pouvez-vous encore vous permettre de faire la fière ?

Elle ne put répondre tant la peur lui nouait la gorge.

— Cela vous plairait de rentrer dans les Highlands avec moi, Katleen ?

Straught la lâcha et arpenta la pièce, tout en jouant avec les brandebourgs qui décoraient sa veste brodée de fils d'or. Sa mise luxueuse produisait un contraste saisissant dans ce taudis crasseux. Il se retourna vivement vers elle et plongea son regard dans le sien.

— Bien entendu, poursuivit-il en souriant, il me faudra d'abord vous couper la languc afin d'éviter que vous ne racontiez certaines choses. Mais enfin, vous pourriez rentrer chez vous, ce n'est pas si mal, non ? La paix de Mhor Castle sera ainsi préservée, et personne ne pourra vous reprocher de crier comme une marchande de poisson !

Elle demeura silencieuse. Toujours blotti dans son corselet, Candy se mit à jouer avec une boucle brune qui frémissait sur la gorge de sa maîtresse, indifférent aux drames des humains. Straught trouva soudain la situation amusante.

— Le chat a mangé votre langue, chérie ? lança-t-il en riant. Mais j'y pense... je me souviens que vous écriviez très bien aussi. Il me faudra donc vous couper les mains, en même temps que la langue !

Il saisit violemment les doigts tachés de boue de la jeune fille.

— Laissez-moi ! Laissez-moi ! cria-t-elle, cédant malgré elle à la panique.

— Écoutez, Katleen, je vais vous donner une dernière chance. Ce serait un crime de mettre fin aux jours d'une créature aussi charmante que vous. (Il avança et elle s'aplatit contre le colosse.) Pensez à votre père, ma chérie. Il aurait souhaité notre union. Ne suis-je pas votre cousin ? Et puis il m'admirait, il aurait aimé que je prenne soin de vous.

— Comment osez-vous proférer de pareils mensonges ! Mon père avait pitié de vous, Erath. Vous, le parent pauvre de la famille, toujours sans le sou et sans ami, il vous plaignait seulement. Voilà pourquoi il vous a laissé le pavillon de chasse de Mhor ! Il ne vous aurait jamais rien donné d'autre ! Et pour lui exprimer votre reconnaissance, vous assassinez sa fille ! Vous n'êtes qu'une bête immonde !

— Sale petite garce ! C'est à moi que devait revenir Mhor Castle, de plein droit ! A moi seul, pas au mari de Morna, ce crétin qui se mettait à genoux devant cette idiote !

— C'était son fiancé, il l'aurait rendue heureuse !

— Et moi je vous aurais rendue heureuse ! Vous ! explosa-t-il.

Un lourd silence s'installa. Il l'observa durant un long moment, s'efforçant visiblement de contenir sa hargne.

— Morna était trop facile. Je savais qu'il n'en serait pas de même avec vous, mystérieuse Katleen. Quand je vous ai vue disparaître en haut de cette colline, les cheveux au vent, vos jupes flottant autour de vous, je savais que l'on se reverrait.

Elle lui posa alors la question qu'elle retournait dans sa tête depuis un an :

— Et les gens de Mhor ? Comment leur avez-vous expliqué ma disparition ?

— Nous avons prétendu que votre corps avait roulé dans le loch au cours de l'accident. Ils attendent toujours que les eaux le rejettent sur le rivage. Ils ne perdent pas espoir, tout comme moi !

— Que vous reste-t-il donc à espérer ? Vous avez obtenu tout ce que vous désiriez !

— Non, Katleen. J'ai tout obtenu, sauf vous. Et maintenant que je vous revois, je me rends compte que je n'étais pas victime de mon imagination : vous m'avez jeté un sort.

Il voulut lui caresser la joue mais elle repoussa sèchement sa main.

— Vous ne m'aurez jamais, murmura-t-elle.

— Je sais... Je l'ai toujours su, d'ailleurs.

Il parcourut du regard l'intérieur misérable de la cabane avant d'ajouter :

— Mais si moi je ne peux pas vous avoir, personne ne vous aura. Cette fois, je vais m'en assurer personnellement.

Il prit le « sgian dhu » sur le lit de mousse. Lentement, il passa la lame sur l'épais satin ambré de ses chausses. Puis il marcha vers elle.

— Vous êtes une ensorceleuse, chérie. Vous l'avez toujours été et vous le serez toujours. Depuis le jour de votre naissance où je vous ai tenue dans mes bras, vous m'avez fasciné, charmé. J'ai toujours rêvé de vous posséder. Même aujourd'hui, je donnerais n'importe quoi pour vous emmener dans mon lit, malgré toute la crasse qui vous recouvre. Mais... (Il examina le tranchant de la lame.) Je ne couche pas avec des cadavres.

Il sourit, tristement cette fois. La terreur de Katleen était telle qu'elle lui procurait un certain détachement. Elle remarqua qu'il avait un sourire séduisant mais ses yeux, eux, ne souriaient pas. Ils demeuraient de glace. Rien ne l'atteignait jamais, d'ailleurs, à part peut-être... la mort.

— Pitié ! cria-t-elle comme il lançait le « sgian dhu » au colosse qui la maintenait contre lui.

L'homme fit pivoter Crécerelle face à lui. Il était brun, le torse bombé.

La lame du poignard brillait faiblement dans la demi-pénombre tandis qu'elle s'approchait lentement de la gorge de la jeune fille, jusqu'à l'effleurer...

Soudain, la brute arrêta son geste en sursautant. La surprise s'inscrivit dans ses yeux. Katleen suivit son regard dirigé vers le sol. Bardolph avait tendu un bras, réussissant à agripper la cheville de l'homme qui, stupéfait, était resté le bras en l'air. Rassemblant ses dernières forces, Bardolph avait sauvé la jeune fille, une fois de plus.

— Mais Bardie, tu étais mort ! hurla soudain le bourreau qui recula, totalement décontenancé.

Crécerelle elle-même n'en revenait pas, mais elle ne perdit pas son sang-froid. Profitant de l'hébétude du colosse, elle se jeta sur lui et le poussa violemment. Il perdit l'équilibre et tomba à la renverse dans un grognement.

— Erath... je suis blessé !

Il s'était écroulé sur le couteau, profondément fiché dans son énorme ventre. Mais l'épaisse couche de graisse avait dû protéger les organes vitaux.

— La ferme, Malcolm ! Pauvre imbécile ! rétorqua Straught en se baissant pour récupérer le poignard.

Crécerelle fut plus rapide que lui. Malcolm émit un cri de douleur quand elle reprit lestement possession du « sgian dhu ».

— Cours, Crécerelle... Cours...

A ses pieds, Bardolph utilisait son dernier souffle pour la supplier de se sauver. Elle ne pouvait l'abandonner s'il vivait encore ! Hélas, le moribond fut secoué par d'horribles hoquets, puis son regard se figea sur le toit de palmes, dans une fixité absolue. Cette fois, Bardolph Ogilvie avait définitivement quitté ce monde.

La jeune fille pivota brusquement sur elle-même : Straught s'était avancé sans bruit. Il s'apprêtait à se jeter sur elle, mais il s'arrêta net sous la menace du poignard. Sans le lâcher des yeux, Katleen gagna la porte à reculons. Puis elle bondit au-dehors et, Candy toujours serré contre elle, s'élança dans la nuit.

Elle courait à perdre haleine mais elle ne tarda pas à entendre des pas derrière elle. Ses pieds nus la désavantageaient par rapport à l'homme bien chaussé qui la poursuivait. Elle possédait sur lui un seul avantage : elle connaissait parfaitement la ville.

Au-delà des quais, elle franchit les rigoles de la rue de Bienville, sourde aux insultes des filles de joie qu'elle éclaboussa de boue au passage. Des hommes hilares tentèrent de l'attraper mais elle se faufila entre leurs bras tendus. Puis elle croisa de moins en moins de monde et elle sut qu'elle arrivait aux abords de la cité. Au loin, les ailes d'un moulin à vent tournaient lentement sous la pleine lune.

Elle traversa la dernière ruelle et tourna à l'ouest, vers le fossé inachevé que les esclaves avaient creusé, vaine tentative pour protéger la ville des attaques des Indiens ou des Anglais. Cette longue douve emplie d'eau stagnante était le dernier obstacle qui séparait la jeune fille de la liberté. Si elle parvenait à atteindre les marais pour s'y cacher, Straught ne pourrait la retrouver.

L'eau croupie dégageait une puanteur pire que celle du bayou St. John en été. Rassemblant néanmoins tout son courage, Katleen y pénétra, car les pas de son cousin approchaient dangereusement.

— Vous n'irez nulle part, Katleen ! cria-t-il depuis la berge.

Comme elle l'espérait, il n'osa pas entrer dans l'eau, de peur de souiller ses beaux vêtements.

— Vous serez obligée de revenir en ville si vous ne voulez pas mourir dans les marais, chérie ! Personne n'y a jamais survécu, je le sais ! Et moi, je vous attendrai ! Mon ami Thionville, comte de Cassel, informera les autorités que vous avez tué Bardolph ! Ils se chargeront de vous à ma place. Vous serez pendue ! Vous voyez, je vous ai eue finalement, ma belle Crécerelle ! J'ai gagné !

L'envoyant au diable, la jeune fille atteignit l'autre rive. Une main serrée sur son petit Candy, elle courut, triomphante, vers les marais obscurs.

## 3

De style Louis XV, la maison paraissait un peu provinciale comparée aux grandes demeures de la vallée de la Loire, mais à La Nouvelle-Orléans, elle faisait figure de palace. Ce soir-là, des milliers de chandelles l'éclairaient. On y donnait une grande fête.

— D'où venez-vous, St. Bride ? s'enquit le comte de Cassel en portant une coupe de champagne à ses lèvres. Catherine m'a appris que vous aviez pris le même bateau qu'Érath, à Londres.

— Oui. J'étais là-bas pour vendre mon coton mais j'habite en Géorgie. A Sea Islands, pour être précis, répondit St. Bride en parcourant la pièce du regard, comme s'il cherchait quelqu'un.

— Vous n'avez pourtant pas l'air d'un... paysan. Vous devez être originaire d'un endroit plus civilisé, non ? insista le comte en appréciant la coupe de l'habit de satin gris du jeune homme, richement brodé de fils d'argent.

A la lueur des chandelles, les yeux de St. Bride évoquaient le bleu sombre des ciels d'orage et l'on remarquait davantage les cheveux grisonnant sur ses tempes. Vêtu ainsi, un autre aurait certainement paru guindé. Pas lui. Il semblait au contraire parfaitement à l'aise. Il émanait de sa personne une force naturelle. Et puis sa stature commandait le respect : à côté de lui, tous les autres paraissaient petits. Seul le comte, en homme rusé, soupçonnait que derrière cette fière allure se cachait une intelligence redoutable.

Notant l'intérêt que sa mise suscitait auprès de Thionville, St. Bride précisa :

— Le coton de Sea Islands se vend à très bon prix en Angleterre... milord.

L'air sardonique, il appuya sciemment sur le titre de noblesse et un sourire se dessina sur ses lèvres. Le comte se sentit soudain inquiet...

— Continuez ! s'écria-t-il en prenant son mouchoir de dentelle pour s'éponger le front. J'aime connaître un peu mes visiteurs. Avez-vous toujours vécu en Géorgie ?

— Oui. Toujours.

— Pourtant, vous occupez une position si...

— Savannah est une ville magnifique. Je ne vois pas pourquoi je la quitterais.

— Cependant vous êtes venu ici, constata le comte, intrigué.

— Pour un bref séjour. Dès que j'aurai réglé mes affaires, je retournerai en Géorgie. Avez-vous vu Érath ? enchaîna-t-il, changeant brusquement de sujet. Il m'avait pourtant assuré qu'il viendrait...

— J'ai appris que vous aviez voyagé ensemble sur le « Bonaventure ». La promiscuité, inévitable sur un bateau, doit faciliter les confidences, je suppose ?

— Oui, répondit laconiquement St. Bride en continuant à scruter l'assemblée. Dites-moi... milord, Érath semble avoir d'importantes relations à La Nouvelle-Orléans, or il m'a confié qu'il venait ici pour la première fois.

— Monsieur Straught et moi faisons des affaires ensemble depuis longtemps. J'ai une grande confiance en son jugement : il est intelligent et il a du flair. Malheureusement, nous avons manqué certaines opportunités et nos rapports se sont quelque peu espacés. (Il eut un sourire déplaisant.) Straught m'a parlé de vous, St. Bride. Qu'est-ce qui vous amène ici ?

— J'ai acheté une plantation à l'ouest de la ville, Belle Chasse. Vous n'en avez pas eu vent ?

— Belle Chasse ? Mais non ! Il paraît que son précédent propriétaire, un certain Launier, s'est suicidé après s'être ruiné dans une tentative désastreuse d'y cultiver l'indigotier. Quant à la maison... elle n'a jamais été terminée ! Mon cher, je crains fort que l'on ne vous ait dupé ! J'espère au moins que vous l'avez eue pour rien ?

— Au contraire, Belle Chasse et ses esclaves m'ont coûté une petite fortune, rétorqua tranquillement St. Bride, ce qui ne représente cependant que le dixième de sa valeur. J'ai rencontré le notaire de Launier à Paris : contrairement à ce que l'on croit, Launier s'est considérablement enrichi grâce à la plantation. Mais c'était un homme très seul, sans aucune famille, ce qui expliquerait son geste de désespoir.

— Incroyable ! Si j'avais su, j'aurais acheté Belle Chasse moi-même...

— Mais c'est moi qui vais devenir un homme riche ! Je projette d'y réaliser des cultures fabuleuses et je recherche des partenaires susceptibles de contribuer à l'investissement. Ils en récolteront les fruits avant la fin de l'année, et la récolte s'annonce prospère, c'est le cas de le dire !

— Quelles sont donc ces fabuleuses cultures, mon ami ? Vous m'intriguez !

— Le pavot.

— Le pavot !

— Oui. C'est plus que rentable. (St. Bride porta lentement sa coupe en argent à ses lèvres.) J'en ai longuement discuté avec Straught sur le « Bonaventure ». Il semble très intéressé.

— Quelle extraordinaire coïncidence ! Figurez-vous que ce genre de plantation m'intéresse au plus haut point, mon cher ! Je suis toujours prêt à placer mon or dans des entreprises fructueuses. (Un nouvel éclat brillait dans les yeux verts du comte...) Vous devez savoir qu'Érath et moi sommes de grands amis. Je m'embarque avec vous dans l'aventure, si vous voulez de moi, bien sûr. Pour tout vous dire, monsieur Ferringer, j'étais auparavant dans le laudanum. La culture du pavot est très spéciale, vous savez.

— Oui, très. Mais j'hésite à vous inclure dans mes projets. Vous comprendrez sans doute plus tard.

— J'insiste ! J'informerai Érath de mon idée dès ce soir. Si nous pouvons tous nous entendre, vous ne le regretterez pas.

— Si vous le permettez, j'aimerais réserver mon opinion en attendant de connaître celle de Straught.

— Bien sûr ! Évidemment, j'espère que vous accepterez mon hospitalité durant votre séjour.

— Merci, milord, mais Alban, mon compagnon de voyage, et moi-même retournons à Belle Chasse cette nuit même.

— Oh, quel dommage ! Cela va terriblement décevoir Catherine.

Le comte lança à sa fille un regard appuyé. Assise plus loin au milieu de ses admirateurs, elle les quitta immédiatement pour le rejoindre. Sa robe à paniers, en satin jaune, s'épanouissait autour d'elle comme une immense corolle. Lady Catherine était ravissante mais St. Bride ne paraissait pas sensible à sa beauté. Il ne cessait de surveiller l'entrée.

— Vous cherchez quelqu'un ?

Surpris, St. Bride se retourna et se retrouva face à Straught qui était arrivé par une porte latérale.

— Mon cher St. Bride, s'écria Lady Catherine, arrivant à leur hauteur. Que pensez-vous de notre îlot de civilisation perdu au milieu des sauvages ?

Tout en parlant, elle balayait la pièce d'un geste gracieux, désignant l'imposante cheminée, les pliants ornés de coussins de velours vert, les tables de Boulle marquetées. Lady Catherine papillotta des cils mais la réaction de St. Bride la blessa : il paraissait indifférent au faste qui l'entourait.

— Un îlot, dit-il, je vous l'accorde. Quant aux sauvages...

Avalant une gorgée de champagne, St. Bride affectait la nonchalance alors qu'il étudiait attentivement le nouveau venu dont les chaussures et les guêtres étaient souillées de terre. Il remarqua sur le bas de ses chausses une petite tache brunâtre qui n'était pas de la boue...

— Quant aux sauvages, reprit-il, j'en ai rencontré un aujourd'hui. « Une », plus exactement, bien qu'elle n'eût rien d'une Indienne.

Il regarda sa main bandée tout en pensant aux yeux de velours de la petite Écossaise...

— Oui, cette voleuse était une bête féroce, commenta calmement Straught en prenant une coupe de champagne. Ces gens qui vivent le long du fleuve appartiennent vraiment à la pire espèce. La plupart ont dû fuir leur propre pays. Tout le rebut de la société, la fange des prisons irlandaises et écossaises, débarque ici ! Si cela peut vous consoler, Ferringer, cette fille ne fera pas de vieux os.

— J'ai rarement vu de mendiante aussi misérable. Même à Londres. Il est tout de même attristant qu'une jeune femme en soit réduite à cela... (Il changea brusquement de sujet.) Les impératifs des affaires vous ont donc retenu ?

— Oui, répondit Straught. Comment avez-vous deviné ?

— Simple déduction. Quoi d'autre aurait pu vous retarder à ce point quand on vous attendait dans une telle assemblée ?

Les robes des dames, de soie et de satin, formaient un arc-en-ciel de couleurs. Leurs joyaux scintillaient de mille feux. Au fond de la salle, des petits groupes s'étaient formés où l'on discutait en chuchotant tout en jouant de l'éventail. La richesse opulente qui s'étalait dans ce salon contrastait violemment avec les ruelles sordides du dehors.

— Je n'ai malheureusement pu me libérer à temps, expliqua Straught en aspirant une prise de tabac. Un homme doit parfois savoir renoncer à certains plaisirs pour arriver à ses fins, vous n'êtes pas d'accord ?

— Si, absolument. Cela semble d'ailleurs vous réussir, vous paraissez en pleine forme. Bien plus que sur le bateau, en tout cas.

— J'avais hâte d'arriver au port. Je préfère de beaucoup la terre ferme !

Une main s'appuya doucement sur le bras de St. Bride et une voix féminine, chaude et pressante, susurra à son oreille :

— Venez, je tiens à vous montrer ma jolie maison. Il n'en existe pas de plus raffinée dans toute la Louisiane.

Tout en parlant, elle caressait d'un doigt le saphir

qui ornait à nouveau le jabot immaculé du jeune homme.

— Je crains de devoir vous présenter mes excuses, milady. Alban et moi devons regagner la plantation ce soir même.

St. Bride s'inclina devant elle en souriant, sans se soucier de sa mine boudeuse, et en profita pour prendre congé des autres.

— Quand pourrons-nous voir Belle Chasse ? s'enquit Straught en lui tendant la main. Je suis impatient de visiter cette fabuleuse plantation, après notre petite conversation sur le « Bonaventure ».

Lui montrant son bandage, St. Bride s'excusa de ne pouvoir lui serrer la main.

— Très bientôt, promit-il. Vous serez toujours le bienvenu, que ce soit par amitié ou pour les affaires. Prenez le temps de réfléchir, milord, ajouta-t-il énigmatiquement à l'adresse du comte.

— Vous avez les dents longues, St. Bride, repartit celui-ci en éclatant de rire. Mais je saurai vous convaincre de m'inclure dans vos projets, car j'ai les dents aussi longues que vous, croyez-moi !

— Soit ! répliqua simplement St. Bride.

— J'insiste pour que nos affaires se concrétisent au plus vite, fit le comte en se tournant vivement vers Straught. Érath, pensez-vous que nous puissions le persuader de m'associer à l'affaire ?

— Tout homme peut être acheté, quand on y met le prix, milord, rétorqua Straught d'un air entendu.

— Ou vendu, glissa St. Bride sans laisser paraître le sarcasme. Bonne nuit, milord. Bonne nuit, milady.

Un peu plus tard, St. Bride et Alban chevauchaient sur l'étroit chemin qui traversait les marais bordant le Mississippi.

— Ce satané comte a des vues sur Belle Chasse, dit St. Bride à son compagnon jamaïcain.

Avant de quitter La Nouvelle-Orléans, St. Bride avait voulu se changer. Il se sentait plus à l'aise en chausses de daim et cuissardes pour parcourir la longue route jusqu'à Belle Chasse.

— Quel pétrin ! pesta Alban de sa belle voix de baryton. (Le chant strident des cigales accentuait encore la gravité de son timbre.) Qu'allez-vous faire ? demanda-t-il tandis que son cheval partait au trot malgré la boue collant à ses sabots.

Le rattrapant un peu plus loin, sur un sol moins lourd, St. Bride répondit :

— Trouver un terrain d'entente, je n'ai pas le choix. Tenir Thionville à l'écart éveillerait les soupçons de Straught.

— L'affaire se complique.

— Je sais.

— Seul compte le fait que vous atteigniez votre but. Et si le duc de Lansdowne n'y parvient pas, qui d'autre le pourrait ?

— Oui... En tout cas, Straught a mordu à l'hameçon. A un moment, sur le « Bonaventure », il a paru hésitant. Mais il a quitté l'Écosse précipitamment, et il ferait n'importe quoi pour trouver de l'argent. L'impatience du comte lui fera peut-être baisser sa garde...

— Vous réussirez, j'en suis sûr, même si cela doit vous prendre du temps. Et peut-être une fois saigné à blanc, vous trouverez superflu de lui trancher la gorge.

— Mais ai-je vraiment joué assez fin ? soupira St. Bride avec un rire amer.

— Je connais peu d'hommes capables d'aller aussi loin pour obtenir justice.

— Qu'aurais-je pu faire d'autre ? Rester assis à la fenêtre de Scion House, à la place où Mary attendait son « grand amour », et me demander à en devenir fou si je n'aurais pas pu éviter ce qui est arrivé ?

St. Bride ferma les yeux un instant, comme pour dissimuler son chagrin. Quand il les rouvrit, il n'y subsistait plus la moindre trace d'émotion.

— Je n'aurais jamais dû laisser Mary pour aller en Géorgie, ajouta-t-il.

— Vous ne pouviez prévoir ce qui se passerait.

— Je sais... Quoi qu'il en soit, Straught est une véritable vermine. Il a dilapidé les richesses de sa propre famille. Les Anglais ont mis fin à son trafic de laudanum mais il est grand temps qu'il réponde de ses actes. Pas seulement pour ce qu'il est advenu à Mary, ou pour les saphirs qu'il m'a volés, mais aussi pour ses gens qu'il exploite honteusement, pour tout le laudanum qu'il a vendu aux Highlanders vaincus. Il y avait de quoi tuer une armée entière ! Quelqu'un doit détruire cette bête malfaisante et c'est moi qui m'en chargerai, j'en fais le serment. Tout comme Satan se nourrit du péché, Straught se repaît de la faiblesse humaine, de la crédulité, de l'or qu'il sait si bien soutirer. Et il a un appétit insatiable !

Ils demeurèrent un moment silencieux pour se concentrer sur le chemin de plus en plus accidenté. Avec la nuit, les marais semblaient s'étendre tristement jusqu'à l'horizon.

— Quel est ce bruit ? s'étonna soudain St. Bride.

— Un fantôme du bayou, qui sait ? Sérieusement, on dirait un chat... Mais que diable viendrait faire un chat par ici ? (Alban épongea son crâne rasé.) Je crois que notre imagination nous joue un tour !

Ils tendirent l'oreille cependant, réduisant encore leur allure. Ils commençaient à se croire effectivement victimes d'une illusion quand ils entendirent une nouvelle fois le même bruit. Il provenait d'un saule sur leur gauche, au bord du fleuve.

— Cela ressemble à un miaulement... Un animal égaré sans doute... mais... Ho ! Canis !

St. Bride maîtrisa in extremis son pur-sang qui s'était soudain cabré. Il lui caressa doucement l'encolure, pour le calmer.

— Qu'est-ce qui l'a effrayé ? s'étonna-t-il.

— Un chat noir qui a traversé. C'est incroyable ! Mauvais présage en tout cas, surtout dans un endroit pareil, répliqua Alban en scrutant les ténèbres.

La lumière de la lune lui permit de distinguer, à travers le feuillage d'un magnolia, une petite clairière sur la droite. Les miaulements de détresse s'accentuaient de plus belle.

— Il doit venir d'une plantation alentour et s'est perdu en chassant une souris, dit St. Bride.

— Il se serait laissé entraîner aussi loin ? Cela me paraît peu probable...

— On peut toujours essayer de l'attraper pour le remettre sur la bonne route. Il devrait pouvoir se débrouiller, non ?

Les deux hommes descendirent de cheval et attachèrent leurs montures à un cyprès. Puis ils pénétrèrent dans la clairière, en prenant soin de ne pas s'enfoncer dans la boue. Une forte odeur d'humus emplissait leurs narines. Guidé par le miaulement, St. Bride avança lentement vers un buisson de symphorines... et s'arrêta net.

— Vous le voyez ? chuchota Alban derrière lui.

— Mon Dieu ! Une jeune fille !

Il avança la main vers la forme inerte qui gisait au milieu des petites boules de fleurs blanches. Elle était trempée.

— Une jeune fille ! Elle est... morte ? interrogea son compagnon en le rejoignant.

— Non, je la sens frissonner.

St. Bride fit rouler le corps face à lui. Il en resta interloqué.

— Ça alors ! C'est la petite mendiante qui m'a agressé !

— Vous êtes sûr ? s'étonna Alban en scrutant attentivement les traits de l'inconnue.

— Je crois bien... Ce visage en forme de cœur, la courbe de ces sourcils... fit St. Bride en plissant les yeux. Et ces... guenilles. Oui, je la reconnais.

Il releva ses jupes, dévoilant de longues jambes galbées. Sous une jarretière toute mouillée était fixé le poignard.

— Cela ne fait aucun doute, ajouta-t-il en tirant le couteau de son logement de soie.

— Qu'allons-nous faire d'elle ?

— Il ne nous manquait plus que cela ! soupira St. Bride en laissant retomber la jupe.

D'un geste rageur, il jeta le couteau au loin, dans les marais.

— Si on l'abandonnait là ? suggéra Alban.

— Elle ne survivrait pas dans ces marais. D'après Érath, elle loge dans les cabanes délabrées, sur les berges.

Les bras croisés, il observait attentivement la jeune fille immobile.

— J'ignore pourquoi elle se trouve ici mais je sais ce qui vient de lui arriver. Regardez.

Alban se pencha, St. Bride lui montrait la paume de la jeune fille. On y distinguait nettement deux petites marques noires.

— Un serpent, non ?

— Sans aucun doute, admit Alban en se relevant. Elle est perdue. Vous croyez qu'elle manquera à quelqu'un ?

St. Bride ne répondit pas. Il ne parvenait pas à détacher ses yeux de la mendiante. Il passa une main sur son front, chassant une boucle brune. Comme si elle avait senti la chaleur de ses doigts, la jeune fille émit un faible gémissement.

— Que dit-elle ? s'enquit Alban.

— Entend... ou... enterrement ? (St. Bride secoua la tête.) Nous voilà bien !

— Vous n'allez quand même pas l'emmener ?

— Comment pourrions-nous la laisser mourir ici ? La repousser d'un coup de pied, comme Straught ?

— Écoutez, elle ne me dit rien qui vaille. Elle me fait penser à cette vieille jeteuse de sorts d'Édimbourg, vous vous souvenez.

— Oui, on disait qu'elle avait le mauvais œil. C'était une vieille sorcière, vous pouvez difficilement la comparer à cette jeune personne.

St. Bride détaillait toujours l'inconnue. Sa tête rejetée en arrière révélait un long cou vulnérable, des épaules délicates, une poitrine généreuse. Il s'attarda sur le visage aux traits fins, le beau front lisse, le tout petit nez, les lèvres pleines et si joliment ourlées...

— D'accord, mais elle me semble aussi étrange. Elle possède peut-être les mêmes pouvoirs, insista Alban qui, superstitieux, ne voulait pas en démordre. Et oubliez-vous la blessure qu'elle vous a infligée à la main ?

— Non, fit St. Bride en tâtant son bandage. Si elle doit mourir, elle mourra, mais si elle s'en sort, elle paiera pour ce qu'elle a fait.

L'air maussade, Alban regarda son ami soulever le corps dans ses bras et repartir vers les chevaux. Résigné, il le suivit peu après, emportant avec lui le petit chat noir.

— On finira peut-être par s'habituer à lui, nota St. Bride en se retournant.

— Aïe ! Pour ma part... j'en doute ! Je préférerais être à votre place ! protesta Alban, se débattant avec l'animal qui, toutes griffes dehors, s'efforçait de lui échapper.

St. Bride installa le corps de Crécerelle en travers

de son cheval et se hissa en selle. Puis, avec un petit sourire, il lança à son compagnon :

— Vous feriez mieux d'enfermer ce chat dans la sacoche. Et ne vous avancez pas trop. Cette fille peut se réveiller à tout instant et essayer de m'étrangler ! Vous voulez toujours échanger ?

— Non... Finalement, je n'y tiens pas vraiment... rétorqua Alban en fourrant sans façon le minet récalcitrant dans la sacoche de cuir.

Et les deux hommes reprirent leur chemin vers Belle Chasse, faiblement éclairés par la pleine lune.

## 4

— Quelle misère ! s'exclama St. Bride en ouvrant la porte d'une chambre à coucher.

Alban et lui étaient enfin arrivés à Belle Chasse. Ils visitaient la maison de style colonial : trois grandes pièces en façade, trois autres à l'arrière. Il n'y avait pas de corridors : toutes communiquaient entre elles et donnaient sur la galerie qui courait sur tout l'extérieur et où s'engouffrait le moindre courant d'air. Au fond se trouvaient une loggia ainsi que deux cabinets de toilette. Le rez-de-chaussée était équipé d'une cave à vin et de dépendances pour les domestiques.

Pour l'instant, St. Bride n'était pas d'humeur à apprécier les subtilités architecturales de l'endroit. Le parquet de cyprès était terne et terreux, par endroits on apercevait le ciel à travers le toit. Dans sa chambre à droite du salon, régnait une forte odeur de moisi. Sur les murs, la peinture s'en allait par plaques, laissant apparaître le torchis entre les pierres. Pire encore, il vit l'énorme crochet fixé à la poutre apparente, au-dessus du lit, où Launier s'était pendu.

La seule chose agréable de la pièce, le lit en bois de noyer, trônait en plein milieu. Surplombé d'un immense baldaquin de satin vert, il était recouvert d'une courtepointe de brocart imprimée de coquelicots. Une moustiquaire de gaze lui conférait une grâce innocente.

— Launier devait être un original. Il dormait sous un toit ajouré, mais dans un lit de prince ! Ces Louisianais sont complètement fous ! lança St. Bride que l'incongruité des lieux rendait perplexe. Ils décorent de véritables ruines avec les tissus les plus délicats. Dans quel monde sommes-nous tombés ?

— Je me le demande, maugréa Alban. Des chats noirs dans des marais, du satin dans des chambres délabrées... Il y a effectivement de quoi se poser des questions.

St. Bride se dirigea vers le salon et servit deux brandys. Les deux hommes burent en silence.

— Il y a une autre question qui me trotte dans la tête, fit St. Bride au bout d'un moment. Pourquoi Straught était-il si pressé d'arriver à La Nouvelle-Orléans ? Je ne crois pas que ce soit seulement pour voir le comte. Leur trafic de laudanum a pris fin depuis que les Anglais ont intercepté les bateaux d'Érath à Canton. Et puis... je ne sais pas si vous avez remarqué, mais quand il est arrivé à la soirée, Straught avait des traces de sang sur ses chausses. Ce n'était pas seulement de la boue, j'en suis certain.

— Il se sera probablement battu avec quelqu'un, présuma Alban, confortablement installé dans un fauteuil.

— J'aimerais bien savoir qui, justement.

— Si vous voulez mon avis, on aurait dû lui tirer

une balle dans la tête quand on l'a retrouvé à Londres.

— Il faut apprendre à se montrer patient dans la vie. Vous verrez, la vengeance n'en sera que plus savoureuse.

— Mais regardez où la patience vous a mené !

— Je n'ai pas toujours été aussi sage, et vous êtes bien placé pour le savoir. Je me souviens d'avoir racheté un certain Jamaïcain du nom d'Alban, quand j'étais jeune, sous le coup d'une impulsion. Un Jamaïcain qui s'apprêtait ni plus ni moins à estropier son maître de l'époque !

Les deux hommes se mirent à rire.

— C'était un être cruel, un tyran pervers, se défendit Alban. Je porte encore les cicatrices de son fouet sur le dos.

— Peut-être, mais admettez qu'il fallait que je sois inconscient pour acquérir un esclave aussi dangereux !

— Je me suis racheté depuis.

— Oui. Quoique chaque matin, je me demande avec angoisse si involontairement je ne vous aurais pas offensé...

Ils rirent à nouveau, puis un bruit sourd les interrompit brusquement.

— Voilà, fit Alban, elle cause déjà des problèmes.

Un cri plus inquiétant les incita à se lever pour gagner la chambre où ils avaient laissé Crécerelle. Une des esclaves, achetée avec la maison, se trouvait à son chevet. Tandis qu'elle luttait désespérément pour tenter d'apaiser la jeune fille, la chandelle s'était renversée sur le lit qui menaçait de s'embraser d'un instant à l'autre.

Alban éteignit immédiatement les flammes en les écrasant avec son pied, et St. Bride maintint fermement les bras de la malade sur le matelas. Sous lui, la jeune fille continuait de se débattre mais au moins pouvait-il la contenir.

— Quand cela a-t-il commencé ? s'enquit-il.

— A l'instant, répondit la petite mulâtre d'une voix tremblante. Elle a beaucoup de fièvre.

Le regard de St. Bride se porta sur la fine silhouette qui gisait sur les draps et dont la peau se perlait de gouttes de sueur. Ses joues cramoisies tranchaient violemment avec l'extrême pâleur de son visage. Ses yeux ouverts paraissaient aveugles. Il posa sa main sur son front : il était brûlant.

— Que pouvons-nous faire ? demanda-t-il à la jeune esclave, d'un air soucieux.

— Je ne suis que Colette, la cuisinière.

Elle ressemblait plus à une biche effrayée qu'à une esclave française de la Guadeloupe.

A la lueur de l'autre chandelle posée sur la commode, St. Bride examina une nouvelle fois la jeune fille. Elle s'était un peu calmée mais ses lèvres tremblaient sous l'effet de la fièvre et du venin. Son petit chat noir se blottissait près d'elle. Avisant la cuvette d'eau fraîche et les linges que Colette avait montés, St. Bride lui demanda :

— Vous avez peut-être des herbes, dans votre cuisine, qui pourraient la soulager, non ?

— J'en ai apporté, dit-elle en fouillant dans sa poche.

— Je suis sûr que vous allez l'aider à se remettre, l'encouragea St. Bride.

La jeune esclave s'approcha de la commode, déposa des sortes de trèfles jaunes dans une coupelle qu'elle fit chauffer sur la flamme. Sentant que sa présence n'était plus nécessaire, St. Bride se dirigea vers la porte. Mais un cri l'arrêta net. La cuvette d'eau vola sur le sol, la malade recommençait à s'agiter. Le jeune homme l'immobilisa à nouveau sur le lit.

— Doucement... Doucement !

Comme elle se débattait de plus belle, il se résolut

avec l'aide d'Alban à l'attacher avec les linges qui servaient à la rafraîchir.

— Doucement, répéta-t-il pendant que la jeune fille semblait se calmer à nouveau.

Elle le regarda sans le voir mais quand il feignit de partir, elle gémit :

— Monsieur... s'il vous plaît...

— Oui ?...

— S'il vous plaît... aidez-moi !

Elle essaya de bouger un bras mais ses liens l'en empêchèrent. Alors elle se mit à crier en sanglotant :

— Je vous en prie ! Aidez-moi ! Je m'appelle Katleen et Katleen ne veut pas mourir ! Pas Katleen !

Elle essayait de toutes ses forces de se libérer des bandages, et il fallut toute la force de St. Bride pour la maintenir sur le lit. Un long moment après, elle retomba enfin contre les oreillers, terrassée par un nouvel accès de fièvre.

— A votre place, je ne m'attacherais pas trop à elle, jeta soudain Alban.

St. Bride fit volte-face et le regarda en fronçant les sourcils.

— Pas de danger !

Il lâcha la jeune fille et quitta brusquement la pièce.

## 5

Katleen ouvrit les yeux.

Elle ne se réveillait ni à Mhor, son château bien-aimé, ni dans la cabane où elle vivait avec Bardolph. Jamais elle n'avait vu cette chambre. Elle reposait dans des draps de lin blanc. Des portes à double battant donnaient sur une galerie d'où filtrait l'air frais du matin. S'appuyant sur ses coudes, elle distingua par la fenêtre deux rangées de pacaniers rabougris. Elle tourna brusquement la tête pour voir si elle était seule. Oui. De l'autre côté de la pièce se trouvait une autre porte, fermée.

Elle retomba contre les oreillers. Tout à coup, elle se souvint... Le serpent ! Elle regarda les deux piqûres sur sa paume. Elles étaient gonflées. Une ride soucieuse apparut sur son front. Elle se rappelait son cousin Straught, les marais, la vipère... mais après, plus rien. Son regard parcourut à nouveau la pièce. Où était-elle ? Qui l'avait amenée ici pour prendre soin d'elle ? Depuis combien de temps dormait-elle ? Autant de questions sans réponses. Après le serpent, un voile opaque était tombé sur sa mémoire.

Quelque chose effleura son orteil. Elle s'assit sur le lit et découvrit Candy qui s'étirait paresseusement à ses pieds. Elle sourit faiblement. Réconfortée de retrouver son chaton, elle tendit la main pour caresser le doux pelage.

— Comment vas-tu, mon petit Candy ? Peux-tu me dire qui nous a conduits ici ? chuchota-t-elle.

Elle palpa l'étrange chemise de nuit en coton qu'elle portait puis rejeta brusquement ses couvertures pour se lever. Une fois debout, la tête lui tourna et elle évita de regarder le sol pour ne pas défaillir. Elle parvint peu à peu à garder son équilibre.

— Tu n'es qu'un traître, lança-t-elle à Candy en rabattant les draps sur lui. Tu devrais me suivre, voyons !

Apparemment, le chaton n'était pas décidé à bouger. Il se pelotonna sur lui-même et ferma les yeux. Katleen parvint à faire quelques pas. Elle s'arrêta net quand elle remarqua soudain l'aspect de ses pieds. Ils étaient toujours rugueux et pleins de cicatrices mais cela faisait bien un an qu'ils n'avaient été aussi propres ! Qui l'avait lavée ?

Elle chercha ses vêtements dans la chambre. Elle ne les vit nulle part. Il y avait bien une armoire en cerisier entre les deux fenêtres, mais ses portes ouvertes révélaient un intérieur poussiéreux et totalement vide. Rien non plus sur la vieille chaise rococo, près du lit, à part une serviette.

Elle ne pouvait tout de même pas s'enfuir vêtue ainsi ! Elle se rendit compte alors que ce n'était pas une chemise de nuit qu'elle portait, mais une chemise d'homme, si grande qu'elle lui descendait au-dessous des genoux ! Les manches avaient été relevées, et le col cravate dénoué formait un profond décolleté. Elle lia les deux pans de son mieux. Ses doigts tremblaient. Comme elle aurait aimé se réfugier dans la douceur du lit ! Mais il lui fallait découvrir dans quelle maison elle se trouvait et qui s'était occupé d'elle. Car elle ne pouvait se permettre de rester dans un endroit où Straught risquait de la retrouver.

Elle ouvrit une porte qui donnait sur un salon. Personne. La pièce sentait l'huile de lin, comme si les parquets venaient d'être vernis. Sous ses pieds nus, le bois était lisse comme de la soie et cette sensation réveilla en elle de doux souvenirs. Autour d'elle, tout lui rappelait la grandeur de sa vie d'antan.

Les emballages des consoles en marbre gisaient encore à leur pied. Deux armoires identiques, en bois rouge, se faisaient face de chaque côté de la pièce. A l'intérieur de l'une d'elles, Katleen aperçut des chevilles de cuivre qui brillaient comme des étoiles dans la nuit. Le cœur gros, elle se souvint du grand coffre de l'entrée de Mhor Castle... Quand elle était enfant, elle effrayait Morna en prétendant qu'un méchant lutin s'y cachait. Mais il ne fallait pas penser à sa sœur. Ces réminiscences ne faisaient que la torturer inutilement. Pourtant, malgré elle, le souvenir de Morna revenait chaque jour...

Katleen se dirigea vers l'armoire. Peut-être y trouverait-elle de quoi se vêtir ? Un délicieux parfum de magnolia lui parvenait à travers les persiennes de la loggia, mais ce n'était pas le moment d'apprécier le charme de l'endroit. Elle concentrait tous ses efforts à atteindre le meuble de bois massif.

La porte grinça quand elle l'ouvrit. Quelle déception ! Les étagères ne contenaient que des vieux chiffons et quelques bouts de bois. Dépitée, elle se pencha à l'intérieur pour s'assurer qu'il n'y avait rien d'autre quand une voix s'éleva derrière elle. Une voix d'homme, grave et profonde, posée et assurée, aux accents raffinés. Celle d'un noble...

— On cherche quelque chose à voler ?

Un frisson glaça le dos de la jeune fille. Ce timbre ne lui était pas inconnu. Elle se retourna lentement... et son cœur s'arrêta de battre.

L'homme au saphir ! Celui qu'elle avait blessé d'un coup de couteau et dont le sang avait sali sa jupe ! C'était incroyable... et terrible. Sur le seuil de la loggia se tenait St. Bride, le compagnon de voyage et ami d'Érath Straught.

Muette de stupeur, elle demeura un instant figée sur place, incapable de détacher ses yeux de cette vision d'horreur. Hélas, elle n'était pas le jouet d'une hallucination, le bel inconnu au regard dominateur se dressait bien devant elle. Son pouvoir de séduction et le bleu turquoise de ses yeux lui donnaient un charme irrésistible qui devait faire chavirer le cœur de bien des femmes. Un lien de cuir retenait sur sa nuque ses cheveux noirs, argentés par endroits. Impressionnant et désapprobateur, il la terrifiait.

— Vous ! murmura-t-elle.

— Ainsi vous vous rappelez, fit-il sèchement en marchant vers elle. Moi aussi, voyez-vous. En fait, chaque fois que je regarde ma main, la nostalgie m'envahit. C'est étrange, non ?

Il sourit.

— Je... Je suis désolée pour votre main, bredouilla-t-elle en regardant derrière lui l'entrée de la loggia.

Elle s'attendait à voir apparaître Straught.

— Pourquoi désolée ? Je suppose que je ne suis pas le premier que vous agressez. (Il réduisit encore l'espace qui les séparait.) N'est-ce pas ?

— Mon... cousin... où est-il ? demanda-t-elle, incapable de réprimer sa terreur plus longtemps.

— Votre cousin ? s'étonna-t-il. Mais que diable ferait-il ici ?

Katleen se tut. Apparemment, cet homme ne connaissait pas sa véritable identité. Elle comprit alors que si elle était en vie, c'était justement parce qu'il ignorait sa parenté avec Érath Straught. Sous l'effet du soulagement, elle chancela et dut se retenir à l'armoire pour ne pas tomber.

Il se précipita immédiatement pour la soutenir mais elle eut un mouvement de recul.

— Ne me touchez pas ! s'écria-t-elle, affolée à l'idée qu'un homme proche de son cousin puisse poser la main sur elle.

— Vous devriez retourner vous coucher, fit-il. J'ai du travail et je n'ai pas le temps d'attendre que vous vous évanouissiez.

— Je voudrais seulement mes vêtements. Ensuite je partirai.

— Vous n'avez pas besoin de vêtements pour aller au lit, rétorqua-t-il en se rapprochant d'elle.

— Non ! Restez où vous êtes ! Je veux m'en aller ! Tout de suite !

Elle voulut s'écarter mais il la retint et la plaqua doucement contre l'armoire.

— C'est ridicule. Je suis occupé pour l'instant, je viens de vous le dire. On parlera de tout cela plus tard. Allez vous coucher, Katleen.

— Katleen ? répéta-t-elle, incrédule.

Elle posa sur lui un regard rempli d'effroi. Comment savait-il son nom ? Seuls Straught ou Bardolph auraient pu le lui confier et Bardolph était mort. Il ne restait donc plus qu'une seule possibilité...

Elle essaya de lui échapper mais elle était si faible qu'il n'eut qu'à tendre la main pour la ramener vers lui. Une douleur terrible explosa alors dans la tête de la jeune fille. Ses jambes ne la soutenaient plus. Elle allait s'écrouler quand deux bras solides la soulevèrent. Dans une sorte de brouillard, elle entendit :

— Petite chipie !

— S'il vous plaît, laissez-moi partir...

Le contact du matelas contre son dos ne l'apaisa nullement. Son cœur battait à tout rompre.

— S'il vous plaît, hum ? Où diable avez-vous appris les bonnes manières ? Dites-moi, Katleen, je veux savoir une chose.

— Je m'appelle Crécerelle ! cria-t-elle en se débattant inutilement.

Elle finit par s'immobiliser sous lui, à bout de forces, et lui demanda en tremblant :

— Qui vous a dit que je m'appelais Katleen ?

— Vous, quand vous déliriez, en proie au venin du serpent. (Il la lâcha.) Vous allez demeurer bien sagement au lit tant que vous n'aurez pas la permission de vous lever.

— Je veux seulement partir. Laissez-moi partir, je vous en prie...

— Où iriez-vous ? Vous êtes dans une plantation perdue au milieu des marais.

Il voulut se lever pour sortir, mais elle le retint en saisissant sa chemise.

— Je dois m'en aller, n'importe où ! Il le faut !

Il se tut et se mit à l'observer. Comme malgré lui, son regard descendit lentement. La chemise de nuit s'était ouverte, dénudant les seins de la jeune fille, des seins bombés, d'un blanc légèrement rosé. Suivant son regard, elle s'affola et, mortifiée, s'accrocha au jeune homme afin qu'il ne puisse continuer son tranquille examen. Plongés dans les siens, les yeux de St. Bride s'adoucirent un instant.

— Ce n'est pas la meilleure manière de m'inciter à vous laisser partir, murmura-t-il dans un sourire qui dévoila des dents perlées.

Il prit dans les siennes les mains qui s'agrippaient à lui et les reposa sur le lit. Puis il quitta la pièce, verrouillant la porte derrière lui.

« Mon Dieu, que va-t-il m'arriver ? » se demanda la jeune fille, anéantie. Elle se retrouvait dans une étrange plantation, prisonnière d'un ami de son cousin. Combien de temps faudrait-il à Érath pour découvrir où elle se cachait ? Et qui était ce St. Bride ? Un gémissement lui échappa. Elle ne parvenait pas à avoir les idées claires tant son crâne la faisait souffrir de nouveau. Une seule chose s'imposait à son esprit : elle était perdue si elle demeurait dans cette maison délabrée. Straught le saurait tôt ou tard et la tuerait probablement.

Ses yeux se posèrent sur la porte fermée à double tour. A quoi bon essayer de se lever ? Avec un soupir, elle renversa sa tête contre les oreillers. Elle se sentait épuisée et totalement dépassée par les événements. Bardolph n'était mort que depuis quelques jours, et déjà un autre homme contrôlait sa vie...

# 6

Quelques jours plus tard, Alban entra dans le salon et jeta son chapeau sur le canapé. Dehors, le soleil brillait de tous ses feux.

— Est-ce qu'elle s'en va aujourd'hui ? demanda-t-il en rejoignant St. Bride sur la galerie.

— J'étais en train de penser à ces bijoux, répondit ce dernier comme s'il ne l'avait pas entendu.

Pensif, il s'appuya contre le balcon.

— Je voudrais savoir si je peux ramener la fille aujourd'hui, répéta Alban. Colette a besoin de provisions et je lui ai proposé de m'accompagner en ville. Je peux déposer en même temps la mendiante, pour vous en débarrasser.

— Alban, que pensez-vous de cette expression : « Œil pour œil, dent pour dent » ?

— Je dirais qu'elle se justifie parfois. Pourquoi ?

St. Bride passa un doigt sur la fine cicatrice de sa main, puis il regarda la porte de la chambre où il retenait la petite voleuse.

— Je crois que Katleen pourrait nous être utile, dit-il. Je voudrais qu'elle fasse quelque chose pour moi avant de la laisser partir.

— Et quoi donc ?

— C'est à propos de ces bijoux. Straught a été à deux doigts de s'en débarrasser sur le « Bonaventure ». Vous vous souvenez de ce riche Américain qui a débarqué aux Bermudes ? Il était prêt à les lui acheter et j'aimerais m'assurer que Straught les a toujours en sa possession avant d'aller plus loin.

— Je comprends, mais vous n'allez tout de même

pas charger la mendiante de l'espionner ? Elle ne me semble pas digne de confiance.

— Il ne s'agit pas vraiment d'espionnage. Je compte me servir d'elle pour une seule nuit. C'est une belle femme. Il lui suffirait de faire boire quelques verres à Straught et de lui poser certaines questions. Nous pourrions alors continuer en toute tranquillité.

— Une autre fille pourrait se charger de cette besogne, non ?

— Straught ne résistera pas à une superbe créature comme Katleen. C'était son principal sujet de conversation sur le bateau. Il a même affirmé, avec une assurance assez étrange d'ailleurs, qu'il allait dégoter la plus belle fille de La Nouvelle-Orléans... Je ne sais peut-être pas grand-chose sur cette petite chipie, mais on ne peut nier sa réelle beauté. (Ses yeux s'assombrirent au souvenir de leur dernier face-à-face.) C'est même la femme la plus ensorcelante et la plus exquise que j'aie jamais vue.

— Lady Catherine ne serait-elle pas plus sûre ? Elle ferait n'importe quoi pour vous. N'importe quoi, insista Alban.

— Je ne veux pas lui être redevable de quoi que ce soit. Et puis... je risquerais de me retrouver marié sans avoir rien vu venir !

Les deux hommes éclatèrent de rire.

— C'est la mendiante qui se chargera de cette mission, reprit St. Bride au bout d'un moment. Elle peut bien faire cela pour moi : non seulement je ne l'ai pas livrée à la justice mais elle me doit la vie.

— Vous oubliez sa condition, remarqua Alban. Je n'imagine pas Straught en compagnie d'une prostituée.

— Cette fille s'exprime très bien. Je suis sûr qu'elle est capable de mettre Straught dans sa poche. Il doit déjà se languir de Mhor, or elle est écossaise elle aussi : son accent ne laisse aucun doute sur ses origines. Ils auront un sujet de conversation tout trouvé. Plus j'y pense et plus je me dis que l'affaire se présente merveilleusement.

— Bon, si vous avez bien réfléchi... Je vais la chercher ?

— Oui, répondit St. Bride.

Katleen se sentait prise entre Charybde et Scylla. Un seul faux pas et elle tombait soit dans les griffes de son cousin, soit dans celles de cet énigmatique personnage assis en ce moment devant elle, dans le salon.

Propre et fraîche dans la robe bleue qu'on lui avait donnée, elle le regardait sans ciller. Ses cheveux lavés avaient retrouvé tout leur éclat. Ils auréolaient son visage d'un halo sombre et vaporeux. Elle avait passé une journée enfermée dans sa chambre. On était venu aujourd'hui l'informer qu'elle était attendue au salon sans délai. Katleen se sentait désemparée dans cette étrange maison. Les circonstances la dépassaient totalement et, de plus, elle mourait de peur, exactement comme ce jour où elle avait dû fuir Mhor Castle avec Bardolph.

— Vous allez mieux ? s'enquit St. Bride.

Katleen hocha lentement la tête. Elle déglutit avec difficulté en s'efforçant de garder l'esprit clair malgré une migraine qui ne la quittait pas. La fièvre l'avait beaucoup affaiblie. Croisant les bras sur sa poitrine, elle soutint le regard bleu de son interlocuteur.

— Je... Je voudrais partir, commença-t-elle.

— Entendu, mais d'abord... vous devrez vous racheter, répliqua St. Bride. (Il se leva et s'appuya contre une console.) Katleen, que diriez-vous si je vous annonçais que je ne vous livrerai pas à la justice ? Que je vous donne une bourse pleine d'or et que vous êtes libre comme l'air ?

— Je dirais que vous devenez fou, répondit-elle en se demandant où il voulait en venir.

Elle crut voir un sourire dans ses yeux. Il la rendait mal à l'aise et il le savait. Que diable avait-il manigancé ?

— Fou ? Est-ce que j'en ai l'air ?

— Je crois que vous l'êtes, en partie. Qu'attendez-vous de moi ?

— Je veux que vous teniez compagnie à un ami à moi.

— Lui tenir...

Elle s'interrompit brusquement. Ses joues s'empourprèrent violemment. Avait-elle bien entendu ?

— Il ne devrait pas rebuter une fille comme vous. Il se baigne régulièrement. Remarquez, d'après l'état où vous étiez quand je vous ai trouvée, j'imagine que vous ne vous arrêtez pas à ce genre de détails.

— Mais je me moque que vous vous baigniez régulièrement ou non !

— Il ne s'agit pas de moi ! s'exclama-t-il en riant.

Mortifiée, Katleen n'osait comprendre. Comment ! Il lui demandait ni plus ni moins de coucher avec l'un de ses amis !

— Non, c'est quelqu'un qui ne parle pas beaucoup, continua-t-il, et je voudrais obtenir certaines informations. C'est assez délicat mais je pense qu'une jolie fille comme vous saura le rendre bavard.

— Je... Je ne suis pas... ce que vous croyez !

— Vous n'êtes pas obligée de coucher avec lui, dit-il nonchalamment. Je veux seulement m'assurer qu'il a vraiment en sa possession certains bijoux qu'il m'a promis. Vous me comprenez, n'est-ce pas ? Je ne peux le lui demander directement sans insinuer que je le considère peut-être comme un menteur. Voilà pourquoi je fais appel à vous, Katleen. Il vous suffit de passer une soirée avec lui. Après, vous serez libre.

— Et si je refuse ?

— Ce serait vous exposer à un châtiment bien plus grand, fit-il en lui caressant la joue. Allons, ma jolie, vous avez sans doute fait des choses bien pires pour une bourse d'or.

— Absolument pas ! rétorqua-t-elle en repoussant brutalement sa main.

Sa colère et son indignation s'amplifiaient, mais elle devait trouver très vite un moyen de se sortir de cette situation impossible...

— Il vous plaira, Katleen. Il est écossais, comme vous. Il possède un château, près d'Inverness. Connaissez-vous Inverness ?

Elle se sentit pâlir.

— Oui, très bien, répondit-elle d'une voix blanche.

Il ne voulait tout de même pas parler de... de son cousin ! De quelle cruelle ironie était-elle encore la victime ?

— Bon ! s'exclama-t-il. Cela constituera une entrée en matière toute trouvée. Vous verrez, vous apprécierez Érath Straught. Il plaît follement aux femmes. Et n'oubliez pas la récompense si vous me rapportez ce que je vous ai demandé.

Sous l'impact du choc, elle crut qu'elle allait s'évanouir. Comment tout cela avait-il pu arriver ? Les yeux remplis d'horreur, elle dévisageait St. Bride. Il ne pouvait se rendre compte de l'énormité de ce qu'il lui demandait ! Elle préférait encore retourner à La Nouvelle-Orléans où on la recherchait pour le meurtre de Bardolph !

— Je vous promets une belle récompense, Katleen, la pressa-t-il. Qu'en dites-vous ?

— Je n'en veux pas.

— Quoi ?

— Je refuse de faire ce... travail.

Les yeux de St. Bride se rétrécirent dangereusement.

— Vous oseriez refuser ?

— J'ose.

Comme si sa réaction était aussi inattendue que la neige en juillet, St. Bride sembla désarçonné. Il se mit à marcher autour d'elle tout en l'observant.

— Voyons, reprit-il calmement. Je vous achèterai une belle robe pour l'occasion, et vous aurez sans doute plus d'or que vous n'en avez jamais vu. Pouvez-vous refuser cela, petite voleuse de bourses ?

— Je le peux, fit-elle nerveusement, sans le quitter des yeux tandis qu'il continuait de la contourner.

Elle s'attendait à le voir fondre sur elle d'un instant à l'autre.

— Et si je vous promettais un cottage, ou mieux : une boutique, oui, une boutique dans ce tas de ruines que vous appelez La Nouvelle-Orléans ? Cela ne vous plairait pas ? N'est-ce pas ce dont vous avez toujours rêvé ?

Elle ferma les yeux pour trouver le courage de répondre :

— Je ne ferai jamais ce que vous me demandez, quel que soit votre prix.

— Insolente ! Personne n'a jamais osé me défier et ce n'est pas une petite traînée qui va commencer !

Katleen frémit. Il arborait tout à coup l'air impérieux d'un homme bien plus important qu'un planteur colonial, un homme qui, comme il venait de le dire, ne souffrait aucune contradiction.

— Pour qui me prenez-vous, pour vouloir m'offrir ainsi à vos amis, comme si j'étais une prostituée !

— Vous voilà bien fière, ma beauté ! Je me

demande si vous le serez autant quand le juge vous condamnera au fouet !

— Je préfère mille fois sa sentence à la vôtre !

Il y eut une pause, durant laquelle St. Bride sembla chercher une nouvelle tactique.

— Comment avez-vous atterri dans les marais ? demanda-t-il. Vous fuyiez quelqu'un ? Quelqu'un que vous aviez dépouillé et qui vous poursuivait ? Vous vouliez vous cacher, n'est-ce pas ? Parce qu'il était sur le point de vous rattraper ! Vous tenez vraiment à ce que je vous ramène à La Nouvelle-Orléans ?

— Je ne sais pas.

Il la regarda un instant en silence puis se radoucit :

— Vous ne devez pas avoir peur de moi. Vous resterez ici autant que vous le voudrez. Je vous achèterai des vêtements et vous mangerez à votre faim.

Comme elle aurait aimé accepter ! Quel bonheur de ne plus être traquée, effrayée, affamée ! Dormir dans un vrai lit, porter des habits décents ! Quelques larmes embuèrent ses yeux à l'idée de ce confort dont elle était privée depuis des mois. Oui, elle aurait accepté son offre... si Straught n'avait pas fait partie du marché !

— A quel prix... murmura-t-elle en pensant à son « sgian dhu » qu'elle avait perdu.

— Je ne vous demande pas de coucher avec cet homme. C'est un choix qui vous revient. (Il tendit la main vers elle et releva son menton du bout des doigts.) Vous pouvez disposer de votre corps à votre guise.

— Je ne veux qu'une seule chose : être libre.

— Et vous ferez ce que je vous demande ?

Elle secoua la tête en serrant les lèvres.

— Je vais être obligé de me montrer plus convaincant, fit-il d'un ton menaçant.

— Inutile, vous ne me convaincrez pas.

De toute évidence, il n'avait pas l'habitude qu'on lui résiste. La fureur incendia son regard.

— Alban ! Alban ! cria-t-il soudain.

Le Jamaïcain fit immédiatement irruption dans la loggia.

— Alban, emmenez cette gueuse en ville et livrez-la à la justice.

L'homme s'avança vers elle et elle recula vivement.

— Attendez ! s'écria-t-elle en repoussant la main qui voulait la saisir. N'y a-t-il vraiment aucune autre alternative ?

— Emmenez-la, Alban, répéta St. Bride.

— Non ! Non ! Je vous en prie ! Pourquoi m'avoir sauvé la vie ? Pour m'envoyer en prison ?

— Emmenez-la.

— Non !

Elle échappa à Alban, s'élança dans la loggia puis dans la cour, mais son poursuivant eut tôt fait de la rattraper, au niveau de l'étable. Elle se débattit et découvrit alors que c'était St. Bride et non Alban qui lui serrait le poignet. Elle se bagarra de plus belle. Pourtant, ses forces la trahirent, sa maladie l'avait affaiblie. Ses jambes se dérobèrent sous elle et elle s'abandonna dans les bras de St. Bride.

A nouveau, il releva son menton, l'air amusé.

— Allons, venez, petite chipie. J'ai entendu dire que le juge avait un faible pour les voleuses de bourses. Vous serez peut-être pendue, qui sait ? Vos semblables pullulent aujourd'hui, il commence à en avoir assez.

— Voilà la vengeance dont vous rêvez, n'est-ce pas ? rétorqua-t-elle en martelant sa poitrine.

Mais il était trop fort pour elle.

— Je ne tiens pas à vous emmener là-bas, alors ne m'y obligez pas, souffla-t-il soudain contre sa joue.

— Je ne ferai pas ce que vous me demandez !

— Vous croyez vraiment que je peux vous envoyer en prison ? Me venger pour ça ? fit-il en laissant glisser sa main blessée le long de la gorge de Katleen. Vous vouliez savoir pourquoi je vous avais sauvé la vie ? En tout cas, ce n'était pas pour voir votre joli corps se balancer au bout d'une corde. Mais si vous refusez...

— Je vous en prie, laissez-moi partir ! Vous n'entendrez plus jamais parler de moi, je vous le promets, l'interrompit-elle en se démenant pour lui échapper.

— Vous laisser partir ? Je vous offre une vie meilleure en l'échange d'un travail d'un soir, et vous, vous préférez retourner sur ce quai infâme où je vous ai rencontrée. Le vol et la prostitution vous plaisent donc à ce point ?

Elle ne sut quoi répondre à une telle accusation mais ses yeux agrandis par l'horreur le dévisagèrent avec incrédulité. Le rouge de la honte et de la colère empourpra ses joues. Elle ne put contenir bien longtemps la fureur qui prenait le pas sur l'humiliation.

— Vous n'êtes qu'un misérable ! Je ne suis pas une prostituée ! Soyez maudit !

— Oh ! Pardonnez-moi, princesse ! Votre vertu est irréprochable, bien entendu !

— Absolument ! Et ne l'oubliez jamais !

Et d'une brusque secousse, elle libéra son bras.

— Bien sûr, vous êtes la pureté même ! Sur les quais, vous ne faisiez que prendre l'air, n'est-ce pas ?

Il baissa son regard sur les lèvres de la jeune fille, des lèvres d'un rose printanier, s'attarda sur leur courbe pleine, sur la ligne plus sombre où elles s'entrouvraient... Et elle sentit tout à coup sa bouche sur la sienne, un baiser bref et sans douceur. Il la relâcha aussitôt.

— Aussi pure qu'une vierge, hum ? murmura-t-il doucement, mais avec une ironie si violente qu'elle atteignit la jeune fille en plein cœur.

— Brute, infâme brute !

Elle tenta une nouvelle fois de se sauver mais il s'y attendait. Il la rattrapa en riant, sans effort apparent, la soulevant du sol.

— Notre petite Écossaise ne se trouve pas bien en notre compagnie ?

Il approcha son visage du sien, si près qu'elle put contempler dans ses yeux turquoise la flamme de la colère.

— Posez-moi par terre !

Son corps pressé contre le sien, elle sentait intimement toutes leurs différences. Sa poitrine aux courbes généreuses était plaquée contre des muscles d'acier, un bras puissant la maintenait fermement.

— Cessez de m'envoyer des coups de pied ! fit-il. (Il semblait s'amuser de son embarras.) Je vous préviens, vous n'aurez pas le dessus avec moi.

— Posez-moi par terre, répéta-t-elle en essayant de se calmer.

Elle ne voulait pas qu'il la tienne ainsi. Elle ne voulait pas qu'il la touche. Pas lui. Il était déjà allé trop loin.

Il se résolut à la poser, mais en la laissant glisser lentement contre lui. Très lentement. Il prit le temps de se délecter de cette longue caresse, de savourer le contact intime de ce corps fragile qui coulait contre le sien. Elle aussi sentit étroitement les courbes de cet homme qui s'attardait délibérément contre elle. Quand ses pieds arrivèrent enfin sur le sol, elle éprouva un intense soulagement ; lui, un certain regret... Il la garda encore un instant dans ses bras. Ses yeux pétillaient de malice. Elle y distingua aussi autre chose... une chose qu'elle ne pouvait définir mais qu'elle n'aimait pas.

— Quelle aubaine d'être tombé sur vous, Katleen.

— Non ! Vous êtes comme les autres, ceux des docks. Vous n'avez qu'une seule idée en tête et vous vous moquez de ce que je peux ressentir ! Ne me touchez plus jamais comme vous venez de le faire !

Alban les rejoignit à ce moment-là.

— La voiture est prête, St. Bride.

— Attendez. On va laisser la petite princesse mûrir un peu dans la cave. Ensuite, on verra si elle refuse toujours notre proposition.

Alban la prit par le bras et la tira derrière lui à travers la cour, malgré ses protestations. Avant de disparaître dans le soubassement, elle se retourna vers St. Bride et rencontra son regard. Il se riait d'elle. Ses yeux brillaient comme l'océan et il lança :

— Vous me devez la vie, Katleen ! Réfléchissez bien, je vous demande si peu de chose en comparaison.

Katleen faillit hurler de rage, mais la porte de la petite pièce obscure où l'on mettait le vin en bouteilles se referma sur elle.

## 7

La cave était aussi sombre qu'une cellule de prison. Quand ses yeux se furent accoutumés à l'obscurité, Katleen distingua néanmoins ce qui se trouvait autour d'elle. Sur le mur d'en face, des tonneaux de vin s'empilaient, dégageant une odeur douceâtre. A l'opposé, rangées dans des casiers, s'étageaient des bouteilles vides. Au fond de la pièce, une grande table. En face, il n'y avait pas de mur mais de solides barreaux entouraient une lourde porte de fer verrouillée.

Le seul agrément de l'endroit était sa fraîcheur. Katleen marcha de long en large durant plusieurs heures, s'arrêtant par instants pour secouer la porte, comme si elle avait pu miraculeusement s'ouvrir. Épuisée, elle finit par se laisser tomber sur le sol et enfouit son visage entre ses genoux.

Tout à coup, un bruit lui fit relever la tête. On ouvrait les volets de la petite pièce menant à la cave. La lumière jaillit brusquement et St. Bride apparut. Il scruta la pénombre et s'arrêta sur la forme recroquevillée. Puis il prit un tabouret et s'assit, calant ses pieds chaussés de bottes sur les barreaux, devant lui.

— Avez-vous réfléchi à mon offre ? A moins que vous ne préfériez passer la nuit ici avant de vous décider ?

— J'ai déjà pris ma décision.

— Oui, mais pas la bonne.

— Elle l'est pour moi.

Elle se leva et resta debout, dans l'ombre des tonneaux.

— Que représente pour vous une soirée de séduction, Katleen ? C'est un art que vous pratiquez avec talent, non ?

Dans un sourire narquois, il ôta de sa bouche la racine de sassafras qu'il tenait entre ses dents. Katleen remarqua qu'il n'était pas rasé ; cette ombre sur ses joues accentuait la blancheur de ses dents. Sans quitter la jeune fille des yeux, St. Bride se remit à mâcher nonchalamment sa racine. C'était une habitude provinciale qui étonnait un peu chez un homme tel que lui, apparemment de haut rang. Car il n'avait rien d'un paysan, avec sa chemise de batiste, ses bottes noires bien cirées et visiblement faites sur mesure.

« Mais il n'est qu'un barbare ! » pensa-t-elle en le regardant prendre un plaisir certain à mordre son bout de bois, à le tourner dans sa bouche. Il esquissa un petit sourire tandis qu'il passait lentement sa langue sur ses lèvres. Sans comprendre pourquoi, elle trouva tout à coup son attitude déplacée, choquante et... fascinante. Il l'hypnotisait.

Elle détourna vivement la tête.

— Ma décision est prise, alors allez vous faire voir ailleurs !

— Écoutez, je ne vous demande pourtant pas grand-chose...

— Ah non ! s'exclama-t-elle en marchant vers les barreaux qu'elle saisit à deux mains. Ce n'est peut-être pas grand-chose à vos yeux, mais pour moi c'est impensable !

St. Bride cracha sa racine. Puis il se leva.

— Impensable ?

Ses mains encerclèrent celles de la jeune fille. Elle voulut lui échapper, mais que craignait-elle ? Des barreaux de fer les séparaient...

Elle n'aurait pu se tromper davantage : elle commit l'erreur de plonger ses yeux dans les siens. Sous l'intensité de son regard, elle sentit tous ses sens s'éveiller. Une onde la submergea comme une marée imprévisible. Le contraste entre les barreaux glacés et les mains brûlantes de St. Bride bouleversait son esprit. L'odeur âcre de l'acier mêlée à celle du vin et de l'humidité l'étourdissait. Le cœur de Katleen se mit à cogner dans sa poitrine : ses battements sourds couvrirent les cris des geais dans les pacaniers.

Lentement, St. Bride se rapprocha et ce fut comme si une force magique attirait la jeune fille vers lui. Comme dans un rêve, elle tendit ses lèvres à cet homme qui les appelait impérieusement. Elle ne voulait pas l'embrasser... et elle le désirait follement !

Il baissa la tête et leurs bouches s'effleurèrent. Ce contact dangereusement excitant les surprit par la force des sensations qu'il faisait naître en eux. Elle ferma les yeux pour tenter d'endiguer son émoi, mais un gémissement lui échappa. Les lèvres de St. Bride avaient la douceur amère du sassafras. Elles ondulaient sur les siennes, avec une délicatesse persuasive qui lui donnait le vertige. Il fallait qu'elle mette fin à ce baiser, immédiatement... mais une longue vibration prenait naissance au creux de son ventre et se diffusait dans tous ses membres, la laissant affaiblie, totalement incapable de réagir. Et elle s'offrit à la langue douce et exigeante qui caressait la sienne. Qui était-il ? Un sorcier ? D'où lui venait le pouvoir de la soumettre ainsi ? Il la faisait agir contre sa volonté, et éveillait en elle des sensations inconnues jusqu'alors.

Elle devait le repousser ! Elle esquissa un mouvement timide pour reculer, mais une main se posa sur sa nuque, la forçant à demeurer là, à recevoir et à rendre ce baiser de plus en plus voluptueux. Pressée contre les barreaux, elle aurait voulu les écarter pour mieux offrir ses lèvres, pour sentir contre ses joues la barbe râpeuse de cet homme, pour se presser contre sa large poitrine.

— Vous voyez comme c'est facile ?

Elle ouvrit les yeux. Il lui avait parlé ? Il ne l'embrassait plus ?... Elle porta une main à sa bouche comme pour s'en assurer. Étourdie, elle regarda St. Bride en balbutiant :

— Qu'est-ce qui est si... si facile ?

— La séduction. Rares sont ceux qui savent résister à la tentation. Et vous êtes comme tout le monde.

— C'est faux !

Il se contenta de sourire.
— Alors, tant mieux ! Vous obtiendrez donc ce que je veux de Straught sans rien lui donner en retour.
Et il ajouta lentement :
— Comme je viens de le faire avec vous...
— Et si c'était moi qui avais obtenu de vous ce que « je » voulais ? rétorqua-t-elle avec défi.
— Oui... Peut-être...
Son visage s'assombrit tout à coup mais une petite flamme s'alluma dans ses yeux, comme il reprenait :
— Si on recommençait, pour en avoir le cœur net ?
Elle sentit la main s'affermir sur sa nuque et s'écria :
— Non, pas la peine !
Elle lui échappa et s'éloigna des barreaux, soucieuse de briser l'envoûtement qui l'attirait vers lui. C'était le premier homme que Crécerelle embrassait.
— Pourquoi vous montrez-vous si obstinée, Katleen ? Que puis-je faire de plus pour vous convaincre ? Avouez que c'est une punition plutôt légère que je vous inflige.
— Qui êtes-vous pour vous permettre de me dicter ainsi ma conduite ? Je refuse de me plier à vos ordres, ne comprenez-vous donc pas ?
— Très bien, nous verrons si vous demeurez toujours aussi inflexible demain matin. Je parie qu'une nuit ici vous aidera à voir les choses sous un angle différent...
— Pari tenu ! riposta-t-elle en croisant les bras sur sa poitrine.
— Comme vous voudrez. Je suis prêt à jouer les gardiens de prison aussi longtemps qu'il le faudra.
Et il l'abandonna à l'obscurité de son cachot.

Plusieurs heures s'écoulèrent. L'imagination de la jeune fille se mit à dériver. L'humidité du sol traversait sa jupe et, tout à coup, la terreur s'empara d'elle à l'idée que des serpents se cachaient peut-être dans la pièce...

Elle les imaginait, enroulés autour des fûts à vin ou lovés dans les fentes des casiers à bouteilles. Pétrifiée, elle ne pouvait même pas crier pour réclamer qu'on la libère. Elle aurait même hurlé qu'elle acceptait le marché de St. Bride, si la peur ne l'avait clouée sur place, l'empêchant de bouger, de parler, de respirer. Elle n'osait plus ni s'asseoir ni marcher, de crainte de mettre le pied sur un reptile endormi. Elle resta accrochée aux barreaux, comme à la vie. De temps en temps, elle jetait un regard craintif aux trous noirs des casiers, craignant qu'un serpent n'en surgisse brusquement...

Enfin, elle entendit les volets s'ouvrir. Elle poussa un profond soupir de soulagement. Ce n'était pas St. Bride, cette fois, mais Colette, la petite esclave qui avait pris soin d'elle. Elle portait un plateau de faïence et avançait avec précaution dans ces lieux inhabituels pour elle. Comme elle approchait, Katleen vit que le plat posé sur le plateau contenait une copieuse portion de riz et de haricots. Il s'en échappait une fumée dansante qui lui mit l'eau à la bouche. Elle avait faim... mais aussitôt elle sut qu'elle ne mangerait pas. Alors que Colette cherchait la clé de la porte, elle comprit qu'elle représentait sa seule et unique chance de s'échapper.

Elle l'observa nerveusement tandis qu'elle posait sa lourde charge pour introduire la clé dans la serrure. Elle entra dans la cave et tendit le plateau à Katleen.

— Pourriez-vous le poser sur la table ? Mon bras me fait encore très mal, expliqua-t-elle en lui montrant la cicatrice de la morsure sur sa paume.

Colette obéit sans discuter. Elle prit cependant la peine de tirer la porte de fer derrière elle, comme pour décourager la prisonnière de toute idée de fuite.

Peine perdue... Dès qu'elle fut au niveau de la table, Katleen s'élança vers la sortie sans laisser à l'esclave le temps de réagir.

— Non ! Je vous en prie ! Ne faites pas ça ! cria-t-elle.

Mais Katleen entrait déjà dans la pièce attenante.

— Désolée, Colette, je n'ai pas le choix, fit-elle en s'élançant au-dehors.

— Qu'en avez-vous fait ? demandait Alban à St. Bride qui dînait tranquillement en face de lui.

— Je crois avoir trouvé le moyen de la rendre raisonnable. Elle n'a rien à perdre, non ?

— Pas sa vertu, en tout cas !

Alban faillit s'étrangler avec sa gorgée de vin quand Colette fit brusquement irruption dans le salon en criant :

— Pardon, maître ! Pardon ! Monsieur St. Bride, ne me punissez pas ! Je ne sais pas comment c'est arrivé. C'est à cause de son bras... Je ne voulais pas qu'elle se fasse mal...

— Voyons, ne vous affolez pas, je ne vais pas vous pendre haut et court ! dit St. Bride en se levant et en secouant doucement la jeune fille pour tenter de l'apaiser.

— J'aimerais vous croire, mais quand vous saurez qu'elle s'est sauvée, vous changerez d'avis !

— Sauvée ?

— Partie ? répéta Alban en écho.

— Oui, reconnut Colette, effondrée. Et elle est déjà très loin ! C'est à cause de son bras, je...

— Tout va bien, Colette, coupa St. Bride. Cela aurait pu arriver à n'importe qui. Cette Katleen est plutôt rusée, vous n'avez rien à vous reprocher.

Il sortit sur la galerie et scruta les alentours. Le soleil se couchait. Des lueurs dorées auréolaient les pacaniers mais au loin, de noirs nuages obscurcissaient le ciel.

— Voulez-vous que je parte à sa recherche, St. Bride ? proposa Alban.

— Non, c'est une affaire entre elle et moi. Je m'en charge.

Katleen courait déjà depuis une heure quand elle entendit le bruit des sabots. Elle avait bravement traversé des champs d'indigotiers à l'abandon pour découvrir que St. Bride ne lui avait pas menti. La plantation était encerclée de marais. Comme elle ne pouvait suivre la route — c'est là que son poursuivant la chercherait en premier lieu —, elle s'était aventurée dans la campagne. Mais inévitablement, elle atterrissait dans des zones marécageuses, où poussait une végétation inextricable. Sa progression en était considérablement ralentie.

Puis l'orage avait éclaté.

Des trombes d'eau s'abattirent brutalement. De violents éclairs incendièrent le paysage par saccades. Trempée, la jeune fille continua néanmoins à se frayer un chemin. Mais plus elle essayait, plus ses espoirs s'amenuisaient. Elle aurait voulu rejoindre Maurepas, au nord. Une longue distance l'en séparait mais, là-bas, elle serait à l'abri des magistrats et de l'indomptable maître de Belle Chasse.

Hélas ! Plus le temps passait, plus elle progressait avec difficulté. Avec de la boue jusqu'aux chevilles, chaque pas lui coûtait un effort de plus en plus pénible. Épuisée, elle finit par s'arrêter. Et en se tournant vers les lumières lointaines de la plantation, elle perçut le bruit des sabots. D'abord étouffé par la pluie et la distance, il s'amplifiait rapidement, à mesure que le cavalier pressait sa monture.

Elle se mit à courir, mais il semblait que le Diable en personne la poursuivait. Partout où elle tournait, le cheval la précédait, devinant ses mouvements, déjouant ses tentatives. Malgré sa fatigue, elle lutta jusqu'au bout mais elle finit par se rendre. L'étalon se dressait devant elle, sombre et menaçant.

— Comment m'avez-vous retrouvée ? cria-t-elle à l'homme qu'elle reconnut malgré la pluie battante qui formait un rideau gris entre eux.

Sans un mot, St. Bride se pencha, saisit la jeune fille par la taille et la hissa sur la selle, devant lui.

Peu après, ils regagnaient la plantation, sa silhouette massive et fantomatique se dressait dans le brouillard. St. Bride jeta sa passagère sur le sol, sans ménagement. Il était furieux et plus impressionnant que jamais dans ses habits ruisselants d'eau qui épousaient étroitement ses formes massives. Katleen se réfugia sous l'escalier de la galerie. Épuisée, elle s'adossa contre le mur et se laissa glisser par terre. St. Bride alla mettre son cheval à l'abri. Elle se demandait combien de temps il mettrait à revenir quand il réapparut soudain devant elle, tel un démon surgi de l'ombre. Il la dominait de toute sa hauteur. La colère figeait ses traits.

— Vous êtes insupportable, dit-il en essuyant ses yeux mouillés par la pluie.

— Comment m'avez-vous retrouvée ?

— Vos traces étaient aisément repérables dans les indigotiers en friche.

— Quelle sera ma punition, cette fois ? Allez-vous me fouetter jusqu'au sang ou bien m'exécuter au fusil, contre un mur ?

— Je pourrais aussi vous chasser sur-le-champ, fit-il en faisant un pas vers elle.

— Oui, pourquoi pas ? rétorqua-t-elle contre toute prudence.

— Je m'en garderai bien. Savez-vous pourquoi ?

Il avança encore d'un pas.

— Non, souffla-t-elle, les yeux levés vers lui, déjà troublée.

Elle se demandait où elle allait trouver la force de lui résister, cette fois.

— Parce qu'il me prend l'envie de vous punir moi-même.

Il la força brutalement à se remettre debout.

— Ne posez pas vos mains sur moi, espèce de brute ! s'écria-t-elle en pensant à leur baiser dans la cave.

Elle se débattait avec désespoir. Elle ne lui permettrait pas de profiter d'elle ! Jamais !

— Par tous les diables, elle recommence ! Mais pour qui vous prenez-vous, avec vos grands airs ! (Il serra les dents, s'efforçant visiblement de se contrôler.) Vous rendez-vous compte de ce que je viens de faire ? Moi, l'un des plus grands hommes du royaume, contraint de passer une heure sous la pluie pour retrouver une petite voleuse de bourses ! Et si je n'avais pas découvert vos traces, j'y serais encore ! Tout cela pour une sale petite fripouille ! Dangereuse petite peste qui me plante son couteau dans la main, qui refuse mes bonnes grâces, et qui m'oblige sans arrêt à voler à son secours ! J'en ai assez ! Vous comprenez ?

— Que... Qu'allez-vous faire ?

— Vous donner une leçon ! Une bonne fessée, voilà ce qu'il vous faut !

— Lâchez-moi ! Laissez-moi partir ! Je ne vous demande rien d'autre, implora-t-elle tandis qu'il la traînait jusqu'à l'escalier.

Il cala une jambe sur la première marche et plaqua la jeune fille en travers de sa cuisse, comme pour corriger un enfant récalcitrant. Mais au dernier moment, il s'arrêta. Elle se redressa, resta assise sur son genou et leva les yeux vers lui. Leurs regards se rencontrèrent et fusionnèrent, comme aimantés. A nouveau, elle se souvint de l'épisode de la cave, où il l'avait littéralement envoûtée. Elle vit ses lèvres s'approcher... attirant irrésistiblement les siennes. Elle allait cueillir le baiser de cet homme qui, un instant plus tôt, s'apprêtait à la battre... Elle détourna brusquement la tête.

— Non, murmura-t-elle. Je ne veux pas.

Elle ne se soumettrait pas cette fois, elle ne l'embrasserait pas. Et il parut le comprendre car il relâcha sa pression.

— Cette tentative de fuite était stupide, Katleen. Avez-vous oublié que vous avez déjà failli mourir dans ces marais ?

Sa voix devenait étrangement grave tout à coup.

— Je reconnais que... je n'ai pas réfléchi.

— Regardez-moi.

Comme elle gardait la tête tournée, il lui prit le menton et l'obligea à le regarder.

— Écoutez, je vais vous laisser le choix. Si vous désirez rentrer à La Nouvelle-Orléans, Alban vous y conduira dès demain matin. Mais si vous ne tenez pas à retrouver le ruisseau, vous pouvez rester ici. J'ai besoin d'une servante.

Katleen fronça les sourcils. Pour elle, repartir avec Alban signifiait la corde. Et elle venait de se rendre compte qu'elle n'avait aucune chance en essayant de fuir Belle Chasse par ses propres moyens. Les marais ne l'épargneraient pas une seconde fois. Il ne lui restait plus qu'à accepter de devenir servante à la plantation, pour un temps. Bien sûr, son cousin viendrait certainement rendre visite à St. Bride, mais elle se débrouillerait pour l'éviter. Oui, cette proposition lui laissait un répit. En outre, elle apprendrait peut-être quelles relations exactes St. Bride entretenait avec Straught.

Cela pourrait lui servir... bien que ce fût terriblement dangereux !

— Alors, Katleen ?

— Je ne sais pas, répondit-elle en scrutant son regard qui lui parut froid et indifférent tout à coup.

Sans cérémonie, il la fit sauter de son genou et se dirigea vers l'escalier menant à la loggia.

— Je me retire dans ma chambre, je vous conseille d'en faire autant. Prévenez Alban, il vous ramènera demain à votre misère.

Ses yeux s'attardèrent sur la robe mouillée, sur les cheveux d'ébène plaqués par la pluie.

— Vous pouvez dormir dans la maison, si vous voulez, à moins que vous ne préfériez vous étendre ici, sur les briques.

Elle le fusilla du regard mais il para l'attaque :

— Ne me répondez pas, jeune insolente. Il est tard et je ne suis pas d'humeur à discuter.

Sur ce, il fit volte-face et gravit les marches.

Peu désireuse de passer la nuit à même le sol, Katleen décida de regagner sa chambre. Elle suivit donc St. Bride, tout en essayant d'apaiser la colère que son arrogance soulevait en elle. Comme elle aurait aimé lui montrer qui elle était ! Elle en avait assez d'être traitée comme une voleuse et une moins-que-rien ! Si seulement elle parvenait à regagner l'Écosse et à se venger de son cousin... Il ne perdait rien pour attendre, ce St. Bride prétentieux ! Lui et tous les autres !

Plongée dans ses réflexions, elle buta sur une marche et se retint à la rampe. En haut de l'escalier, St. Bride se retourna, un sourire ironique sur les lèvres.

— Ne vous inquiétez pas ! lança-t-elle, vexée. J'aurais fait une servante compétente, si j'avais décidé de rester... Mais plutôt mourir !

— Au contraire, je dois m'inquiéter, chérie,

répondit-il en laissant couler son regard sur elle, de haut en bas. Parce que si je dois vous porter moi-même dans votre lit, je risque de vouloir rester en votre compagnie !

— « Nathrach ! » l'insulta-t-elle furieusement en gaélique.

Elle monta vivement l'escalier, passa devant lui la tête haute et alla s'enfermer à double tour dans sa chambre.

# 8

Katleen savait que Straught viendrait à Belle Chasse, un jour ou l'autre, mais jamais elle n'aurait cru le voir aussi tôt. Le lendemain matin, elle attendait dans la loggia qu'Alban finisse d'atteler les chevaux, quand elle aperçut la voiture précédée d'un écuyer. Elle reconnut immédiatement Malcolm Quinn, ce paysan irlandais qui servait Straught, pâle copie déformée du vassal d'un noble.

La voiture progressait lentement dans l'allée bordée de pacaniers qui menait à l'arrière-cour. Katleen retint son souffle. Ses mains tremblaient. Son cœur cognait dans sa poitrine. Derrière Quinn suivait son funeste cousin pompeusement installé dans un fiacre noir. Était-ce pour elle qu'ils venaient à Belle Chasse ? La panique empêcha la jeune fille de réagir.

Avalant avec difficulté, elle observa l'horrible Quinn. Elle le trouva amaigri, depuis la dernière fois. D'une pâleur inhabituelle, comme ceux qui ont perdu beaucoup de sang... Tout à coup, il leva la tête vers la loggia et Katleen, postée derrière les persiennes, eut tout juste le temps de faire un bond en arrière. Pourvu qu'il ne l'ait pas vue ! Que faire ? Seul l'escalier de la loggia permettait de quitter la maison et elle ne pouvait s'y aventurer maintenant !

— Alban est prêt, Katleen.

Elle se retourna en sursautant. St. Bride se tenait dans l'encadrement de la porte.

— Qu'attendez-vous ? Alban va vous ramener à La Nouvelle-Orléans.

— En ville ?

— Eh bien, oui ! Vous êtes libre de partir ! N'est-ce pas ce que vous avez choisi ?

— Non, non... bredouilla-t-elle en regardant l'escalier où elle ne devait surtout pas se montrer. Je... j'ai changé d'avis !

— Comment ? fit St. Bride en entrant dans la loggia.

— Oui, je... n'ai pas vraiment envie de repartir. Je préfère rester ici, dit-elle en jetant un coup d'œil entre les lattes des persiennes.

Ce cher Erath était en train de descendre de son fiacre...

— Je vous ai menti ! ajouta-t-elle. En fait, je... Je n'ai pas de meilleur endroit où aller.

— Tiens ! s'étonna-t-il en la considérant d'un air soupçonneux.

Elle se demandait désespérément comment le convaincre de son brusque désir de devenir sa servante. Une idée effleura alors son esprit, une idée qui lui répugnait... Elle ferma les yeux pour trouver le courage de prononcer ces mots :

— Ce ne sont pas vos amis que j'aimerais séduire.

L'air semblait se raréfier autour d'eux. Puis, comme le glas de la mort, des pas résonnèrent sur les marches menant à la loggia.

— Voulez-vous dire que... c'est moi que vous voulez ?

Il s'était exprimé d'une voix rauque, les yeux réduits à une simple ligne.

— J'aimerais rester. Je ferai peut-être une servante acceptable. Je vous en prie !

Mais à quoi bon le supplier, à présent ? Il était trop tard.

— Vous avez de la visite, St. Bride, annonça Alban en les rejoignant. (Au grand soulagement de Katleen qui s'attendait à voir surgir son cousin...) Dois-je toujours ramener la mendiante en ville ?

— De la visite... répéta St. Bride avec un sourire.

Ce n'était pas son sourire habituel, remarqua avec surprise la jeune fille. Il n'avait rien de plaisant. Le bleu de ses yeux s'était brusquement obscurci. L'ombre d'un désir violent les voilait soudain, comme un désir de meurtre...

— Je vais en ville ou pas ? s'enquit Alban.

St. Bride se frotta le menton. Il réfléchissait tout en détaillant Katleen de haut en bas.

— Non, trancha-t-il finalement. Je crois que Katleen va demeurer quelque temps avec nous, Alban. Elle voudrait travailler ici. Si vous alliez dire à Straught et à Quinn de monter ? On boira quelque chose ensemble.

Alban parut étonné mais, se contentant de jeter à la jeune fille un regard noir, il ne posa aucune question et ressortit.

— Vous pourriez vous rendre utile en allant dire à Colette de préparer une collation avec du vin. Vous nous l'apporterez ensuite.

— D'accord, mais je... Je dois d'abord aller chercher quelque chose dans ma chambre.

— Faites vite ! ordonna-t-il en observant les deux hommes à travers les persiennes. Oh, et je tiens à vous préciser que si j'avais vraiment cherché une « servante » (il appuya délibérément sur le mot), j'aurais choisi une domestique plus expérimentée et moins... attirante. Vous me comprenez ?

Elle acquiesça distraitement, toute pressée qu'elle était de courir se cacher dans sa chambre.

— Très bien, dit-il. Je suis content que vous restiez. Vous verrez, je ne me montrerai pas trop exigeant.

Il la congédia d'un signe de tête et elle s'empressa de quitter cette loggia où l'horrible Straught allait apparaître d'un instant à l'autre.

Il lui fallut un certain temps pour retrouver son calme et parvenir à réfléchir de façon cohérente. Elle entendit des pas pesants dans l'escalier, puis dans la loggia. Alors elle sortit silencieusement sur la galerie et se plaqua contre le mur, près de la fenêtre du salon. Peut-être serait-elle enfin fixée sur la nature des relations qu'entretenaient les deux hommes ? Peut-être aussi allaient-ils parler d'elle ?... Ils commençaient à discuter ; elle risqua un regard à travers les persiennes.

— Cela vous intéresse-t-il ? demandait St. Bride en tendant un verre aux deux hommes.

Erath trempa ses lèvres dans le sien mais Quinn avala son brandy en deux goulées et éructa comme un porc.

— Bien sûr ! répondit Straught. Mais voyez-vous, je suis un homme prudent, St. Bride. Je me suis renseigné sur votre plantation de Wolf Island, en Géorgie, annonça-t-il en scrutant son interlocuteur d'un regard perçant.

St. Bride ne paraissait nullement impressionné par l'examen inquisiteur de son hôte. Il souriait nonchalamment.

— Et alors ?

— Eh bien, je crois que vous savez ce que vous faites, mais je veux voir les graines. Je m'y connais, voyez-vous, et je tiens à m'assurer de leur qualité avant de m'engager plus avant.

— Je vais vous les montrer, consentit St. Bride en se levant.

Il écarta quelques chaises paillées près de la cheminée, qui cachaient un grand coffre tapissé de cuir. Plusieurs sacs en papier de riz se trouvaient à l'intérieur.

— Ouvrez-les, commanda Straught à Quinn.

Ce dernier s'agenouilla lourdement et s'exécuta. D'après ce que Katleen voyait, de la galerie, cela ressemblait à de la poudre à fusil : les graines étaient minuscules, d'un gris argent.

— Elles sont parfaites, jugea Straught après les avoir inspectées. Elles ont dû vous coûter une fortune.

— J'ai pu les avoir à crédit, c'est pourquoi il me faut votre réponse rapidement.

— Et si c'était non ?

St. Bride referma le couvercle du coffre.

— Dans ce cas, je chercherais un autre partenaire.

— Mais... vous avez de l'or pour payer tout cela ? Car ma participation et celle de Thionville ne suffiraient pas à couvrir une telle dépense, de toute façon.

St. Bride prit alors plusieurs bourses de soie, posées sur le manteau de la cheminée, et les tendit à Quinn qui s'empressa d'en examiner le contenu.

— Vous gardez tout cet or ici ? s'exclama ce dernier, les yeux exorbités devant un tel trésor.

Il faut dire que l'or pur était rare en ces temps troublés, et beaucoup plus précieux que les bijoux ou le papier-monnaie.

— Vous oubliez que vous êtes dans une contrée primitive, ajouta l'homme de main. On vous égorgerait sans scrupule pour une seule de ces pièces !

— Vous avez raison, les voleurs posent un problème, même ici, à Belle Chasse, admit St. Bride avec un petit sourire. Mais je crois qu'à nous deux, on peut maîtriser la situation.

Comme il parlait, Alban s'était posté derrière Quinn, qui leva les yeux sur les deux hommes. Ils étaient tous deux exceptionnellement grands et forts, d'une stature hors du commun.

— Je vois ce que vous voulez dire, marmonna Malcolm Quinn.

— Très bien, conclut St. Bride en remettant les sacs à leur place. Straught, vous avez pris le temps de vous renseigner sur mon compte, j'aimerais en faire autant en ce qui vous concerne. S'il est dans mon intérêt de m'associer avec des investisseurs, je dois être sûr de faire le bon choix. Je n'ai pas l'habitude d'agir à la légère, encore moins pour une opération de cette envergure.

— Je sais que Wolf Island ne peut vous rapporter de quoi financer de tels projets, alors je m'étonne de vous voir aussi... pointilleux.

— Les fonds que j'avais prévus au départ ne suffisent pas, je le reconnais, mais je ne prendrai pas de décisions hâtives pour autant.

— Et si Thionville et moi ne voulions pas attendre ? jeta brusquement Straught, incapable de contenir plus longtemps son impatience.

Remarquant la nervosité de son maître, Quinn, toujours agenouillé près du coffre, se leva en remontant son pantalon.

— Belle Chasse va me permettre d'amasser une véritable fortune. Louis XV lui-même ne résisterait pas à une telle opportunité. D'après mes calculs, des profits considérables nous attendent. Vous et le comte devrez patienter.

A travers les lattes des persiennes, Katleen remarqua le regard satisfait de St. Bride. Ses doigts pianotaient sur le dossier d'une chaise, comme s'il s'efforçait de contrôler ses impulsions. Que cachait-il sous son calme apparent et derrière son sourire poli ? se demanda-t-elle, intriguée. Était-il l'ami de Straught ou son ennemi ? Elle l'ignorait, mais le simple fait qu'il entretienne des liens avec son cousin le rendait irrémédiablement suspect à ses yeux.

Comme elle aurait voulu s'enfuir loin ! songea-t-elle tristement. Car même si elle était libre d'aller et venir, elle demeurait prisonnière, prisonnière des circonstances. Sa seule consolation, pour l'instant, était que les deux hommes ne faisaient aucune allusion à elle.

Reportant son attention sur la conversation qui se tenait dans le salon, elle se figea tout à coup. Un homme l'observait, à l'autre bout de la galerie... La réprobation haineuse qui marquait ses traits lui glaça le sang.

— Alban, murmura-t-elle en reculant.

Plus grand et impressionnant que jamais, il avança vers elle. Il venait de la surprendre en flagrant délit d'espionnage... Il ne manquait plus que cela !

Sans lui laisser le temps de réagir, il la saisit par le cou et la ramena fermement dans sa chambre. Elle ne put même pas crier ou se débattre, de peur d'alerter les occupants du salon qui ne soupçonnaient rien de la lutte silencieuse qui se déroulait tout près d'eux ?

Après avoir fermé toutes les portes, Alban poussa Katleen dans un fauteuil et lui attacha solidement les poignets aux accoudoirs. Puis il ressortit sur la galerie et ferma les volets derrière lui.

Il la laissait là pour que St. Bride se charge d'elle, songea-t-elle avec une pointe de soulagement. Mais une autre pensée affola son esprit : et si c'était pour la livrer à Straught ? Elle posa sur la porte un regard terrorisé...

Les bras chargés d'un plateau contenant du pigeon farci froid et des figues, Colette entra dans le salon. Elle se hâta d'effectuer le service, comme si elle ne pensait qu'à repartir le plus vite possible.

— Thionville peut venir visiter la plantation quand il le désire, disait St. Bride. Mais je dois savoir quelle somme il compte investir. J'aimerais d'ailleurs que vous me donniez vos chiffres, vous aussi.

— Je lui ferai part de notre entrevue, mais nous devrons connaître votre décision dans deux semaines au plus, répondit Straught tout en regardant Quinn se jeter goulûment sur les mets délicats.

— Nous verrons. Dites-moi, Straught, j'aimerais comprendre votre impatience soudaine. Quand nous en avons discuté, sur le « Bonaventure », vous ne paraissiez pas si pressé.

— J'avais une vieille affaire à régler, et maintenant que j'en suis débarrassé, je peux me consacrer à autre chose.

A présent, Straught regardait avec un dégoût évident Quinn continuer de s'empiffrer. Quand ce dernier s'aperçut que son maître l'observait, il lui sourit, révélant des morceaux de nourriture entre ses dents cariées...

— Vous faites allusion à cette affaire qui vous a retardé à la soirée chez Thionville, je suppose ?

Erath hocha la tête affirmativement.

— Dans quelles autres entreprises êtes-vous engagé, ici ?

Straught se leva brusquement, comme importuné.

— Je dois partir, Ferringer. J'aurais aimé visiter Belle Chasse, mais ce sera pour une autre fois. Venez, Malcolm.

— Oui, Monsieur, répondit ce dernier en reposant son assiette à regret.

— Oh, Ferringer, fit Straught, comme il allait s'engager dans l'escalier. Donnez à Malcolm vos calculs précis sur les profits à venir. Thionville voudra certainement les étudier.

— Je vais les chercher. (St. Bride ouvrit l'armoire du salon et fourragea dans des liasses de feuilles.) Si vous voulez, Malcolm peut attendre et les apporter directement à Thionville.

— Bonne idée, approuva Erath tout en lançant à Colette un regard satisfait. A tout à l'heure, Malcolm, et pas de flâneries avec les esclaves, aujourd'hui, vous m'entendez ?

— Bien, Monsieur, marmonna Quinn en s'emparant à nouveau de son assiette.

Straught disparut vers son fiacre et son homme de main engloutit sa nourriture sans quitter Colette des yeux, tandis que St. Bride rassemblait les documents nécessaires.

— Voilà, fit ce dernier en les lui tendant. Je vous les confie. Dites-moi, Quinn, je vous trouve bien pâle. Je me demande si Straught vous traite convenablement, jeta St. Bride avec un sourire qui n'avait rien d'amical. (Puis il se tourna vers Colette tandis que Malcolm s'en allait.) Qu'est-il arrivé à Katleen ? C'est elle qui devait nous servir.

Dans la loggia, Quinn avala de travers et se mit à tousser violemment. Une bouteille de brandy était posée sur une desserte. Il se servit un verre, engloutit le contenu et s'excusa.

— Ce pigeon était délicieux, monsieur Ferringer. Merci, et à bientôt. (Il paraissait très pressé, tout à coup.) On m'attend, il faut que je me dépêche !

Quinn dévala les marches de l'escalier avec une sorte de fébrilité joyeuse... Étonné, St. Bride le vit s'éloigner ; il courait en jetant sans cesse des regards derrière lui.

— Quelle mouche le pique, tout à coup ?

— Nous avons un problème plus urgent à régler, lança Alban depuis la loggia.

— Bon, mais où diable est passée Katleen ? maugréa St. Bride, les dents serrées.

— Alors, où se cache la petite chipie, cette fois ? lança St. Bride en entrant dans la chambre de la jeune fille.

— Ce n'est pas ce que vous pensez, dit-elle en essayant de se lever.

Mais les liens qui la maintenaient sur le fauteuil étaient bien trop serrés.

— Ce que je pense ?

— Vous avez cru que je vous espionnais et vous vous demandez pourquoi... Mon Dieu ! Que faites-vous ?

Il avait sorti un couteau de sa poche... mais elle poussa un soupir de soulagement quand elle vit qu'il ne s'en servait que pour couper ses liens. Elle frotta ses poignets endoloris et regarda St. Bride.

— Qu'est-ce qui suscitait votre curiosité ? Moi ou mes amis ? Erath Straught, peut-être ? Vous trouvez que sa compagnie ne doit pas être si désagréable que cela ? Je me trompe ?

Katleen baissa la tête.

— Je ne ferais pas ce que vous me demandez, même si Erath Straught était un Apollon.

— C'est mieux ainsi, tout compte fait, parce que je crois qu'il a plus d'ennemis que d'amis, par ici.

— Et... à quelle catégorie appartenez-vous ?

— Je compte parmi ses amis, quelle question ! Ne l'oubliez pas, si jamais vous retourniez en ville et tombiez sur lui !

Elle se contenta de hocher la tête, trop effrayée pour parler.

— Décidément, vous alliez toutes les qualités, ma jolie. Alors au vol et au mensonge, on peut ajouter l'espionnage ! Que faisiez-vous dans la galerie, au lieu de vous occuper du service ?

Elle gardait toujours le silence.

— Que cherchiez-vous en épiant notre conversation ? C'est mon or que vous convoitez ?

— Non ! Pas du tout...

— Vous ne l'aurez pas, Katleen, sauf si c'est moi qui vous le donne... dit-il lentement en lui caressant la joue, et il ajouta, comme pour lui-même : si seulement vous étiez un peu moins attirante ! Je n'avais pas besoin de cela...

— Cet homme, Erath Straught...

Elle s'interrompit. Que pouvait-elle lui dire sur son cousin ? La vérité ? C'était impossible et beaucoup trop risqué.

— Oui ?

— Eh bien, je... C'était lui que j'observais, pas vous.

Il y eut une pause, puis il reprit d'une voix sèche :

— Il paraît que c'est un vrai noceur. Il vous plaît, n'est-ce pas ? Une femme doit apprécier son côté soigné, ses vêtements délicats, son visage enfantin... mais je détesterais que vous tombiez...

— Oh non, il n'y a pas de danger, dit-elle calmement alors qu'elle aurait voulu crier la haine et le dégoût que lui inspirait Straught.

— Et pourtant... vous vouliez voir à quoi il ressemblait ! Cela signifie-t-il que vous vous disposez à accepter mon offre, maintenant ? Vous préférez coucher avec lui plutôt qu'avec moi ?

— Non ! s'exclama-t-elle en sautant de son siège.

Elle faillit laisser exploser l'horreur et la colère que ces insinuations provoquaient en elle, au mépris de toute prudence. Au prix d'un effort terrible, elle parvint à se calmer, et se dirigea vers la loggia. Il tirait des conclusions invraisemblables. Comme il se trompait ! Elle aurait pu en rire, si elle ne s'était trouvée dans cette situation infernale.

— Dois-je prendre ce cri du cœur à mon avantage ? fit-il en la rattrapant.

Il l'attira vers lui et releva son menton, l'obligeant à le regarder. Elle sentit sa main puissante descendre le long de son dos. Tout à coup, il sourit, mais d'un sourire dur et... presque triste.

— Magnifique petite chipie... et ingrate, comme toutes les filles de votre condition : seul l'intérêt vous mène. Vous feriez n'importe quoi pour une pièce d'or.

— Vous vous trompez ! Je ne veux pas de cet homme, pas plus que de vous !

— Ce n'est pas ce que vous m'avez laissé entendre tout à l'heure ! Vous sembliez disposée à accepter mes faveurs, non ? Vous avez besoin d'une bonne leçon. Il faut vous apprendre à respecter votre parole, et je vais m'en charger.

— Non ! Je vous en prie !...

Il l'embrassa sans ménagement et sans égard. Sa langue se faufila entre ses lèvres avec assurance. Elle l'explora avidement. Plus Katleen essayait de résister à cette caresse trop intime, plus il s'enhardissait. Son baiser se fit si profond qu'elle se retrouva sans force, si faible qu'il aurait pu faire d'elle tout ce qu'il voulait. Elle gémit. Profitant de sa rémission, il saisit ses seins, les pressa entre ses doigts. Le choc réveilla brutalement la jeune fille. Jamais aucun homme ne l'avait touchée à cet endroit. Comment pouvait-il agir de la sorte, sans pitié et sans cœur ! Elle comprit qu'il n'attendait qu'une chose : qu'elle se donne à lui.

Alors, sans crier gare, elle mordit violemment la langue qui s'attardait contre la sienne. Il la lâcha d'un seul coup.

— Brute ! Grossier personnage ! cria-t-elle.

Elle frémit, croisant les bras sur sa poitrine

comme pour se protéger de ses assauts. Mais son long cou gracieux présentait une cible facile pour la poigne de St. Bride. Il l'enserra dans sa main, avec une douceur inattendue qui fit courir des frissons le long du dos de Katleen.

— Une brute qui vient de trouver chaussure à son pied !

Il l'écarta soudain de son chemin et, sans un regard en arrière, dévala l'escalier de la loggia et disparut de sa vue.

## 9

Un peu plus tard, dans l'après-midi, appuyée à une colonne de la galerie, Katleen se demandait comment elle allait se sortir de cette impasse. Elle regarda la route au-dehors. Cette route constituait son seul espoir. Après tout, des voyageurs l'empruntaient. Elle finirait bien par en rencontrer un qui accepterait de l'emmener...

— J'ai quelque chose pour vous ! dit Colette en faisant irruption dans la véranda. Venez voir.

Curieuse, Katleen se disposait à la suivre quand elle aperçut St. Bride et Alban s'éloignant de Belle Chasse à cheval.

— Colette, où vont-ils ? s'enquit-elle en s'approchant de la balustrade.

Elle mit sa main en visière devant ses yeux, se protégeant de la luminosité encore aveuglante du soleil.

— Monsieur Ferringer et Alban partent en ville. Ils vont célébrer quelque chose à la taverne.

— Quoi donc ?

Peut-être s'agissait-il des affaires dont son cousin et St. Bride avaient parlé ?

— Je ne sais pas. Ils ne me l'ont pas dit, répondit Colette.

Katleen regrettait de n'avoir su plus tôt qu'ils se rendaient en ville. Elle aurait pu trouver un prétexte pour les accompagner. Une fois à La Nouvelle-Orléans, elle se serait débrouillée pour leur fausser compagnie. Les problèmes qui l'attendaient là-bas l'effrayaient moins que ceux dans lesquels elle se débattait en ce moment...

— Le maître m'a demandé de vous apporter de nouveaux vêtements, reprit Colette.

Dans la chambre de Katleen, Colette déploya deux robes de grosse toile bleue. Elles étaient simples, sans la moindre fioriture. Pourtant un sourire éclaira le visage de la jeune fille : pour la première fois depuis un an, elle pourrait au moins se changer. Il y avait aussi une paire de chaussures, des bas, plusieurs jupons et des fichus. Pour une lady qui ne portait autrefois que de la soie, du velours ou du satin, cette garde-robe était bien sommaire, mais elle l'accepta avec reconnaissance.

— Ces robes vous appartiennent ? demanda Katleen.

— Non, à Babette, la blanchisseuse. Elle n'entre pas dedans ! expliqua Colette.

— Mais... elles ne vont pas lui manquer ?

— Une couturière allemande est venue ici, il y a quelque temps. Elle nous a confectionné de nombreuses robes. Nous pouvons partager. Bon, j'y vais.

— Attendez ! St. Bride ne vous a rien dit à mon sujet ? De quoi m'a-t-il chargée ?

— Il m'a seulement demandé de vous apporter ces robes, ainsi que vos repas. Voilà tout.

— Mais il m'a engagée comme servante ! Il ne m'a rien laissé à faire ?

— Non, mademoiselle, répondit Colette en baissant les yeux.

Perplexe, Katleen remarqua la gêne de la jeune esclave, puis elle comprit. St. Bride ne la gardait pas comme domestique, mais comme « maîtresse ». Elle s'était fourvoyée dans une situation impossible et maintenant elle devait l'assumer. Son « maître » l'honorerait très certainement ce soir même, dès son retour...

— Je dois retourner aux cuisines.

— Attendez, Colette. Je voulais savoir... St. Bride vous a-t-il punie, quand je me suis sauvée ?

— Oh non ! Il a été très gentil. Je suis désolée mais il était surtout en colère après vous.

— Ne soyez pas désolée. Vous n'avez rien à vous reprocher, c'est moi qui vous ai dupée. Mais je suis contente d'apprendre que rien de fâcheux ne vous est advenu par ma faute.

— Merci, mademoiselle. (Colette avança vers la porte puis hésita.) Peut-être... aimeriez-vous descendre dîner à la cuisine ?

Katleen lui adressa un sourire radieux.

— Oui, merci, cela me plairait beaucoup !

Le cœur un peu plus léger, elle suivit la jeune mulâtre.

Dans la soirée, Katleen arpentait nerveusement le salon. Colette avait refusé toute aide de sa part à la cuisine. Se sentant inutile, elle avait fini par regagner la maison vide, après avoir dîné. A présent, elle se demandait ce qui allait lui arriver, lorsque St. Bride rentrerait.

Elle finit par prendre place dans un fauteuil, dans sa chambre. Dehors, dans le soleil couchant, les pacaniers se paraient de lueurs rougeoyantes. Les notes basses et rauques d'un chant montaient jusqu'à elle, depuis les dépendances. C'était l'heure où les travailleurs des champs se délassaient chez eux, après avoir préparé la terre pour les nouvelles plantations de St. Bride. Quand ils rentraient, des enfants les accueillaient avec des cris de joie.

Colette lui avait parlé des esclaves établis dans le village. Ils provenaient de divers pays d'Afrique. Certains d'entre eux, de la deuxième ou de la troisième génération, revendiquaient leur qualité de Louisianais. Katleen se demandait combien ils étaient à Belle Chasse. D'après la rumeur qu'elle entendait la nuit, elle chiffrait leur nombre à des centaines.

A travers les persiennes d'un vert grisâtre, elle contemplait le fleuve. Comme un long serpent luisant et noir, il coulait jusqu'à La Nouvelle-Orléans. Malgré elle, elle pensa à la cabane en bois où gisait Bardolph... Sa gorge se serra. Il lui avait sauvé la vie à deux reprises, et en retour, elle n'avait même pas pu lui assurer des funérailles décentes. Elle pria avec ferveur, espérant son pardon de toute son âme. Des larmes envahirent ses yeux, et elle se détourna du fleuve. Sa proximité l'oppressait, tout à coup.

Retournant au salon, elle recommença à marcher de long en large, s'efforçant d'entrevoir une issue à ses problèmes. Un objet brillant sur la cheminée attira son attention. Il s'agissait d'un dé en émail bleu. Elle le prit, se demandant s'il appartenait à la couturière dont Colette avait parlé. L'observant de plus près, elle eut l'étrange impression de l'avoir déjà vu quelque part. Puis elle comprit.

Sa boîte.

Le dé était exactement du même bleu de cobalt que sa petite boîte où elle rangeait ses fusains. Où pouvait-elle bien être, aujourd'hui ? Pendant sa fuite avec Bardolph, elle l'avait gardée dans sa poche. Ils l'avaient ensuite vendue pour payer leur billet pour La Nouvelle-Orléans. Était-elle quelque part à Glasgow ? Le capitaine du « Deepwater » l'avait-il revendue dans quelque port exotique ?

Comme elle aurait aimé récupérer ce souvenir auquel elle tenait tant... Il représentait sa famille, tout l'amour et tout le bonheur du passé.

Ses doigts se refermèrent sur le dé. Elle décida de le garder, non seulement pour ce qu'il évoquait, mais aussi pour sa valeur. Peut-être lui permettrait-il de convaincre un voyageur de passage de la ramener à La Nouvelle-Orléans ?

Soudain, elle se mit à trembler. « Une lady ne saurait voler, en aucun cas ! » Les paroles de sa mère semblaient venir du ciel, résonnant tout autour d'elle. Dès qu'elle évoquait ses nobles origines, voler lui paraissait au-dessus de ses forces. Elle décida de remettre le dé à sa place.

Mais... La couturière l'avait certainement remplacé, à présent. Quant à St. Bride, il ignorait probablement sa présence sur le manteau de la cheminée.

Katleen jeta un coup d'œil derrière elle. Elle était seule. Puis elle regarda le dé, songeant qu'il lui fallait rentrer en Écosse, dans les Highlands, où elle retrouverait des gens qui ne l'avaient pas oubliée. Elle demanderait justice des actes de son cousin Straught, et ce n'était pas en restant au fin fond de la Louisiane qu'elle l'obtiendrait.

Sa décision était prise : elle mit le dé dans sa poche avec un haussement d'épaules qui se voulait désinvolte. Puis elle prit la pierre à feu pour allumer les chandelles. Bientôt, une lumière douce éclaira la pièce. Katleen se tourna vers la véranda d'où elle distinguait la route. Il était trop tard pour espérer tomber sur des voyageurs. Elle attendrait demain. Elle saisit un chandelier et se dirigea vers sa chambre où l'attendait son lit moelleux.

Mais elle aurait dû se douter que cette soirée ne se terminerait pas aussi sereinement. Appuyé au chambranle de la porte du salon donnant sur la loggia, St. Bride l'observait d'un regard intense.

— Je... Je ne vous avais pas entendu rentrer, murmura-t-elle.

— Je vous ai manqué ? fit-il, un sourire sardonique flottant sur ses lèvres.

Elle remarqua qu'il tournait entre ses doigts une de ces racines qu'il se plaisait à mâcher. Il articulait tout à fait normalement, mais ses yeux brillaient d'une lueur étrange. Et quand il avança dans le salon, ce fut d'un pas mal assuré...

— Vous voulez un verre ?

Il prit une carafe sur la console et la déboucha.

— Je n'ai pas de sherry, dit-il. J'espère que le brandy n'offensera pas votre sensibilité de... jeune fille ?

Il renversa la tête en arrière et partit d'un grand éclat de rire.

— Je ne veux pas de votre brandy !

— On ne discute pas, rétorqua-t-il en lui mettant un verre dans les mains.

Puis il s'installa dans un fauteuil, une jambe sur l'accoudoir.

— Asseyez-vous, ordonna-t-il sur un ton qui ne souffrait aucune réplique.

Elle prit place dans le fauteuil le plus proche. Tout en tournant sa racine entre ses dents, il laissa glisser sur elle son regard vert.

— Vous êtes dangereusement féminine, Katleen chérie.

Incapable de lui répondre, elle avala une gorgée de brandy pour se donner une contenance. Elle avait les nerfs à fleur de peau. L'alcool brûla sa gorge mais elle se sentit instantanément plus calme et plus confiante.

— Et comment comptez-vous affronter ce danger ? osa-t-elle répliquer.

— Tranquillement, parce que moi aussi je suis dangereux.

Il se pencha vers elle et lui prit son verre. Il en but une longue gorgée avant de le lui rendre.

— Comment êtes-vous arrivée jusqu'ici, Katleen ?

— C'est... vous qui m'avez emmenée.

— Non, je voulais parler de La Nouvelle-Orléans.

Elle but à nouveau, prenant le temps de réfléchir. Straught lui avait-il fait des révélations ?

— Je viens d'Écosse.

— Je sais, je sais. Mais quel crime avez-vous commis pour vous être enfuie ici ? Étiez-vous une prostituée d'Édimbourg ? Une criminelle se cacherait-elle derrière ce visage d'ange ?

Il baissa brutalement une épaule de sa robe. Elle se couvrit immédiatement de son fichu mais il prit le temps d'admirer sa peau dénudée.

— Je n'ai commis aucun crime. J'ai la conscience tranquille et je ne me suis pas enfuie. Je suis venue ici de mon plein gré.

— Seule ?

— Non... fit-elle après une pause. Avec un ami.

— Où est-il ?

— Il est mort.

— Mort ? Comment s'appelait-il ?

— Bardolph Ogilvie ! Pourquoi toutes ces questions ?

— Est-ce lui qui vous a appris à voler ?

— Je ne voulais pas voler, mais je n'avais pas le choix. Bardolph se faisait vieux et il avait besoin de rhum.

Elle se mordit la lèvre. Pourquoi donnait-elle toutes ces informations à un homme dont elle se méfiait ? Quel pouvoir surnaturel détenait-il sur elle ?

— Qu'avez-vous fait après sa mort ?

— Rien. Je me suis retrouvée ici.

Il n'en saurait pas davantage !

— De quel endroit d'Écosse venez-vous ?

Katleen ne voulait pas lui répondre mais, en même temps, elle n'avait pas envie qu'il continue à la considérer comme une meurtrière. Elle décida donc de lui révéler une partie de la vérité :

— D'un château. D'un grand château.

— Vous y travailliez, n'est-ce pas ? Qui était votre laird ?

— Je n'en avais pas. Je ne travaillais pas là-bas.

— Ah ? Intéressant... Et quelle place y teniez-vous ? fit-il d'un air moqueur.

Le sous-entendu était clair.

— Décidément, c'est une idée fixe ! s'emporta-t-elle en bondissant de son fauteuil.

D'un geste, il la poussa et elle retomba dans son siège.

— Vous avez raison, vous dominez un peu trop mes pensées. (Il demeura silencieux un instant.) Vous savez, Alban ne vous aime pas beaucoup. Il pense que je devrais me débarrasser de vous.

— Il a peut-être raison, répliqua-t-elle.

Elle non plus n'appréciait pas Alban, mais il se montrait toujours franc, contrairement à St. Bride qui se plaisait à jouer au chat et à la souris. Où diable voulait-il en venir à présent ?

— A la taverne, Alban et moi avons longuement discuté. Nous devions parler de mon succès auprès de Straught, et tout ce dont nous nous sommes entretenus, c'est de vous !

— Curieux...

— Oui, n'est-ce pas ? (Il se leva et se pencha sur elle, posant les deux mains sur les accoudoirs.) J'ai des affaires importantes à mener ici, Katleen. Je me demande quelle folie me pousse à m'encombrer de vous...

Il se pencha encore. Son visage devint sérieux d'un seul coup.

— Que diriez-vous si vous et moi, on prenait un

peu de bon temps, hum ? Vous ne trouvez pas qu'on s'ennuie ferme ici ?...

Voilà donc où il voulait en venir ! Dégoûtée, elle repoussa ses mains des accoudoirs et se leva.

— Vous êtes ivre ! Et en outre, vous êtes l'homme le plus grossier que j'aie jamais rencontré ! Je préférerais faire n'importe quoi plutôt que de rester ici à subir vos avances !

Il se mit à rire.

— Je vous trouve bien arrogante pour une servante !

— Je ne serai pas votre servante. Je me suis trompée en acceptant de rester.

— Si vous vous imaginez pouvoir partir sans me payer en retour, vous vous faites des idées, ma belle. Vous avez été très claire, ce matin, non ?

— Je vous ai offert de devenir votre servante, rien d'autre.

— Rien d'autre ? répéta-t-il en s'approchant d'elle, la dominant de toute sa hauteur. Mais ce dont j'ai besoin, c'est d'une servante « personnelle ».

— Ne comptez pas là-dessus !

— Alors allez-vous-en ! Mais d'abord, enlevez cette robe.

— Quoi ?

— Oui, cette robe m'appartient et j'entends la garder. Vous n'avez rien fait pour qu'elle vous revienne, alors rendez-la-moi tout de suite, fit-il en tendant la main.

— Très bien mais... qu'avez-vous fait de mes vêtements ? Rendez-les-moi et vous aurez votre robe de malheur ! riposta-t-elle, les yeux brillants de colère.

— Vos vêtements étaient bons à jeter. C'est ce que nous avons fait, d'ailleurs.

Il prit une gorgée d'alcool et un sourire cruel se dessina sur son visage.

— J'ai dit : enlevez cette robe.

— Non ! Comment pourrais-je partir d'ici sans rien sur le dos ?

— Enlevez-la.

Malgré son ivresse, il restait alerte. Il se jeta sur elle. Elle lui échappa et se mit à courir. Malheureusement, elle prit la mauvaise direction : dans son affolement, elle se précipita dans la chambre de St. Bride... Elle se réfugia de l'autre côté du lit.

— Je n'enlèverai pas cette robe, St. Bride Ferringer. Mettez-vous bien cela dans votre cerveau malade !

— Vous refusez ? Mais elle m'appartient, j'ai la loi de mon côté, assura-t-il avec un sérieux forcé.

— Allez au diable, vous et votre loi !

Il bondit sur elle. Prise de vitesse, elle se retrouva sur le lit. Il se coucha sur elle et empoigna ses bras. Katleen lutta énergiquement. Peine perdue : elle ne réussit qu'à s'enfoncer un peu plus profondément dans l'épaisseur du matelas, toujours prisonnière du corps de Ferringer. Épuisée, elle finit par renoncer à se tortiller dans tous les sens. Il voulut alors lui enlever son fichu et une nouvelle bataille s'engagea, qu'il gagna, bien entendu. Il lui immobilisa les bras derrière la tête, les maintenant d'une main. Puis il dénoua le nœud du fichu avec ses dents. Immobile sous lui, Katleen le regardait faire avec des yeux horrifiés. Cependant, bizarrement, elle éprouvait en même temps une certaine excitation. Elle sentit son souffle chaud contre sa peau puis, une fois le nœud défait, ses lèvres brûlantes au creux de ses seins.

— Arrêtez, souffla-t-elle, grisée par sa caresse.

— Essayez de m'en empêcher, répliqua-t-il en s'attaquant aux lacets de son corsage.

Katleen ne réalisa qu'il avait lâché ses mains que lorsqu'elle sentit ses doigts se glisser dans l'entrebâillement du corsage, puis saisir le bout de ses seins, les pincer doucement...

— Arrêtez ! Vous n'avez pas le droit !

St. Bride se contenta de rire tandis que sa main descendait le long du buste, vers le ventre... Elle se débattit à nouveau et soudain, un petit bruit cristallin les arrêta un instant. Le dé avait roulé sur le sol...

— Qu'est-ce que c'est ? s'enquit St. Bride.

Il maintint la jeune fille sur le lit et se pencha pour découvrir ce qui était tombé. Il ramassa le dé et le montra à sa prisonnière. Il paraissait minuscule au milieu de sa large paume.

— Ce... Ce n'est pas ce que vous pensez. Colette me l'a prêté. Elle voulait que je lui reprise quelque chose.

— Menteuse ! Ce dé n'a jamais appartenu à Colette. Il était à ma sœur. Je l'ai gardé pour qu'il me porte bonheur. Vous vouliez me le voler, ni plus ni moins !

— Non ! A quoi m'aurait-il servi ? Je ne sais pas coudre.

— Cette fois, je vous crois ! La couture est un art que pratiquent les jeunes filles de bonne famille, pas les filles perdues !

— Ô juste ciel ! Lâchez-moi ! explosa-t-elle, au comble de la fureur.

— Je ne supporte pas que vous vouliez me voler, fit-il sur un ton soudain grave. Dois-je vous rappeler que je vous ai épargné la potence, Katleen ?

Elle secoua la tête à contrecœur.

— Vous devriez au moins vous montrer docile et reconnaissante envers votre sauveur.

— Je vous considère comme un geôlier, pas comme un sauveur attendant des... « remerciements » !

— Je n'y peux rien si vous êtes aussi attirante que

malintentionnée, dit-il en déposant un baiser sur l'arrondi de sa poitrine.

La pointe de ses seins aussitôt se durcit. Jamais Katleen n'avait éprouvé de telles sensations. Elle aurait voulu fuir cet homme et en même temps, elle brûlait du désir de s'offrir à lui, tout entière. Ses caresses l'enivraient, mais elle s'appliqua à demeurer impassible tandis que les lèvres de St. Bride s'attardaient contre son cœur dont le rythme effréné trahissait son émoi. Il ne pouvait l'ignorer, pas plus que la rougeur qui incendiait les joues de la jeune fille.

Mais elle ne pouvait se permettre de laisser ce fourbe profiter d'elle ! Jamais personne n'avait osé avoir de telles privautés avec elle ! Jamais ! Instinctivement, elle chercha son « sgian dhu », qu'elle avait bien sûr perdu depuis longtemps. Elle comprit alors que, même si elle l'avait eu en sa possession, il ne lui aurait servi à rien. St. Bride n'était pas un homme comme les autres. Auprès de lui, elle perdait tous ses moyens. Il détenait un étrange pouvoir sur elle, un pouvoir fascinateur qui la rendait toute molle entre ses bras. Elle se sentait prête à accepter tout ce qu'il voulait...

— Vous savez ce que je pense, Katleen ? fit-il en relevant la tête. Je pense que vous devez manquer à votre maître... si toutefois il est toujours en vie. Il vit encore, n'est-ce pas ?

— Non ! Je l'ai tué dans son propre lit parce qu'il refusait de me lâcher !

St. Bride partit d'un grand éclat de rire. Puis il roula de côté. Elle en profita immédiatement pour lui échapper. Elle bondit hors de la couche et rattacha pudiquement son corsage.

— Katleen... Ma douce, mon bel ange noir... Aimeriez-vous garder ce dé ?

Elle avait gagné la porte et se retourna vers lui,

regardant avec mépris le dé qu'il lui tendait.

— A votre place, je le prendrais. Sa couleur est assortie à celle de vos yeux et puis... il vous sera utile. Oui, vous en aurez besoin pour vous coudre un vêtement quand j'aurai repris cette robe !

Il voulut à nouveau se jeter sur elle, mais cette fois, elle s'y attendait. Esquivant son assaut, elle s'enfuit dans le salon, poussant les fauteuils derrière elle pour entraver la course de son poursuivant. Mais il était rapide, malgré tout l'alcool qu'il avait bu.

— Vous croyez vous débarrasser de moi aussi facilement ? gronda-t-il en écartant violemment une chaise de son chemin.

— Laissez-moi tranquille ! cria-t-elle en se réfugiant derrière une bergère.

La fureur qui assombrissait le regard de la jeune fille la rendait encore plus désirable.

— Où voulez-vous vous sauver ? Pourquoi vous obstiner à garder cette robe ? Cela ne sert à rien !

Et il continua à avancer, ôtant un nouveau siège de son passage.

— Je vais me réfugier près de Colette ! Elle me protégera de vous. Elle n'aime pas les hommes !

— Peut-être pas les hommes blancs, mais je crois savoir qu'elle a un certain goût pour ceux de sa race. Je doute qu'Alban et elle apprécient beaucoup votre visite à cette heure !

— Comment ?... Alban et elle...

— Eh oui ! Vous voyez, il ne vous reste plus qu'à retourner dans mon lit.

— Plutôt mourir ! hurla-t-elle en attrapant un chandelier qu'elle brandit vers lui comme une arme.

— En voilà assez ! tonna-t-il rudement en lui arrachant le chandelier des mains et en le jetant au sol.

Katleen se replia dans la loggia où elle buta contre une jardinière plantée de tulipes jaunes.

— St. Bride, je vous en prie, vous ne pouvez pas faire ça !

— Rendez-moi cette robe, Katleen.

— Non ! cria-t-elle quand elle sentit ses mains l'agripper.

— Alors vous acceptez de devenir ma servante particulière ?

— Non !

St. Bride sourit. Le clair de lune dessinait sur son visage des ombres argentées. Le vent chaud de la nuit charriait jusqu'à eux des senteurs d'olivier. Sa magie invisible les enveloppa. Une étrange langueur s'empara de Katleen. St. Bride en profita pour dénouer à nouveau son corsage.

— Vous n'aurez pas cette robe ! protesta-t-elle faiblement.

— Allons... Vous aimerez cela, je vous le promets.

Il la serra étroitement contre lui.

— Non, St. Bride ! s'affola-t-elle.

Rien ne semblait pouvoir l'arrêter quand son regard se mettait à briller avec une telle intensité.

— Je vous en prie... gémit-elle dans un sanglot.

St. Bride lâcha le lacet du corsage et essuya doucement la larme qui coulait sur la joue de la jeune fille.

— Que se passe-t-il ?

— Vous devez arrêter. Je serai votre servante, soit, mais vous n'aurez pas ma robe.

— Je vous ai effrayée à ce point ? Allons, ce n'était qu'un jeu, Katleen.

Il prit le petit visage en feu entre ses mains.

— Mon Dieu ! Je pourrais passer tout mon temps à vous regarder ainsi ! Vous êtes si belle, Katleen, mon ange noir...

Il admira la peau lisse des joues humides, parfaite et légèrement rosée, les lèvres appétissantes. Troublé, il s'absorba ensuite dans la contemplation des yeux de velours, ombrés de longs cils noirs. Il chassa une autre larme qui s'y accrochait. Puis il plongea une main dans la masse bouclée des longs cheveux d'ébène, avec volupté.... Ému, il murmura d'une voix rauque :

— Divinement belle... mais déroutante. Chaque fois que je crois être sur la bonne voie avec vous, je m'aperçois que je me suis trompé.

Il renoua les lacets de son corsage, comme il l'aurait fait pour une enfant. Puis il recula d'un pas.

— Quel âge avez-vous ?

— Dix-neuf ans.

Il parut soulagé qu'elle ne fût pas plus jeune.

— Je ne comprends rien... ajouta-t-il, s'interrompant pour chercher ses mots. Je ne voulais pas vous bouleverser ainsi, au contraire.

Elle se détourna.

— Katleen, que vous arrive-t-il ? insista-t-il en lui prenant le bras.

— Je n'ai jamais connu d'homme, et je ne veux pas que vous soyez le premier.

— Vous voulez dire que...

— Oui, souffla-t-elle.

Katleen se sentit humiliée de lui révéler une chose aussi intime.

Un sourire sardonique éclaira le visage de St. Bride.

— Vous n'avez pourtant rien d'une vierge ! Me prenez-vous pour un idiot ?

Elle faillit le gifler, mais leurs affrontements répétés commençaient à la lasser. Elle fit volte-face, désireuse de se réfugier dans sa chambre. Il l'arrêta :

— Une servante doit s'excuser auprès de son maître avant de se retirer.

— Auriez-vous l'obligeance de me permettre de

prendre congé, maître ? fit-elle d'une voix tremblante de colère.

— Voilà qui est beaucoup mieux ! J'entends qu'à l'avenir, vous ne vous adressiez à moi qu'en ces termes.

Avant de quitter la loggia, elle ne put s'empêcher de lancer :

— Je serai votre servante, monsieur Ferringer. Votre servante « personnelle ». Mais laissez-moi vous dire que vous regretterez de m'avoir engagée !

## 10

Le lendemain, le temps radieux contrastait violemment avec les noires pensées de Katleen. De légers nuages cotonneux tempéraient par instants l'ardeur du soleil. Leur blancheur ressortait intensément sur le bleu du ciel. Sur la galerie, la jeune fille inspira profondément l'air pur qui passait à travers les persiennes.

Elle avait mal dormi et s'était levée à l'aube. Toute la nuit, elle s'était posé des questions au sujet de St. Bride. Mais, de toute façon, elle ne resterait pas assez longtemps à Belle Chasse pour le connaître mieux.

Elle l'entendit se lever, puis buter contre les chaises renversées du salon. Sans doute les effets de ses excès de la veille... Tant mieux !

Katleen sortit sur la véranda. Cette journée magnifique lui rappelait la beauté des matins de printemps, à Mhor...

— Déjà levée ? Bon ! fit une voix odieusement familière, derrière elle.

Elle se retourna. Plus séduisant que jamais avec

ses cuissardes, ses chausses de daim et son ample chemise blanche, il s'avança vers elle. Il semblait frais et dispos alors qu'elle tenait à peine sur ses jambes. Mais peut-être cherchait-il justement à l'épuiser ?

— Excusez-moi. J'ai promis à Colette d'aller l'aider aux cuisines.

— J'ai mieux pour vos débuts, fit-il en l'entraînant vers le cabinet de toilette. Vous allez me préparer un bain, ajouta-t-il en désignant la grande baignoire de cuivre. Allez dire à Colette de faire chauffer de l'eau et revenez ici.

Pétrifiée, elle demeura figée sur place. Ainsi, il entendait qu'elle accomplisse « tous » les devoirs d'un valet de chambre !

— Qu'attendez-vous ?

Elle releva la tête avec un air de défi et passa devant lui avec froideur.

Il fallut près d'une heure pour préparer le bain de St. Bride. Seau après seau, Katleen ne cessa de monter et descendre jusqu'à ce que l'immense cuve se remplisse. Après avoir posé un bloc de savon blanc et des serviettes moelleuses sur le tabouret, elle alla chercher son « maître ».

— Déjà ? s'exclama-t-il du salon, devant son café refroidi.

— Je ne suis pas habituée à de telles tâches domestiques, pardonnez-moi, « maître » ! rétorqua-t-elle en s'inclinant dans une révérence moqueuse.

— J'avais oublié que vous aviez autrefois une armée de domestiques à votre disposition pour se charger de ces basses besognes, ironisa-t-il en se levant. (Elle s'éloignait vers l'escalier de la loggia.) Restez là. Je vais avoir besoin de vous.

Avec un sourire malicieux, il disparut dans le cabinet de toilette... mais la rappela immédiatement.

— Katleen ! Nom d'un chien, Katleen ! Venez ici !

Elle se précipita vers la petite pièce mais elle hésita sur le pas de la porte. Devait-elle entrer ? Et s'il était nu ?...

— Katleen !

La mort dans l'âme, elle se résolut à le rejoindre. Elle éprouva un intense soulagement en constatant qu'il avait noué une serviette autour de ses hanches.

— Quelque chose ne va pas ? s'enquit-elle innocemment, se demandant ce qui motivait son courroux.

— Cette eau est brûlante ! Vous vouliez m'ébouillanter ?

Il lui montrait sa main blessée qui en plus de la cicatrice provoquée par le « sgian dhu », était cramoisie à présent, comme après un coup de soleil.

— Je... Je ne m'étais pas rendu compte que l'eau était si chaude, balbutia-t-elle, consternée. D'après Colette, elle était à point...

— Vous ne saviez donc pas que vous deviez rajouter de l'eau froide !

— C'est la première fois que je prépare un bain. Autrefois, d'autres se chargeaient de cette besogne pour moi. Voulez-vous que Colette vous fasse un onguent ?

— Non, c'est inutile, fit-il en la scrutant attentivement. J'aurais parié que vous l'aviez fait exprès...

— Mais non ! Vous devez me croire, je vous en prie !

Il n'eut pas l'air convaincu et lui commanda d'apporter de l'eau froide.

Un peu plus tard, quand elle revint avec le dernier broc, elle trouva St. Bride dans l'eau. Confuse, elle déposa son fardeau, prête à se retirer.

— Katleen, qui préparait vos bains, autrefois ?

— Je vous ai dit que je vivais dans un château, mais j'avais l'habitude d'être servie, non de servir.

Tout en parlant, elle essayait de ne pas poser les

yeux sur lui, mais ce corps masculin semblait appeler son regard. Elle remarqua tout d'abord la toison brune de son torse, où luisaient des gouttes d'eau. Au moindre mouvement du jeune homme, les muscles fermes de son ventre se tendaient. Quand il commença à savonner sa poitrine, elle suivit les cercles réguliers de sa main sur sa peau, légèrement étourdie. L'atmosphère de la pièce lui sembla tout à coup étouffante et elle voulut sortir, mais St. Bride n'entendait pas la congédier aussi vite :

— Attendez ! J'aimerais que vous me frottiez le dos, déclara-t-il en lui tendant le savon.

— Oh, non ! Ce ne serait pas convenable, se défendit-elle.

Jamais elle n'oserait s'approcher de la baignoire ! Ne risquait-elle pas d'entrevoir sa nudité ?

— Pas convenable ! répéta-t-il en riant. (Il l'éclaboussa plaisamment.) Est-ce dans votre château que vous avez appris les convenances ? Ceux qui se sont occupés de votre éducation ont donc omis de vous apprendre qu'il n'était pas « convenable » de voler ?

— Ne vous moquez pas de moi, s'il vous plaît.

— Décidément vous m'intriguez, petite chipie... Bon, prenez ce savon et frottez-moi le dos. Ensuite, vous pourrez aider Colette aux cuisines.

Katleen comprit qu'elle n'avait pas le choix. Elle s'approcha de la baignoire, se posta derrière lui et, les yeux rivés au plafond, elle prit le savon qu'il lui tendait. Elle fut bien obligée, pourtant, de regarder un peu ce qu'elle faisait et constata que... l'eau du bain était bien trop claire à son goût ! Elle mouilla l'éponge en essayant de se calmer. Puis elle commença son travail, avec énergie, s'efforçant d'ignorer le contact de la peau sous ses mains, le jeu des muscles longs et déliés qui roulaient sous ses doigts. A l'odeur fraîche du savon se mêlait celle de St. Bride, beaucoup plus troublante...

Elle déplaça les cheveux noués en catogan pour mieux masser les épaules. Son émoi atteignit son comble quand il se mit à accompagner ses mouvements, montant et descendant à leur rythme. Un feu intérieur sembla s'allumer en elle, consumant ses pensées, ses forces, sa raison ; une étrange contraction se propagea dans son ventre. Elle ralentit inconsciemment. St. Bride tourna la tête vers elle. Immédiatement, elle reprit sa cadence, désireuse de lui cacher le trouble qui l'étourdissait. Hélas, elle laissa échapper le savon qui disparut dans l'eau.

— Vous avez perdu quelque chose, dit-il, la regardant avec intensité.

— Je... je n'en ai plus besoin. Je vais vous... rincer.

Nerveusement, elle se mit à chercher l'éponge. Il la désigna de la tête, elle était devant lui.

— C'est cela que vous cherchez ?

— Non, dit-elle trop vite, en attrapant une serviette.

Elle ne voulait en aucun cas passer de l'autre côté de la baignoire et faire face à St. Bride.

— Katleen, pas si vite. Vous devez d'abord retrouver le savon.

— Oh ! Allez au diable !

Elle jeta la serviette et courut vers la porte.

— Vous aurais-je choquée ? s'étonna-t-il, l'air innocent.

— Je ne récupérerai pas le savon dans l'eau de votre bain ! Tenez-vous-le pour dit !

Il éclata de rire en remarquant les joues enflammées de la jeune fille.

— Bon, puisque c'est au-dessus de vos forces...

— Puis-je me retirer maintenant ?

— Je ne sais pas... Vous n'avez pas terminé votre tâche, me semble-t-il...

Ses yeux turquoise brillaient intensément entre ses paupières mi-closes.

— Je voudrais me retirer ! cria-t-elle, ne pouvant contenir sa colère plus longtemps. Vous allez me rendre folle à la fin !

— Très bien. Disparaissez, petite effrontée ! Je me rincerai tout seul, dit-il en faisant semblant de lui lancer l'éponge.

Il s'amusait à ses dépens. Impuissante, elle vit un sourire narquois se dessiner sur ses lèvres, alors elle fit volte-face et disparut, ivre de rage.

Quand St. Bride la rejoignit, une heure plus tard, elle pensait qu'elle préférait mille fois la vie de voleuse à la vie de servante... Colette lui avait demandé de remuer une crème anglaise, sur le vieux fourneau. Katleen s'y était employée quand Candy s'était mis à miauler. Elle avait posé la cuillère un instant pour lui donner son plat. Au même moment, le vieil esclave nommé Grand-Louis était apparu à la porte de la cuisine, réclamant son repas à cor et à cri. Quand Katleen était retournée à ses casseroles, la crème bouillait à gros bouillons. Bien entendu, St. Bride choisit ce moment-là pour faire à son tour irruption dans la cuisine. La crème déborda et s'enflamma ! Échevelée, une traînée noire sur le nez, la jeune fille contemplait les dégâts sans réagir. Jurant copieusement, St. Bride prit la situation en main en renversant sur le feu un petit sac de farine, maîtrisant ainsi le début d'incendie. Il se tourna ensuite vers Katleen :

— Vous avez une haine farouche contre moi ou bien essayez-vous de tuer tout le monde ici ?

— Je comprends maintenant pourquoi Bardolph avait choisi de vivre dans la rue ! Il ne rencontrait pas tous ces problèmes, s'exclama-t-elle en se laissant choir sur une chaise.

Totalement découragée, elle regardait St. Bride à travers la fumée.

— Je crois que vous êtes irrécupérable, Katleen. Suivez-moi, Colette se chargera de votre apprentissage une autre fois.

Il lui prit la main et l'entraîna à travers la cour pavée de briques.

— Où m'emmenez-vous ? demanda-t-elle, comme ils rejoignaient Mathias, le palefrenier, qui tenait une jument baie sellée.

— Je vais faire le tour de mes terres et j'ai besoin de compagnie. Vous n'êtes pas contente de quitter la maison un moment ?

— Avec vous ? Certainement pas !

Elle voulut rebrousser chemin mais il lui barra la route. Puis il prit les rênes de Canis qu'un autre esclave lui tendait.

— Alors Katleen, vos études sur l'art de voler et de mentir vous ont-ils laissé le temps d'apprendre l'équitation ?

— Odieux personnage ! riposta-t-elle, blessée par ses insultes.

— Vous montez à cheval, oui ou non ?

Il se hissa sur le dos du superbe étalon noir qui s'ébroua :

— Doucement, Canis, doucement, murmura-t-il en lui flattant l'encolure.

— Oui ! jeta-t-elle, les dents serrées.

— Vous en êtes sûre ? insista-t-il en guidant l'étalon derrière elle.

— Pourquoi ne me laissez-vous pas regagner la cuisine, puisque vous en doutez ?

— J'aime autant éviter une nouvelle catastrophe. Bon, à présent, montrez-moi comment une fille des rues se tient en selle !

De toute évidence, il la défiait. Il la croyait incapable de se tenir à cheval et s'imaginait qu'elle ne resterait pas deux minutes sur le dos de la jument. Ce fat ignorait qu'elle montait probablement mieux que lui ! Galoper dans des champs bien plats était un jeu d'enfant pour elle qui avait maîtrisé des Shetlands fougueux sur les pentes accidentées de Mhor !

Sans un mot, elle prit les rênes des mains de Mathias, les fit passer sur l'encolure de l'animal et se plaça en amazone avec élégance. Puis elle partit au petit trot vers la route.

Elle se retourna. St. Bride la regardait avec un étonnement amusé. Il ne la considérait visiblement pas comme une cavalière émérite ! Comme elle s'éloignait sur le chemin, elle ne vit pas qu'il l'observait avec une perplexité croissante. Il se demandait où et comment elle avait pu apprendre à monter de cette manière...

Dès qu'il la rejoignit, elle lança sa jument au grand galop, à travers champs. C'était sous-estimer la vitesse de l'étalon noir qui ne tarda pas à la rattraper. Ils chevauchèrent ainsi côte à côte durant un court moment, quand tout à coup, sans même ralentir, St. Bride se pencha, saisit sans cérémonie la jeune fille par la taille et la fit basculer sur l'étalon. Katleen se retrouva assise sur le pommeau, sans avoir eu le temps de comprendre ce qui lui arrivait. Furieuse, elle vit sa monture reprendre tranquillement le chemin de la plantation.

— Comment osez-vous ? Espèce de brute !

— Je n'ai pas envie de me faire voler ma meilleure jument sous mon nez ! Encore une de vos ruses !

— Pas du tout ! hurla-t-elle. Vous vouliez savoir si je montais à cheval ; je vous ai fait une démonstration ! Et si votre jument n'était pas aussi molle, vous n'auriez pu vous emparer de moi de cette façon !

— Molle ! Moi qui ai simplement voulu vous éviter des déboires ! Comment aurais-je pu deviner que vous montiez aussi bien ? (Il raffermit sa main contre la taille de la jeune fille, comme pour lui montrer qu'elle n'avait aucune chance de glisser de la selle.) Où avez-vous appris ?

Katleen fulminait. Comme elle aurait aimé lui lancer la vérité en plein visage ! Sa naissance, son éducation et sa fortune lui imposeraient le respect ! Mais c'était prendre des risques inutiles, d'autant plus qu'il ne la croirait probablement pas. Les rares fois où elle avait évoqué Mhor Castle, il lui avait ri au nez. Et puis, elle n'était pas tout à fait certaine de pouvoir intimider un homme comme St. Bride Ferringer...

Elle choisit de répliquer par le sarcasme.

— Avez-vous déjà vu un voleur de chevaux qui ne sache pas se tenir sur une selle ? rétorqua-t-elle en s'écartant de lui au maximum.

St. Bride ne répondit pas. Il guida Canis au pas dans les champs. Katleen était dans une position fort inconfortable : elle ne voulait ni se laisser aller contre le jeune homme, ni perdre l'équilibre et tomber. Elle resta donc raide et figée sur le pommeau, pestant intérieurement.

Ils parcoururent ainsi des kilomètres à travers les marais. Des aigrettes blanches fourrageaient tranquillement dans le sol, ployant leur long cou pour trouver des insectes. Elles apportaient une note rassurante dans l'étrange paysage du bayou. Mais Katleen frissonnait quand elle entendait le cri rauque d'un alligator. Elle repensa à cette terrible nuit où St. Bride l'avait découverte dans le buisson de symphorines.

Lançant un coup d'œil par-dessus son épaule, elle songea qu'il n'était pas si redoutable, en y réfléchissant bien. Ne l'avait-il pas sauvée de la mort alors que le matin même, elle essayait de le voler et le blessait cruellement à la main ? N'avait-il pas pris soin d'elle ensuite ? Peu d'hommes se seraient conduits comme lui, Katleen le savait bien, au fond.

Mais il avait le don de l'exaspérer ! Et puis, Erath faisait partie de ses connaissances...

Discrètement, elle le considéra tandis qu'il contemplait les vastes étendues où il planterait ses pavots. Comment un homme aussi indépendant et perspicace pouvait-il s'acoquiner avec un être aussi nuisible que son cousin ? Elle se sentit envahie d'une tristesse inexplicable tandis qu'il scrutait le sol détrempé envahi par les mauvaises herbes.

— Aimeriez-vous visiter Versailles, Katleen ? demanda-t-il brusquement.

Ils venaient de s'arrêter près d'un bouquet de chênes, oasis inattendue au milieu de la désolation.

— Versailles ? répéta-t-elle sans comprendre.

Devenait-il fou ? A moins qu'il ne l'ait toujours été, ce qui expliquerait son amitié avec Straught...

— Oui, Versailles. Si on allait y faire un tour et s'y reposer, à l'ombre ?

Cela ne faisait plus aucun doute : il avait perdu l'esprit ! Le soleil lui avait probablement tapé sur la tête, il sombrait dans le délire. Car rien dans ces plantations en friche ne risquait d'évoquer les splendeurs du palais du Roi-Soleil !

— Ça vous plairait ?

— Sans doute... murmura-t-elle, songeant qu'il était plus prudent de ne pas contrarier un dément.

— Bien, fit-il en l'attirant soudain contre lui. J'ai envie de vous faire découvrir mes richesses.

— Ne vous donnez pas cette peine, répondit-elle. Je me moque de...

Elle s'arrêta sous l'intensité soudaine de son regard. Il l'observait avec une attention extrême, depuis la courbe de ses hanches qui ondulaient langoureusement au moindre mouvement de Canis, jusqu'à ses boucles noires ébouriffées qui cascadaient sur sa gorge nue. Il paraissait un affamé dévorant des yeux le mets le plus fin... Quand il plongea à nouveau ses yeux dans les siens, elle aperçut un sourire se dessiner lentement sur ses lèvres.

— Bienvenue au Petit Versailles, Katleen.

Elle se redressa et regarda à nouveau le bosquet de chênes qu'il lui désignait. St. Bride mit pied à terre, prit sa sacoche et aida la jeune fille à descendre. Toujours troublée par son regard ardent, elle le laissa encercler sa taille de ses mains puissantes et la déposer doucement à terre.

— Pourquoi sommes-nous ici ?

— Pour prendre du bon temps ensemble, bien sûr.

— Quoi ? Mais il n'en est pas question ! s'écria-t-elle en chassant ses mains qui s'attardaient toujours sur ses hanches.

— Très bien. On va seulement s'asseoir et se reposer un peu, fit-il en prenant place nonchalamment contre le large tronc d'un vieux chêne.

A travers l'ouverture de sa chemise dénouée, elle apercevait son torse où perlaient de minuscules gouttelettes de transpiration. Il faisait une chaleur très lourde. Au loin, une ombre menaçante envahissait le ciel, signe d'un orage en préparation. Katleen aurait volontiers rejoint St. Bride à l'ombre du feuillage, car elle aussi mourait de chaleur dans sa robe trop épaisse. Mais elle préférait encore subir la brûlure implacable du soleil de juin plutôt que de s'asseoir à ses côtés !

— Pourquoi appelez-vous cet endroit le Petit Versailles ? J'ai entendu parler du superbe palais de Louis XIV, mais je ne vois pas le rapport.

St. Bride l'observait, l'air songeur.

— Curieux, vous avez prononcé « le Petit Versailles » sans le moindre accent. Répétez un peu.

Elle refusa, effrayée par sa perspicacité. Certes,

Morna et elle avaient suivi des cours de français, tout comme elles avaient appris le dessin, la couture et l'art d'écrire. Mais elle avait à peine dit trois mots et... Cet homme faisait preuve d'une sagacité redoutable !

— Vous parlez français, n'est-ce pas ? (Elle ne répondit pas.) C'est ici, en Louisiane, que vous avez appris quelques mots ?

— Très peu, mentit-elle.

— Je voudrais vous séduire, ici même et maintenant ! lança-t-il en français. Je ne rêve que de cela, ma belle.

Katleen pâlit.

— Je veux que vous me caressiez... ajouta-t-il dans la même langue. Sentir vos mains sur mon corps, vos lèvres sur mon ventre...

— Vous n'êtes qu'un débauché ! explosa-t-elle, incapable d'en entendre davantage sans réagir. Cessez de me dire des choses pareilles !

— C'est bien ce que je pensais. Vous connaissez le français, « intimement »...

— Et alors ? Il y a beaucoup de Français en Louisiane, non ?

— Cela n'explique pas votre façon de vous exprimer. Dites : « je vous désire ».

— Je ne vous désire pas ! lança-t-elle en anglais.

— Dites-le en français. Les mots ne sauraient me convaincre, de toute façon, car votre corps me tient un tout autre langage...

La prenant totalement au dépourvu, il bondit brusquement et saisit le bas de sa jupe.

— Laissez-moi !

— Dites-le, Katleen. Dites-moi en français ce que nous savons parfaitement tous les deux.

Il se mit à rire, et plus elle tirait sur sa jupe, plus il riait. A la fin, excédée, Katleen lui dit ce qu'elle pensait de ses manières — dans un français impeccable :

— Vous n'êtes qu'un sauvage, une brutc épaisse obsédée par une idée fixe !

St. Bride reprit instantanément son sérieux. Il ne la lâcha pas pour autant mais leva ses yeux turquoise vers elle.

— Une idée fixe ? Ces choses-là n'appartiennent pas vraiment au domaine des idées, il me semble.

— Oh ! misérable ! répliqua-t-elle en anglais.

Elle donna une violente secousse à sa jupe, qu'il consentit enfin à lâcher, et recula hors de portée. Furieuse qu'il soit parvenu à la mettre en colère, elle croisa rageusement les bras sur sa poitrine.

— Venez ici, petite servante française.

— Je ne suis pas française !

— Mais vous parlez la langue couramment, et vous la comprenez parfaitement aussi. Quel est ce nouveau mystère ?

Sa question, posée sur un ton plaisant, dissimulait une interrogation plus pressante. Devait-elle lui parler de monsieur Girard, son précepteur français qui s'était occupé d'elle, à Mhor ? Bien sûr que non ! D'abord, il ne la croirait pas. Et puis cela l'amènerait à lui poser d'autres questions auxquelles elle ne pourrait répondre. Elle changea brusquement de sujet :

— Pourquoi appelez-vous ce pauvre bouquet d'arbres « le Petit Versailles » ?

St. Bride la considéra avec méfiance. Il n'était pas dupe mais expliqua néanmoins :

— Le Petit Versailles faisait partie des rêves avortés de Launier.

— Qui est Launier ?

— L'homme qui construisit Belle Chasse. (Il sortit une flasque en argent de sa sacoche.) En plus de la maison, il projetait de créer une sorte de paradis, par ici, sous les arbres et les roses trémières. Regardez, fit-il en désignant un immense chêne dont les lourdes branches croulaient jusqu'au sol, un peu plus loin.

— Oui ?

— Il voulait élever là-bas une petite pagode rouge. Et là, une chute d'eau. Il envisageait de faire de cet endroit un véritable palais de rêve.

— Comment savez-vous tout cela ?

— J'ai retrouvé ses croquis et ses plans. Je crois qu'il était un peu fou. C'est peut-être aussi mon cas, ajouta-t-il avec un sourire plein de charme.

— Peut-être ? fit-elle, détournant les yeux. Pour moi cela ne fait aucun doute. Cet endroit est peuplé de chimères.

Là où elle ne voyait que mauvaises herbes, un original avait imaginé des cultures prospères. Elle se souvint de ces moments où, portée par le mal du pays, elle allait s'asseoir au bord du Mississippi et s'efforçait d'apercevoir des lochs bleus dans les eaux boueuses du fleuve. Mais la réalité implacable reprenait inévitablement le dessus...

— Je crains que mes rêves ne soient aussi délirants que ceux de Lanier, dit-il en buvant une gorgée de sa flasque. Mais moi j'aime la déraison et j'ai la ferme intention d'aller jusqu'au bout. D'autres se satisfont aisément de leur sort...

Katleen se figea. Il faisait allusion à sa pauvreté, le scélérat ! A la dette qu'elle avait envers lui !

— Un jour, j'aurai de l'argent et je vous dédommagerai !

— Je ne parlais pas de vous.

A nouveau, il bondit lestement et saisit la jeune fille. Il la fit violemment culbuter sur lui.

— Si je construis ce Petit Versailles, daignerez-vous habiter avec moi, Katleen ?

— Jamais ! cria-t-elle en luttant pour se dégager. Même s'il s'agissait du vrai Versailles !

Elle s'aperçut avec effroi que son corsage bâillait

sur sa poitrine. Comme elle regrettait de ne pas avoir mis son fichu !

— Et si je vous construisais une grande maison, pleine de valets chinois aux cheveux nattés sur la nuque et aux moustaches en pointe ?

— Jamais ! répéta-t-elle, les yeux brillants de rage. Katleen se sentait prête à lui arracher les yeux, mais en même temps, elle ne parvenait pas à comprendre pourquoi ses provocations délibérées la rendaient aussi furieuse.

— N'en parlons plus, lança-t-il avec un sourire amusé.

Et il ajouta d'une voix de plus en plus grave et rauque :

— Je réduirai mon or en poudre et je l'apporterai ici. Puis je jetterai cette poudre dans ces arbres. Elle se répandra partout et nous nous coucherons là, sous cette voûte éblouissante. La nuit, je vous embrasserai, je lécherai les minuscules grains d'or sur votre peau...

— Vous délirez complètement ! Je...

Elle cessa brusquement de bouger quand elle sentit avec consternation le ventre de St. Bride se durcir contre elle...

— Voilà qui est mieux, dit-il. Tenez-vous tranquille.

Il enfouit sa main dans la masse de boucles noires. Elle se tortilla à nouveau pour essayer de se soustraire à sa caresse mais il semblait se délecter de la sentir se débattre ainsi sur lui.

— Une goutte de vin ? proposa-t-il en lui montrant sa flasque.

Elle secoua la tête.

— Buvez. Je sais que vous n'avez pas mangé. Cela vous fera du bien.

Il approcha le goulot des lèvres de Katleen et la força à avaler quelques gorgées.

— Ça suffit ! protesta-t-elle en toussant.

Déjà, la saveur capiteuse produisait son effet. Son manque de sommeil et son estomac vide la rendaient particulièrement sensible à la magie du vin. Et St. Bride en était parfaitement conscient : il avait soigneusement tout calculé.

Mais l'alcool insuffla à la jeune fille un courage inattendu.

— A quoi jouez-vous, St. Bride Ferringer ? Vous ne vous intéressez ni aux pagodes ni aux chutes d'eau, et vous me semblez loin d'être aussi fou que vous voulez le paraître !

— C'est seulement de vous que je suis fou...

Il sourit à nouveau et posa un doigt sur les lèvres de sa prisonnière. Mais voyant son petit visage fermé, il se calma :

— Confiez-moi votre rêve secret, mystérieuse Katleen. Je pourrais peut-être le réaliser...

— Je rêve de partir d'ici.

— Pour aller où ? A La Nouvelle-Orléans ? A Fort Biloxi ? Dans quelque entrepôt abandonné, en amont du fleuve ?

D'une main, il cueillit une branche de roses trémières retombantes et en para les cheveux de la jeune fille.

— Je souhaiterais retourner en Écosse, dit-elle, le souffle court, ignorant à quel point elle était attirante avec ses grands yeux brillants et sa somptueuse chevelure ornée de fleurs.

— L'Écosse sort de la guerre, Katleen. Ce n'est pas un endroit pour vous. Et puis, n'avez-vous pas déjà fui ce pays ?

— L'Écosse est ma seule patrie. Je ferais n'importe quoi pour la retrouver.

— N'importe quoi, hum ?... Aimeriez-vous aller en Géorgie ?

— Est-ce de là-bas que vous arrivez ?

— Ce serait peut-être une solution pour vous, continua-t-il. Puisque vous voulez quitter la Louisiane, je peux vous emmener chez moi, à Wolf Island, si vous le désirez. Je n'ai pas l'intention de m'attarder ici.

— Mais je n'ai aucune envie de vivre avec vous !

— Suis-je donc si désagréable ? murmura-t-il en approchant son visage du sien. Vous vous dérobez dès que je vous approche. Vous me trouvez trop vieux ? Ou trop laid ?

— N... non...

— Trop pauvre alors ? Belle Chasse manque un peu d'éclat, je vous l'accorde. Mais si vous venez à Wolf Island, tous vos doutes sur ma fortune se dissiperont.

— Je ne veux devenir la maîtresse d'aucun homme. Je veux simplement rentrer en Écosse.

— Vous rendez-vous compte de ce que je vous offre ? Savez-vous qui je suis ? ajouta-t-il en retrouvant tout à coup son ton impérieux.

— Je sais seulement que vous parlez couramment français, que vous fréquentez des gens vils, et que vous gardez des graines de pavot dans votre salon. C'est tout, et je ne suis pas certaine de vouloir en apprendre davantage.

St. Bride jura intérieurement en secouant la tête.

— Je parle français comme tout homme de ma condition, et Alban n'est pas vil, que je sache. Quant à mes graines de pavot, je vais les faire fructifier ici, à Belle Chasse.

— Belle récolte en perspective ! lança-t-elle sarcastiquement en tentant à nouveau de se libérer de son étreinte, sans succès, une fois de plus.

— Je commence à m'habituer à votre mépris. Mais vous devriez réfléchir : je représente votre unique espoir, croyez-moi.

D'un doigt léger, il effleura le visage de la jeune

fille sur lequel jouait le soleil à travers le tamis dentelé des feuilles de chêne. Il remarqua alors les cernes qui soulignaient ses yeux, témoins d'une intense fatigue. Il se radoucit instantanément :

— J'aimerais bien que les choses soient différentes entre nous, dit-il.

— Donnez-moi les moyens de rentrer en Écosse, et elles changeront peut-être.

La honte empourpra les joues de Katleen. Elle venait de lui faire une offre qu'elle n'était même pas sûre d'avoir le courage et l'audace d'honorer, mais c'était le seul moyen pour elle de regagner son pays...

— Vous recommencez à vouloir me séduire ? murmura St. Bride. C'est une offre généreuse, mais il n'est pas dit qu'elle me suffise. Voyez-vous, Katleen, le problème vient du fait que j'ai de plus en plus envie que vous restiez.

— Si j'avais été un homme, j'aurais été corrigé comme un voleur et livré à la justice. Pourquoi faut-il que les femmes aient toujours droit à des traitements différents ?

— Si un homme avait fait ce que vous avez fait hier, il serait mort à présent. Alban ne possède aucune pitié pour les espions. Il se serait lui-même chargé de la besogne.

Katleen frémit quand il embrassa légèrement le lobe de son oreille.

— Estimez-vous heureuse d'être encore en vie, souffla-t-il.

Elle détourna la tête.

— Ainsi, vous me traitez comme un jouet et vous attendez des remerciements...

— A vous de décider. Vous pouvez me considérer comme votre mentor, celui qui vous a sauvée des marais, épargné la prison... ou bien comme votre ennemi qui vous a capturée et veut vous soumettre à ses désirs.

— Non ! Vous n'avez pas le droit de me traiter ainsi ! Je connais des hommes en Écosse qui vous tueraient pour les paroles que vous venez de prononcer.

— Mes paroles vous blessent ? Mais d'où sortez-vous, enfin ? Des quais, que je sache ! Vous n'êtes qu'une fille des rues, dépourvue d'honneur et de sens moral ! Vous me l'avez prouvé à plusieurs reprises. Pourtant... vous restez désirable à mes yeux.

Elle sentit son bras se raffermir autour d'elle.

— Je veux bien oublier ces... inconvénients, à condition que vous vous donniez à moi de votre plein gré. Je serai doux, vous n'avez rien à craindre. Si vous devenez ma maîtresse, vous porterez les plus beaux satins, les brocarts les plus riches, les diamants et les saphirs les plus purs. Ce n'est pas une promesse en l'air, Katleen.

— Pourquoi vous obstinez-vous ainsi ? Il y a un tas de filles qui se battraient pour obtenir un tel « privilège » !

— Mais pas vous, n'est-ce pas ?

Avec un profond soupir, elle plongea son regard dans le sien.

— Non, pas moi.

— Vous avez une dette envers moi, rappela-t-il après un long silence. Comment comptez-vous vous en acquitter ?

Comme elle ne répondait pas, il enchaîna :

— Faites l'amour avec moi, une seule fois, Katleen, et on sera quittes. Vous n'irez pas en prison et je ne vous obligerai pas à devenir ma servante. Je pourrais même m'occuper de votre retour en Écosse.

Elle scruta son visage. Il était grave. Plus aucune trace d'ironie ou d'amusement dans ses yeux. Il semblait sombre, même. Elle savait qu'il éprouvait des désirs impérieux, et un frisson lui parcourut l'échine quand elle se demanda comment il réagissait lorsqu'on l'empêchait de les assouvir.

— Et si je refuse ? fit-elle d'une toute petite voix, tandis qu'il déposait un léger baiser sur ses lèvres.

— Que ressentez-vous quand je fais ça ?

Il pinça doucement la lèvre inférieure de la jeune fille entre ses dents, puis le lobe de son oreille. Il glissa ses doigts sous la masse de boucles sombres et lui caressa doucement la nuque.

— Rien, souffla-t-elle malgré la roseur de ses joues et la moiteur de ses mains qu'elle s'obstinait à attribuer à la chaleur.

— Et ça ? grommela-t-il.

Il la cala plus intimement sur lui, insinua ses genoux entre ses jambes et les écarta, positionnant étroitement son corps sur le sien. Elle sentit contre elle sa virilité, malgré la barrière de leurs vêtements. La douce toison qui recouvrait le poitrail de St. Bride picotait la naissance de ses seins. Voulant résister, elle se tortilla sur lui mais il demeura implacable. Elle cessa de lutter et il se détendit un peu, sans la lâcher pour autant. Il n'attendait plus qu'une réponse à ses avances.

Katleen savait que, si elle le voulait, elle finirait par le décourager. Il n'était pas homme à prendre une femme contre son gré. Aussi s'efforça-t-elle de demeurer impassible, fermant les yeux pour ne plus voir ce visage si séduisant tout près du sien, ce cou si masculin où l'émotion faisait battre une veine. Elle parvint même à ignorer le long corps de cet homme qui la maintenait sur lui de façon si possessive.

Mais il finit par entrevoir une faille dans l'armure imaginaire dont elle s'était enveloppée. Au fur et à mesure qu'il appuyait ses lèvres sur la peau brûlante de la jeune fille, elle respirait de plus en plus fort, de plus en plus vite. Elle trouva tout à coup qu'il sentait la terre, le feu et le vent mêlés. Jamais elle n'avait rien connu de semblable. Elle était comme sous l'effet d'une drogue, une drogue qu'elle avait farouchement refusée mais dont elle avait désespérément besoin à présent. Cette odeur l'envoûtait, l'étourdissait. Ses idées se mélangeaient, son corps allait la trahir. Non ! Il ne fallait pas ! Mais c'était comme s'il lui ravissait son être pour l'enivrer de plus belle.

Elle gémit, puis elle ouvrit les yeux, incapable de supporter plus longtemps la bataille qui faisait rage en elle. Lui attendait, guettait le moment propice pour passer à l'action. Et ce moment était venu.

— Dites-moi que vous ne voulez pas de moi, Katleen...

Et d'un mouvement brusque, il la fit rouler sous lui.

Ils s'embrassèrent comme jamais ils ne s'étaient embrassés jusque-là. Les lèvres de St. Bride parcouraient celles de la jeune fille avec un art qui la subjugua totalement : elle succomba à leur exigence avide. Effarée, elle se rendit compte que non seulement elle acceptait son baiser mais qu'elle y répondait avec ardeur. Son esprit tenta désespérément de se révolter encore, mais ses sens frémissaient de plaisir, l'emportaient dans une course folle. Lentement, avec une détermination tranquille mais inébranlable, il continuait de lui faire perdre la tête.

Vaincue, elle se détendit complètement dans ses bras. Surpris, il interrompit brièvement son baiser pour le reprendre aussitôt d'une façon encore plus gourmande. Quand elle émit un long gémissement, il crut qu'il avait gagné.

— Oui, Katleen, oui... Mon ange noir... murmura-t-il contre sa bouche.

Elle sentait le poids de son corps sur elle, et

l'herbe contre son dos. Sous l'effet de la chaleur et du feu qui l'attisait, sa peau luisait. St. Bride la contemplait avec une admiration sincère. Ses yeux turquoise se promenaient sur elle avec lenteur, savourant le spectacle infiniment excitant de cette peau parfaite et lisse, brillante d'humidité. Elle ignorait la sensualité qui se dégageait d'elle en cet instant. Lui s'en délectait, le souffle court. Soudain, il baissa la tête contre la gorge de la jeune fille et fit courir sa langue entre les seins palpitants. Elle s'arc-bouta avec un soupir tremblant, ses sens entraînés dans une ivresse incontrôlable.

La langue de St. Bride continuait son chemin, de plus en plus lentement, sur le renflement de sa poitrine. Quand il commença à défaire les lacets de son corsage, elle faillit chasser sa main pour le faire à sa place tant elle était impatiente de lui offrir davantage, de le sentir contre sa peau nue.

— Vous m'appartenez, ma belle. Vous aurez ce que vous voulez, mais sachez que je vous désire passionnément.

Katleen ouvrit les yeux instantanément. Brusquement dégrisée, sa conduite l'affola. Certes, l'Écosse était au bout... Il lui suffisait d'accéder au souhait de cet homme pour que son vœu le plus cher se réalise.

Il se pencha pour reprendre ses lèvres mais la magie était rompue. Son esprit retrouvait son habituelle clarté. La jeune fille en elle prit le dessus. Pouvait-elle sacrifier sa virginité à un homme qu'elle n'aimait pas ? Et qui ne l'aimerait sans doute jamais ? Non ! Elle ne se donnerait qu'à celui qui l'épouserait, pas à un étranger, à même le sol, sous un arbre ! Son retour en Écosse ne valait pas un tel prix.

Les mains enfouies dans les cheveux de St. Bride, elle le retenait pour l'empêcher de l'embrasser, alors qu'une seconde auparavant, elle brûlait de l'attirer contre elle.

— Que se passe-t-il ? s'étonna-t-il en voyant l'effroi dans les grands yeux bleu nuit.

— Arrêtez, je... je ne veux plus, balbutia-t-elle.

Il scruta son regard durant un long moment, comme pour lire dans son âme. Ce qu'il découvrit lui fit fermer les yeux. Il émit un bref grognement.

Katleen avait l'impression qu'on venait de jeter un verre d'eau glacée sur son corps embrasé. L'instinct de survie de Crécerelle refaisait brusquement surface. Elle se dégagea et s'assit sur l'herbe. Appuyant sa tête contre le tronc du chêne derrière elle, elle regarda le ciel où s'amassaient les gros nuages chargés de pluie. « Mon Dieu, qu'ai-je fait ? » songea-t-elle, furieuse contre elle-même tout à coup. La colère grondait en elle comme le tonnerre lointain ; des éclairs striaient le bleu sombre de ses prunelles.

— Mon corps m'a trahie, maugréa-t-elle.

Silencieux, St. Bride l'observait. Il vit qu'elle reprenait le contrôle de ses sens. Il prit finalement la parole, avec une expression indéchiffrable sur le visage :

— Trahissez-vous, Katleen. C'est bien moins grave que de me trahir, moi.

Il tendit la main pour la ramener vers lui mais elle se leva brusquement et, sans un mot, s'en fut en courant vers Belle Chasse.

## 11

Dans l'après-midi, à l'heure où Colette faisait cuire le pain, comme chaque jour, l'orage éclata. Il rafraîchit agréablement l'atmosphère lourde et étouffante dont souffraient particulièrement ceux qui devaient travailler près du four.

Lorsque les premières gouttes de pluie commencèrent à tomber, Katleen alla se réfugier dans la cuisine. Elle était pâle. Ses yeux creusés et inquiets semblaient dévorer son petit visage délicat.

— Vous êtes encore malade ? s'inquiéta Colette en fronçant les sourcils. Je ne vous ai pas donné assez de ma potion.

Katleen grimaça. La décoction d'herbes avait un goût épouvantable. Elle ne se sentait pas la force d'avaler à nouveau de cette infâme mixture.

— Non, Colette. Je vais très bien. Je crois seulement que j'ai faim.

— Tenez, dit la jeune esclave en posant un grand plat sur la table en cerisier. J'ai fait du gâteau de riz.

— Je suis désolée pour la crème, Colette. Candy avait faim, Grand-Louis est venu m'interrompre lui aussi et... j'ai perdu le contrôle de la situation ! C'est que... je n'avais jamais fait la cuisine jusqu'ici.

— La crème n'était plus qu'un amas de farine. Et puis il y a eu le feu, non ? La plaque était toute noire.

— C'est St. Bride qui l'a éteint. Excusez-moi encore, Colette.

— Alban m'a raconté que le maître était venu ici, puisqu'il vous avait emmenée.

Katleen n'avait pas la moindre envie d'évoquer sa « promenade » avec St. Bride.

— Oui, répondit-elle cependant à Colette. Il voulait faire un tour à cheval.

— Oh, vous, vous êtes malade, j'en donnerais ma main à couper ! Je vais vous préparer des herbes.

La mulâtresse s'approcha de l'étagère où étaient rangés divers bocaux en verre soufflé, emplis de mystérieux assortiments.

— Non, Colette ! Je vous assure, j'ai seulement faim, intervint vivement la jeune fille en se servant une part de gâteau.

Il était moelleux, sucré et merveilleusement frais, pour avoir séjourné dans une jarre de Provence que l'on enfouissait à mi-hauteur dans le sol. Katleen n'avait rien mangé d'aussi délicieux depuis longtemps. Elle vida son assiette en un rien de temps, puis s'adossa au dossier de sa chaise tout en dégustant un café bien fort que Colette lui avait préparé. Toute au plaisir de le savourer, Katleen entendit à peine les coups discrètement frappés à la porte.

L'esclave balaya de la main la farine qui blanchissait son tablier avant d'aller ouvrir. Personne ! Ni sur le seuil ni dans la cour... C'est alors qu'elle aperçut un bouquet de fleurs des champs noir et jaune, posé contre le chambranle. Colette le prit en riant et revint dans la cuisine.

Katleen remarqua la roseur de ses joues, puis la nouvelle robe en calicot de la jeune esclave, sur laquelle elle portait un joli tablier de lin aussi blanc que les fleurs de magnolia. Un changement subtil s'était opéré chez la jeune adolescente : elle était devenue une superbe jeune femme.

Curieuse, Katleen demanda, en désignant le bouquet :

— De quoi s'agit-il ?

— Je croyais que cela n'arriverait jamais, dit Colette en serrant les fleurs contre son cœur d'un air rêveur.

— Mais qu'est-ce que cela veut dire ?

— Que je suis aimée.

Et, sous le regard perplexe de Katleen, elle émit un long soupir...

Un peu plus tard, désireuse de chasser à tout prix St. Bride de ses pensées, elle s'appliquait à se rendre utile. En revenant des lavoirs où Babette lui avait confié un plein panier de linge, elle aperçut un mot fixé sur la porte d'Alban. Sa curiosité l'emporta sur la sagesse. Elle s'approcha de la case, après s'être assurée de rester seule dans la cour. Quelques secondes lui suffirent pour déchiffrer le message tracé d'une écriture masculine, ferme et droite.

Alban,

Je vais à La Nouvelle-Orléans pour voir notre cher ami Straught. Ainsi, il n'y aura pas de problèmes avec Katleen.

St. Bride

« Il n'y aura pas de problèmes avec Katleen ». La jeune fille relut la note en se mordant les lèvres. « Il n'y aura pas » ou « Il n'aura pas... » ? Cela ne semblait pas très clair car la plume avait dérapé, et le « y » était peu visible. Elle pria désespérément pour que ce ne soit pas une rature, car dans le cas contraire, cela signifiait que St. Bride savait qui elle était. Mais le doute s'était insinué en elle. Et si elle se faisait manipuler ? St. Bride en connaissait-il plus sur elle qu'elle ne le croyait ?

Elle s'efforça de se calmer. Sans doute avait-il simplement voulu dire qu'elle ne serait pas là pour les espionner. Elle se détendit et parvint même à se persuader qu'elle n'avait pas lieu de s'inquiéter. Oui, si St. Bride avait eu l'intention de lui nuire, elle l'aurait deviné. Elle n'aurait pas aimé à ce point ses baisers s'il avait ressemblé à Straught. Son corps pouvait peut-être la trahir, mais pas son âme. Un signe quelconque l'aurait forcément alertée, un regard, une intonation.

Un sourire incertain se dessina sur ses lèvres. Était-elle en train de perdre l'esprit ? Voilà qu'elle défendait St. Bride, à présent ! Secouant la tête avec un petit rire, elle allait repartir vers les cuisines quand elle se figea sur place.

— On sourit, miss Katleen ? Il n'y a pourtant pas de quoi.

Il arracha le mot du clou et Katleen se retourna. Il avait surgi à pas de loup derrière elle. En dépit de sa stature, il savait se déplacer comme un félin, tout comme son maître.

— Alban, je...

Elle ne put en dire davantage. Quel prétexte pouvait-elle invoquer ? Une nouvelle fois, elle s'était empêtrée dans une situation compromettante.

— Vous espionniez, une fois de plus, lança-t-il sèchement.

— Je ne suis pas une espionne.

— Vous ignoriez que c'était ma case ? Retournez aux cuisines, Colette aura peut-être une meilleure influence sur vous.

Sur ce, il entra dans la case et lui claqua la porte au nez.

— Ses allées et venues me laissent indifférente, disait Katleen à Colette, dans la cuisine.

La nuit tombait. Elle n'avait pas revu St. Bride depuis le retour du « Petit Versailles ». Colette avait voulu informer Katleen de son retour de La Nouvelle-Orléans mais celle-ci avait haussé les épaules. « Je ne veux pas le savoir. » Elle tentait de s'en persuader, en redoublant d'ardeur pour faire briller un gobelet d'argent déjà étincelant. Elle ne voulait rien évoquer qui puisse lui rappeler l'intense volupté qu'il avait éveillée en elle sous les chênes.

S'affairant auprès de Colette, Katleen se sentait mal à l'aise. Non qu'elle s'estimât coupable, mais l'idée que la jeune esclave désapprouvait sa conduite l'attristait. Une sorte d'amitié était née entre elles, et Katleen aurait aimé la préserver car, à part elle, elle collectionnait les ennemis à Belle Chasse. Alban se méfiait d'elle irrémédiablement à présent. Quant à St. Bride, il ne pensait qu'à la posséder.

Sans doute leur vulnérabilité commune avait-elle rapproché les deux jeunes filles. L'honnêteté et la grande dignité de la jeune esclave avaient également impressionné Katleen. Quoi qu'il en soit, le regard suspicieux que Colette posait à présent sur elle lui fendait le cœur.

— Vous êtes très en colère après moi ?

— Le maître s'est montré bon avec vous. Vous l'avez bafoué. Vous n'auriez pas dû lire cette note.

— Je ne lui fais pas assez confiance pour me soumettre à sa volonté. Comment deviner ses véritables motivations sans essayer de me renseigner à ma manière ?

Katleen aurait voulu parler franchement à son amie, mais elle ne pouvait lui en dire davantage, car Colette était entièrement dévouée à son maître, elle le savait.

— Monsieur Ferringer est incapable de mal agir, affirma Colette tout en essuyant la table.

— Vous le croyez vraiment ? Si vous saviez, Colette ! Il n'a qu'une seule idée en tête, et moi je tremble dès qu'il essaie de me toucher. Il me prend pour ce que je ne suis pas, Colette !

— Mais qu'êtes-vous donc, sinon une prostituée ?

Un silence plana soudain dans la cuisine. Colette était fâchée, ces mots lui avaient échappé et elle les regrettait à présent. Des larmes brillaient dans les yeux de Katleen. Elle ferma les paupières pour les refouler. Quand elle rouvrit les yeux, ils étaient secs. Elle se tenait raide et droite sur sa chaise.

— Le destin m'a joué un tour terrible, confia-t-elle. Je suis exactement le contraire de ce que tout le monde pense. Et cela me fait atrocement souffrir.

— Oh, Katleen, je suis désolée. J'ai dit des choses indignes. (Colette secoua sa tête coiffée de madras et se mit à rire.) Ah, les hommes ! fit-elle. La femme doit toujours se résigner.

— Certainement pas moi ! fit Katleen dans un sursaut d'orgueil.

— Il le faut bien, pourtant. Tel est notre lot.

— Pas le mien. Je ne me suis jamais donnée à personne et ce n'est pas à St. Bride que j'accorderai cet honneur !

— Quoi ? (Colette la considéra, stupéfaite.) Comment serait-ce possible, avec la vie que vous meniez ? Vous avez sûrement...

— Bardolph m'obligeait seulement à voler. Il savait que j'étais incapable de... coucher avec quelqu'un pour de l'argent.

La voix de Katleen tremblait. Était-il bien prudent de se confier ainsi ? Colette garda le silence un instant, puis elle reprit :

— A mon avis, vous devriez vous estimer heureuse qu'un homme distingué comme St. Bride veuille être le premier.

Colette la regardait avec une affection compréhensive, mais sa soumission irrita la jeune fille.

— Je compte bien avoir quitté Belle Chasse avant ! J'attends une occasion favorable, et je gagnerai Fort Rosalie ou Fort Maurepas, avoua Katleen, revenue à ses anciens projets.

— Vous savez mieux que personne qu'il n'est pas facile de fuir Belle Chasse. Nous sommes cernés par les marais. Seule la route du fleuve est praticable, mais peu de voyageurs s'aventurent dans ces parages. Et n'avez-vous pas entendu parler des massacres indiens à Fort Rosalie ? Si vous voulez vraiment partir, vous ne devez pas partir seule. Le maître pourrait vous y accompagner, mais plus le temps passe et plus je pense qu'il ne le fera pas.

— Et pourquoi ? jeta Katleen, exaspérée.

— Parce que vous lui plaisez énormément.

Katleen leva les yeux au ciel.

— Alban connaît très bien le maître, continua Colette. C'est peut-être pour cela qu'il ne vous aime pas, Alban. Il prétend que St. Bride n'est plus le même homme depuis qu'il vous a rencontrée, que jamais il n'a désiré une femme comme il vous désire. Il dit que vous êtes son point faible, tout comme Lady Mary Greenling.

— Mary Greenling ? répéta Katleen, surprise.

Elle s'imagina tout à coup une jeune et jolie épouse attendant impatiemment son mari, en Géorgie. Le prénom évoquait la douceur et la docilité, encore plus finement que celui de Morna. Katleen le détesta immédiatement.

— Comment, il est marié, alors qu'il me fait ouvertement la cour devant tout le monde ?

— Non ! Mary était sa sœur.

Katleen se demanda pourquoi elle se sentait tellement soulagée tout à coup...

— Sa demi-sœur, précisa Colette. Elle est morte il y a quelques mois, continua-t-elle dans un murmure.

— Que lui est-il arrivé ? chuchota Katleen.

Elles interrompirent leurs confidences. A travers les persiennes, elles venaient d'apercevoir Alban traverser la cour. Il se dirigeait vers les cuisines et, malgré la nuit tombante, elles remarquèrent son air sombre.

— Nous ne reparlerons plus jamais de tout cela, Katleen, dit doucement Colette. Je garderai vos secrets, et vous devrez garder les miens. Je vous en ai trop dit, mais c'était seulement pour vous rassurer. St. Bride éprouve beaucoup de chagrin, et si ravir votre virginité peut lui redonner goût à la vie, je serais heureuse pour lui. Tous ceux qui le servent l'aiment et l'admirent. Je lui suis entièrement dévouée. Et même si je vous comprends, il reste mon maître avant tout.

Sur ce, Colette éteignit les braises des fourneaux pour la nuit, en les aspergeant d'eau. Alban pénétra dans la cuisine, le visage soucieux en effet, et aussitôt Katleen s'excusa et regagna sa chambre.

Une autre nuit d'insomnie l'attendait. Étendue dans son lit, elle entendit le maître de Belle Chasse rentrer au petit jour. Quand il traversa la loggia, elle songea avec effroi à la mystérieuse note qu'elle avait lue. St. Bride représentait une énigme pour elle, une énigme qui l'effrayait.

Le souvenir de leur étreinte sous le chêne revint la tourmenter. Les sensations que St. Bride avait fait naître en elle s'éveillèrent, atténuées bien sûr : il manquait le contact, les parfums... Elle se tourna de côté en se mordant les lèvres. Elle ne voulait pas qu'il soit le premier. Non, elle ne se donnerait qu'à l'homme de son choix. Elle ne renierait pas les fondements mêmes de son éducation : seul l'amour la guiderait. Sinon, elle commettrait un péché irrémédiable.

Alors pourquoi brûlait-elle maintenant de le revoir ? Furieuse contre elle-même, elle tendit l'oreille. St. Bride s'apprêtait à se coucher. Il enlevait ses bottes : deux chocs sourds ébranlèrent le plancher. Katleen essaya de deviner quel autre vêtement il retirait ensuite. Le grincement d'une chaise lui parvint. Y avait-il posé sa chemise, ou bien ses... chausses ? Tous ses sens en éveil, elle se mit à plat ventre et ferma résolument les yeux. Mais, malgré elle, elle continua à se demander ce qu'il faisait dans sa chambre. S'endormait-il vite ? Restait-il un moment étendu, à regarder son ciel de lit ? Sa soirée en ville l'avait-elle détendu ? Ses lèvres portaient-elles au contraire ce pli sévère qui apparaissait lorsqu'il était fatigué ou contrarié ? Comme elle aurait aimé les caresser, en ce moment, soulager ses angoisses et ses peines... Elle eut soudain envie qu'il lui sourie, comme ce premier jour, sur les quais, quand ils s'étaient retrouvés assis dans la boue.

Katleen enfouit la tête contre l'oreiller. Elle ne se reconnaissait plus. Décidément, il fallait qu'elle quitte Belle Chasse sans délai : elle était en train de devenir folle !

Le lendemain, le soleil brûlait avec ardeur. Ses rayons de feu faisaient craquer le bois et les tuiles. Heureusement, un orage éclatait chaque après-midi, inévitable quand il se dégageait du sol une chaleur aussi intense. La pluie violente abreuvait alors les iris sauvages et grossissait les eaux lentes du Mississippi. En Louisiane, l'été connaissait un climat troublé. Il fallait attendre les premières fraîcheurs d'octobre pour que le temps s'apaise.

En fin de matinée, Katleen se vit confier la tâche de nourrir les pigeons. Elle soupçonnait Colette de vouloir l'éloigner des cuisines, ce qui était compréhensible, après les catastrophes qu'elle avait provoquées la veille.

Elle jeta des graines autour du grand pigeonnier carré surmonté d'un toit pentu. Conformément à la tradition, il s'élevait à l'entrée de la plantation afin de symboliser la richesse de son propriétaire. Belle Chasse possédait depuis peu des oiseaux pour sa volière. Quand Joseph et Mathias avaient ouvert pour la première fois les accès au pigeonnier, Katleen avait craint que les pigeons ne s'envolent et ne disparaissent à jamais dans la nature. Mais au contraire, ils se plaisaient à revenir manger dans leur grand abri, et ne semblaient pas désireux de trop s'en éloigner.

— Miss Katleen, vous voulez bien qu'on vous coiffe ?

Armée d'un peigne en argent, Valentine accourait vers Katleen, suivie de sa sœur jumelle, Vénus. Les deux petites filles d'esclaves avaient cinq ans.

— Oh, les vilaines ! Elles ont chipé le peigne de St. Bride ! Mais... ce sont de nouvelles robes ! Tournez un peu, que je vous regarde.

Les fillettes tournoyèrent gracieusement en relevant leur jupe couleur caramel.

— C'est le maître blanc qui nous les a données ! annonça Valentine en sautillant, aussitôt imitée par sa sœur. Il est très gentil !

— Vraiment ? fit Katleen.

Comme elle ne voulait pas gâcher leur plaisir, elle garda son opinion pour elle.

— Vous êtes deux petites coquines ! enchaîna-t-elle en considérant le peigne d'un air sévère. Ainsi vous voulez me coiffer ?

Incapable de résister à leur regard implorant, Katleen éclata de rire. Les deux fillettes l'adoraient et elle le leur rendait bien.

— D'accord, mais il faudra se montrer prudentes, les enfants. Je ne tiens pas à ce que St. Bride nous surprenne. Il est capable de penser que c'est moi qui vous ai envoyées voler son peigne !

Elles allèrent s'installer à l'ombre de la galerie. Katleen prit place dans un fauteuil en bois, puis elle ôta les épingles qui retenaient ses cheveux. Ses boucles tombèrent en cascade dans son dos sous l'œil émerveillé des jumelles.

— Chacune à son tour, dit-elle à Vénus comme Valentine commençait à coiffer les longues mèches noires.

Renversant la tête en arrière, Katleen s'abandonna aux mains appliquées de la petite fille.

Le mouvement du peigne la détendit. Peu à peu,

ses paupières s'alourdirent. Candy sauta sur ses genoux et se mit à ronronner sous ses caresses. Un vent tiède et agréable venait l'effleurer par instants. Elle avait du mal à garder les yeux ouverts. Sans doute la chaleur intense provoquait-elle cette langueur...

Valentine eut un petit rire, ou peut-être était-ce Vénus ? Katleen ne savait plus, elle somnolait.

Imperceptiblement, elle perçut un changement subtil dans le mouvement du peigne. Ce fut d'abord un long frôlement qui courait dans ses cheveux, puis remontait jusqu'aux boucles plus serrées de ses tempes, continuait sur ses joues et descendait jusqu'à son menton. Une légère pression la força à relever la tête. Katleen dut faire un effort pour ouvrir les yeux.

St. Bride ! Debout derrière elle, il la contemplait d'un air indéchiffrable. Ses yeux turquoise évoquaient les profondeurs insondables de la mer. Il paraissait ébloui par sa beauté, la regardant intensément comme s'il voulait se pénétrer de son visage aux traits délicats, au front lisse, au petit nez retroussé, au teint de pêche, à l'ovale parfait... Il s'arrêta finalement sur ses lèvres, fasciné. Légèrement entrouvertes, elles laissaient apparaître une ligne d'un rose plus sombre, à peine humide, comme des pétales sous la rosée. Sa bouche semblait comme une fleur dont aucun peintre n'aurait su rendre la grâce juvénile.

Incapable de résister, il se pencha et posa ses lèvres sur les siennes, avec une douceur presque chaste. Katleen ne fut ni effrayée ni anéantie. Il sentait le savon et... Comment définir ce parfum un peu boisé qui le caractérisait et qui la grisait ? Elle aspirait profondément ces senteurs mystérieuses en se demandant si elle aussi possédait une odeur enivrante. Mais il interrompit son baiser. Des petits rires fusèrent non loin.

— Nos petites diablesses en ont vu assez pour aujourd'hui, dit-il en se redressant.

Il parut immense à Katleen, et tellement fort qu'elle eut soudain l'impression de devenir minuscule et fragile. Elle changea de position et se tourna dans le fauteuil, pour lui faire face.

— J'ai emprunté cela, St. Bride. Et... Et j'ai demandé aux jumelles de me coiffer, dit-elle en lui tendant le peigne en argent.

Elle s'efforça de prendre un air contrit pour qu'il ne soupçonne pas les deux fillettes. Vénus et Valentine étaient trop adorables pour être punies.

— « Vous » avez pris mon peigne ? Pourquoi ne l'avez-vous pas caché dans votre corsage, ou sous votre matelas ? s'enquit-il, amusé. Vraiment, chérie, ce n'est pas très intelligent de voler les effets personnels d'un homme et de les exhiber ensuite sous son nez !

— J'avais l'intention de vous le rendre, déclara-t-elle en évitant de regarder les fillettes.

— Je crois bien que Vénus et Valentine ont un penchant pour les Blancs à cheveux noirs.

— Ce ne sont que des petites filles, St. Bride, répondit Katleen en espérant que les jumelles n'étaient pas trop effrayées.

Elle essaya de rattacher ses cheveux.

— Laissez-les, ordonna-t-il en prenant ses mains dans les siennes, longues et bronzées. Je crains d'avoir le même penchant que ces petites coquines... Je n'ai pas l'intention de les punir, rassurez-vous. J'ai un cadeau pour vous, Katleen. Je voulais vous le donner au Petit Versailles mais, ajouta-t-il sèchement, les choses n'ont pas suivi le cours que j'avais prévu.

Et il jeta un petit paquet sur les genoux de la jeune fille.

— Qu'est-ce que c'est ? fit-elle avec hauteur.

— Ouvrez.

Katleen prit la petite boîte. Voilà qu'il lui offrait des présents, maintenant, tout comme ses soupirants, autrefois, à Mhor... Aujourd'hui, elle n'était plus la lady du manoir, mais une simple servante. Et une servante ne devait pas se faire courtiser par son maître.

— Non, merci.

— Quel orgueil, milady ! ironisa-t-il. Ce n'est pas grand-chose, à vrai dire, mais je préfère que mes cadeaux ne possèdent pas une trop grande valeur. Vous seriez capable de les vendre au premier voyageur de passage, afin qu'il vous emmène loin d'ici. (Il se mit à rire.) Allons, ouvrez-le.

— Non, merci.

— Mais, ma douce amie...

— Allez au diable !

— Ma chérie, voyons !

Il jeta un œil aux deux fillettes. Elles étaient prises d'un accès de fou rire communicatif. Katleen se mordit les lèvres pour ne pas éclater de rire à son tour. Comment pouvait-elle être furieuse et gaie à la fois ? Ce St. Bride la rendait folle !

— Ouvrez ce cadeau, Katleen, insista-t-il plus fermement.

Se résignant, elle découvrit un assortiment de rubans de satin. Il y en avait de toutes les couleurs : vert émeraude, améthyste, rouge rubis... St. Bride prit le bleu saphir et admira la nuance chatoyante au soleil.

— Magnifiques ! s'exclama-t-elle. Ce sont les tons des pierres précieuses.

— Elles paraîtraient bien fades à côté de votre éclatante beauté.

Il prononça ces mots d'une voix si douce que Katleen eut l'impression qu'il la caressait... Elle leva vers lui des yeux pleins d'émoi et fut surprise par la gravité de son regard. Du dos de la main, il écarta une boucle de la joue de la jeune fille et ajouta :

— Le jour où je pourrai vous faire confiance, ce sont de vraies pierres que je vous offrirai, mon ange noir.

Katleen se détourna. Elle se sentait humiliée par son offre. S'il espérait obtenir quoi que ce soit d'elle en retour, il se trompait lourdement.

— Et si je n'étais pas aussi cupide que vous le croyez, St. Bride ? répondit-elle en admirant tristement ses rubans.

— Mon offre est honnête. Pourquoi tant de hâte à la rejeter ?

Une main sous le menton de la jeune fille, il l'obligea à le regarder à nouveau.

— Je regrette, St. Bride.

— Un jour, vous changerez d'avis.

— Je ne crois pas.

Un silence lourd s'installa. Katleen tourna les yeux vers les jumelles. Elles contemplaient les rubans avec émerveillement, n'osant les toucher. Sans hésiter, Katleen leur en donna plusieurs et les aida à les nouer autour de leurs petites tresses. Puis elle leur en tendit une autre poignée pour leur mère, Babette, la blanchisseuse. Ravies, les deux fillettes partirent en courant, serrant contre leur cœur leur précieux trésor.

— Vous n'aimiez pas ces rubans ou bien est-ce parce qu'ils venaient de moi ? s'enquit-il d'un ton sec.

Katleen comprit alors à quel point elle l'avait blessé.

— Je m'excuse, j'ai agi sans réfléchir. Ces rubans étaient vraiment très beaux, vous les aviez choisis pour moi. J'aurais dû me montrer plus reconnaissante...

Le pli amer réapparaissait sur les lèvres de

St. Bride. Elle aurait aimé l'effacer — par un baiser peut-être ? — mais elle s'en garda bien. Katleen s'en voulait à présent. Elle s'en voulait de l'avoir humilié inutilement.

St. Bride l'observait. Lentement, son regard glissa sur le corps de la jeune fille, s'attardant à certains endroits avec impudeur. Mal à l'aise, Katleen croisa les bras sur sa poitrine. Il se permettait de l'évaluer, à présent, comme une esclave ! En même temps, il semblait s'interroger sur la meilleure façon de la faire sienne. La flamme d'un désir violent apparut brusquement dans les yeux turquoise. Katleen n'essaya même pas de protester, tant sa détermination intraitable l'impressionnait.

Puis il s'éloigna, mais même son dos, large et fier, évoquait l'opiniâtreté la plus inébranlable. « Voilà un adversaire difficile », songea Katleen. Pourtant, si elle avait eu n'importe quel projectile sous la main, elle le lui aurait lancé, de toutes ses forces, peu importaient les conséquences !

Elle se leva rageusement. L'orage continuait son chemin vers l'arrière-cour, en direction des champs nouvellement ensemencés. Au loin, on distinguait le Petit Versailles à travers la brume, verte oasis d'ombre qui semblait l'appeler... Prise d'une impulsion, Katleen traversa la cour et se dirigea vers le petit bosquet, sans avertir personne de sa promenade.

Elle jeta au passage un coup d'œil dans les écuries. Le jeune Mathias et Grand-Louis nettoyaient les harnais et graissaient les cuirs. Ils ne virent pas la jeune fille. Elle tourna derrière les bâtiments, pressée de se réfugier dans ce havre de paix où elle pourrait peut-être clarifier ses pensées.

Soudain, elle sentit une main l'agripper par les cheveux. Des larmes de douleur lui montèrent aux yeux. Elle lutta malgré tout pour se libérer, en vain.

— Enfin ! Vous voilà ! Ça fait trois jours que j'attends ce moment !

Quinn ! C'était Quinn ! Ce ventre proéminent et ce regard niais ne pouvaient appartenir qu'à cette maudite brute.

— Ne criez pas, surtout, sinon je vous amène à Straught immédiatement.

Quinn s'assura qu'elle avait compris en tirant encore plus fort sur ses cheveux.

— Comment... m'avez-vous trouvée ? demanda-t-elle en claquant des dents.

— St. Bride m'a renseigné, ma petite ! (Il lui tira la tête en arrière.)

— St. Bride vous a dit où j'étais ?

Katleen était atterrée.

— On ne peut pas se fier à ce sale type... Je me tue à le répéter à monsieur Straught, mais ce gars-là lui plaît quand même ! Moi je ne l'aime pas, c'est sûr : je ne suis pas idiot. Vous non plus, pas vrai, Katleen ? Je l'ai vu vous embrasser sur la galerie. Alors vous aussi vous en pincez pour ce Ferringer ? Cela ne vous refroidit pas de savoir que c'est un ami de votre bon cousin Erath, hum ?

Elle l'avait toujours considéré comme un pauvre d'esprit, mais peut-être avait-elle sous-estimé sa cervelle d'oiseau.

— Que voulez-vous, Quinn ? Me ramener à Straught ? Je préférerais mourir ici plutôt que de vous suivre, vous vous en doutez bien.

Elle se dégagea de la poigne répugnante du colosse. Sa seule présence lui soulevait le cœur. Elle ne pouvait imaginer que St. Bride l'ait condamnée à mort en la livrant à Quinn, mais des mots sibyllins lui revinrent en mémoire : « Il n'y aura pas de problèmes avec Katleen... » St. Bride connaissait-il sa véritable identité depuis le début ?

— Du calme. J'ai une proposition à vous faire.

— C'est St. Bride qui vous envoie ? s'enquit-elle d'une voix blanche.

— Lui ? Je ne travaille pas pour ce faux jeton ! Il a simplement parlé de vous à une servante, le jour où je suis venu avec votre cousin. J'étais resté après monsieur Straught pour lui rapporter des papiers. Quand St. Bride a prononcé votre prénom, ce n'est pas tombé dans l'oreille d'un sourd, vous pensez bien. J'étais persuadé que c'était de vous qu'il parlait. Monsieur Straught m'avait dit que vous étiez morte, mais vous n'êtes pas facile à éliminer !

— N'allez pas penser que vous réussirez là où Straught a échoué, rétorqua-t-elle.

Elle recula, incapable de supporter la proximité de l'odieux Quinn. Un intense soulagement la gagnait : St. Bride n'y était pour rien !

— Monsieur Straught veut votre mort, mais pas moi.

— Oui, j'avais oublié ! fit-elle avec une ironie cinglante. Dites-moi, Quinn, continua-t-elle en changeant de tactique. Comment Straught a-t-il découvert que Bardolph et moi étions à La Nouvelle-Orléans ?

— A cause d'une petite boîte, Katleen. Celle que vous avez vendue au capitaine du « Deepwater ». Eh oui ! Straught ne dormait plus depuis votre disparition. Il avait envoyé tous ses hommes à votre recherche.

Le cœur de Katleen se serra. Ainsi, la petite boîte qui devait lui porter bonheur l'avait entraînée encore davantage dans le malheur...

— Mais pourquoi a-t-il mis un an à venir ici ?

— L'argent, ma poupée ! Les richesses de Mhor n'ont pas duré longtemps avec lui. Il a dû se renflouer avant d'entreprendre un tel voyage, et ça n'a pas toujours été facile.

Katleen écouta avec dégoût le récit des déboires de Straught qui avait, entre autres vilenies, abusé de la fille d'un seigneur qui, désespérée, s'était donné la mort. Il avait fallu qu'il se cache ensuite, et il avait fui pour éviter la pendaison.

— Je souhaite que ces gens le retrouvent un jour et lui fassent payer...

— Qui sait ? Je vous ai retrouvée, moi. Le hasard nous réserve parfois de drôles de surprises, ma belle Katleen. Monsieur Straught y croit dur comme fer, lui, au hasard.

— Que voulez-vous de moi, Quinn ? Ce n'est sûrement pas mon cousin qui vous a envoyé : je serais déjà morte.

— Je veux être payé pour me taire. Ferringer est un homme riche, non ?

L'indignation colora les joues de la jeune fille, mais quand elle sentit la main de Quinn se refermer sur son sein comme un étau, elle réprima un hurlement de douleur.

— Vous l'avez vu m'embrasser ? siffla-t-elle entre ses dents. Alors sachez bien que si jamais vous me touchez, vous aurez affaire à lui, espèce de porc !

Après tout, il n'était pas censé savoir qu'elle n'était pas la maîtresse de St. Bride. Elle vit le visage de Malcolm Quinn se tordre d'une manière grotesque : il faisait l'effort de réfléchir.

— Baissez la voix ! Les esclaves vont vous entendre. Alors comme ça, lui et vous...

— Dites-moi ce que vous voulez, à la fin !

Katleen lançait des regards apeurés autour d'elle. Si on la surprenait ici, on conclurait automatiquement à un rendez-vous clandestin et elle ne pourrait pas se justifier. Elle préférait ne pas penser à la réaction de St. Bride.

— Vous allez m'apporter de l'or, Katleen, de l'argent, tout ce que vous trouverez... En échange, je me dispenserai de révéler à Straught que vous êtes vivante et que le maître de Belle Chasse est votre amant.

— Vous êtes fou ! Jamais je ne pourrais faire une chose pareille ! St. Bride s'en apercevra immédiatement.

— Vous vous débrouillerez bien pour l'entortiller, ma poupée. Et ne vous avisez pas de me jouer un tour, car sinon je préviendrai immédiatement Straught et vous finirez comme votre sœur. Compris ? (Il la tira violemment par le bras et la plaqua contre lui.) Vous n'avez personne vers qui vous tourner, maintenant. Et souvenez-vous que si par deux fois vous avez échappé au couteau, il n'y en aura pas une troisième.

— Allez-vous-en !

— Je veux quelques babioles demain sans faute. Et ne vous faites pas prendre, parce que si ce Ferringer ne vous tord pas le cou, j'en connais deux autres qui s'en chargeront.

Quinn la lâcha enfin. Puis, après un dernier regard menaçant, il disparut vers les marais, à l'est, où son cheval l'attendait probablement.

## 12

— Encore une visite ? remarqua Katleen en sortant des cuisines où l'on étouffait.

— Encore ? C'est la première aujourd'hui, répondit Colette en considérant Katleen avec perplexité.

— Ah oui, mais... la visite de monsieur Straught et de monsieur Quinn me paraît si récente... se rattrapa Katleen in extremis.

« Trop récente », ajouta-t-elle pour elle-même. Son

corps gardait les marques douloureuses des odieuses mains de Quinn, et son cuir chevelu la faisait souffrir. Elle n'avait pas osé raconter à Colette sa rencontre avec Quinn. Depuis, Katleen s'enfermait dans un sombre silence.

Un luxueux attelage traversait la cour : elle reconnut celui qui attendait Lady Catherine et sa mère, sur le port, à l'arrivée du « Bonaventure ».

Le cœur battant, prête à prendre la fuite, Katleen se rapprocha de la porte pour observer les nouveaux arrivants. Mais seul le comte, paré de bijoux, et sa fille descendirent de la calèche. Straught n'était pas avec eux. Soulagée, la jeune fille poussa un profond soupir.

— Vous les connaissez ? demanda Colette.

— C'est Lady Catherine, et Thionville la Terreur.

— Pourquoi l'appelez-vous ainsi ? s'étonna Colette qui ne se lassait pas d'admirer les dorures qui ornaient la voiture.

— Tout le monde connaît le comte de Cassel sous ce surnom, à La Nouvelle-Orléans, expliqua Katleen en commençant à préparer le thé.

— Pourquoi ?

— Disons qu'il vend sa clémence.

— Mais quelle clémence ?

— Eh bien, il vous fera la charité de ne pas vous briser les os si vous acceptez de lui verser régulièrement un peu d'or.

— Katleen ! Mais que dites-vous là ?

— La vérité. Bardolph était en relation avec lui. Il a toujours veillé à ce que nous ayons assez d'argent pour lui verser ce qu'il demandait, avant toute chose. Bardolph n'avait aucune envie que nous nous réveillions un jour les jambes fracassées à coups de barre de fer. Nous achetions ainsi l'« indulgence » du comte. Thionville est très puissant. C'est un proche de Louis XV. Aucun voleur de bourses ne peut échapper à sa mainmise. Je crois que même le gouverneur est victime de son racket.

— Et... pourquoi vient-il ici ? s'inquiéta Colette. Monsieur Ferringer court-il un danger ?

— Non, puisqu'il a de quoi payer. Thionville est peut-être venu s'assurer de nouvelles rentrées ? dit soudain Katleen avec un sourire amusé. Donnez-moi le plateau, je vais faire le service, ajouta-t-elle, curieuse de voir la tête de St. Bride quand le comte lui exposerait ses exigences.

Katleen ne craignait pas que Thionville la reconnaisse. Il avait toujours négocié seulement avec Bardolph, et il n'avait aucune raison de la considérer autrement qu'une simple servante.

La première chose qu'elle vit en entrant dans le salon fut St. Bride, penché sur la main que Lady Catherine lui tendait gracieusement :

— Vous semblez en pleine forme, mon cher, susurrait la jeune fille.

Les yeux baissés, Katleen déposa son plateau sur une console et installa une table basse et des sièges au milieu du salon, tout en écoutant la conversation. Un petit sourire narquois dansait sur ses lèvres à l'idée que St. Bride allait être obligé de payer ce bandit de Thionville devant elle. Elle disposa avec art les tasses de porcelaine fine.

— Venez sur la galerie, disait St. Bride à ses visiteurs. On a une vue d'ensemble de la plantation.

Tandis que Lady Catherine prenait le bras du maître des lieux, ce dernier jeta à Katleen un regard sombre. Puis il se tourna vers Thionville.

— Il fait trop chaud pour moi, je préfère rester ici, décida le comte en fixant Katleen avec intérêt.

Ce n'étaient pas les appétissants gâteaux de Colette qui le retenaient, mais plutôt la jeune fille. De son côté, elle l'ignorait ostensiblement tandis qu'il s'épongeait de son mouchoir, mais elle ne pouvait s'empêcher d'épier ce qui se passait sur la galerie. Lady Catherine resplendissait dans sa robe de satin couleur pêche. Elle écoutait attentivement les explications de St. Bride sur la plantation. Katleen fut frappée par la beauté du couple qu'ils formaient.

Plus elle les regardait, plus sa gorge se serrait. Ce qu'elle comprit alors la consterna. Un sentiment s'était insidieusement insinué en elle, sans doute amplifié par l'injustice de sa condition actuelle. Il l'avait envahie malgré elle. Katleen était jalouse.

Elle regarda St. Bride. Il portait un gilet de satin gris assorti à ses chausses et une chemise blanche. Son sourire paraissait plus éclatant que jamais. Pas une mèche ne dépassait de ses cheveux tirés en arrière et retenus sur la nuque par une cannetille en or. Il était infiniment séduisant, et les reflets d'argent sur ses tempes augmentaient encore son charme, sans toutefois le vieillir.

« Pour Lady Catherine, il représente une proie de choix », songea Katleen en reportant son attention sur la jeune fille. La ravissante créature le serrait de près, lui offrant une vue plongeante sur son décolleté savant, mis en valeur par un col romain agrémenté de dentelle vénitienne. Une broche sertie de perles et d'émeraudes le fermait au creux des seins. Des fils d'argent parés des mêmes pierres précieuses étaient tressés dans ses cheveux poudrés. Belle, riche, Catherine était aussi une lady. Elle avait tout pour elle...

Furieuse de découvrir à quel point ce tête-à-tête l'affectait, Katleen essayait vainement de se concentrer sur son travail. En réalité, seule la conversation des deux jeunes gens l'intéressait.

— Les esclaves ont commencé à planter les pavots, disait St. Bride.

Près de lui, Lady Catherine se penchait au balcon

tout en laissant langoureusement glisser une main le long d'une colonne cannelée.

— Cela finira par un mariage.

Faisant volte-face, Katleen se tourna vers le comte assis sur un petit canapé délicat qui menaçait de se rompre sous son poids.

— Pardon, milord ? Vous désirez quelque chose ?

— Non, je disais que cela allait finir par un mariage, répéta-t-il en désignant le couple. D'ailleurs, St. Bride est digne de ma fille. Il ne ressemble pas à ces vautours qui tournent autour d'elle dans ce trou infâme qu'on appelle la Louisiane. Et bien qu'il soit un roturier, il fera la preuve de sa valeur, fit Thionville en désignant le vaste domaine au-dehors.

Katleen suivit son regard mais le sien n'alla pas jusqu'aux champs de pavots. Il s'arrêta à nouveau sur St. Bride qui maintenant riait. Puis, la jeune fille à nouveau à son bras, il l'entraîna hors de sa vue, en tournant au coin de la galerie.

Dépitée, torturée par une jalousie qu'elle refusait d'admettre, Katleen versa le thé avec une exaspération contenue.

— Oui, continua le comte, elle finira par l'avoir, vous verrez.

— Cela ne me concerne pas, milord.

— C'est vrai, mais pourtant il semble que cela vous affecte, fit-il en la fixant de ses yeux verts. Votre visage me paraît familier, petite. Comment vous appelez-vous ?

Les pensées se bousculèrent dans la tête de Katleen. Elle ne pouvait lui révéler ni son vrai prénom — il risquait de l'évoquer devant Straught —, ni celui de Crécerelle, car il ferait alors le rapprochement avec Bardolph et lui réclamerait immédiatement ses « impayés ». Elle se demanda avec affolement si les richesses de St. Bride suffiraient à couvrir ses dettes, car il y avait Quinn aussi...

— Colette, mentit-elle en présentant à Thionville une assiette contenant des tranches de citron.

— Colette ? Un prénom charmant, mais vous n'avez pas l'air française, mademoiselle, fit-il en promenant un regard appréciatif sur la silhouette de la jeune fille.

— Des feuilletés, milord ? proposa Katleen, mal à l'aise.

Elle souhaitait ardemment qu'il cesse de lui poser des questions et de la déshabiller du regard !

— Dites-moi, mon enfant, depuis combien de temps travaillez-vous pour St. Bride ?

— Eh bien...

— Depuis longtemps, intervint St. Bride qui entrait dans la pièce avec Catherine, toujours accrochée à son bras.

— Colette est un prénom français, si je ne me trompe, fit Thionville.

— Colette ? répéta St. Bride, en levant les sourcils.

L'embarras et la panique empourpraient les joues de Katleen.

— Je... commença-t-elle.

— Colette est une servante accomplie, coupa le comte. J'aimerais bien vous l'enlever, St. Bride. Je vous dédommagerais, naturellement.

Katleen demeura stupéfaite. Thionville la Terreur pouvait s'approprier tout ce qu'il voulait sans débourser un sou. Or, non seulement il ne demandait pas d'argent à St. Bride, mais il lui en proposait ! Qui était donc St. Bride, pour échapper au chantage du puissant Thionville ?

— Combien seriez-vous prêt à mettre ? demanda St. Bride.

Katleen sentit son sang se glacer dans ses veines.

— Donnez-moi votre prix, s'enquit Thionville.

Les yeux pétillant de colère, Katleen les écoutait

parler d'elle comme si elle n'existait pas ! Ils la considéraient comme un banal objet dont on évalue la valeur marchande ! Indifférente à ces transactions qui ne concernaient qu'une vulgaire servante, Lady Catherine, assise dans une bergère, toisait Katleen avec une froideur glaciale et venimeuse. Sans doute préférait-elle la savoir au service de son père plutôt que dans l'entourage du maître de Belle Chasse.

Katleen se demandait avec angoisse si le souhait de la jeune femme allait être exaucé. Au supplice, elle attendait que St. Bride se décide, mais il prenait son temps pour réfléchir, le scélérat !

Il se tourna vers elle et l'observa d'un air réjoui tandis qu'un petit sourire relevait les coins de ses lèvres.

— Tout compte fait, je vais décliner votre offre, milord, dit-il enfin.

La bouche de Lady Catherine se pinça, mais cette réponse sembla affliger encore davantage son père. Néanmoins, il reprit très vite le dessus.

— Je comprends, son prix excède mes moyens, n'est-ce pas, St. Bride ?

— J'en ai peur, répondit-il. Mais venons-en à une affaire plus importante. Avez-vous apporté les fonds ? Votre part s'élève à neuf mille livres, si je ne m'abuse.

— C'est bien cela. J'ai aussi apporté la part de Straught.

— Parfait. Sur le « Bonaventure », il envisageait de me payer avec des bijoux.

St. Bride semblait décontracté mais Katleen remarqua le pli sévère sur ses lèvres. Elle pensa qu'il parlait probablement des bijoux dont il lui avait demandé de vérifier l'existence auprès de Straught.

— Il est obligé d'investir les bijoux en question. Vous êtes prêt à les accepter, j'espère.

— Bien sûr.

— Alors les voici. Je n'aime pas jouer les messagers, mais Erath a estimé qu'il était inutile de m'accompagner, surtout avec cette chaleur. Il viendra la prochaine fois, pour examiner les cultures.

Le comte sortit sa part de sa grande bourse, ainsi qu'une somptueuse parure qu'il étala sur la table. Il s'agissait d'un bracelet et d'un collier de toute beauté, tous deux formés de trois rangs de diamants fermés par un énorme saphir carré.

St. Bride prit le collier avec une sorte de vénération. Les diamants cascadèrent sur sa main bronzée.

— Straught m'avait parlé de trois pièces d'une même parure, jeta-t-il abruptement.

— Trois pièces ? Vous... vous êtes sûr ? bafouilla le comte.

— Absolument.

Nerveusement, Thionville se mit à fourrager dans sa bourse. Soudain, son visage s'illumina.

— Mon Dieu ! Quel idiot je fais ! s'exclama-t-il en exhibant la broche assortie.

— Magnifique, fit St. Bride avec un sourire sardonique.

Réfugiée à l'écart, Katleen n'avait rien perdu de la scène, étonnée. Certes, le comte investissait dans les pavots que St. Bride allait cultiver, mais une chose échappait à la jeune fille. Pourquoi manifestait-il un tel respect envers St. Bride ?

Une fois leurs affaires conclues, Thionville se leva pour prendre congé.

— La première récolte devrait avoir lieu en août, dit St. Bride.

Lady Catherine lui tendit sa main. Son visage exprimait la ferme intention de ne pas en rester là avec lui, et il répondit au message silencieux par un bref sourire.

— Papa et moi avons l'intention de donner un bal, l'informa-t-elle, dans une quinzaine de jours. Vous viendrez, bien sûr.

Lady Catherine s'était tournée vers Katleen en parlant, et elle la toisait d'un regard haineux.

— Bien sûr.

— Il s'agira d'un bal masqué, précisa Catherine en reportant son attention sur le maître des lieux.

— Oh, ce sont mes préférés, commenta-t-il avec une ironie déguisée que ses visiteurs ne remarquèrent pas.

Le comte repartit content, et Catherine, frustrée. Quand leur voiture eut disparu derrière les pacaniers, St. Bride lança soudain le collier à Katleen. Prise de court, elle le rattrapa au vol. Il partit alors d'un grand éclat de rire.

C'était bien ce qu'elle craignait. St. Bride était complètement fou ! Avec précaution, elle reposa le bijou sur la table et débarrassa, pressée de regagner les cuisines.

— Venez ici, Colette.

Katleen grimaça en reposant le plateau sur la table.

— Curieux, dit-il en s'asseyant sur un canapé.

— Quoi donc ?

— Vous avez considérablement pâli, depuis hier. Je ne vous aurais pas reconnue, « Colette » ! Vous devez être malade !

Il allongea ses jambes devant lui et croisa les bras.

— Vous n'êtes qu'un goujat !

— Allons, j'attends vos explications. Quelle est la version du jour ? Vous qui adorez les contes gaéliques, vous devriez trouver de l'inspiration. Où allez-vous ? fit-il en la rattrapant par la robe.

— Je hais les « indulgences » du comte. Je n'avais pas envie qu'il sache qui j'étais.

— Et qui êtes-vous donc ?

— Katleen.

— Oui, et vous vous cachez toujours de quelqu'un.

St. Bride tira sur sa jupe et l'attira sur ses genoux.

— Non ! Je vous en prie !

— Chut ! Les domestiques vont vous entendre, et je tiens à éviter le scandale !

L'amusement adoucissait sa voix.

— Je suis moi-même une servante !

L'expérience lui ayant appris qu'il était inutile de lutter physiquement contre lui, elle finit par se tenir tranquille. Mais elle fulminait !

— Une servante ? Vous méritez mieux, car une servante qui sait lire a bien d'autres ressources.

— Je ne sais pas lire.

— Ah ? Pourtant, Alban m'a dit que vous aviez lu un mot sur sa porte, pendant que j'étais en ville.

— Il a menti.

— Pourquoi aurait-il menti ? questionna-t-il en enroulant ses bras autour de la taille de la jeune fille, effleurant ses seins.

— Parce qu'il me hait.

— Mauvaise réplique, souffla-t-il en respirant avec délices l'odeur de jasmin qui se dégageait des longs cheveux sombres. En révélant que vous saviez lire, Alban ne vous nuisait en rien. Au contraire. Non, c'est vous qui mentez. Encore et toujours.

— Je me trouvais près de sa porte par hasard. Je ne sais pas ce que vous avez écrit sur ce mot.

St. Bride caressa les fins cheveux qui retombaient sur la nuque de la jeune fille.

— Mais comment savez-vous que c'était moi ? murmura-t-il.

— Simple supposition, répondit-elle faiblement, priant pour qu'il arrête de la toucher.

Déjà, un long frisson descendait dans son dos.

Elle sentit soudain la langue du jeune homme s'égarer sur sa gorge. Cette fois, une onde l'électrisa tout entière.

— Je vous en prie...

— Oh, Katleen, dois-je à nouveau vous forcer à avouer ? Je vous ai déjà fait rougir en vous parlant en français, mais si je prends ma plume, vous allez vous enflammer. Vous aimeriez que je vous laisse un petit mot dans votre lit, un de ces soirs ?

— Non, gémit-elle.

Il rit et attrapa le collier.

— Regardez, Katleen. Avez-vous jamais rien vu d'aussi beau ?

Incapable de résister au charme de sa gaieté soudaine, elle lui sourit en secouant négativement la tête. Puis elle essaya de se lever.

— Restez là, ordonna-t-il en resserrant ses doigts sur sa taille. Aujourd'hui, tous mes souhaits se sont réalisés. Maintenant, je n'ai plus qu'à attendre que mes précieuses plantations fleurissent.

— Vous êtes un homme heureux, se moqua-t-elle.

— Oui, mais pas complètement. Il me reste un dernier vœu à réaliser.

— Ah ! Lequel ?

Les yeux de Katleen plongèrent dans ceux de St. Bride, et la réponse devint inutile. Il l'attira plus étroitement contre lui, et il s'empara de sa bouche avec une douceur experte. Katleen se sentit glisser peu à peu entre ses jambes mais elle ne fit pas un geste pour lui échapper. Elle succombait à l'attirance fascinante qu'il exerçait sur elle.

Elle émit une faible protestation quand il s'attaqua aux boutonnières de sa robe. Passant outre, il grogna quand il sentit sous sa main le sein ferme de la jeune fille. Puis il ouvrit plus largement la robe, dénudant une épaule. Katleen baissa les yeux.

La main de St. Bride paraissait particulièrement

brune et vigoureuse, sur sa peau blanche et fragile.

Malgré les émotions qui l'étourdissaient, elle tenta de se détourner, se souvenant tout à coup des marques bleutées que l'ignoble Quinn avait laissées sur son autre sein. Mais il était trop tard. Elle appelait ses caresses de tout son être. Elle les goûtait avec le même plaisir que les rayons du soleil sur sa peau, par les froides journées d'hiver. Une chaleur délicieuse l'emplissait. Comme il était bon de s'offrir aux brasiers incandescents qu'il allumait en elle, partout... Elle ferma les yeux, vaincue.

Il saisit le bout de son sein entre ses doigts, y imprimant de légères pressions. Des ondes traversèrent son corps. Sa respiration s'accélérait, elle était emportée dans une course folle sur les rives du plaisir. Il l'y mena avec application, guidé par ses soupirs. Elle aurait voulu le supplier de continuer, de plus en plus fort.

Elle ne protesta pas quand il la plaça un peu plus haut, sur lui, afin de continuer avec ses lèvres ce qu'il faisait avec ses mains. Jamais Katleen n'avait ressenti un désir aussi violent. Il commença à la mordre doucement. Elle commença à trembler.

Soudain, des pas lourds résonnèrent sur les marches menant à la loggia.

— N'entrez pas, Alban, cria St. Bride en relevant la tête.

Alban s'arrêta net, tandis que Katleen tentait sans succès de se couvrir. La robe restait désespérément ouverte.

— Lâchez-moi ! Votre cher Alban va entrer d'un instant à l'autre et je...

La voix d'Alban s'éleva de l'autre côté de la porte, l'interrompant :

— C'est au sujet de Canis, St. Bride. Il est couché dans sa stalle, il est malade. Problème digestif, je crois.

— Remettez-le sur ses jambes et emmenez-le marcher dans la cour. Je vous rejoindrai un peu plus tard.

Ils entendirent Alban s'éloigner. St. Bride n'avait pas lâché Katleen.

— Votre cheval a besoin de vous, dit-elle d'une voix tremblante.

— Il survivra, rétorqua-t-il en plongeant son regard dans le sien. Venez...

Il se leva et entraîna la jeune fille vers sa chambre, mais elle résista. Elle ne voulait surtout pas qu'il découvre les marques sur son sein. Comment pourrait-elle les expliquer ?

— Allez vous occuper de Canis !

— Vous préférez que je vous vende à Thionville ?

— Vous n'avez pas le droit ! Je ne vous appartiens pas !

— Ça, c'est vous qui le dites, fit-il en la soulevant dans ses bras avec une facilité déconcertante.

— Vous n'allez pas me forcer ? s'écria-t-elle.

Elle sentait contre sa poitrine celle de St. Bride, dont elle apercevait la fine toison. Comme elle aurait aimé s'y blottir... mais c'était impossible. Seul le désir dirigeait ses actes, un désir uniquement charnel. Elle ne pouvait se laisser séduire par cet homme. Elle le regretterait. Comme elle recommençait à se débattre, il la jeta sur le couvre-lit de satin. Elle le regarda avec frayeur enlever ses bottes.

— Vous me rendez fou, Katleen. Jamais aucune femme ne m'a résisté à ce point.

La première botte atterrit sur le plancher avec un bruit sourd.

— Je vous ai déjà dit non ! Je n'ai pas changé d'avis.

— Vous aviez pourtant l'air consentante il y a un instant, hum ?

Il jeta sa deuxième botte par terre et commença à ôter sa chemise. Quand il s'attaqua aux boutons de ses chausses, elle se mit à genoux sur le lit, affolée. Le corps de St. Bride à demi nu se révélait dans toute sa splendeur.

— Je ne veux pas d'une étreinte rapide, St. Bride, dit-elle, en essayant de passer de l'autre côté du lit.

— Je saurai vous satisfaire comme il se doit, répondit-il en lui saisissant le bras et en la ramenant au bord du lit.

Il la contemplait avec des yeux fous de désir. Puis il desserra ses bras qu'elle avait repliés sur sa poitrine et l'attira à lui. Il l'embrassa longuement, tendrement. Elle frémit quand elle sentit son corsage s'ouvrir à nouveau. Il frottait son torse nu contre sa peau. Rassemblant toute sa volonté, elle posa ses deux mains sur les hanches de St. Bride et le repoussa. Mais en même temps, les chausses de satin gris glissèrent sur ses hanches. Bouleversée, elle s'immobilisa. Quand il libéra enfin sa bouche, elle explosa de colère :

— Je ne serai pas votre maîtresse !

— Mais que voulez-vous qu'un homme vous offre de mieux ? murmura-t-il, la tenant toujours dans ses bras.

— Le mariage. Mais pour rien au monde je ne vous prendrais pour mari !

St. Bride se mit à rire, portant la fureur de Katleen à son comble. Ses yeux de velours lançaient des éclairs. Elle ne trouva pas la réplique cinglante qu'il méritait.

— Allez vous occuper de votre cheval, jeta-t-elle.

— Vous croyez vraiment que je pourrais vous demander en mariage ?

— Je vous ai déjà dit que je ne choisirais pas un homme tel que vous. Mon mari sera prévenant, gentil, il me traitera comme une lady, pas comme une fille des rues !

— Et moi j'espère épouser une lady, une femme honnête, douce et sincère, pas une voleuse et une menteuse prête à sortir ses griffes pour un oui ou pour un non !

Katleen baissa les yeux.

— Traitez-vous toutes vos servantes de cette manière ? s'enquit-elle. Avez-vous abusé de Colette aussi ?

Elle n'aurait pu trouver mieux pour le dissuader d'aller plus loin. Une lueur meurtrière s'alluma dans les yeux de St. Bride.

— Petite furie insupportable ! Écoutez-moi bien : je n'en ai pas fini avec vous.

Il la repoussa sur le lit, ramassa sa chemise d'un geste rageur et se rhabilla.

— Je vous dompterai, vous m'entendez ? siffla-t-il entre ses dents.

— Jamais ! A moins que je veuille de vous !

— Je ferai en sorte que vous vouliez de moi.

Sur ce, il sortit rapidement en claquant la porte.

## 13

« Il doit bien savoir que je vole », songeait sombrement Katleen, en regardant la tablette vide de la cheminée de sa chambre. Elle appuya son menton sur la paume de sa main. Rien de ce qui concernait sa plantation n'échappait à la perspicacité des étranges yeux turquoise de St. Bride.

Soucieuse, Katleen se demandait pourquoi il ne faisait rien pour l'en empêcher. Décidément, cet homme la déroutait. Chaque fois qu'il la touchait, il affirmait un peu plus son pouvoir sur son corps. Chaque fois qu'il lui parlait, elle parvenait de plus en plus difficilement à éluder ses questions. Des objets précieux disparaissaient, et il ne semblait pas s'en soucier. Quelques jours s'étaient écoulés depuis leur dernier « corps à corps » sur le lit de St. Bride. Depuis ce temps, il tenait ses distances vis-à-vis de la jeune fille, comme s'il changeait de tactique et se contentait de l'observer. Comme s'il attendait le moment propice pour intervenir...

Cette nouvelle attitude l'emplissait d'angoisse. Que diable mijotait-il ? Elle s'aperçut soudain qu'elle se rongeait les ongles et s'arrêta, se souvenant des recommandations de sa mère à ce sujet.

Les soupçons de St. Bride avaient dû s'éveiller le lendemain de la première entrevue de Katleen avec Malcolm Quinn. Comme chaque matin, au saut du lit, elle était sortie sur la véranda et s'était accoudée à la balustrade. Sentant soudain une présence dans son dos, elle s'était retournée. St. Bride se trouvait là, lui aussi, observant avec un sourire indéfinissable la silhouette diaphane de la jeune fille dans sa chemise de nuit ornée de smocks.

— Vous m'avez fait peur, souffla-t-elle.

— Je suis là depuis un moment.

Tout à coup le sourire de St. Bride se figea et son visage s'assombrit. Sans comprendre, elle suivit son regard et s'aperçut qu'il fixait l'ouverture de sa chemise. Horrifiée, elle constata que sa poitrine meurtrie était découverte. Sur le renflement de son sein, on distinguait nettement l'empreinte des doigts de Quinn.

— Que vous est-il arrivé ? s'inquiéta-t-il en s'avançant vers elle.

Il écarta l'échancrure de sa chemise et effleura du pouce la peau bleuie. Une lueur terrible s'alluma dans ses yeux.

— Qui vous a fait ça ?

— Je... Je me suis débattue et... Je ne voulais pas qu'il me touche.

Il se radoucit instantanément. Katleen en conçut un intense soulagement.

— Il ne vous a rien fait d'autre ?

— Non.

— Qui que ce soit, je le tuerai.

Ces mots sonnèrent comme le glas. Leur violence glaça la jeune fille d'effroi.

— Qui est-ce, Katleen ? Un esclave ? Alban m'avait pourtant assuré qu'ils étaient tous dignes de confiance... Je ne tolère pas que l'on essaie d'abuser des femmes qui vivent sous mon toit ! Dites-moi son nom.

Katleen ferma les yeux, redoutant la réaction du jeune homme. Car elle ne pouvait lui révéler l'identité du coupable.

— Je ne peux pas.

— Je suis le maître de la plantation et j'ai le droit de savoir.

— Ce n'est pas l'un de vos hommes, avoua-t-elle sans oser le regarder. Je ne peux en dire plus.

— Comment ! Vous protégez un individu qui vous a brutalisée ? C'est votre amoureux, n'est-ce pas ?

— Non ! Que Dieu me garde !

— Alors, par tous les saints, laissez-moi vous aider !

Katleen faillit accuser Quinn. Comme elle aurait aimé révéler le nom de cette infâme créature et se libérer de l'odieux chantage qu'il exerçait sur elle ! Mais l'ombre malfaisante de son cousin planait, telle une menace mortelle. De plus, cela aurait mis en danger tous les projets de St. Bride. Or, comment pouvait-elle imaginer qu'elle comptait plus pour lui que ses précieux champs de pavot ? Non, elle se sentait bel et bien prise au piège.

Incapable de se contenir plus longtemps, St. Bride explosa :

— Je vous préviens, Katleen, si vous vous obstinez, vous ne pourrez plus jamais quitter cette maison sans une escorte pour vous protéger ! Vous n'aurez plus un seul moment de solitude !

— Croyez-vous que je puisse souvent m'isoler, actuellement ?

— Vous avez votre chambre personnelle, non ? Devrais-je vous obliger à partager la mienne ?

La main de Katleen s'éleva pour le gifler, mais il fut plus rapide et empoigna son bras.

— Ne gaspillez pas vos forces contre moi. Dites-moi seulement le nom de ce porc. Autrement, je le trouverai tout seul.

— Je vous en prie ! gémit-elle, effondrée. Lâchez-moi !

— Voilà, fit-il en la libérant.

Aussitôt, elle se précipita dans sa chambre et referma les persiennes derrière elle. Quand enfin St. Bride cessa d'arpenter furieusement le plancher de la véranda et s'éloigna, elle poussa un profond soupir...

A présent, les yeux fixés sur la cheminée, Katleen était en train de comprendre qu'on avait intentionnellement débarrassé sa tablette de tout objet. La mort dans l'âme, elle avait obéi aux exigences de Malcolm Quinn, n'ayant pas d'autre choix pour le moment. Et il avait apparemment tenu sa promesse de ne pas révéler sa présence à Straught. Mais Quinn était gourmand. En moins de cinq jours, elle avait subtilisé trois gobelets en argent, une boîte à tabac en bronze doré, cinq boutons en or, ainsi qu'une petite porcelaine de Saxe représentant Arlequin embrassant Colombine.

Katleen ferma les yeux en pensant à la figurine. Sa disparition était flagrante. Elle reposait en évidence sur le manteau de la cheminée de sa propre chambre. Le soir du vol, St. Bride avait fait irruption chez Katleen, tandis que Colette l'aidait à prendre son bain. Il était demeuré immobile, contemplant le dos nu, harmonieusement cambré de la jeune fille, sa peau d'ivoire.

Colette avait nerveusement tendu une serviette à Katleen pour recouvrir sa poitrine. Mais le regard de St. Bride s'était attardé sur la courbe de ses reins. N'osant pas se lever, la jeune fille fut contrainte de rester assise dans l'eau à peine tiède. Elle frissonnait. Finalement, elle tourna la tête vers St. Bride et s'aperçut avec horreur qu'il observait le manteau nu de la cheminée.

— Vous pouvez vous retirer, Colette.

La petite esclave s'était aussitôt esquivée et St. Bride s'était attardé à contempler Katleen avant de briser le lourd silence qui empoisonnait l'atmosphère.

— Babette est venue ici un peu plus tôt, vous rapporter votre linge. Elle avait l'air de dire qu'il manquait quelque chose dans votre chambre, et voulait s'assurer que Vénus et Valentine n'y étaient pour rien.

— Ah ? fit simplement Katleen, le sang figé dans ses veines.

Elle serra plus étroitement la serviette contre sa poitrine.

— Oh, ce n'est pas grave, de toute façon, dit-il avec un petit sourire qui adoucissait son air accusateur.

Il saisit l'éponge, la plongea dans l'eau du bain et la pressa sur le dos de Katleen. Des frissons la parcoururent. Il voulut ensuite enlever la serviette qu'elle tenait désespérément contre elle ; elle s'y agrippa si farouchement qu'il renonça. Alors il encercla son cou de ses deux mains. Le souffle coupé, Katleen ne bougea pas, se demandant s'il allait l'étrangler... Non, elle sentit les pouces de St. Bride former de petits cercles sur sa peau, puis sa bouche, au creux de son cou, se mit à aspirer doucement la chair tendre. Une onde fulgurante se propagea instantanément le long de son corps. Quand il se redressa, elle garda l'empreinte de ses lèvres comme une signature sur son cou.

— Je vous laisse à votre toilette, madame ! avait-il déclaré en sortant de la pièce avec une hâte soudaine.

— Que se passe-t-il donc ici ? avait demandé Colette en rejoignant la jeune fille.

La petite servante avait remarqué la marque rose sur le cou de Katleen, tandis qu'elle finissait de la rincer à l'aide d'un seau de cuivre.

— J'aimerais bien le savoir...

Comme elle aurait aimé que l'eau versée par Colette la lavât aussi du terrible sentiment de culpabilité qui la tenaillait...

En repensant à cette scène, Katleen gémit. Comment se sortirait-elle de cette situation ? Une atmosphère lourde et pesante s'était installée à Belle Chasse. De toute évidence, St. Bride avait compris qu'elle volait. Alors pourquoi ne l'en empêchait-il pas ?

Les nerfs à vif, Katleen quitta son fauteuil et se résigna à aller rejoindre Quinn. Elle était en retard. La veille, au matin, elle avait caché la figurine dans l'étable, sous une botte de paille fraîche. Dès qu'elle l'eut récupérée, elle courut vers l'endroit du rendez-vous. Elle s'arrêta à mi-chemin, pour reprendre son souffle. La nausée lui soulevait le cœur à l'idée de revoir Malcolm. Heureusement, il ne l'avait plus touchée depuis qu'elle avait prétendu être la maîtresse de St. Bride, mais il la terrorisait toujours autant. Il se contentait pour l'instant de récupérer ce qu'elle lui apportait, mais elle savait que son avidité n'avait pas de limites et qu'il demeurait imprévisible. Reviendrait-elle indemne de cette nouvelle entrevue ?

Elle admira une dernière fois les pierres précieuses vertes et jaunes qui figuraient sur le gilet d'Arlequin. Il y avait d'autres statuettes dans la maison. L'une d'elles, notamment, nommée « Louisiane », représentait une femme indienne chevauchant un alligator noir. Mais celle qu'elle tenait dans ses mains lui rappelait l'une de ses préférées, à Mhor. Il s'agissait d'un couple de Highlanders enlacés, que Katleen trouvait romantique. Son père l'avait achetée à Londres pour son épouse. Mais le cadeau n'avait pas recueilli l'enthousiasme escompté. La mère de Katleen avait été choquée car l'épée que le jeune homme portait à la ceinture était rouge de sang. Elle n'admettait pas que les Anglais représentent toujours les Écossais comme des être primitifs et sanguinaires.

« Et pourtant, c'est tout le contraire ! », songea Katleen en se remémorant son cousin des Lowlands et ses amis anglais. Eux étaient cruels. Mais elle et les siens restaient... purs ? Katleen fronça les sourcils en regardant l'objet volé. Qu'avait-elle préservé de pur en elle, à part sa virginité ? A présent, elle ne pouvait plus reprocher à St. Bride de ne pas lui faire confiance...

Des pensées amères assombrirent son esprit. A l'époque où elle volait dans les rues, elle tentait vainement de se consoler à l'idée qu'elle ne s'attaquait qu'à des riches, et qu'il s'agissait pour elle d'une question de survie. Mais la honte ne l'avait jamais quittée, surtout lorsqu'elle songeait à ses parents.

Aujourd'hui, c'était lorsqu'elle évoquait les regards confiants de Vénus et Valentine qu'elle souffrait le plus. Comme ils la haïraient, tous, s'ils apprenaient... Mais n'était-ce pas ce qu'elle méritait, après tout ?

En soupirant, elle reprit sa route vers le bosquet où Malcolm Quinn l'attendait.

St. Bride observait le couple silencieux réuni sous les arbres. Comme toujours, Katleen le troublait. A la fois simple et belle, elle portait la robe de toile bleue des esclaves. Aucun bijou n'ornait son corps gracieux, pas même une bague à ses doigts abîmés. Mais Katleen n'en avait aucun besoin. Ses joyaux à elle étaient ses yeux, qui scintillaient de mille feux comme des saphirs au soleil. Ses cheveux la paraient mieux que les brocarts les plus somptueux. N'importe quel homme aurait rêvé de la prendre dans ses bras et de la sentir gémir de plaisir sous son étreinte...

Fronçant les sourcils, St. Bride reporta son attention sur l'interlocuteur de la jeune fille : Malcolm Quinn. L'ignoble individu portait sur son gilet des boutons en or que St. Bride reconnut immédiatement. De nombreuses bagues ornaient ses doigts boudinés et sales.

Soudain, Quinn éleva la voix. Il saisit violemment Katleen par les cheveux, lui arrachant des plaintes de douleur. Dès qu'il l'eut lâchée, elle se mit hors de sa portée et adressa une grimace pleine d'ironie à son bourreau, se moquant de sa grossièreté.

— Vous avez besoin de moi, Katleen ! N'oubliez pas ça ! aboya le colosse tandis qu'elle disparaissait déjà dans les feuillages, en direction de Belle Chasse.

Les yeux turquoise et perplexes de St. Bride la suivirent. Puis il se faufila à son tour entre les buissons.

# 14

Incapable de détacher les yeux d'un petit coffret à bijoux, Katleen se persuadait de plus en plus que l'enfer la guettait. Ses mauvaises actions ne connaissaient plus de limites. Elle se trouvait dans la chambre de St. Bride où elle défaisait le lit. Elle remplaçait Babette, tombée malade.

Malgré ses réticences, Katleen finit par se diriger vers la commode et ouvrit le petit coffret. Ce n'était pas la première fois qu'elle en explorait l'intérieur doublé de velours, mais jamais elle n'avait osé s'emparer de son contenu. Le saphir de St. Bride s'y cachait, luisant comme un fruit défendu.

Le voler lui conférerait certainement un ascendant sur Quinn. Ce n'était pas une breloque cette fois, mais un bijou d'une valeur inestimable. Pour l'avoir, Quinn se plierait assurément à ses volontés. Il pourrait par exemple l'emmener où elle le désirerait, loin de Belle Chasse...

Cette perspective fit naître un sourire sur ses lèvres. Elle prit le saphir et l'examina de plus près. Dans le miroir en face d'elle, se reflétait le baldaquin de satin vert émeraude. Son éclat mêlé à celui du joyau évoquait la luxuriance d'une forêt tropicale. La courtepointe imprimée de rouge et doré devenait un tapis de fleurs exotiques. Les tentures de gaze légère dessinaient un ciel dans les brumes de l'aurore.

Comparés aux images que son esprit entrevoyait, les draps de satin s'avéraient une bien piètre parure. Elle prit le joyau et s'assit sur le lit, essayant de retenir sa vision et d'oublier le mur blanchi à la chaux, la vieille chaise verdâtre. Elle s'aperçut alors qu'elle se tenait sur un matelas moelleux, en duvet d'oie, de ceux que l'on ne trouvait qu'en France.

Sachant que St. Bride était parti aux champs avec Alban, elle s'allongea sur le lit, heureuse de revivre des sensations oubliées, des sensations qui lui rappelaient Mhor, quand elle vivait dans le confort et dans le luxe. Le matelas était presque aussi doux que celui qu'elle avait alors, quand elle dormait elle aussi dans des draps de satin... Mais il n'y avait pas au-dessus d'elle ce mystérieux crochet profondément fiché dans une poutre...

Une odeur vint lui chatouiller les narines.

Katleen inspira profondément. L'étrange fragrance détonnait dans l'évocation de ces soirées où elle parlait et riait avec sa sœur. Il émanait d'elle une impression indéfinissable. Soudain, l'image d'un lit surgit dans son esprit, comme issu des profondeurs les plus troubles de son cerveau. Dans son imagination, elle s'y trouvait étendue, auprès d'un homme.

Elle était nue. Son corps brûlait et elle sombrait dans le sommeil. Son compagnon ne semblait pas décidé à la laisser dormir, toutefois. D'un baiser, il la ramena à la vie. Il dégagea son visage des boucles indisciplinées qui s'y attardaient. Puis il la contempla avec des yeux assombris par une passion intense. Quelques fils d'argent brillaient sur ses tempes mais il était infiniment séduisant et irrésistiblement masculin. Quand il s'approcha lentement pour poser ses lèvres sur les siennes, elle vint cueillir son baiser, repliant ses bras autour du corps large et musclé qui reposait sur elle.

Il s'interrompit alors et elle découvrit dans les prunelles de son amant un spectacle étonnant : la mer des Caraïbes y miroitait, transparente et pure. Et ce fut comme si elle y plongeait...

— Je vous aime, dit-il.

Elle se mit à rire de bonheur, et plus il lui répétait ces mots d'amour, plus elle s'en enchantait. Ils caressaient ses oreilles comme les vagues turquoise viennent lécher le sable rosé. Leur douce musique la berçait et elle ondulait à son rythme.

Mais brusquement les vagues s'évanouirent...

Katleen se redressa sur le lit, promenant sur la pièce des yeux hagards, effrayée qu'on ait pu la surprendre dans un tel abandon. Elle constata qu'elle était seule, alors elle se replongea dans son rêve, désireuse d'en comprendre la signification.

Curieux... Pourquoi son esprit avait-il pris ce chemin inattendu ? Pourquoi s'était-elle imaginée en compagnie de St. Bride sur ce lit ? Elle avait cru réellement le sentir contre elle...

Elle sauta hors de ce lit qui devait produire sur elle une mauvaise influence. Il devait être trop doux, trop moelleux. Retournant résolument à sa tâche, elle se dirigea vers la pile de draps propres. Un bruit provenant de la loggia la fit sursauter : St. Bride rentrait.

Elle posa les draps sur le matelas et découvrit alors le saphir, oublié sur la courtepointe. Des pas retentirent dans le salon. Il était trop tard pour replacer le bijou dans le coffret. Sans réfléchir, elle le cacha au creux de ses seins. Puis elle se remit à changer les draps, comme si elle avait le diable à ses trousses !

— Vous êtes un vrai bijou, Katleen, clama St. Bride au seuil de la porte.

La jeune fille tressaillit au son du mot « bijou ». « Il sait », se dit-elle, affolée. Puis, tout en lissant consciencieusement les draps, elle songea que c'était impossible, qu'il s'agissait sûrement d'un hasard.

— J'ai beaucoup de travail à cause de la maladie de Babette. Avez-vous besoin de quelque chose ?

Elle regretta d'avoir posé cette question quand elle vit les yeux de St. Bride pétiller d'amusement. Sans répondre, il avança dans la pièce et s'appuya nonchalamment à la commode afin de ne rien perdre du spectacle qu'offrait son corps penché sur le matelas. Son coude heurta le coffret. Éperdue, elle comprit qu'il allait inévitablement découvrir son larcin.

Mais St. Bride ne bougea pas. Son regard perçant la suivait attentivement. Il se divertissait tranquillement.

— Je voulais vous dire que j'allais en ville avec Alban, annonça-t-il.

— Maintenant ? s'enquit-elle nonchalamment.

Si seulement il pouvait partir tout de suite ! Elle pourrait alors remettre le saphir à sa place...

— Vais-je vous manquer ?

Elle leva les yeux au ciel en ajustant la courtepointe. Il l'exaspérait avec ses insinuations perpétuelles. De plus, elle avait la désagréable impression qu'il en savait bien plus qu'il ne voulait le dire... Parfois même, elle s'imaginait qu'il savait tout. Tout sur elle et ses relations avec Straught...

— Si vous m'embrassez pour me dire au revoir, je vous donnerai une babiole.

— J'ai du travail, St. Bride.

— J'insiste, Katleen. C'est quelque chose que je tiens absolument à vous donner.

— Non, vraiment je...

Sa voix mourut dans sa gorge quand elle le vit se tourner vers la cheminée.

— Je crois qu'il est dans ce coffret, glissa-t-il en la regardant dans le miroir.

Affolée, Katleen se précipita vers lui.

— Attendez, St. Bride ! Je ne veux pas de cadeau. Souvenez-vous de ce que j'ai fait de vos rubans. Je...

Elle s'interrompit quand elle sentit les doigts du jeune homme caresser son décolleté, s'y attarder... Sous l'effet de la panique, sa respiration s'accéléra. Sa poitrine se soulevait et s'abaissait à un rythme effréné.

— Oh, mais le voilà mon cadeau ! lança-t-il soudain en plongeant ses doigts entre les seins de Katleen pour saisir le saphir.

Après un instant de stupeur, la jeune fille s'écria :

— Comment saviez-vous ?

— Vous me prenez pour un imbécile ?

— Non, pas du tout. Mais vous êtes le diable si vous m'avez vue prendre ce saphir !

— Peut-être bien... Je sais aussi que vous en mouriez d'envie. Le spectacle de ce joyau miroitant entre vos seins était charmant, quand vous vous penchiez sur le lit.

— Envoyez-moi en prison ! Au moins, je serai tranquille là-bas !

— Allons, je ne vais quand même pas vous envoyer en prison pour avoir pris une chose que je voulais vous donner ! (Il posa le saphir contre la gorge de la jeune fille et admira l'effet produit.) Vous êtes faite pour le porter, Katleen.

— Comment ? Mais je... (Stupéfaite, elle cherchait ses mots, se demandant si elle avait bien entendu.) Vous savez très bien que je vais m'empresser de le vendre !

— Oui, je reconnais que cela pose un problème. Vous vous débarrasseriez immédiatement de cette babiole. Elle passerait en d'autres mains, en quelque sorte. (Et, avec un petit sourire moqueur, il glissa la pierre dans sa poche.) Je pars en ville. En attendant de résoudre ce problème, je garde mon saphir en lieu sûr. Je ne voudrais pas qu'il... disparaisse mystérieusement.

— Très bien, gardez-le. De toute façon, j'avais

prévu de le remettre à sa place dès que vous seriez parti. Mais je sais que vous n'en croyez rien, soupira-t-elle.

Comme elle aurait aimé que, pour une fois, il la prenne au sérieux !

— C'est pourtant vrai, St. Bride. Vous devez savoir que mes intentions étaient pures !

— Elles le seront un jour, mon ange noir. Je le promets.

Il quitta alors la pièce. Son visage paraissait grave mais ses yeux demeuraient taquins.

## 15

Installé à une table de bois à trois pieds, St. Bride leva la tête vers Alban qui le rejoignait.

— Vous l'avez trouvé ? s'enquit-il.

Alban opina de la tête en s'asseyant.

La bière était afffreusement tiède par cette chaleur, mais cela n'empêchait pas les hommes de venir étancher leur soif à la taverne du « Pot d'Étain ». Au fur et à mesure que l'après-midi avancerait, ils deviendraient de plus en plus licencieux, tout comme l'enseigne de l'établissement : elle représentait un jeune homme pourchassant avec ardeur une serveuse aux formes rebondies. Pour l'heure, les clients se montraient encore calmes, anéantis par la lourdeur du climat. Chaque mouvement semblait leur coûter un effort.

— J'ai parlé au maître d'écurie de Thionville, commença Alban en acceptant la chope que St. Bride plaçait devant lui. Il s'appelle O'Hurley et c'est une vraie pipelette ! Il en connaît un rayon sur les affaires du comte.

— Mais encore ? fit St. Bride en desserrant le lacet qui nouait sa chemise blanche.

Une lueur vengeresse s'allumait dans ses yeux.

— Apparemment, Thionville s'occupe bien d'importation. Il reçoit des marchandises de Glasgow.

— Glasgow ! Bon, j'ai compris. Son commerce sent les petites fleurs d'Erath Straught à plein nez.

— Il semblerait que Thionville se soit acquis les faveurs de Louis XV, continua Alban. Fort de l'appui du roi, il contrôle toute la Louisiane.

Appuyé contre le dossier de sa chaise, St. Bride l'écoutait avec un apparent détachement. Mais un observateur plus attentif aurait remarqué la tension étrange de son corps, la brillance anormale de ses yeux...

— Et Straught ? Ce O'Hurley sait-il ce qu'il est venu faire ici ?

— Pour affaires, d'après lui. Mais quel genre d'affaires ? Cela reste à élucider, grommela Alban. Toutefois, un détail me donne à penser qu'elles ne concernent pas seulement Thionville, et que la véritable raison de la venue de Straught à La Nouvelle-Orléans reste un secret bien gardé.

— Pourquoi dites-vous cela ? s'enquit St. Bride, de plus en plus tendu.

— O'Hurley m'a raconté quelque chose à propos du soir où le comte donnait cette grande fête. Straught était hébergé chez Thionville. Ce soir-là, Malcolm Quinn est rentré de la ville à bride abattue. Peu après, il repartait avec Straught, qui était en habit de soirée, en direction de la place d'Armes. O'Hurley a entendu Quinn dire à son maître : « Je les ai trouvés ! Ils habitent sur les berges ! »

— « Je les ai trouvés » ? répéta St. Bride.

— Oui. Étrange, n'est-ce pas ? Surtout quand on

sait que Thionville était la seule relation de Straught dans cette ville.

— Bizarre, en effet. Espérons seulement que Straught se fourvoiera aussi dans cette entreprise, fit St. Bride avec un semblant de sourire.

— Dois-je faire des recherches sur les berges ? C'est là qu'habitent tous les vauriens et les voleurs.

— Non, pas pour l'instant. Nous avons une chose plus urgente à régler.

— Je parie que cela concerne une femme !

— Peut-être bien, répondit St. Bride avec un sourire songeur, tout en jetant une pièce sur la table. Allons, il est temps de regagner Belle Chasse.

Ils allèrent récupérer leurs chevaux aux écuries de la milice urbaine. St. Bride montait Canis, et Alban un pur-sang bai nouvellement acquis. Ils traversèrent lentement le centre de la ville. Remarquant un ruban rouge qui dépassait de la sacoche de St. Bride, Alban prit un air insouciant :

— Que transportez-vous là ?

— Rien, répondit négligemment son maître.

— Un petit rien pour une petite friponne aux cheveux noirs, c'est déjà beaucoup !

Alban renversa la tête en arrière et partit d'un grand éclat de rire. St. Bride lança son cheval au trot en maugréant.

— Je parie qu'il s'agit d'un corset ! St. Bride ?... St. Bride !

Le mutisme agacé de ce dernier ne fit qu'augmenter la gaieté d'Alban.

Sur la place d'Armes, ils passèrent devant l'église paroissiale de St. Louis. Un avis de recherche figurait parmi les affiches placardées sur la porte. Les deux hommes allaient continuer leur chemin sans le remarquer lorsque St. Bride plissa soudain les yeux et arrêta son cheval.

— Que se passe-t-il ? s'étonna Alban.

— Je vais bientôt le savoir, fit St. Bride en sautant à terre et en se dirigeant vers la porte de l'église, tenant Canis par la bride.

Quand il lut l'avis, son visage hâlé pâlit brusquement. Ses lèvres n'étaient plus qu'une mince ligne rouge.

ASSASSINÉ
Bardolph Ogilvie
Race blanche
Originaire de Perth, en Écosse
Éventré
Le comte de Cassel
Recherche la Crécerelle
Une bohémienne
Cheveux noirs, yeux bleus
Signalement transmis à la milice urbaine
RÉCOMPENSE ASSURÉE

Les deux hommes demeurèrent silencieux. St. Bride lut et relut l'annonce, comme s'il avait voulu faire disparaître le morceau de parchemin à travers l'épaisseur du bois.

— Vous croyez que c'est elle ? demanda Alban, le visage défait.

St. Bride hocha lentement la tête. Les mots qu'il prononça alors semblèrent le déchirer.

— Le jour où elle cherchait ses vêtements, elle a prononcé ce nom: Crécerelle.

— Chassez-la tout de suite.

— Doucement ! ordonna St. Bride à son compagnon qui avait haussé la voix.

— St. Bride !

— Je vous ai dit doucement ! répéta-t-il en enfourchant son étalon.

— Elle n'apportera rien de bon ! Elle a déjà...

— Silence ! Je n'ai aucun conseil à recevoir de vous en ce domaine, compris ?

Ils repartirent au petit trot vers les faubourgs de la ville.

— Eh bien, je vous en donnerai un malgré tout ! Vous désirez la garder jusqu'à ce que vous soyez parvenu à vos fins avec elle, je le sais ! Alors, couchez avec elle et mettez-la dehors !

Alban avait crié ces derniers mots en poursuivant St. Bride, qui avait lancé son cheval au galop. Ils se trouvaient déjà hors de la ville mais il leur restait plusieurs kilomètres à parcourir. Alban rattrapa son maître.

— C'est trop dangereux, St. Bride, insista-t-il. Elle représente peut-être une plus grande menace que Straught. Et puis on ne sait rien d'elle !

— J'en sais suffisamment pour lui accorder le bénéfice du doute.

— Quel doute ? Si le comte a placardé cet avis, cela signifie qu'il n'en a aucun sur la culpabilité de cette fille !

— Le comte de Cassel est un imbécile, déclara St. Bride en fixant le lointain.

— En tout cas il est puissant. Et s'il la recherche, cela veut dire que c'est elle qui...

— Nous n'en savons rien !

— Quelle autre raison pourrait avoir Thionville de...

— Je n'en sais rien !

— Mais si. Souvenez-vous de la jupe qu'elle portait quand nous l'avons trouvée. Babette s'est donné un mal fou pour la laver, tant elle était maculée de sang. Ce ne pouvait être seulement le vôtre. La blessure de votre main n'aurait pu provoquer une telle hémorragie. Cette jupe était tachée du sang de quelqu'un d'autre !

— Ce n'est pas sûr, fit St. Bride en regardant sa cicatrice.

— Eh bien, si nous interrogions l'intéressée à ce sujet ? (Alban se rapprocha de St. Bride.) On va lui tirer les vers du nez, à cette petite voleuse.

— Si quelqu'un doit la questionner, ce sera moi, trancha St. Bride sur un ton sans réplique.

Sur ce, il lança Canis au grand galop et chevaucha comme un général donnant l'assaut, un général connaissant toutes les subtilités du combat mais qui n'a pas encore identifié son ennemi...

De la galerie, Katleen aperçut les deux hommes. Elle constata immédiatement que St. Bride semblait furieux contre Alban. Ils laissèrent leurs chevaux à Mathias et gravirent les marches de la maison, sans un mot. « Qu'est-ce qui a pu provoquer une dispute entre ces deux hommes d'habitude si liés ? » se demanda la jeune fille. Elle comprit instinctivement qu'il valait mieux qu'elle se retire pour la soirée.

Elle marcha silencieusement vers sa chambre, mais des bribes d'une conversation orageuse lui parvenaient du salon :

— ... ruiner nos plans soigneusement élaborés. Un jour elle vous tranchera la gorge... Écoutez-moi !... Elle ne vaut pas un tel risque...

Les paroles d'Alban intriguèrent Katleen. Elle se glissa silencieusement au bout du salon, près de la loggia.

— Et laisse Mary en dehors de cela !

Cette fois, il s'agissait de la voix de St. Bride. Le sang de Katleen se glaça dans ses veines lorsqu'elle entendit la phrase suivante :

— Je réglerai mes affaires avec Straught, et Katleen ne sera pas une entrave.

Sentant soudain sa présence, les deux hommes levèrent les yeux vers elle. Le nom terrible et familier de Straught avait privé la jeune fille de toutes ses réactions.

St. Bride gardait un silence oppressant. Il n'osait affronter le regard de Katleen, contrairement à Alban qui la toisait sans ciller, d'un air si menaçant qu'elle porta sa main à sa gorge, comme pour se protéger. « Que diable se passe-t-il ? » se demanda-t-elle avec angoisse. Ils se disputaient à cause d'elle. Pire : à cause de Straught aussi. Savaient-ils qui elle était ? Un léger vertige la saisit. St. Bride fuyait toujours son regard. Il se leva et se servit une bonne dose de brandy.

Katleen profita de cette pause pour aller se réfugier dans sa chambre. Elle s'assit dans le grand fauteuil en osier en se demandant ce qui résulterait de la discussion mouvementée que les deux hommes poursuivaient en chuchotant. Qu'allait-il lui arriver ?

Si seulement elle pouvait s'enfuir ! Elle se leva et se mit à arpenter sa chambre, les nerfs à vif. Les questions se bousculaient dans son esprit. La peur lui nouait le ventre. Qu'avait voulu dire St. Bride par : « Katleen ne sera pas une entrave » ? Allait-il l'empêcher de le gêner ? Une autre petite phrase lui revint alors en mémoire : « Il n'aura pas de problèmes avec Katleen... » La gorge serrée, elle déglutit avec difficulté.

Comme elle aurait aimé aller retrouver Colette aux cuisines, s'asseoir avec elle et parler de choses et d'autres, comme tous les soirs. Au lieu de cela, elle se débattait avec des fantômes qui avaient trouvé le moyen de traverser l'Atlantique pour venir la hanter, la torturer, la menacer...

Ouvrant les portes de la galerie, Katleen aperçut Alban dans l'arrière-cour : il allait rejoindre Colette. Elle eut le temps d'apercevoir le visage dc la jeune esclave, à la lueur des bougies, avant que la porte ne se referme. La nuit tombait, et pour Katleen, elle serait longue... Mais que faire ? Mon Dieu, que faire ?

Elle se remit à arpenter sa chambre de long en large. C'est alors qu'une évidence se fit jour dans son esprit : il était temps qu'elle sache ce que St. Bride savait exactement à son sujet. Il n'allait pas tarder à venir la voir, et elle préféra prendre les devants. Elle ouvrit la porte qui donnait sur le salon.

Il se tenait sur le seuil de la galerie, le regard perdu dans les profondeurs nocturnes.

— Venez ici, Katleen.

— St. Bride, commença-t-elle dans un souffle.

Elle faillit battre en retraite, tant sa carrure imposante l'impressionnait, mais elle demeura debout au milieu du salon, hésitant. Ses résolutions s'envolèrent et elle n'eut plus qu'une envie : fuir le plus loin possible.

— Venez ici, répéta-t-il d'une voix emplie d'une douceur inattendue.

— Je... ne crois pas que...

— J'ai quelque chose pour vous.

Elle franchit timidement les doubles portes.

— Me voilà, murmura-t-elle.

— Je suis allé en ville aujourd'hui, commença-t-il en lui tendant une pièce de tissu gainée de soie. Colette m'a dit que vous aviez besoin de corsets, alors je...

Sa voix se brisa. Katleen ne distinguait pas nettement la couleur du sous-vêtement à la lueur de la lune. Ce cadeau si intime l'étonnait, mais elle avait appris à ses dépens que St. Bride était sujet à des humeurs aussi changeantes qu'imprévisibles.

— Mettez-le, ordonna-t-il.

— Maintenant ?

— Oui, maintenant.

— Écoutez, je...

— J'attends, insista-t-il tranquillement.

Il se détourna et se replongea dans la contemplation du fleuve, au loin, à peine discernable dans la pénombre. Son profil d'oiseau de proie se détachait sur l'encre bleutée de la nuit. En cet instant, il semblait lutter contre un démon inconnu. Ce n'était pas le moment de faire appel à son esprit chevaleresque.

Katleen se réfugia dans sa chambre et déboutonna nerveusement le haut de sa robe. Puis elle prit le corset dans ses mains tremblantes et découvrit, à la lueur des chandeliers, sa couleur rouge vif. Surmontant une dernière hésitation, elle le noua sur sa poitrine. Dans d'autres circonstances, elle aurait retrouvé avec bonheur le contact de la soie sur sa peau, des baleines sous ses seins. Le corset était finement monté et formait un contraste harmonieux avec sa sombre chevelure. Mais tous les dangers, toutes les incertitudes qui l'attendaient l'empêchaient de savourer ces sensations oubliées. De plus, St. Bride se mit à déambuler dans la pièce voisine, manifestant son impatience. Elle se rhabilla lentement et ouvrit les portes donnant sur le salon.

Il avait allumé toutes les chandelles. Cette luminosité inattendue gêna la jeune fille. Embarrassée, elle s'approcha du canapé où il s'était assis et s'arrêta devant lui. Une racine de sassafras entre les dents, il la contemplait avec une telle intensité que ses joues soudainement s'empourprèrent.

— Tournez.

Elle effectua un tour sur elle-même. Le corset soulignait sa taille fine, sculptait son buste, sa poitrine aux courbes généreuses. Un frisson glacé courut le long du dos de Katleen.

— Voulez-vous que je vous prépare un dîner ? proposa-t-elle pour essayer de rompre la tension insoutenable.

En jouant les servantes accomplies, il lui dirait peut-être ce qui s'était passé, cet après-midi ? Elle sourit, malgré l'appréhension qui la faisait trembler.

— Votre cadeau me fait très plaisir, St. Bride. Cela faisait si longtemps que... Enfin, c'est un présent assez personnel, mais...

— Mettez-vous devant le miroir, Katleen.

— Co... comment ?

Il se contenta de désigner la psyché au cadre doré, suspendue au-dessus d'une console.

— Pourquoi ? s'enquit-elle, ses yeux bleu nuit emplis de méfiance.

— Obéissez.

A contrecœur, elle se plaça devant la glace et tourna la tête vers lui, attendant de nouvelles directives.

— Ne me regardez pas. Regardez le miroir.

Elle reporta son attention sur son reflet.

— Bien, dit St. Bride en ôtant la racine de sa bouche. Déboutonnez votre robe.

— Quoi ?

— Déboutonnez votre robe.

— Non, souffla-t-elle d'une voix tremblante.

Il s'étira nonchalamment sur le canapé.

— Si. Vous avez toujours fait tout ce qu'il fallait pour survivre, non ? lança-t-il soudain d'un ton qui la fit frissonner.

— Non, et je ne ferai pas cela.

— Alors je vais m'en charger.

Il se leva d'un bond. Immédiatement elle porta ses mains sur le premier bouton. St. Bride se rassit. Katleen tremblait tellement que sa tâche s'avéra laborieuse.

— Qu'ai-je fait ? se décida-t-elle à demander, pour gagner du temps. Qu'est-il arrivé en ville aujourd'hui ?

— Continuez, je veux admirer mon cadeau.

Le renflement de ses seins apparut dans l'ouverture de la robe.

— Je dois savoir, insista-t-elle, impatiente d'apprendre si oui ou non son cousin avait un rapport avec tout cela.

— Continuez, Katleen, et calmez-vous, répondit-il comme s'il ne l'avait pas entendue.

La jeune fille baissa la tête sur son décolleté et poursuivit son déshabillage. Sa chemise bordée de dentelle commença à apparaître, puis le corset d'un rouge éclatant. Chaque mouvement de ses doigts le révélait un peu plus. Soudain, Katleen sentit la nausée l'envahir devant la vision du tissu bleu de sa robe contre la soie écarlate du corset.

Le choc de ces deux couleurs ne lui rappelait pas seulement ses cauchemars, mais un jour bien réel, en Écosse, il y avait longtemps déjà. Elle revit avec une clarté effrayante l'accident de Morna. Elle se revit elle-même courant sur la pente de la colline pour la rejoindre, pour l'aider. Pour la secourir. Mais Erath Straught se dressait, s'interposant entre les deux sœurs. Il avait les mains rouges de sang. Du sang qui maculait la jolie robe bleue de Morna...

Katleen ferma les paupières mais un faible gémissement lui échappa. Sans s'en rendre compte, elle avait ouvert tout le bustier de sa robe. Quand elle ouvrit les yeux, elle découvrit que St. Bride la regardait avec un effarement horrifié.

— Votre corset... n'a-t-il pas la couleur du sang ? Du sang, n'est-ce pas, Katleen ?

Il se leva et s'approcha d'elle, arborant un air sombre et indéchiffrable.

— Non, dit-elle en détournant les yeux.

Elle se força à supporter le spectacle que lui renvoyait le miroir, ces deux teintes à jamais gravées dans sa mémoire. Pourquoi bouleversaient-elles aussi St. Bride ? Était-il possible qu'il sache, au sujet de Morna ? Elle se demanda avec effroi si elle ne s'était pas laissé berner par cet homme depuis le premier jour.

— Non ! répéta-t-elle plus fermement. Ce corset est superbe. Ce rouge pivoine est somptueux !

— Ce rouge sang, souffla-t-il derrière elle, contre sa nuque.

Dans le miroir, elle le vit glisser sa main dans l'ouverture de la robe et caresser les bords du corset.

— Non, c'est un rouge de fleurs, de géraniums, de tulipes, s'obstina-t-elle, alors qu'une douce chaleur naissait sous les doigts de St. Bride, à travers la soie.

Il tourna la jeune fille face à lui. Il semblait terrifiant avec ses yeux verts parcourus d'étranges flammes, ses lèvres si douces incurvées en un pli amer...

— Quoi que vous ayez fait, Katleen, dites-moi que vous y étiez obligée, et je vous croirai.

— De quoi parlez-vous ? s'alarma-t-elle. Que s'est-il passé ?

— Dites-moi la vérité. Dites-moi que vous avez agi en légitime défense, et je vous croirai. Mais ne me mentez pas, cette fois !

— Mentir ? Mais je n'ai rien fait ! Je vous en prie, St. Bride, de quoi s'agit-il ?

Elle sentit soudain sa bouche sur la sienne, comme pour y sceller la vérité. Sa langue en prit possession avec avidité. Katleen gémit quand il resserra ses mains autour de sa taille. Il fit glisser la robe ouverte sur ses épaules. Elle savait qu'elle aurait dû le repousser, s'enfuir ! Mais le baiser qui la dévorait n'était pas celui d'un criminel. C'était le baiser d'un amant, exigeant, possessif, ardent. Plein d'une fougue qui appelait une réponse. Elle se laissa fondre contre son corps, acceptant avec délices ses lèvres et ses caresses.

Quand il la relâcha, elle plongea son regard chaviré dans le sien. Elle avait les joues rouges et les cheveux en désordre. Elle était belle à mourir.

— Expliquez-moi, je vous en prie, supplia-t-elle.

Elle voulait tant qu'il la rassure, qu'il lui dise qu'il n'était pas l'ami du meurtrier de sa sœur. Que ses rapports avec Straught se bornaient à la culture du pavot. Certes, la coïncidence de cette robe bleue et de la couleur rouge jetait le doute dans son esprit. Mais ce baiser si tendre et troublant la déconcertait...

St. Bride ne semblait pas pressé de l'apaiser. Il la gardait serrée contre lui, contemplant sa tête brune appuyée contre sa poitrine.

— Parlez-moi de Bardolph, Katleen, dit-il enfin, l'obligeant à le regarder.

Une faible plainte échappa à la jeune fille. Ses jambes se dérobèrent sous elle.

Il savait. Il savait !

## 16

Un silence lourd s'abattit, si lourd qu'il semblait que brusquement la flamme des chandeliers allait s'éteindre et le vent du soir s'apaiser. Mais la lumière ne faiblit pas et les courants d'air continuèrent de s'insinuer dans le salon. Bouleversée, Katleen cherchait une réponse qui ne venait pas.

— Bardolph, répéta St. Bride, intraitable.

— Que... que voulez-vous savoir à propos de... de Bardoph ? Je vous l'ai dit, il est mort ! fit-elle, sachant très bien que le calme de St. Bride n'était qu'une apparence.

— Je veux tout savoir ! Il y a un avis, placardé à La Nouvelle-Orléans, proclamant que le comte de

Cassel recherche une meurtrière nommée Crécerelle ! Or, vous êtes Katleen, mais il se trouve que vous êtes aussi cette Crécerelle. Katleen sait servir le thé, elle sait lire et s'exprime comme une lady : elle est tout ce que j'aime. Mais j'ai découvert aujourd'hui la réalité de Crécerelle, celle qui ment, qui vole et qui a peut-être... tué. De la plus horrible manière !

— Non ! s'écria-t-elle, comprenant que son cousin avait mis ses menaces à exécution.

Elle ne pouvait plus espérer regagner La Nouvelle-Orléans, à présent. Toutes sortes de gens cherchaient à la retrouver, dans l'espoir d'une récompense. La raison de la colère de St. Bride la soulagea brièvement car une autre menace la guettait : allait-il la livrer au comte ?

— Avez-vous tué Bardolph ? questionna-t-il d'une voix autoritaire.

— Non...

— Dans ce cas, d'où venait tout ce sang sur votre jupe ?

La pression de ses doigts sur elle devenait douloureuse.

— C'était votre sang.

— Non, il y en avait trop. Vous l'avez tué ?

— Non ! cria-t-elle en le repoussant brutalement.

Mais il saisit son visage entre ses mains et la força de nouveau à le regarder. Il la scruta longuement, cherchant la vérité dans les yeux bleu saphir.

— Qui l'a tué, alors ?

— Malcolm Quinn, peut-être... fit-elle, prudente, redoutant sa réaction à l'annonce de ce nom.

Une grimace apparut sur le visage de St. Bride. Katleen recommença à trembler, si fort qu'elle en eut le vertige.

— Pourquoi aurait-il voulu la mort de Bardolph Ogilvie ? Je ne vois aucune raison expliquant un tel geste de sa part, alors que vous, vous en aviez des dizaines !

— Mais c'est faux ! Ce n'est pas moi qui l'ai tué ! Ce n'est pas moi ! hurla-t-elle, au bord de l'hystérie.

— Vous êtes là pour m'espionner ?

— Pourquoi ferais-je une chose pareille ? dit-elle, incapable de soutenir son regard inquisiteur.

— Quinn vous a peut-être chargée de m'épier. N'êtes-vous pas de grands amis ?

Ainsi, il savait à propos de Quinn... Dépassée par l'enchaînement brutal des événements, Katleen se demandait quelle attitude adopter.

— Vous vous trompez. Pour quelle raison vous espionnerais-je ?

— Pour Erath Straught. Il a investi ses derniers deniers dans Belle Chasse. Peut-être ne me fait-il pas confiance ? Quinn vous a peut-être appris quelque chose à ce sujet ?

— J'ignore de quoi vous parlez ! s'exclama-t-elle en reculant. Je n'ai rien à voir avec la mort de Bardolph ! Je ne comprends pas pourquoi on a exposé cet avis !

— Mais vous saviez qu'on vous recherchait, n'est-ce pas ?

Il semblait si furieux qu'elle n'osa pas nier.

— Cela expliquerait pourquoi vous vous enfuyiez dans les marais, la nuit où je vous ai trouvée. Cela expliquerait pourquoi vous avez dit à Thionville que vous vous appeliez Colette.

— Non, vous vous trompez !

— Non, Katleen, et vous le savez. Tout vous accuse : vos rendez-vous avec Quinn, votre façon d'espionner ce qui se passe à Belle Chasse.

— Belle Chasse ne m'intéresse pas.

— Mais vous ne vous gênez pas pour y chaparder tout ce que vous pouvez !

— C'est Malcolm Quinn qui...

— Oui, parlons-en de Malcolm Quinn ! Vous lui remettez tout ce que vous me volez. Croyez-vous que je l'ignorais ?

Un silence lui répondit, alors il reprit :

— Alban a peut-être raison, après tout. Je vous prenais pour une fille perdue, une innocente victime, mais je me demande maintenant si vous n'êtes pas une conspiratrice de la pire espèce, une vulgaire traînée sans vergogne !

La gifle qu'elle lui assena claqua comme un coup de fouet. Curieusement, il sembla qu'il s'y attendait. Il devait savoir que ce mot offensait Katleen plus que tout autre et, s'il l'ignorait, il était temps qu'il l'apprenne ! Mais quand elle vit la marque rouge sur sa joue, la peur la gagna. Comment allait-il réagir ? Il n'avait même pas tressailli sous le coup... Elle recula, effrayée par la colère qu'elle sentait sourdre en lui.

Mais elle ne fut pas assez rapide. Il l'attrapa et la força à lui faire face. Il fulminait.

— Malcolm me faisait chanter ! Voilà pourquoi je le rencontrais ! s'écria-t-elle. J'étais obligée de voler pour lui ! Je vous en prie... vous devez me croire !

— Et pourquoi ce chantage ? Répondez ! Peut-être que c'est vous qui avez tué Bardolph, et pas lui ! Seulement, il a découvert que la Crécerelle se cachait ici, alors vous avez dû acheter son silence !

— Vous avez raison, il avait découvert où j'étais et je le payais pour qu'il se taise. Mais pas parce que j'ai tué Bardolph !

Le désespoir s'emparait d'elle. Plus elle se défendait et plus il écumait de rage. Les yeux turquoise étincelaient de fureur.

— Comment pourrais-je vous croire ? Vous passez votre temps à me voler, à me mentir, à me tourmenter ! Dites-moi, Katleen, maintenant que vous êtes démasquée, était-ce par calcul que vous interrompiez systématiquement nos petites scènes d'amour ?

Il jeta un coup d'œil éloquent vers sa chambre. Les tentures de satin émeraude brillaient à la lueur des bougies. Katleen comprit immédiatement comment il entendait se venger...

— Non ! Je suis innocente, je vous en prie !

— Innocente ! ricana-t-il. Comment osez-vous prononcer ce mot ?

Il lui saisit brutalement la main et l'entraîna vers le lit.

— Écoutez... commença-t-elle, affolée.

— Je vous ai assez écoutée. J'en ai envie depuis le premier jour où je vous ai rencontrée. Vous me devez bien ça, non ?

Il la poussa dans la pièce et elle se réfugia dans un coin, le plus loin possible du lit. Jamais elle ne l'avait vu aussi furieux. Il paraissait devenu fou depuis qu'il la prenait pour une criminelle. A présent, il allait la violer, sans pitié. Elle se tassa sur elle-même tandis que l'ombre de St. Bride avançait et la recouvrait peu à peu. Elle tenta de se rassurer en songeant qu'après tout, elle avait traversé de plus cruelles épreuves, mais elle se cacha le visage dans ses mains. Elle ne supporterait pas un tel outrage, surtout venant de cet homme.

— Katleen, je ne voulais pas en arriver là. Prouvez-moi que vous ne l'avez pas tué, je vous en prie.

Il lui offrait une dernière chance.

— Regardez-moi, reprit-il.

Elle leva timidement les yeux vers lui. Bien sûr, il voulait la vérité, mais comment pouvait-elle la lui donner ? Comment lui apprendre qu'Erath Straught était le responsable de la mort de Bardolph sans lui révéler toute l'histoire ? Accepterait-il pour autant de l'aider ? Rien n'était moins sûr... Soudain, tous ses doutes sur St. Bride remontèrent à la surface.

Cette note sur la porte d'Alban, ses affaires avec Straught à Belle Chasse... Quoi qu'elle lui dise, ses projets avec son cousin en seraient affectés, d'une façon ou d'une autre. Comptait-elle assez dans le cœur de St. Bride pour qu'il soit prêt à renoncer à ses pavots auxquels il tenait tant ? Scrutant son regard, elle ne parvint pas à trouver une réponse à cette interrogation.

— Dites-moi pourquoi vous avez tué Bardolph, continua-t-il.

Elle fit un immense effort pour ne pas crier le nom de son cousin. Tant qu'elle ne pouvait pas se fier à St. Bride avec certitude, elle devait se taire.

— Je ne sais pas...

— Allez-vous parler à la fin ! cria-t-il en lui saisissant les bras.

— Vous me faites mal !

— Bon sang ! Parlez ! Parlez, malheureuse, ou je vous tue de mes propres mains !

Il la secoua comme une poupée de chiffon, furibond. Puis il la lâcha en la repoussant violemment, et lui tourna le dos.

— Allez-vous-en, gronda-t-il en se passant une main dans les cheveux.

— De... de Belle Chasse ?

— Non, de cette chambre ! Je ne veux plus vous voir. Mais vous ne bougerez pas de cette maison jusqu'à nouvel ordre, compris ?

— St. Bride, je ne peux pas...

— Que le diable vous emporte ! Taisez-vous ! Disparaissez de ma vue ! Je ne sais pas ce qui me retient de...

Elle souffrait de tout son être qu'il la considère comme une criminelle, mais elle ne pouvait se disculper pour l'instant. D'un geste, il balaya le dessus de la commode, faisant voler avec fracas tous les objets qui s'y trouvaient, son peigne en argent, le coffret à bijoux et tout son contenu.

— Je crois que je deviens fou, dit-il.

Katleen courut hors de la chambre.

# 17

L'orage fouettait les pacaniers, les volets claquaient, mais le fracas ne réveilla pas Katleen, car elle ne dormait pas. Le sommeil la fuyait depuis trois nuits. Elle attendait anxieusement que St. Bride l'informe du sort qu'il lui réservait, maintenant qu'il la prenait pour une meurtrière. Sa chambre était devenue pour elle une prison et un refuge. Elle ne la quittait que pour sortir sur la galerie et offrir son visage au vent rageur des fréquentes tempêtes.

Un éclair déchira le ciel. Katleen se leva et ouvrit les portes donnant sur la galerie : les volets étaient verrouillés de l'extérieur. Le grondement du tonnerre éclata, mais elle n'éprouvait aucune peur. Elle ouvrit les lattes des persiennes, au maximum.

— La plupart des femmes se cachent sous leurs couvertures lors d'un orage aussi violent. Pas vous.

Katleen sursauta violemment et fit volte-face. Malgré la pénombre, elle distingua la silhouette de St. Bride, dans l'embrasure de la porte du salon. A la faveur d'un nouvel éclair, elle remarqua que son regard avait retrouvé son aspect normal, moins dur et inflexible que lors de leur dernier affrontement. Dans l'obscurité revenue, il alla déposer quelque chose sur la table de nuit. D'après le son, il s'agissait d'un verre, sans doute rempli de brandy, devina-t-elle. Puis elle l'entendit marcher vers elle.

— St. Bride, il est tard, murmura-t-elle en se détournant vers les persiennes.

— Vous avez raison, il est tard.

— Que voulez-vous ?

Elle n'avait pas peur. Il ne lui semblait pas hostile. En fait, il semblait avoir trouvé une solution à ses problèmes et vouloir l'informer de la bonne nouvelle.

— Je veux savoir pourquoi vous n'avez pas peur des orages. On dirait même qu'ils vous ravissent...

Il la tourna vers lui. Elle distingua un sourire triste sur ses lèvres.

— J'ai entendu du bruit ici, expliqua-t-il. J'ai pensé que, effrayée par le tonnerre, vous aviez besoin de réconfort. Au lieu de cela, je vous surprends derrière vos persiennes, comme désolée de ne pouvoir sortir sous la pluie battante. Quelle étrange créature vous êtes, Katleen.

Il leva une main caressante vers la joue de la jeune fille mais se ravisa soudain, laissant retomber son bras.

— L'orage ne m'a jamais importunée, dit-elle, bien au contraire. Et encore moins cette nuit.

— Pourquoi cette nuit ?

Elle réfléchit un instant avant de répondre.

— Parce qu'il est particulièrement violent.

St. Bride garda le silence. Puis il effleura une boucle ébouriffée sur la gorge de Katleen. Lentement, il abaissa son visage vers elle et posa ses lèvres sur son front. Il se laissa aller contre elle, mais sans la tenir, sans l'obliger. Katleen ne songea même pas à le repousser ; il ne faisait rien pour s'imposer. Mais comme ses lèvres s'attardaient, devenaient plus pressantes, elle lui dit :

— Arrêtez, St. Bride. Je résisterai, comme je l'ai déjà fait, je lutterai, et vous perdrez.

— Vous me sous-estimez, fit-il avec une sorte de rire intérieur.

Sa bouche devenait chaude, humide sur son front. Elle commençait à se sentir oppressée sous le poids de son corps. En même temps, elle ne se sentait pas la force de le repousser. Son contact l'électrisait, sa voix profonde lui faisait tourner la tête.

— Que voulez-vous, St. Bride ? ne put-elle s'empêcher de murmurer.

Il avait posé une main sur le chambranle, derrière elle. Elle s'arc-bouta, mais immédiatement il posa son autre main sur son dos, la laissa glisser au bas de ses reins et plaqua la jeune fille contre lui. Étroitement. Ses doigts descendirent encore, épousant les formes fermes sous la robe, la palpant en un mouvement lancinant. Le souffle court, Katleen sentit un brasier s'allumer au creux de ses reins, malgré sa volonté de ne pas succomber à de telles sensations.

— Quelle femme êtes-vous donc, mon ange noir ? souffla-t-il dans ses cheveux. Vous me repoussez, vous me rejetez comme une duchesse outragée alors que je vous ai ramassée dans la rue, où vous deviez voler pour manger. Puis je découvre que vous êtes impliquée dans un meurtre et vous refusez de m'en parler. Pourtant, quand je vous regarde, je ne puis m'empêcher de tomber sous votre charme innocent. Je ne crois pas que vous ayez tué Bardolph, et je pense qu'un jour, vous m'expliquerez tout. Comment en suis-je arrivé là, Katleen ? Que m'avez-vous fait ?

Il reposa ses lèvres contre son front lisse et pur et murmura :

— Vous êtes éblouissante de beauté.

— Non, souffla-t-elle, bouleversée.

— Vous en doutez, mon ange ? dit-il doucement. Petite sorcière, vous m'avez envoûté.

— Je ne suis pas une sorcière. C'est moi qui suis victime d'un sort.

— Oui, mais moi aussi.

Il leva légèrement le menton de Katleen, pour mieux contempler ses traits. Un nouvel éclair stria la nuit, illuminant le visage de la jeune fille avec une intensité irréelle.

— Laissez-moi partir, murmura-t-elle.

— Jamais, répondit-il en riant soudain.

— Et si les prédictions d'Alban se réalisaient ?

— Qu'il aille au diable avec ses prédictions, fit-il, tandis qu'un sourire sardonique se dessinait lentement sur ses lèvres. Si vous m'enfonciez un poignard dans le dos, je crois que je le recevrais avec plaisir. J'ai découvert que je ne pouvais me passer de vous...

— Même si je suis une meurtrière ?

— Je ne crois pas que vous soyez une meurtrière, mais le pire, c'est que je m'en moque éperdument. Je vous prends telle que vous êtes.

Il se pencha lentement vers elle. Il allait l'embrasser... Katleen n'avait plus la moindre envie de le repousser. Son corps grand et fort contre le sien la troublait, l'aimantait. Elle sentit soudain sa main s'aventurer sur sa chemise, la soulever, s'égarer jusqu'à ses cuisses. Des ondes d'excitation la parcouraient, l'embrasaient tout entière, lui arrachèrent un gémissement quand il commença à appuyer ses caresses. Non, il ne fallait pas... Ce frémissement qui se répandait le long de sa colonne vertébrale devait prendre fin; sa respiration saccadée devait recouvrer son rythme normal. Car les sensations que cet homme éveillait en elle, elle les désirait... et elle en désirait bien plus encore.

— Non, St. Bride. Je ne vous laisserai pas faire.

— Repoussez-moi.

Elle tenta d'arrêter la main qui montait à présent

vers ses seins, mais il continua et écarta les pans de la chemise de nuit. Pour la première fois, elle avait l'impression d'être nue dans ses bras. Une sorte d'ivresse s'empara de tous ses sens. Jamais elle n'avait rien éprouvé de semblable.

S'enhardissant, il insinua ses doigts entre ses cuisses et Katleen émit une plainte tremblante avec l'impression que l'endroit le plus secret de son corps ne lui appartenait plus... Il l'effleurait, lentement, ses doigts brûlants faisant naître sur sa peau un fourmillement indescriptible.

— Non, St. Bride, je ne veux pas.

— Empêchez-moi, souffla-t-il au creux de son oreille. Défendez-vous, si vous le pouvez encore, mais n'est-ce pas délicieux, Katleen ?... Et ce n'est rien comparé au plaisir que je peux vous donner. De diverses manières...

— Non ! murmura-t-elle quand il précisa sa caresse.

Choquée qu'il se permette des gestes aussi intimes, elle voulut écarter son bras, mais il balaya sa résistance par un baiser, étouffant ses protestations sous ses lèvres ardentes, exigeantes. Saisi d'une faim insatiable, il semblait vouloir la dévorer. Emportée dans le tourbillon de son ardeur passionnée, Katleen s'abreuva à ce baiser comme à un élixir.

Elle n'essayait plus d'échapper à la main qui explorait avec audace le bas de son ventre. Son cœur battant à tout rompre, elle se mit à onduler contre lui, vaincue par les sensations divines qu'il suscitait en elle. Mais brusquement, elle reprit ses esprits. Elle mourait d'envie de rester dans ses bras, mais en même temps, elle mourait de peur à l'idée de commettre l'irréparable. Avec une énergie qui le prit au dépourvu, elle lui échappa tout à coup, et se réfugia à l'autre bout de la pièce, chancelante.

— Laissez-moi ! Laissez-moi ! cria-t-elle dans un sanglot rageur, essayant désespérément de reprendre le contrôle d'elle-même.

— Pas question ! siffla-t-il en se dirigeant vers elle.

— N'approchez pas ! Sinon je vous haïrai à jamais !

— Vraiment ? La haine ne semblait pas vous habiter quand vous gémissiez dans mes bras.

Il s'approcha d'elle, s'arrêta tout près mais sans la toucher. Il se contenta de la regarder, avec fureur.

Une larme coula sur la joue de Katleen. Elle l'essuya vivement, avec le dos de la main.

— Je vous haïrai, St. Bride, pour toujours... murmura-t-elle, anéantie.

Elle brûlait de se jeter contre lui, de reprendre le chemin du paradis dans ses bras. Tous les pores de sa peau appelaient ses caresses ! Mais cela n'était qu'une lamentable erreur.

— Très bien, jeta-t-il froidement. Soyez tranquille, je ne couche pas avec une femme qui me hait.

— St. Bride... gémit-elle faiblement.

Elle ne le haïssait pas. Non ! Ses sentiments envers lui n'étaient-ils pas aussi éloignés que possible de la haine, en réalité ? Elle ne trouvait pas les mots capables d'exprimer tout ce qu'elle éprouvait pour lui.

Un violent coup de vent rabattit brusquement les lattes des persiennes, plongeant la pièce dans une obscurité presque totale. Elle sentit alors les mains de St. Bride se poser sur ses seins, les presser doucement. Il émit un grognement sourd quand elle s'esquiva à nouveau. Sa haute silhouette s'éloigna. Puis le verrou tourna.

— Gredin ! explosa-t-elle, frustrée et vexée à la fois.

Le lendemain matin, St. Bride l'avait libérée, mais durant toute la matinée, elle sentit son étrange regard turquoise épier ses moindres faits et gestes. Il la surveillait, froidement. Elle s'efforçait de ne pas penser à lui, d'oublier ce qui s'était passé dans la nuit. Dans son lit, elle avait pleuré jusqu'aux premières lueurs du jour. Tout son être la tourmentait quand elle évoquait la façon dont ses caresses trop osées l'avaient bouleversée.

Mais à présent, un nouveau souci la préoccupait. Elle avait manqué deux rendez-vous avec Quinn. Elle pourrait certes lui expliquer qu'on la retenait prisonnière dans sa chambre, mais il ne la croirait pas. Cela allait lui coûter cher, elle n'en doutait pas... Il fallait qu'elle le voie. Il devait l'attendre au bout du champ d'indigotiers, là où les orchidées géantes poussaient jusqu'au bord des marais. Si seulement elle parvenait à s'échapper, ne serait-ce que quelques minutes, elle pourrait peut-être l'apaiser...

Mais ses espoirs furent déçus. En fin de matinée, St. Bride alla la rejoindre dans la buanderie. Il l'informa qu'il viendrait la chercher à midi, pour l'emmener prendre l'air. Peu désireuse de provoquer un nouvel affrontement, elle accepta sans protester tout en cherchant une solution.

A midi, ils prirent donc le chemin poussiéreux menant au champ où les esclaves avaient leurs quartiers. C'était la première fois que Katleen prenait cette route et elle se plut à se promener sous les jeunes chênes, jusqu'aux maisonnettes en bois de cyprès. Elle aurait trouvé cette sortie agréable, sans ce ciel lourd et menaçant, et la pensée lancinante qu'elle devait revoir Quinn avant qu'il ne soit trop tard.

— Un jour bien morne pour une promenade, remarqua St. Bride.

Il lui prit négligemment la main pour l'aider à franchir une flaque de boue.

— La pluie a rafraîchi l'atmosphère. Je suis heureuse de marcher un peu. Je n'aime pas rester enfermée si longtemps.

— Votre nouveau corset vous plaît ?

La question la prit au dépourvu. Elle évoquait une nuit qu'ils auraient tous deux préféré oublier.

— Oui, beaucoup, répondit-elle.

Elle pensa au paquet qu'elle avait trouvé devant sa porte, le lendemain de cette fameuse soirée. Elle y avait découvert un corset d'un mauve très pâle. Le rouge, quant à lui, avait mystérieusement disparu.

— J'ai cru bon de vous sortir un peu, dit-il en s'arrêtant près d'un arbre.

— Je n'aime pas être prisonnière.

— Je sais.

— Dans quel but précis m'avez-vous conduite ici, St. Bride ? s'enquit-elle.

Que lui réservait-il encore ?

— J'ai un autre cadeau pour vous, annonça-t-il en fronçant les sourcils. Mais je crains qu'il ne vous plaise pas.

Il prit une petite bourse accrochée à ses chausses de daim.

— Il a une fonction que vous n'allez probablement pas apprécier.

— Qu'est-ce que c'est ? s'enquit-elle en le regardant avec méfiance ouvrir la bourse. Un collier !

Il ne s'agissait pas de celui que Thionville lui avait donné, mais il lui ressemblait un peu. En argent massif, il était serti en son centre de l'énorme saphir qu'elle avait tenté de lui voler. Elle prit le collier et l'examina sur toutes ses facettes, se demandant ce que ce présent signifiait.

— Accepter ce bijou ne fera pas de moi votre maîtresse, St. Bride.

— Non, je sais.

— Pourquoi m'offrez-vous un cadeau d'une telle valeur ? Vous me gardez enfermée pendant trois jours, et tout à coup vous me donnez le moyen de m'enfuir...

— Non, vous ne vous enfuirez pas, j'y veillerai.

Que signifiait cette nouvelle énigme ? Perplexe, Katleen ne savait pas quelle attitude adopter. St. Bride la déroutait, une fois de plus.

— Si vous me donnez ce collier, je me sauverai, affirma-t-elle résolument.

— Puis-je vous le mettre ? demanda-t-il en s'approchant d'elle, légèrement hésitant.

— Vous êtes fou, St. Bride.

Mais elle le laissa soulever la masse soyeuse de ses cheveux. Elle sentit ses doigts, robustes et doux à la fois, effleurer son long cou. Immédiatement, un long frémissement se propagea le long de son dos, et l'air plus frais n'y était pour rien. Elle ferma les yeux quand il posa ses lèvres sur sa nuque. Il l'embrassa doucement, puis il recula.

— Je peux ? s'enquit-il en prenant le collier.

La froideur de l'argent sur sa peau la fit frémir. Il marqua une hésitation avant d'actionner le fermoir. Il tourna ensuite la jeune fille face à lui pour juger de l'effet. Il semblait enchanté.

— Comparé à votre beauté, il paraît sans éclat, mon ange noir. J'espère qu'il vous aidera à me pardonner.

— Non, c'est vous qui allez devoir me pardonner, St. Bride. Vous savez très bien que je ne le garderai pas.

St. Bride secoua tranquillement la tête.

— Vous le garderez, car il vous sera impossible de l'enlever.

— Je n'hésiterai pas à le faire. A la première occasion, je le vendrai et je m'enfuirai.

— Non, Katleen. Je connais un orfèvre en ville qui fait des serrures pour les ébénistes de Louis XV, des serrures inviolables. Un maître en la matière. Seuls lui et moi savons comment ouvrir votre fermoir.

Katleen essaya immédiatement d'ôter son collier mais... il n'y avait pas de fermoir ! Elle ne sentait sous ses doigts que de l'argent, lisse et froid. L'orfèvre avait dû installer un système de fermeture dans un creux ménagé à l'intérieur du tour de cou.

— Je le casserai ! s'exclama-t-elle en tirant sur le bijou.

Mais il lui prit les mains et les écarta.

— Impossible.

— Dans ce cas, je le couperai !

— N'y comptez pas. Il s'agit d'un alliage spécial, ce n'est pas de l'argent pur. Seul un diamant pourrait le couper. Désolé, Katleen, mais vous n'avez pas la moindre chance de l'enlever.

— Je trouverai cet orfèvre. Il me l'ouvrira ! s'obstina-t-elle d'une voix qui commençait à flancher.

— Je lui ai parlé de vous. Je l'ai payé pour qu'il ne l'ouvre en aucun cas.

— Mais pourquoi faites-vous cela !

Le ton de sa réponse la figea sur place. Jamais il ne s'était adressé à elle d'un ton aussi péremptoire :

— Parce que je vous veux. Je ne vous laisserai pas partir. Vous avez besoin de moi, de toute façon, de ma protection. Vous ne pouvez plus retourner à La Nouvelle-Orléans : tous les voleurs vous traqueront pour s'emparer de votre collier.

— Je n'ai pas le moins du monde besoin de vous ! Ni aujourd'hui, ni jamais !

Comment osait-il la traiter comme une vulgaire favorite ? Il la tenait à sa merci, le fourbe ! A cause de ce collier, elle serait obligée de s'en remettre à lui. Elle s'acharna inutilement sur le bijou. A nouveau, St. Bride l'arrêta. D'un bras autour de sa taille, il l'attira contre lui.

— Je vous ai eue, Katleen. Acceptez-le.

Elle secoua la tête avec véhémence.

— Non !

— Si.

— Non ! répéta-t-elle, au bord des larmes. Je ne vous laisserai pas faire de moi votre esclave.

Dans son désespoir, elle se détourna et ajouta, d'une toute petite voix :

— Oh, pourquoi me faites-vous ça, St. Bride ?

— Prouvez-moi votre loyauté, et vous n'aurez pas à porter vos bijoux comme des boulets.

— Enlevez-moi ce... ces fers ! explosa-t-elle, à bout de nerfs.

— Non, souffla-t-il doucement, mais fermement.

— Bandit ! Odieux personnage ! Je vous hais !

En cet instant, elle le haïssait vraiment. Elle exécrait ce collier qu'il lui imposait et qui l'enchaînait à lui. Ce collier qui l'empêchait de respirer, qui l'étouffait ! Elle n'avait plus qu'une envie : fuir, fuir très loin. Mais aussi longtemps qu'elle porterait ce saphir, elle resterait la captive de cet homme.

— Je vous méprise de m'humilier ainsi, jeta-t-elle, des larmes plein les yeux.

— Je sais... Je sais cela, tenta-t-il pour l'apaiser.

Elle refusa ses avances en le repoussant. Hélas, son corps était un bloc inébranlable, et il la força sans effort à le regarder. Il caressa de ses yeux les lèvres tremblantes de la jeune fille, son visage accusateur et outragé.

— Vous voulez faire de moi votre maîtresse, n'est-ce pas ? osa-t-elle demander, malgré le choc que ces mots provoquaient en elle.

— C'est assez clair, non ?

— Alors, embrassez-moi.

Les sourcils de St. Bride se levèrent.

— J'ai dit, embrassez-moi. Vous savez comment vous y prendre, il me semble, fit-elle en le regardant avec un air de défi.

Il se pencha lentement vers elle, prêt à lui obéir. Il captura les lèvres que Katleen lui offrait, mais il interrompit son baiser presque aussitôt. Son visage, toujours penché vers elle, n'était plus que glace.

— C'est cela que vous voulez ? dit-elle. Que nos baisers soient comme celui-là, froids, dénués de toute passion, de tout plaisir ?

— Non.

— Alors, pour l'amour du Ciel, reprenez votre collier !

— Non, murmura-t-il tristement.

Elle se libéra de son étreinte et partit sur la route sans se retourner.

— Katleen ! Revenez ici !

Mais elle continua sans un regard en arrière.

St. Bride contemplait le liquide ambré qui tournoyait dans son verre. Il était plus de minuit. Assis dans la loggia seulement éclairée par la lueur blafarde de la lune, il observait les reflets chauds et changeants de son brandy. Il en avala une longue gorgée, déçu par le peu d'effet qu'il avait sur lui.

— Que vous a-t-elle fait pour que vous restiez encore debout à cette heure ? demanda Alban, apparaissant en haut de l'escalier.

— Prenez un verre, mon vieux. Nous n'avons presque pas entamé nos réserves, proposa St. Bride, comme déçu soudain de sa sobriété.

— J'avais entendu du bruit, ici, dit Alban en se servant. J'ai voulu m'assurer que c'était vous et pas...

— Notre petite sorcière gaélique ? sourit St. Bride, le nez dans son verre.

— Elle avait l'air furieuse.
— Oui. Elle n'a pas vraiment apprécié mon cadeau...
— Quels sont vos projets, en ce qui la concerne ?
— J'ai décidé de la laisser rencontrer son ami Quinn, demain. Elle est pressée de le revoir, croyez-moi. Chaque fois qu'elle met un pied dehors, son regard se perd dans ces marais où ils avaient leurs petits rendez-vous. Est-il venu ? Il l'a attendue ?
— Tous les jours, opina Alban. Il attache son cheval dans la clairière et puis il patiente. Au bout d'une heure, il repart, de plus en plus furibond. Je doute qu'il continue à l'attendre bien longtemps.
— Très bien. Nous agirons dès demain. Nous le questionnerons puis nous le paierons pour qu'il déguerpisse. Je veux qu'il sorte définitivement de la vie de Katleen, décida St. Bride. Sinon, il finira par prévenir les autorités, un jour où il n'aura pas eu assez à son goût. Personne ne doit savoir que Katleen demeure ici.
— St. Bride, intervint Alban avec hésitation, avez-vous bien réfléchi ? Cette fille n'a peut-être pas tué Bardolph, je vous l'accorde. Mais que savons-nous d'elle ?
— Rien. Tout... répondit pensivement St. Bride en regardant la cicatrice sur sa main, ligne blafarde sous la lumière blanche de la lune. Je ne vous demande pas de comprendre, Alban. Parfois, je ne comprends plus rien moi-même.
— Elle est plutôt déroutante.
— C'est vrai. Tout l'accuse. Si vous aviez vu son visage devant le corset rouge ! Il lui a effectivement rappelé le sang. Mais en même temps, je n'arrive pas à l'imaginer en train d'éventrer un vieil ivrogne. Pas sans une bonne raison en tout cas, et si elle en avait une, alors elle mérite notre protection.
— Et si elle n'en avait pas ?

— Si elle n'en avait pas... répéta St. Bride en grimaçant. Qui le saura jamais ?

— Vous, le jour où elle vous plantera un couteau dans les entrailles !

— Non, je sais m'y prendre avec elle. Elle est farouche, mais j'ai toujours été attiré par l'indomptable. Regardez le temps que j'ai passé aux colonies, alors que j'aurais dû rester à Scion House. J'aurais d'ailleurs mieux fait de protéger Mary au lieu de me précipiter pour aller accomplir mon devoir, après la mort de père.

Ces sombres souvenirs semblaient le torturer. Il reposa brutalement son verre.

— Bonne nuit, Alban. Inutile de continuer à nous poser toutes ces questions.

— Inutile, en effet, puisque vous êtes amoureux de Katleen.

— Qu'est-ce que vous dites ? repartit vivement St. Bride.

— Vous avez parfaitement entendu.

St. Bride partit d'un grand éclat de rire.

— Vous ne savez pas à quel point vous vous trompez, Alban, lança-t-il en se levant.

Il se dirigea vers sa chambre, mais bizarrement son regard fut attiré malgré lui par la porte de la jeune fille. Comme aimanté...

## 18

Le lendemain matin, Katleen aida Colette à faire bouillir le suif pour les chandelles. Les mèches déjà prêtes séchaient sur les dossiers des chaises, mais l'écumage du saindoux prendrait au moins deux jours. Passer toute la journée au-dessus d'un chaudron constituait une véritable épreuve. A midi, incapables d'endurer plus longtemps la fournaise, les deux jeunes filles s'accordèrent un moment de repos. Colette préféra ne pas s'éloigner pour surveiller la cuisson : la graisse ne devait pas refroidir. Katleen profita de cette pause pour s'échapper un moment. Elle attendait cette occasion depuis plusieurs jours.

Elle courut dans sa chambre pour prendre un fichu qu'elle noua bien haut sur le cou, songeant avec anxiété que Malcolm Quinn ne devait en aucun cas apercevoir son collier. Il le voudrait immédiatement et elle ne pourrait l'ôter...

Elle jeta un bref regard dans le salon. St. Bride ne s'y trouvait pas. Il s'était absenté. « Étrange... », songea-t-elle, mais elle chassa très vite cette pensée. Certes, cette occasion qu'on lui donnait de sortir sans surveillance lui paraissait suspecte, mais elle ne pouvait se permettre de ne pas en profiter. Quinn devait être à bout de patience, à présent. Avec les quelques sous dérobés sur la commode de St. Bride, elle courut aux abords des marais.

Il ne pleuvait pas, mais une brume épaisse et bruineuse enrobait la végétation de son humidité. Katleen sentait ses minuscules gouttes d'eau se déposer sur sa peau comme des perles. Serrant son fichu contre sa gorge, elle risqua un regard vers la maison. Comme enveloppée dans un nuage, Belle Chasse semblait flotter au-dessus du sol, lointaine et mystérieuse. On aurait pu la croire inhabitée si Grand-Louis n'avait déambulé dans la cour, en grande conversation avec lui-même. Seule la fumée noire s'échappant de la cheminée de la cuisine indiquait une présence humaine.

Katleen pressa le pas vers la clairière où elle retrouvait Quinn, au milieu du bayou et des myrtes épineux. Quand elle arriva, elle ne le vit nulle part.

Elle s'assit sur une racine de cyprès et attendit, les doigts toujours accrochés à son fichu.

— Enfin ! Par tous les diables ! tonna soudain la voix de Malcolm Quinn. (Il attacha sa jument à un magnolia.) Je vais dire à Straught où vous vous cachez, aujourd'hui même !

— J'ai été malade, c'est pourquoi je ne suis pas venue.

Quinn se dressa devant elle, immense. Katleen s'efforçait de calmer le tremblement de ses mains.

— Comment allez-vous vous racheter, ma belle ? susurra le colosse avec un affreux sourire.

— J'ai là quelques pièces d'or. Je n'ai rien trouvé d'autre. St. Bride commence à se méfier.

L'homme jeta les pièces à terre et les écrasa sous sa botte.

— Vous croyez que je vais me contenter de ça, alors que je me suis dérangé trois fois pour rien ? Monsieur Straught saura tout, et avant la nuit, votre jolie petite gorge sera aussi rouge que le dos de votre sœur le jour de sa mort !

Tressaillant, Katleen chassa la vision du meurtre de Morna. Non, elle ne connaîtrait pas le même sort !

— C'est tout ce que j'ai pu dérober. Mais vous verrez, la prochaine fois, je vous en apporterai davantage. Faites-moi confiance...

— Si ce Ferringer de malheur a des soupçons, notre petit marché doit prendre fin. Vous ne pourrez plus me payer suffisamment.

Quinn saisit le menton de la jeune fille et leva son visage vers le sien. Son odeur animale envahit les narines délicates de Katleen. Elle se rejeta brusquement en arrière avec dégoût.

— Ne me touchez pas, ignoble porc !

— Je n'ai plus rien à craindre de Ferringer, maintenant. Straught va vous régler votre compte dès ce soir.

— Je vous paierai ! Dites-moi votre prix. Je vous apporterai ce qu'il faut dès demain.

Elle devait gagner du temps. Ce soir même, elle quitterait Belle Chasse. Rien ne l'arrêterait si Straught s'apprêtait à venir la tuer.

— Mais où trouverez-vous... Je vois ! Vous pensez aux bijoux que monsieur Straught a donnés à Ferringer, n'est-ce pas ?

— Oui. Je les volerai ! mentit-elle, sachant très bien que St. Bride les conservait sous clé, hors d'atteinte.

— Ah oui ? Petite bécasse ! Vous n'avez même pas été capable de vous emparer de son saphir, comment pourriez-vous lui dérober tous ces joyaux ? Je n'ai pas envie de me retrouver avec du plomb dans le ventre, moi ! Ce St. Bride et son sauvage à la peau noire sont des finauds !

Quinn marcha vers elle.

— Je ferai ce que vous voulez mais ne dites rien à Erath, je vous en prie ! Je vous jure que vous aurez ces bijoux dès demain !

— N'essayez pas de m'endormir, ma belle. Vous ne me servez plus à rien, maintenant. Monsieur Straught sera mis au courant, mais avant, je vais prendre un petit acompte, pour le plaisir...

— Si vous me touchez, St. Bride vous tuera ! Je lui raconterai tout !

Katleen tremblait de tous ses membres. Si seulement St. Bride était là...

— Ne rêvez pas, petite, grogna Malcolm en la saisissant de ses énormes mains noires de crasse.

Katleen crut défaillir de dégoût quand il la plaqua contre lui pour l'embrasser. Luttant de toutes ses forces, elle parvint à éviter sa bouche en se tordant dans tous les sens. La frayeur et la répugnance décuplèrent ses forces. Elle réussit à le griffer violemment.

Elle s'aperçut trop tard de son erreur. Elle s'était débattue avec une telle énergie que son fichu s'était détaché. Malcolm s'immobilisa soudain, les yeux exorbités.

— Fichtre, ma belle ! Qu'est-ce que c'est que ça ? fit-il en tendant les mains vers le cou de la jeune fille où le saphir brillait de tous ses feux.

Quinn semblait hypnotisé. La terreur envahit le cœur de Katleen.

— Je... Je ne peux pas vous le donner. Il ne s'enlève pas.

— Enlevez-le. Vous n'êtes peut-être pas si inutile que je le pensais. Ferringer vous gâte, ma jolie !

— Je vous répète qu'on ne peut pas l'enlever. St. Bride a découvert que vous me faisiez chanter. Le fermoir est inviolable.

— Enlevez ça ! cria Quinn en se mettant à tirer violemment sur le collier.

Il l'étranglait ! Des marques rouges apparaissaient sur la gorge de Katleen qui tentait vainement de se défendre. Elle haïssait ce monstre, mais elle haïssait encore plus St. Bride. Par sa faute, elle allait mourir !

— Arrêtez ! Cela ne sert à rien ! Êtes-vous trop bête pour comprendre ? sanglota-t-elle, affolée.

— S'il ne s'enlève pas par des moyens normaux, je vais en employer de plus efficaces, menaça-t-il.

Il poussa la jeune fille et sortit un couteau de sa botte.

— Non ! Pitié ! Je vous apporterai ces bijoux ! Je suis rusée, Malcolm Quinn ! J'ai bien trouvé le moyen de survivre jusqu'ici.

— Vous avez survécu grâce à la stupidité de Bardolph. Fuir en Louisiane a causé la perte de ce vieux fou. Seul son cœur tendre vous a sauvée.

Il fit un pas vers elle, puis un autre... Le bleu du saphir se refléta dans la lame du couteau. Katleen était perdue.

— Non ! cria-t-elle encore. Je ferai tout ce que vous voudrez !

— Vous deviendrez ma maîtresse, vous, Katleen Kerr, la belle lady ? Vous me prenez pour un crétin ? Je sais parfaitement qu'à la première occasion, vous me percerez le ventre ! Je n'ai pas oublié ça ! cracha-t-il en soulevant son gilet pour lui montrer la cicatrice rouge, sur son flanc.

— C'était un... accident.

— Mais quand vous avez retiré le couteau, ça n'avait rien d'un accident. C'était encore plus douloureux, sale petite teigne !

Il la saisit par les cheveux, la tenant ainsi à sa merci.

— Non, je vais en finir avec vous. Je toucherai la récompense et, par-dessus le marché, ce bijou de Ferringer sera à moi, ajouta-t-il en levant le couteau.

Katleen ouvrit la bouche pour crier mais aucun son n'en sortit. Elle éprouva l'étrange impression de se dédoubler, de devenir la spectatrice de sa propre mort. Pourtant, alors que la lame du poignard s'abaissait vers elle, une détonation retentit dans les marais, déchirant le voile de l'inconscience où elle commençait à sombrer. Elle revint à la vie au moment où Quinn tombait en arrière, un trou noir de poudre en plein front. Pantelante, Katleen chercha autour d'elle l'auteur du coup de feu.

« Straught ! » songea-t-elle, terrorisée. Peut-être avait-il suivi Quinn ? Ayant découvert sa traîtrise, il l'avait tué et la tuerait elle aussi, assurément !

Ses yeux agrandis par l'horreur se posèrent sur la blessure mortelle de son maître chanteur. Voilà comment elle allait finir, dans quelques secondes, le temps pour Straught de recharger son fusil. Les buissons bruissaient, bougeaient derrière elle. Straught devait épauler son fusil, le pointer sur elle... Retrouvant brusquement l'usage de ses membres, elle se mit à courir.

Deux mains s'abattirent sur ses épaules, l'enserrant comme les tentacules de mousse grimpante qui peuplaient ses cauchemars. Elle préférait encore les dangers des marais à ces serres impitoyables qui l'étouffaient, à ces yeux glacés où brûlaient les flammes de l'enfer. Katleen se débattit avec l'énergie du désespoir.

— Alban, laissez-la, intervint une voix tranchante derrière elle.

Un soulagement indescriptible envahit la jeune fille. Elle se retourna d'un bloc et vit St. Bride émerger de la clairière.

— St. Bride... St. Bride... répéta-t-elle encore et encore, sans parvenir à réaliser que c'était lui l'auteur du coup de feu.

Une reconnaissance éperdue balaya instantanément tout le ressentiment qu'il lui inspirait. Elle oublia le collier, ses doutes à son sujet. Mue par un instinct irrésistible, elle se précipita dans ses bras en sanglotant.

Elle s'accrocha à son cou comme à une bouée de sauvetage. Contre lui, elle se sentait à l'abri. Plus rien ne pouvait la menacer. Elle était sauvée. Avec douceur, il passa sa main dans ses cheveux en murmurant des paroles apaisantes contre son oreille :

— C'est fini, ma chérie, tout va bien.

Mais elle l'entendait à peine. Le sentiment que plus rien ne pouvait l'atteindre tant qu'il la tiendrait ainsi contre lui l'enivrait. Elle pleurait, de joie et de soulagement, tandis qu'il caressait son dos avec tendresse. Il ne se résigna à l'écarter que lorsque Alban émit un toussotement derrière eux.

— Venez, rentrons à la maison. Nous avons pas mal de choses à éclaircir tous les deux, fit-il en essuyant les larmes de la jeune fille.

— Il... il a essayé de...

— Il est mort, maintenant. Il ne pourra jamais

plus vous faire de mal, la rassura-t-il en jetant un regard au cadavre de Malcolm Quinn.

— Je vous dois des excuses. C'est la deuxième fois que vous me sauvez la vie et je crains de m'être montrée bien ingrate. Je vous ai volé, je... je trouverai un moyen de vous rembourser.

— Pourquoi ne m'en avez-vous pas parlé dès le début ? Je vous aurais protégée, vous le savez bien, fit-il avec un léger ton de reproche.

— Je n'avais pas le choix, St. Bride, croyez-moi.

Katleen détourna les yeux, un peu honteuse. Si seulement elle pouvait lui raconter son histoire! Quel plaisir elle éprouverait à se blottir ensuite contre lui, enfin en sécurité. Mais peut-être ne lui pardonnerait-il pas de compromettre ses projets avec Straught ? Peut-être même de tels aveux causeraient-ils sa propre perte ?

Indécise, elle se tourna vers le corps de Quinn et demeura comme fascinée par sa terrible immobilité. Alban aussi le regardait. Seul St. Bride gardait les yeux fixés sur elle.

— Pourquoi n'aviez-vous pas le choix ? demanda-t-il doucement.

— Il me faisait chanter. Il m'obligeait à vous voler.

— Je sais, mais je veux des réponses plus complètes. Parlez-moi de la mort de Bardolph. Qui l'a tué, et pourquoi ?

Katleen demeura silencieuse.

— Voyons, Katleen, dites-moi la vérité. Nous oublierons ensuite le passé et repartirons sur de nouvelles bases.

Elle baissa les yeux. Quand elle trouva enfin le courage de les relever, elle vit que St. Bride se dominait pour essayer de contenir sa colère. Du coup, elle n'osa lui en dire davantage.

— Rentrons, fit-il sombrement. Nous devons nous habiller pour le bal de Thionville.

— Nous ?... Mais je ne peux aller à un bal ! s'exclama-t-elle, affolée à l'idée que là-bas, elle rencontrerait inévitablement son cousin.

La colère de St. Bride redoubla.

— Dites-moi qui a tué Bardolph Ogilvie et vous resterez à Belle Chasse !

Elle persista dans son mutisme.

— Ou vous parlez, ou vous m'accompagnez au bal, c'est simple.

— Je ne l'ai pas tué. Cela ne vous suffit-il pas ?

— J'ai du sang sur les mains à cause de vous, à présent. Je suis en droit de savoir pourquoi j'ai été contraint de tuer cet homme.

Katleen resta silencieuse.

— Pourquoi, Katleen ? Dites-le-moi !

— Je... Je ne peux pas. Pas encore, fit-elle d'une toute petite voix.

Incapable de se contenir plus longtemps, il explosa soudain.

— Rentrez immédiatement ! Et tenez-vous prête à aller parader devant vos bourreaux !

— Vous m'avez sauvé la vie uniquement pour me jeter aux loups ? Vous savez pertinemment que Thionville me prend pour une criminelle ! Pourquoi faites-vous ça ?

— Parce que vous refusez de répondre à mes questions ! Je veux savoir, je suis prêt à tout pour obtenir la vérité !

Il fit un pas vers elle, mais Katleen s'enfuit vers la maison.

Elle courut se réfugier dans sa chambree. Pourquoi St. Bride était-il entré dans une telle colère tout à coup ? Il semblait encore plus furieux que le jour où il lui avait donné le corset rouge. Elle passa une heure entière à essayer de comprendre son attitude.

Elle ignorait que St. Bride et Alban n'avaient

entendu que la fin de sa discussion avec Quinn et que, depuis, des mots hantaient les pensées du jeune homme : « Fuir en Louisiane a causé la perte de ce vieux fou. Seul son cœur tendre vous a sauvée. »

## 19

La bruine du matin s'était peu à peu transformée en une pluie diluvienne. Katleen demeurait sous le choc de la mort de Quinn et de la réaction de St. Bride. Elle se sentait plus seule et perdue que jamais, mais l'expérience lui avait appris à puiser en elle la force de réagir.

Quand St. Bride arriva, il alla immédiatement prendre un bain et se changer pour le bal. Peu après, Colette entrait chez Katleen, suivie de Vénus et de Valentine qui l'aidaient à porter un grand baquet et tout le nécessaire de toilette.

Colette déploya une nouvelle robe sur le lit, sous le regard ébahi de Katleen. « On dirait une robe de mariée », pensa-t-elle. Elle était en soie blanche damassée, ourlée de tulle et de dentelle. Les broderies, d'une grande finesse, représentaient des feuilles de vigne et des fleurs. Une paire de chaussures en moire blanche avec des boucles en argent, un éventail en ivoire orné d'un ruban pourpre et un domino de satin noir complétaient sa toilette.

Stupéfaite, Katleen s'approcha du lit. Ainsi, St. Bride s'obstinait : il désirait qu'elle l'accompagne... Elle prit le capuchon dans ses mains. Elle n'allait tout de même pas paraître à ce bal sous un déguisement aussi sommaire !

— Je ne peux pas... (Katleen s'interrompit brièvement, sous le regard embarrassé de Colette.) Je ne reviendrai pas si j'y vais... murmura-t-elle en regardant son bain qui l'attendait. Jamais.

Elle sentit dans son dos les doigts de Colette qui déboutonnaient sa robe et elle demeura silencieuse. Que faire ? Comme elle ne voulait pas gêner davantage la jeune esclave, elle accepta au moins de prendre son bain. La robe de grosse toile bleu pâle glissa jusqu'à terre. Peu après, Katleen entrait dans le baquet. Aussitôt, les deux fillettes commencèrent à lui brosser le dos, à tour de rôle, pendant que Colette lui lavait les cheveux.

Une fois sa toilette terminée, la jeune fille revêtit ses dessous et les jumelles l'amenèrent derrière les persiennes pour la coiffer. L'air tiède qui s'y infiltrait sécha rapidement les boucles brunes qui, longuement brossées, brillaient de mille reflets changeants.

— Merci, les enfants. Colette, je m'habillerai moi-même.

— Mais, Mademoiselle...

— Vraiment, Colette, vous pouvez disposer. Je sais que St. Bride vous a envoyée ici, mais j'ai déjà suffisamment abusé de votre temps. Vous avez encore les chandelles à préparer. Merci pour tout, je vais continuer toute seule.

Et, prenant la robe des mains de la servante, elle la reposa sur le lit.

— Vous pouvez aller, Colette. Elle s'habillera elle-même, intervint soudain une voix masculine.

Katleen croisa immédiatement ses bras sur sa poitrine. Seulement vêtue de sa chemise et de son corset, elle se sentait presque nue. St. Bride se tenait sur le pas de la porte.

Il était impeccablement vêtu, en noir de la tête aux pieds, de ses chaussures à sa veste en passant par ses chausses. Seul son gilet en tissu argenté, broché de soie multicolore, tranchait sur sa tenue de jais. Il émanait de lui cette assurance tranquille, cette aisance naturelle que seule confère la noblesse. Pour Katleen, il incarnait exactement l'homme de ses rêves, distingué et magnifique.

Colette et les jumelles s'éclipsèrent tandis qu'il pénétrait dans la chambre, et Katleen se retrouva en face de ce regard pénétrant qui la fascinait et l'intimidait. Elle se précipita sur sa robe de toile et s'apprêtait à l'enfiler quand il la lui ôta des mains.

— Vous en avez une autre pour ce soir.

— Vous n'êtes pas sérieux, répondit-elle en se couvrant la poitrine de la robe blanche qu'il lui tendait.

— Avez-vous certaines révélations à me faire ?

— Non...

— Alors habillez-vous.

Il saisit un fauteuil en bois de noyer, l'installa devant la jeune fille et s'y assit en étendant ses longues jambes devant lui. Puis il croisa nonchalamment les bras sur sa large poitrine et attendit.

— Je n'irai pas !

— Non ? fit-il en levant un sourcil sardonique.

— Non ! riposta-t-elle bravement.

St. Bride se mit à rire.

— Vous avez le choix, ma chère. Soit vous me parlez de vos relations avec Quinn — et sachez que je ne sortirai pas d'ici avant d'avoir obtenu une confession complète —, soit vous enfilez cette robe et vous m'accompagnez au bal.

Katleen se mordit les lèvres. Cet homme l'exaspérait ! Il se plaisait à la pousser à bout, à lui poser des ultimatums, à l'acculer à l'impossible ! Eh bien, elle ne se laisserait pas dicter ainsi sa conduite ! Elle n'irait pas à ce bal masqué de malheur !

— Vous devriez vous hâter, dit-elle tranquillement. La Nouvelle-Orléans est loin d'ici et la pluie va vous ralentir.

— Vous n'avez donc rien à me dire ?

— Rien.

— Très bien.

Le fauteuil grinça quand il se leva. Il prit délicatement les bas de soie posés près des chaussures.

— Que faites-vous ?

— Je vais vous habiller, puisque vous ne semblez pas disposée à le faire, décréta-t-il en s'avançant vers elle.

— Vous n'oseriez pas ! fit-elle d'un ton indigné en serrant contre elle la robe blanche.

— Vous n'avez qu'à parler.

Comme elle gardait le silence, il l'attira à lui et l'entraîna sur le lit où il la bloqua sur ses genoux. La robe de bal était tombée à leurs pieds. Katleen se débattait de toute son âme mais il était bien trop fort pour elle. La maintenant fermement sur lui, il parvint à glisser un bas le long d'une jambe. La jeune fille le martela de ses poings, mais il lui enfila l'autre bas. Puis il mit en place les jarretières de satin et, une main plaquée sur les cuisses de sa prisonnière, il attrapa les chaussures.

— Assez !

— Très bien : je vous écoute.

— Je ne vous dirai rien, espèce de brute !

Sans se démonter, St. Bride lui mit ses chaussures. Puis il la lâcha brusquement. Katleen en profita pour se lever, prête à s'enfuir, mais la hauteur de ses talons la surprit. A son grand désarroi, elle perdit l'équilibre et retomba dans les bras de St. Bride, comme il s'y attendait. Il la fit basculer sur le lit et prit la robe.

— Vous n'y arriverez pas ! cria-t-elle tandis qu'il lui enserrait les poignets d'une main d'acier et les maintenait au-dessus de la tête de la jeune fille.

Katleen eut beau gémir, s'étrangler, s'étouffer, il parvint à faire glisser le haut de la robe le long de son buste.

— Je me sauverai ! Dès que la voiture arrivera à La Nouvelle-Orléans, je vous échapperai et vous ne me retrouverez jamais ! fulmina-t-elle alors qu'il prenait tout son temps pour agrafer le bustier.

Incapable de supporter plus longtemps ces mains qui s'attardaient contre ses seins, elle le repoussa brutalement et acheva elle-même la besogne.

St. Bride se leva.

— Voulez-vous vous coiffer ou préférez-vous que j'attache le domino dès maintenant ?

— Je vais m'en occuper, à condition que vous rappeliez Colette, susurra-t-elle.

— Si jamais vous changiez d'avis, et que vous vous décidiez à tout me raconter à propos de Quinn, nous pourrions passer la soirée tranquillement ici, mon ange, en amoureux.

— Je préfère encore aller au bal !

— Vraiment ? s'étonna-t-il.

— Oui, vraiment ! tempêta-t-elle en prenant l'éventail et en le tapotant nerveusement sur la paume de sa main.

— Vous êtes folle.

— Et vous, vous n'êtes qu'un menteur.

— Moi ?

— Oui ! En réalité, vous n'avez pas envie de me voir me balancer au bout d'une corde tant que vous ne m'aurez pas poss...

— Vous ne serez pas pendue, coupa-t-il. Mais nous irons à ce bal.

Elle lui jeta un regard qui aurait désarçonné n'importe quel homme. St. Bride, lui, se contenta de sourire. Il dégagea les boucles du visage de la jeune fille et déposa sur sa joue un baiser tendre et sensuel.

— Il faut que vous sachiez une chose, mon ange noir, chuchota-t-il. Je ne mens jamais.

Sur ce, il se dirigea vers la porte et, avant de sortir, il ajouta :

— Je rappelle Colette. Je lui donne dix minutes pour vous préparer.

Peu après, Katleen était prête. Toujours assistée des jumelles, Colette coiffa les cheveux de la jeune fille en une simple torsade ramenée sur le devant. Katleen se réhabitua rapidement à marcher sur de hauts talons. Elle noua sans peine autour de sa taille la ceinture rebrodée d'argent puis jeta un regard circulaire dans la pièce.

— Qu'ai-je oublié ?

Émerveillées, Vénus et Valentine la contemplaient comme si une princesse de conte de fées leur était apparue.

— Cela, mademoiselle ! fit Colette en lui tendant le domino et l'éventail.

— Oh, bien sûr ! s'exclama Katleen en se tournant vers les fillettes.

Elle leur fit une démonstration du maniement de l'éventail qui les ravit. Il faut dire qu'elle avait passé de longues heures à s'entraîner avec Morna, jadis... Cette pensée réveilla sa tristesse, mais les rires des jumelles eurent tôt fait de balayer sa mélancolie.

— Magnifique. Merci, Colette, intervint St. Bride en entrant dans la chambre sans se faire annoncer, comme à son habitude.

— Ce fut un plaisir, Monsieur. Elle est très belle, répondit Colette en souriant.

Aidée des jumelles, elle se hâta de débarrasser la pièce des objets de toilette. Alors qu'elles s'apprêtaient à sortir, Katleen s'écria soudain :

— Colette ! Attendez !...

Tout à coup, l'horrible pressentiment qu'elle ne les reverrait peut-être jamais ébranla la jeune fille.

Elle ne croyait pas St. Bride capable de la livrer à Thionville, mais si elle se trompait ? Et puis, son cousin risquait de la démasquer. Trop de menaces pesaient sur elle pour pouvoir s'imaginer en toute confiance qu'elle rentrerait sans problème à Belle Chasse.

— Oui, Mademoiselle ? s'inquiéta la jeune esclave.

— Eh bien, je... Je voulais simplement vous dire au revoir et... vous remercier.

Colette sourit et prit Vénus par la main. La gorge serrée, Katleen les regarda s'en retourner vers la loggia. Valentine les suivait ; elle adressa un petit signe à la jeune fille avant de disparaître à son tour.

— Valentine, je... commença Katleen, incapable de se résoudre à les quitter.

Mais St. Bride l'interrompit résolument, la prenant par la taille.

— Ne vous inquiétez pas. Vous les verrez demain.

— En êtes-vous sûr ? souffla-t-elle.

— Oui. Mettez votre domino et je vous promets de vous ramener sans problème.

— Vous agissez de façon cruelle, St. Bride.

Ignorant son reproche, il appréciait la métamorphose de sa protégée. Rien ne lui échappa, pas même l'éclat de la peau d'albâtre admirablement mise en valeur par la finesse des volants de tulle et de dentelle bordant le décolleté.

— Vous resplendissez, mon ange noir. Je n'en suis pas surpris, mais que le blanc vous aille si bien m'étonne un peu, je l'avoue.

— Ma mère s'habillait toujours en blanc, répondit-elle en faisant volte-face pour se soustraire à son regard perçant.

— Elle était certainement très belle elle aussi.

— Il se fait tard, dit-elle, ignorant sa remarque. Si vous devez me conduire à mes bourreaux, allons-y dès maintenant.

Elle se dirigeait vers l'escalier de la loggia mais il l'arrêta à nouveau.

— Aimez-vous cette robe, Katleen ? J'aimerais vous voir toujours habillée ainsi.

— A qui appartient-elle ?

Elle se posait cette question depuis l'instant où elle l'avait vue. St. Bride n'avait certainement pu faire confectionner une toilette d'un tel raffinement en aussi peu de temps. D'autre part, elle bâillait légèrement à la taille et lui comprimait un peu la poitrine.

— Je crains que cette robe n'ait un passé quelque peu sinistre, dit-il en lui mettant son pardessus sur les épaules, afin de la protéger de la pluie battante, durant le court trajet les séparant de la voiture.

— Pourquoi ? s'enquit-elle, intriguée.

Elle accepta le manteau en frissonnant.

— J'aurais préféré commander une robe sur mesure, mais cela n'a pas été possible.

— Mais où donc avez-vous déniché une création aussi exquise ?

— Lors de ma dernière visite en ville, je l'ai achetée à l'un de ces pauvres hères qui vivent sur les berges. Selon lui, elle proviendrait d'un galion espagnol échoué sur les côtes de Floride. Il suppose qu'elle faisait partie d'un trousseau auquel était jointe une grande quantité d'or composant la dot.

— Mais comment cet homme a-t-il pu s'emparer de cette robe ?

Katleen éprouvait soudain un étrange sentiment à l'idée de porter le vêtement d'une inconnue.

— Ce bateau a été pillé, Katleen, précisa-t-il en la considérant avec une sorte d'inquiétude.

La jeune fille s'arrêta tout à coup, imaginant avec effroi la scène du pillage : une lady, voguant vers son fiancé qui l'attend de l'autre côté de l'océan, impatiente et rêveuse ; hélas, des pirates attaquent le bateau, s'emparent de tout ce qu'il contient et tuent tous les passagers... Quel horrible destin ! Le contact du tissu sur sa peau lui fit subitement horreur. Elle aurait voulu se dévêtir sur-le-champ !

— Allons, venez, dit-il. Nous ne devons pas arriver en retard.

— Je déteste cette robe, St. Bride.

— Elle a un sombre passé, je vous l'accorde... Ce n'est pas comme le vôtre, glissa-t-il perfidement.

Incapable de trouver une repartie, Katleen se résigna à le suivre vers la voiture.

Il leur fallut trois heures pour arriver à La Nouvelle-Orléans. Le chemin détrempé par la pluie ne facilita pas la tâche des quatre chevaux bais qui tiraient la calèche. Durant ce long trajet, St. Bride et Katleen n'échangèrent que quelques mots. A la lueur des lanternes éclairant l'attelage, le sol semblait recouvert d'une fine feuille d'or. Perdue dans cette contemplation, la jeune fille réfléchissait. Finalement, elle se demandait si ce bal n'était pas une aubaine pour elle. Ne trouverait-elle pas l'occasion de se sauver et de se fondre dans la ville avant même de franchir la porte de Thionville ?

Son front se plissa imperceptiblement. Elle sauterait de la voiture au moment où ils longeraient les quais... La vente de ses boucles de chaussures en argent lui rapporterait peut-être de quoi regagner Édimbourg. Tandis qu'elle élaborait secrètement son plan, St. Bride, adossé dans un coin, l'épiait avec une certaine perplexité.

Cet examen dont elle faisait l'objet ne l'aidait pas à se détendre. En outre, elle se demandait si elle pourrait aller bien loin sous un tel déluge. Et où passer la nuit ? Elle ne pouvait retourner dans sa cabane, c'était trop imprudent. Elle porta inconsciemment une main à sa gorge et effleura des doigts le saphir. Tout à coup, les doutes la submergèrent.

Comment pourrait-elle rester saine et sauve avec ce collier, comment pourrait-elle échapper aux voleurs sans scrupules qui hantaient les quais ? Et la récompense promise par Thionville ? Jamais ces gueux ne laisseraient passer une telle occasion de se remplir les poches. Mais de l'autre côté, il y avait ce bal, où un terrible danger l'attendait... « Non, je vais me sauver », décida-t-elle en fixant la portière de la calèche. Elle pourrait se cacher près des docks, voilà tout. Elle passerait une nuit ou deux sur les quais puis elle trouverait un moyen de s'embarquer pour l'Écosse.

Ils arrivaient à présent aux abords de la ville. Discrètement, elle tourna les yeux vers la silhouette obscure de St. Bride, toujours immobile dans son recoin. Comme il était séduisant... Ses traits taillés à la serpe ressortaient particulièrement, grâce à son rasage minutieux et récent. Son profil d'Apollon se découpait sur le fond sombre de la calèche. Katleen sentit une légère ivresse l'envahir. Même sans ces élégants vêtements, il l'aurait attirée. Ses lèvres fermes et bien dessinées la fascinaient.

— Ne me regardez pas ainsi, sinon je ne réponds plus de rien !

Katleen sursauta. Quelle idiote elle était de laisser de telles pensées l'égarer ! Elle se força à se concentrer sur sa fuite, guettant le moment où ils approcheraient des quais.

Elle se demanda vaguement si St. Bride se lancerait à sa poursuite, mais cela lui paraissait peu probable avec cette pluie torrentielle. Seule la perte de la robe qui avait dû lui coûter une fortune l'inciterait peut-être à vouloir la rattraper. Et puis la perspective de manquer le bal l'arrêterait sans doute. Katleen resserra contre elle les pans du manteau noir et attendit le moment propice.

Ils longèrent les quais vers la place d'Armes et la

maison de Thionville. La calèche se mit à cahoter sur les profondes ornières de la rue et Katleen fut projetée contre St. Bride. Il passa un bras autour de ses épaules pour la garder contre lui mais elle se réfugia à sa place, déconcertée. Par quel prodige avait-il le don de la troubler ainsi ? Son corps lui brûlait à l'endroit où il avait posé sa main et elle dut reconnaître qu'elle adorait son contact, même fugitif. En cet instant, elle aurait voulu se blottir contre lui, sentir ses bras se refermer sur elle, lui imprimant un délicieux sentiment de sécurité. Comme elle aurait aimé qu'il lui dise : « Le futur n'est pas aussi sombre que vous le redoutez et de toute façon, je suis là pour vous protéger... »

Katleen émergea de sa rêverie : ils arrivaient au bout des quais. Le moment était venu. Elle devait oublier ses chimères. St. Bride n'était qu'un homme sans pitié, qui se plaisait à la tourmenter, à la torturer. Ne l'obligeait-il pas à l'accompagner à ce bal maudit ? Cette pensée lui insuffla la force qui lui manquait. Sa main atteignit la poignée de la portière. A quelques mètres, la liberté l'attendait. Enfin !

Elle appuya sur le loquet en ivoire et s'élança en avant...

Mais un bras d'homme referma violemment la portière. Katleen fut propulsée dans son siège. Elle se jeta une nouvelle fois sur la poignée. St. Bride la plaqua à sa place.

— Vous vous trompez, Thionville n'habite pas près des quais, dit-il tranquillement en la lâchant.

— Je n'irai pas à ce bal ! s'exclama-t-elle, furieuse de constater qu'une fois de plus, il maîtrisait la situation, ruinant ses projets.

— Vous irez, et c'est de votre faute car je vous ai laissé le choix.

— Non ! Je n'irai pas !

Et elle se précipita sur la portière, mais il la retint à nouveau d'une main de fer.

— Où pensiez-vous passer la nuit ? Et où alliez-vous sans cela ? fit-il en prenant sur la banquette le domino de satin noir. Vous vous imaginez peut-être que seul le comte vous recherche ?

Comme elle gardait le silence, il reprit :

— L'avis était affiché sur les portes de l'église. Je sais que les gens des berges sont analphabètes pour la plupart, mais des mots comme « meurtre » ou « récompense » doivent être connus de quelques-uns.

Décidément, la soirée s'annonçait mal pour Katleen. Après cette horrible journée où elle avait dû endurer l'ignoble assaut de Quinn, puis les questions pressantes de St. Bride, elle se rendait compte à présent que tous ses espoirs de fuite étaient vains. Comment allait-elle affronter la nouvelle épreuve qui l'attendait ? Elle n'en savait rien. D'autant plus que la perspective de revoir son cousin l'emplissait d'une terreur sans nom.

— Ah, nous arrivons ! lança St. Bride pendant que la voiture s'arrêtait dans un dernier cahot.

Anéantie, Katleen se prit à rêver qu'un miracle pouvait encore se produire, qu'une ultime chance de fuir allait lui tomber du ciel, mais tout s'enchaîna trop rapidement. St. Bride lui enfila le domino et le rabattit sur son visage. Comme il nouait les cordons, il en profita pour déposer un baiser rapide sur les lèvres de la jeune fille. Puis il l'aida à descendre de l'attelage et l'entraîna vers la véranda. Elle tenta de résister alors qu'ils avançaient vers la porte-fenêtre, mais la main de fer qui encerclait sa taille ne lui laissait aucune chance.

Une fois à l'intérieur, Katleen eut l'étrange impression de faire irruption en pleines bacchanales. Devant elle, une Perséphone au corps à peine voilé dansait irrévérencieusement avec un pape Léon X ; Henri VIII buvait avec un groupe de bouffons vêtus d'orange et de rose ; un dragon vert pourchassait une plantureuse servante, la contraignant à se réfugier dans le cabinet de toilette. Plus que jamais, Katleen aurait voulu s'enfuir mais il n'en était plus question maintenant : elle était au bal du comte de Cassel.

— Érath, St. Bride est arrivé, murmura le comte, déguisé en Machiavel.

— Où est-il ? J'ai un mot à lui dire, répondit Straught en parcourant la pièce du regard.

Il repéra St. Bride près de la porte côté sud, mais son attention fut captée par la créature masquée, aux cheveux noirs, qui se tenait près de lui.

— Qui l'accompagne ? demanda-t-il.

— Oh, ce doit être Colette, soupira Thionville avec envie.

— Colette ? répéta Straught en fronçant les sourcils d'un air soupçonneux.

— Oui, continua le comte. J'attends impatiemment qu'il se lasse d'elle. Je suis fou de cette fille ! Je l'ai vue sans son masque, Érath. Vous verriez son visage, vous tomberiez immédiatement amoureux. Elle est angélique, quoique... elle n'ait pas vraiment l'air d'un ange. Vous me comprenez, mon cher ?

— Oui, parfaitement, acquiesça Straught, incapable de détacher son regard de l'inconnue. Thionville, j'aimerais qu'un de vos valets transmette un message à St. Bride, qu'il lui dise que je désirerais lui parler de Quinn, après le bal.

— Que se passe-t-il donc avec Malcolm ?

— Il a disparu. Oui, je l'ai fait chercher tout l'après-midi. Je suis moi-même allé dans sa chambre, près des écuries.

— Peut-être a-t-il rencontré une petite coquine ? suggéra le comte avec un sourire lascif.

— Non. Quelque chose a dû lui arriver. Quinn sait que je ne tolère pas qu'il s'absente si longtemps. Je veux demander à St. Bride s'il sait quelque chose à ce sujet.

— Bien sûr, Érath, fit le comte en claquant des doigts.

Un valet se présenta immédiatement. Il lui donna ses instructions en désignant St. Bride qui dominait la foule d'au moins une tête. Puis Thionville reporta son attention sur Straught.

— Dites-moi, mon cher, pourquoi attendez-vous la fin du bal pour voir St. Bride ? A mon avis, vous...

— A votre avis ! A votre avis ! C'est un miracle que vous en ayez un, d'« avis » ! s'emporta brusquement Straught.

— Érath ! Que vous arrive-t-il, tout à coup ? Enfin, expliquez-vous ! insista le comte, tandis que son interlocuteur se fondait déjà dans la foule. Quelle mouche l'a piqué ? maugréa-t-il en prenant une coupe sur un plateau en argent qu'un valet lui proposait. Je n'ai même pas eu le temps de le complimenter sur le choix de son costume !

Le comte secoua la tête et avala son champagne d'un trait.

Katleen dansait un menuet. Malgré sa nervosité, elle s'efforçait de se concentrer sur la mesure à trois temps. Elle savait que sa virtuosité étonnait St. Bride et qu'il ne manquerait pas de la questionner à ce sujet. Elle frappa dans ses mains et tourna sur elle-même. A chaque instant, elle essayait de repérer son cousin.

Car Érath Straught était là, bien caché sous son déguisement. S'était-il travesti en homme préhistorique ? En roi Bourbon ?... Un Pégase ivre interrompit ses interrogations. Il la heurta violemment et elle tira la manche de St. Bride, lui enjoignant silencieusement de quitter la piste de danse.

— Que se passe-t-il ? lui demanda-t-il peu après.

Ils s'étaient installés sur l'un des bancs capitonnés alignés le long des murs.

— Je vous en prie, St. Bride. Emmenez-moi loin d'ici.

— Déjà ? Mais le bal vient à peine de commencer ! Nous ne pouvons manquer le moment où tout le monde ôtera son masque, à minuit sonnant.

— Quoi ! s'écria-t-elle en tentant de se lever, prête à s'enfuir.

— Je ne partirai pas avant que vous m'ayez tout raconté, Katleen.

— Je n'avouerai pas une faute que je n'ai pas commise, répondit-elle en ouvrant son éventail et en l'agitant fébrilement devant son visage.

— Il y a autre chose qui pourrait m'inciter à vous emmener loin d'ici, fit-il en promenant un regard sur la foule turbulente. J'ai remarqué que vous intriguiez tous les hommes ici présents. Ils se demandent si vous êtes aussi belle qu'ils l'imaginent, sous votre masque.

— Pourquoi dites-vous cela, St. Bride ? s'inquiéta-t-elle en retirant sa main qu'il avait prise dans la sienne.

« Straught se demanderait-il lui aussi qui je suis ? » s'interrogea-t-elle avec angoisse. Elle ignorait à quel point son regard paraissait mystérieux et sensuel sous le satin noir, malgré la peur qui devait s'y lire aussi.

— Attendez-vous vraiment une réponse, Katleen ? Ne jouez pas les sottes, vous savez parfaitement ce que je veux dire.

Il lui caressa la joue avec une telle tendresse qu'elle en fut toute déconcertée.

— Je ne suis pas très experte dans l'art de jouer

les coquettes, avoua-t-elle en fermant les yeux tandis qu'il effleurait à nouveau ses joues.

— Un tout petit peu de pratique suffirait pour que vous y excelliez. Vous dansez le menuet à merveille.

Katleen allait lui répondre quand une voix familière l'interrompit. Lady Catherine se tenait devant eux. Malgré le masque en plumes de sarcelle qui dissimulait son visage, il ne faisait aucun doute que c'était bien la fille de Thionville qui venait s'interposer entre eux. A travers les trous de son loup, ses yeux verts exprimaient toute la haine que lui inspirait sa rivale.

— Lady Catherine, vous êtes reconnue ! lança St. Bride avec ironie. Vous auriez pu attendre minuit.

— Je vois que vous ne vous gênez pas pour dévoiler votre propre identité vous non plus, riposta la nouvelle venue. Vous ne vous êtes même pas costumé.

— Les masques ne servent qu'à ceux qui ont quelque chose à cacher. Quel est votre secret à vous, Lady Catherine ?

— Je vous le dirai en privé, St. Bride, susurra-t-elle. Au fait, que cache donc votre compagne ? Au moins, elle respecte les conventions : elle est masquée.

— Vous avez raison, mais elle n'a aucun besoin d'un domino pour être pleine de mystère, rétorqua-t-il en souriant malicieusement à Katleen.

Visiblement agacée par ces propos, Lady Catherine lança :

— Je ne suis pas venue vous trouver pour parler de votre cavalière, St. Bride. Il se trouve qu'Érath a chargé l'un des valets de vous transmettre un message. J'ai préféré vous l'apporter moi-même.

— De quoi s'agit-il ? s'enquit St. Bride. Je n'ai pas reconnu Érath. En quoi est-il déguisé ?

— Venez avec moi, et vous saurez tout ce que vous voulez savoir, minauda Catherine.

— Écoutez, fit St. Bride en se levant, visiblement irrité, vous devez me remettre ce message sans attendre.

— Que préférez-vous, mon cher ? Savoir de quoi il retourne ou bien rester ici, avec votre esclave ?

Lady Catherine posa sur la jeune fille un nouveau regard venimeux. Elle estimait que St. Bride se conduisait de manière inconvenante en s'affichant avec une personne d'aussi basse condition.

Katleen remarqua qu'il était furieux, mais elle vit aussi son impatience de connaître le message de Straught. Elle pria pour qu'il reste à ses côtés. Son cœur cessa de battre quand il lui dit doucement :

— Je dois savoir, chérie. Ne bougez pas d'ici. Ne parlez à personne. Je reviens tout de suite.

— Non, n'y allez pas ! supplia-t-elle en lui prenant les mains.

Il se dégagea avec douceur.

— Je ne serai pas long, je vous le promets. Rien de fâcheux ne vous arrivera ce soir.

Et il s'éloigna aux côtés de Lady Catherine.

Une fois seule, Katleen se sentit submergée par l'angoisse. Tout à coup, les invités lui parurent plus excités et plus ivres que jamais. Elle aperçut Thionville, dansant avec une toute jeune fille. Le comte faisait le beau : elle le trouva grotesque dans ses vêtements italiens.

Un bouffon aux traits railleurs se planta brusquement devant elle. Elle sursauta, puis s'aperçut que le visage macabre de l'inconnu était un masque de papier mâché. Cette découverte ne la rassura qu'à demi. Elle ne s'amusa pas un instant des clochettes fixées aux chaussures de l'importun qu'il se plaisait à les faire tinter dans des poses burlesques.

— Que voulez-vous ? demanda-t-elle dans un murmure, comme l'homme s'approchait.

Elle essayait désespérément de voir s'il s'agissait ou non de son cousin, mais il était impossible de deviner qui se cachait sous le costume. Il s'exprimait en outre d'une voix contrefaite, suraiguë et nasale. Et pour tout arranger, il parlait en vers qui n'avaient aucun sens.

« Plus un seul nuage là-haut.
Depuis que je vous ai vue,
Je vis la pire des tortures.
Un baiser voudrait l'Idiot ! »

Le bouffon l'effleurait presque. Katleen se leva pour le fuir. Elle ignorait qui était cet homme, mais chaque mot qu'il prononçait lui glaçait le sang.

« Ne partez pas, c'est trop tôt !
En amour je compte par deux :
Je veux aimer, je vous veux.
Un baiser voudrait l'Idiot ! »

Il essaya de la suivre dans la foule, mais Katleen était trop leste pour lui. Il la perdit dans la salle à manger. Elle prit une coupe de champagne pour tenter de se calmer. Ses mains tremblaient, son cœur battait à tout rompre. Elle devait à tout prix retrouver St. Bride ! Comment faire ? Le maître de Belle Chasse avait disparu et elle ne pouvait se permettre de partir à sa recherche dans la maison.

Sentant une présence derrière elle, elle fit volte-face.

« La vie est un vrai bourreau.
Vous que mon cœur a choisie,
N'êtes-vous pas déjà partie ?
Un baiser voudrait l'Idiot ! »

— Oh, assez ! Laissez-moi ! s'écria Katleen, épouvantée.

Elle lâcha sa coupe qui se brisa silencieusement sur le tapis. Le bouffon s'approchait d'elle, de plus en plus près. Elle distinguait chaque détail du masque avec précision. Au moment où il allait se plaquer contre elle, elle s'en fut en courant.

Une terreur panique s'empara d'elle. Elle traversa la salle à manger, ignorant les protestations des domestiques sur son passage. Une fois dans la grande salle où le bal battait son plein, elle fendit la marée des danseurs et se réfugia sur la galerie, à l'abri du monde.

Peu à peu, elle retrouva un souffle normal. Comme le bouffon l'avait laissé entendre, il ne pleuvait plus. Katleen regarda autour d'elle pour s'assurer qu'elle était seule.

S'appuyant à un pilier, elle songeait qu'elle devait coûte que coûte retrouver St. Bride. Tout à coup, les doutes qu'elle avait nourris à son égard s'envolaient. Il n'en subsistait rien...

C'est alors qu'un tintement de clochettes la fit violemment sursauter.

Elle se retourna d'un bloc. Elle ne vit rien. Pas l'ombre d'un bouffon gesticulant dans ses habits aux tons criards. Katleen scruta le moindre recoin de la galerie. « Seule, je suis seule », se rassura-t-elle, toute tremblante.

— Un baiser voudrait l'Idiot !

L'horrible voix de crécelle déchira le silence. Katleen retint un cri. Elle fit volte-face. Le bouffon se tenait derrière elle. Dans la pénombre, son masque paraissait plus diabolique que jamais. Comme il se pressait contre elle, la plaquant contre le pilier, elle voulut s'accroupir pour lui échapper. Mais l'inconnu, plus vif, saisit le cordon de son domino qu'il ouvrit, découvrant le visage de la jeune fille.

— Katleen... murmura-t-il dans un souffle.

— Oh non ! Non ! Pas vous !... s'exclama-t-elle d'une voix blanche, tandis qu'il ôtait son propre masque.

— Katleen, vous rendez-vous compte que nous sommes liés par le destin ?

— C'est faux ! cria-t-elle en reculant.

— C'est la pure vérité, au contraire. Vous avez séduit mon ami St. Bride, mais je m'arrangerai pour vous récupérer. Vous m'appartenez ! De toute éternité. Alors vous allez me suivre, Katleen, et vous donner à moi.

Il voulut l'attraper. Horrifiée, Katleen parvint à se dégager et à courir vers la véranda. Elle traversa la pièce vide, son cousin sur ses talons, et elle prit la seule issue possible : la salle de bal. Il s'agissait à présent d'atteindre la porte qui donnait sur la rue, de l'autre côté de la marée humaine.

Elle n'avait pas le temps de chercher St. Bride. De toute façon, elle craignait à nouveau sa réaction, maintenant que Straught l'avait découverte.

Katleen s'élança vers la sortie. Mais une femme de haute stature, enveloppée dans une volumineuse cape rouge vermillon, se mit en travers de son chemin. Katleen la heurta de plein fouet et tomba sur le sol tandis que l'inconnue vacillait. Empêtrée dans les pans interminables de la cape, la jeune fille essaya de se dégager mais des mètres et des mètres de tissu l'emprisonnaient. La scène commençait à attirer l'attention.

Quand enfin elle parvint à se remettre sur pied, elle chercha son cousin des yeux.

— Excusez-moi, dit-elle à la femme en rouge en lui rendant sa cape.

Au même moment, elle repéra Straught, à quelques mètres, qui fendait la foule. Puis sa frayeur décupla en entendant une voix de femme, haut perchée, demander soudain :

— N'est-ce pas la Crécerelle ?
— La Crécerelle ! fit une autre en écho.
— Mais oui ! J'ai déjà aperçu cette moins-que-rien sur les quais !
— Et au marché, elle m'a volé ma bourse !
— Attrapez-la ! Le comte sera content !
Terrifiée, Katleen recula vers la porte. La foule avançait vers elle, menaçante. Tous ces gens se délectaient déjà à l'idée de la voir se balancer au bout d'une corde. Les yeux pleins de larmes, elle regardait tous ces visages qui exprimaient une condamnation sans appel.
— Restez là, Katleen, fit Straught en avançant vivement vers elle.
Affolée, elle se rua vers la sortie. Elle eut juste le temps d'apercevoir St. Bride qui émergeait d'une petite pièce adjacente, visiblement furieux. Elle traversa la galerie, dévala l'escalier et se retrouva dans la cour. Rien ni personne ne pouvait plus l'arrêter. De toute façon, elle n'avait plus rien à attendre de quiconque. Tous ces gens l'avaient déjà jugée, sans savoir. Le bouffon n'était autre que son cousin, un meurtrier de la pire espèce. Quant à St. Bride, il était le responsable de cette situation impossible.
Katleen courait, pressée de s'éloigner le plus possible de cette maison où la mort la guettait. Elle courait, sans se soucier de la boue qui maculait sa robe. Elle courait, comme une aveugle dans la nuit. Les larmes brouillaient sa vue. Elle ne se souciait plus de savoir où elle allait. Une seule chose comptait : se mettre hors de portée de son cousin. Elle traversa la place d'Armes, puis les quais. A bout de souffle, elle s'arrêta au bord du fleuve et s'accrocha à un jeune saule. Mais ses jambes se dérobèrent sous elle et elle s'écroula dans la boue. Toujours haletante, elle s'agrippa au tronc et s'efforça de se remettre debout. Elle sanglotait à présent.

— Katleen !

C'était St. Bride. Il courait vers elle.

— Katleen, répéta-t-il dans un murmure en arrivant à sa hauteur.

— N'approchez pas ! cria-t-elle.

Et elle s'enfonça entre les saules.

— N'ayez pas peur, chérie. Je ne les laisserai pas vous faire du mal.

Il marcha vers elle. Son habit était en aussi piteux état que celui de la jeune fille.

— Mais j'ai peur, St. Bride ! Je meurs de peur ! Ne m'obligez pas à rebrousser chemin. Je vous en supplie...

Elle s'accrocha à un autre arbre mais deux bras l'enlacèrent, lui procurant un réconfort immédiat et profond. Jamais elle n'avait ressenti un soulagement aussi chaleureux. Elle sécha ses larmes contre le gilet de soie et se grisa de l'impression de force inébranlable qui émanait de cet homme.

— Mon Dieu ! Quelle brute je suis ! l'entendit-elle pester.

Il enfouit une main entre les boucles noires de la jeune fille et ajouta dans un souffle rauque :

— Ma chérie, pardonnez-moi. Jamais je n'aurais dû vous forcer à m'accompagner, ce soir. J'aurais dû me douter que cela finirait ainsi.

— Je veux partir d'ici, St. Bride. Il le faut !

— Je vais vous emmener. Cette nuit même, je vous le promets, dit-il d'une voix plus ferme en lui caressant les cheveux. Je vous protégerai. Plus jamais je ne vous infligerai de tels tourments, mon amour. Partons pour la Géorgie.

## DEUXIÈME PARTIE

### 20

Katleen découvrait un autre St. Bride. Un St. Bride doté d'un pouvoir qui paraissait sans limites. Faire sortir un bateau du port sur simple présentation d'un document n'était pas à la portée de n'importe qui. Certes, St. Bride n'était pas n'importe qui, songeait Katleen en l'observant. Ni rasé ni parfumé, il restait cependant doté d'un pouvoir imposant, et il inspirait un respect mêlé de crainte. Même Thionville la Terreur avait semblé s'incliner devant lui. Même l'infâme Quinn avait compris qu'il valait mieux l'éviter.

Mais Straught ? Comment le jugeait-il ? se demandait la jeune fille, frissonnant sur le demi-pont humide du « Balcraig ». Admirait-il St. Bride ? Le haïssait-il au contraire, ou bien le craignait-il ? St. Bride, qui discutait un peu plus loin avec le capitaine, se tourna vers elle et lui adressa un sourire rassurant. Katleen espérait de tout son cœur que son cousin tremblait devant lui. Straught était un ennemi épouvantable, et si un jour St. Bride s'entendait avec lui, elle était perdue.

Les déchaînements de violence qui entraînaient Straught aux plus terribles extrémités n'étaient rien en comparaison de la puissance dévastatrice qui émanait de St. Bride. Si ce dernier était un homme civilisé, en lui dormait une force sauvage, capable de soumettre le plus irréductible des adversaires. Ce pouvoir-là exerçait un attrait incomparable sur les femmes, notamment sur Lady Catherine. Katleen elle-même s'y était heurtée de près.

Et voilà qu'ils voguaient vers la Géorgie, où il possédait une autre plantation. Postée à l'arrière du bateau, sous la lueur blafarde de la lune, Katleen regardait faiblir les torchères qui bordaient la place d'Armes, au fur et à mesure qu'ils s'éloignaient. Elle pensait tristement à Candy, resté là-bas, à Belle Chasse. Mais elle ne regrettait pas son départ : la Géorgie la rapprocherait de l'Écosse.

Diverses émotions se succédaient en elle. Les reflets tremblants des lumières de La Nouvelle-Orléans dans le Mississippi semblaient s'accorder à ses pensées. Elle se rappela les derniers événements de cette nuit mouvementée. Le « Balcraig » était amarré au quai quand la voiture de St. Bride était arrivée. Il s'agissait d'un navire de commerce écossais qui, comme beaucoup d'autres, était entré illégalement au port pour charger des peaux d'ours et de la poix destinées à la France. Lorsque la calèche s'était arrêtée devant la passerelle d'embarquement, une onde d'inquiétude avait parcouru les membres de l'équipage se trouvant sur le pont. Et quand St. Bride était monté à bord, sûr de lui, apparemment riche et puissant, leur anxiété n'avait fait que croître.

« Nous devons former un couple étrange », avait songé Katleen, tandis que le capitaine les observait. Elle était d'une pâleur effrayante. De la boue maculait sa robe en lambeaux. Que devait-il penser ?

Il était minuit. St. Bride avait montré un mystérieux papier vélin au capitaine. Ce dernier s'était immédiatement détendu, constatant qu'il n'avait pas affaire à un magistrat. Mais lorsque St. Bride lui avait demandé de hisser les voiles sur-le-champ, il avait protesté, arguant qu'une partie de son équipage était descendue à La Nouvelle-Orléans. Comment repartir sans eux ? St. Bride était demeuré intraitable. Il avait fini par le convaincre en lui assurant que ses hommes seraient largement dédommagés des inconvénients subis.

Sans prendre la peine de donner la moindre explication à Katleen, St. Bride avait simplement ôté son manteau pour l'envelopper. Certaines nuits d'été, comme celle-ci, étaient particulièrement fraîches. Les nuages s'étant à présent complètement dissipés, la lune miroitait de son éclat blanchâtre. Sous ses reflets, le col de satin noir du manteau se parait d'une brillance irréelle. Elle l'avait resserré autour de son cou en respirant l'odeur familière du vêtement. Elle avait remarqué aussi les regards intéressés de l'équipage.

Heureusement, les hommes ne s'étaient pas attardés à la contempler. St. Bride les avait considérés d'un air menaçant et le capitaine avait lancé des ordres pour que l'on déploie les voiles.

Comme le bateau larguait les amarres, Katleen s'était appuyée à la balustrade. Les étoiles scintillaient de tous leurs feux dans le ciel. De sa vie la jeune fille ne s'était sentie aussi épuisée. Elle éprouvait malgré tout une certaine joie, tandis qu'elle voguait lentement sur les eaux boueuses du Mississippi. Elle partait, enfin ! Quelles que soient les circonstances, jamais elle ne reviendrait dans cet endroit maudit !

Plongée dans ses réflexions, elle sentit à peine la main de St. Bride se poser sur sa taille. L'envie de dormir engourdissait ses réactions et, de toute façon, son compagnon se contenta de rester là, près d'elle, dans la quiétude de la nuit. Devant eux, la noirceur des marais venait mourir sur les rives grises et sablonneuses. Quand ils eurent passé l'English Turn, St. Bride brisa le silence.

— Une cabine vous attend, si vous avez sommeil. Ce voyage nous prendra peut-être une quinzaine de jours.

— Très bien, répondit-elle en effleurant son collier d'argent du bout des doigts.

Un sentiment de culpabilité assombrit aussitôt le regard de St. Bride.

— J'ai tenu ma promesse. Je vous emmène. Mais... autant vous le dire tout de suite, je ne pourrai rester en Géorgie avec vous. Il me faudra revenir ici sans délai, à cause des pavots.

— Des pavots et de monsieur Straught, je présume ?

Incapable de soutenir son regard, elle détourna les yeux.

— Oui, surtout à cause de Straught. Mais cela ne vous concerne pas. Dès que nous aurons conclu nos affaires, en août, je rentrerai à Wolf Island.

— Wolf Island... C'est le nom de votre maison ? demanda-t-elle en s'efforçant de paraître insouciante. (Une inflexion de sa voix trahit néanmoins son angoisse.) Wolf Island, répéta-t-elle, comme il ne répondait pas. « L'île au Loup »... Un nom plutôt approprié : n'évoque-t-il pas le danger ?

— Katleen, le jour va se lever. Je crois que nous devrions tous les deux aller faire un somme.

— Dans quelle cabine dormirai-je ?

Elle baissa les yeux vers les eaux sombres du fleuve en se mordant les lèvres. « La mienne », allait-il lui répondre, à coup sûr.

— Vous pouvez choisir celle qui vous plaira, dit-il contre toute attente.

Étonnée, elle le regarda. Son visage, ses yeux fixes lui parurent menaçants. Il la dépassait d'une tête et elle se sentit brusquement toute petite et vulnérable face à lui. Elle avait une dette envers cet homme. Il lui avait sauvé la vie, l'avait recueillie, nourrie et habillée. Maintenant, il l'emmenait pour lui offrir un autre refuge, et avec un peu de chance elle pourrait rentrer à Mhor.

Mais elle avait le cœur lourd et le collier qu'il lui avait offert était là pour lui rappeler que St. Bride avait tous les droits sur elle, même celui de la faire sienne. Elle avait accepté sa charité, il entendait donc la traiter comme une maîtresse. Pourtant, il n'avait pas encore recueilli le bénéfice de ses largesses... Pour l'instant, elle était plutôt un fardeau pour lui, une source de problèmes et d'ennuis. Si seulement elle possédait les moyens de le dédommager autrement qu'en lui offrant son corps !

Comment se comporterait-il, ensuite ? L'aimerait-il en retour ou bien la récompenserait-il en la couvrant de bijoux, de soie et de satin, comme une vulgaire prostituée ?

Ces questions ne cessaient de la hanter, mais au fond d'elle-même, elle savait bien que si elle se soumettait à ses désirs sans obtenir son amour, elle deviendrait aigre et dure, peu à peu, comme tous ceux qui ont perdu leurs illusions...

— Bonne nuit, St. Bride, dit-elle finalement en lui rendant son manteau.

Puis, quand elle fut suffisamment éloignée pour qu'il ne l'entende plus, elle murmura tout doucement :

— Dormez bien, mon amour...

Le voyage jusqu'à Wolf Island dura plusieurs jours. Plus le bateau progressait le long de la péninsule de Floride, plus la chaleur devenait lourde. Heureusement, le « Balcraig » était vaste et luxueux, contrairement au « Deepwater », sur lequel Katleen et Bardolph avaient voyagé une année plus tôt.

St. Bride et la jeune fille étaient les deux seuls passagers. Durant la journée, il lui parlait des différents ports qu'ils apercevaient sur la côte. Ils se plurent aussi à guetter les marsouins qui sautaient hors de l'eau, le long de la coque. La nuit, ils dînaient sur des plateaux d'argent avec le capitaine Buckley. Mais à aucun moment, St. Bride ne fit à Katleen des avances à caractère plus intime. Il semblait décidément s'en vouloir de l'avoir forcée à l'accompagner au bal de Thionville. Curieusement, Katleen éprouvait l'impression que leurs rapports s'engageaient sur une nouvelle voie. A bord du « Balcraig », il n'y avait ni coupeurs de bourses, ni espions, ni soucis. Le bleu de la mer et le bleu du ciel constituaient leur seul horizon. Katleen ayant fini par lui avouer qu'elle savait lire, ils occupèrent leurs soirées à se faire mutuellement la lecture, à la lueur d'une seule et même bougie. Ils puisèrent dans la maigre bibliothèque du capitaine, principalement constituée d'ouvrages religieux.

Comme ils n'étaient pas nombreux sur le « Balcraig » et que la cale était vide, ils avançaient rapidement. Un matin, en s'éveillant, Katleen eut la surprise de découvrir qu'ils entraient dans un port. Elle en conçut une pointe de regret, tant elle avait apprécié ce voyage.

La Géorgie ne correspondait pas à ce qu'elle avait imaginé. Le côté primitif de La Nouvelle-Orléans, avec ses maisons à l'ancienne mode, n'existait pas ici. Les demeures de Savannah respectaient le plus pur style architectural anglais, avec leurs entrées centrales et leurs fenêtres palladiennes. Les dames, protégées du soleil par de petits chapeaux de paille, portaient d'immenses cerceaux sous leurs robes. Même les jupes en lin de leurs servantes s'épanouissaient sur d'amples armatures. A côté d'elles, Katleen se sentait misérable dans la robe élimée que St. Bride avait achetée au capitaine, et qu'il avait payée une fortune ! Elle contempla avec envie le spectacle des élégantes de Savannah, parées de satin jonquille ou de brocart bleu lavande.

Elle remarqua également que les hommes de Géorgie déambulaient fièrement dans les rues, avec dignité, contrairement à leurs semblables louisianais qui passaient leur temps, pour la plupart, à arpenter les rues, à moitié ivres, à la recherche de prostituées. Katleen apprécia ce changement et se conforta dans sa décision de ne plus jamais retourner en Louisiane.

— Que pensez-vous de Savannah, Katleen ? lui demanda St. Bride tandis que leur voiture roulait à travers rues.

— Je trouve que c'est civilisé, répondit-elle en s'attardant sur chaque détail des imposantes demeures.

— Civilisé ? Autrefois, cette ville incarnait pour moi la vie la plus primitive, répondit St. Bride en promenant son regard sur les palmiers hérissés de pointes et les buissons de salicorne inondés de soleil, aux abords de la ville.

— Et maintenant ?

— Maintenant, je crois que La Nouvelle-Orléans s'accorde davantage à mes goûts, dit-il avec une étrange lueur dans le regard. Plus sauvage, plus...

— Personnellement, j'ai eu ma part de sauvagerie, répliqua Katleen en pensant à Bardolph, Straught et Quinn.

— Alors je jouerai les gentlemen, sourit-il.

Il glissa une main sous le menton de la jeune fille et ajouta :

— Jusqu'à un certain point...

# 21

Ils prirent un fiacre qui les conduisit jusqu'à la rivière Ogeechee. Là, St. Bride alla chercher les deux chevaux bais attachés à l'arrière de la voiture. Katleen se hissa souplement sur Diana, une jument équipée d'une selle de dame. St. Bride garda le plus robuste des deux, astucieusement baptisé Ganymède. Le cocher repartit pour Savannah les poches pleines tandis que les deux voyageurs traversaient précautionneusement la rivière.

— Pourquoi ne poursuivons-nous pas notre route en voiture ? demanda Katleen quand ils eurent atteint l'autre rive.

Le chemin était détrempé. Au lieu de se concentrer sur la progression difficile de sa jument, elle ne cessait de contempler les environs. Le soleil décoloré ne parvenait pas à éclairer les étendues d'eau noirâtre, de part et d'autre de la route. Katleen frissonna. Les plantes rampantes qui envahissaient les racines des énormes cyprès, pareilles à des serpents grouillants, n'égayaient aucunement le paysage. Elle pria silencieusement pour qu'ils aient quitté cette zone avant la tombée de la nuit. Les endroits humides, comme ces sinistres marais géorgiens, lui avaient toujours inspiré une profonde répulsion.

— Vous vous apercevrez bien vite qu'une voiture n'est pas particulièrement appropriée à ce genre de voyage, répondit St. Bride. Et comme de toute façon, nous n'avons presque pas de bagages...

Il tira tout à coup sur les rênes de Ganymède. Katleen suivit son regard et découvrit deux hommes, un peu plus loin, qui leur barraient l'accès à une nouvelle route constituée de rondins.

Elle constata en frémissant que les deux individus n'avaient rien d'humain. Le premier, un obèse, paraissait atteint de mongolisme. Une grimace qui voulait être un sourire apparut sur son visage tordu. Katleen reporta son attention sur le deuxième énergumène, et son cœur se mit à cogner dans sa poitrine. Il était grand, et aussi maigre que son comparse était gros. Il posa sur la jeune fille un regard qui la glaça. Elle se tourna vers St. Bride : il avait saisi son fusil à l'arrière de sa selle et le brandissait, prêt à s'en servir.

— Qui sont-ils ? murmura-t-elle, alors que le grand maigre continuait à la dévorer des yeux.

— On les appelle les Pinelanders. Ce sont des hors-la-loi qui s'attaquent aux voyageurs.

Son regard turquoise brillait d'un éclat dangereux. Il se porta brièvement sur le collier d'argent de la jeune fille.

— Ils viennent des landes à pins situées au sud, reprit-il. Je ne pensais pas qu'ils s'aventuraient jusqu'ici, à vrai dire. Mais les choses ont peut-être changé. Voilà près d'une année que je ne suis venu dans le coin.

« Une année ! » Katleen n'aurait certainement pas laissé passer cette étrange information si St. Bride n'avait à ce moment-là armé le fusil.

— Déguerpissez ! cria-t-il. Nous ne vous voulons pas de mal.

— Nous non plus, monsieur. Nous nous sommes arrêtés pour admirer votre femme, répondit le maigre dans un irlandais imprécis.

Il sourit, découvrant des dents rongées par les caries. Sentant toujours sur elle son ignoble regard, Katleen se rapprocha de St. Bride en frissonnant.

Le soleil déclinait déjà, jetant sur la nature des ombres menaçantes.

— Venez, Katleen.

— Oui... fit-elle d'une toute petite voix en rapprochant encore sa jument de Ganymède.

St. Bride semblait soucieux lui aussi de voir le jour faiblir. Ils n'avaient pas de temps à perdre : ils devaient traverser les marais avant la nuit tombée.

— Il ne nous reste plus un long chemin à parcourir avant d'arriver à l'auberge de Rackrent. Vous avez bien Diana en main ? s'enquit-il comme ils reprenaient leur route.

Katleen acquiesça en silence, s'efforçant d'oublier le grand maigre.

Impressionnés par le fusil pointé sur eux, les Pinelanders s'écartèrent. D'après St. Bride, ils ne risquaient pas de les suivre puisque, apparemment, ils ne possédaient pas de chevaux. Katleen se sentit un peu rassurée.

Elle se retourna pourtant une dernière fois et aperçut avec dégoût l'horrible grimace de l'obèse. Elle souhaita de tout son cœur ne jamais plus rencontrer d'autres Pinelanders. Ces deux monstres avaient altéré sa vision idyllique de Savannah.

— Old Rackrent, c'est là-haut, cria St. Bride un peu plus tard.

Katleen comprenait à présent pourquoi ils avaient abandonné la voiture. Depuis un moment, ils progressaient sur un chemin de rondins réclamant toute leur attention. Cette route était la seule qui permettait de franchir les immenses étendues de marais. Dangereusement ballottée sur le dos de Diana, la jeune fille souffrait de plus en plus. La fatigue commençait à entamer ses forces. Depuis un long moment, ils ne parlaient plus. Pour se consoler, Katleen songeait que cette épreuve n'était rien comparée à celle qu'elle aurait eu à supporter en voiture. La mieux suspendue n'aurait pu atténuer les secousses et elle se prit à en remercier silencieusement son compagnon.

Ils atteignirent l'auberge alors que les derniers rayons de soleil se noyaient dans les marais. Katleen ne pouvait plus bouger. Jamais elle n'avait enduré pareille chevauchée. Ses reins la faisaient atrocement souffrir. Sa taille semblait enserrée dans un étau d'acier comprimant tous ses muscles. Malgré l'aide de St. Bride, elle mit un certain temps à descendre de sa selle. Il la précéda vers la petite maison en bois usée par les intempéries. Katleen était trop fatiguée pour se soucier de son apparence vétuste.

— Rackrent ! Rackrent ! lança St. Bride en pénétrant à l'intérieur.

Il n'y avait pas grand-monde : une famille avec deux enfants, et deux frères qui n'auraient pu nier leur parenté tant ils se ressemblaient. Un homme replet et jovial surgit soudain de derrière une cloison.

— Pas possible ! s'écria-t-il en riant. Notre noble St. Bride ! La Géorgie s'est bien languie de vous !

Rackrent serra vigoureusement la main du nouveau venu et se tourna vers Katleen.

— Vous vous êtes marié ? Oh, comme elle est jolie...

Un fort accent irlandais colorait les paroles de l'homme, mais très différent de celui des Pinelanders.

— Je vous présente Katleen, répondit St. Bride.

Était-ce dû à l'épuisement ? Katleen crut déceler une certaine tendresse dans le sourire de St. Bride. Cette lueur s'évanouit bien vite quand il continua les présentations sur un mode plaisant.

— Katleen, voici William Rackrent, le plus redoutable grippe-sou de tout Savannah !

— Ah, mon fils, vous me tuez ! Vous auriez pu attendre que mes clients m'aient payé leur nuit ! fit Rackrent en roulant de grands yeux amusés.

Katleen se laissa tomber sur un banc. St. Bride s'installa à côté d'elle et leurs jambes se touchèrent. Étrangement, dans cet endroit reculé, loin de toute civilisation, la jeune fille se sentait en sécurité.

On servit de la bière aux hommes et on apporta à Katleen une tasse de thé bien fort. Elle se détendit peu à peu, tout en buvant le chaud breuvage. Elle examina les autres clients, la petite famille assise autour d'une table à tréteaux. Le père comptait ses pièces en sourcillant.

Troublée, la jeune fille reporta son attention sur l'assiette de riz et de bacon que l'on déposait devant elle.

— Ce sont les Storrowton, expliqua Rackrent, lisant dans ses pensées. Ils viennent de perdre leur ferme. A ce qu'on dit, ils retournent vers le nord.

— Ils agissent sagement, commenta St. Bride, lui aussi intrigué par cette famille.

— Pourquoi dites-vous cela ? demanda Katleen.

— Ils auraient pu finir dans les landes à pins.

— Les deux hommes que l'on a rencontrés aujourd'hui n'étaient pas...

— Leurs ancêtres sont descendus ici, eux aussi, tout comme les Storrowton, l'interrompit St. Bride. Ils espéraient devenir cultivateurs, bâtir une ferme, mais ils n'avaient pas l'argent nécessaire pour acheter le nombre d'esclaves suffisant, et les quelques hommes blancs qu'ils engagèrent étaient trop fiers pour accomplir certaines tâches. Certains pensent se dégrader quand ils travaillent avec leurs mains, c'est ainsi.

— Mais ces fermiers ne pouvaient-ils labourer eux-mêmes leurs terres ? s'étonna Katleen, en songeant au dur labeur qu'accomplissaient les familles de fermiers à Mhor.

— Les Pinelanders ont renoncé depuis longtemps. Ils préfèrent vivre de leurs larcins plutôt que de travailler eux-mêmes leurs terres.

— Et pourtant, vous, vous ne craignez pas d'aller dans les champs pour montrer à vos esclaves comment s'y prendre, à Belle Chasse.

Tout en parlant, Katleen essayait de trouver une position moins douloureuse : son corps tout entier la faisait souffrir à présent.

— Les gens ne sont pas toujours ce qu'ils semblent être, répondit-il en approchant son visage du sien.

Embarrassée, Katleen se contenta d'acquiescer.

— C'est vrai...

— Votre femme et vous allez dormir au grenier ? intervint Rackrent avec un sourire avenant, en s'installant près d'eux.

— Oui, Rackrent, répondit St. Bride, mais je te dois un aveu : Katleen n'est pas ma femme.

— Comment ? Ça alors ! Il faut dire que vous alimentez tous les commérages de Savannah, St. Bride. Tout le monde parle de vos conquêtes, de toutes celles qui se traîneraient à vos pieds pour mériter un seul de vos regards. On raconte aussi que vous ne voulez pas vous lier à une maîtresse, tellement vous êtes attaché à la bienséance. C'est pourquoi j'ai pensé en vous voyant tous les deux que... Pauvre de moi ! Je suis désolé, mon petit ! (Il parcourut du regard sa vieille auberge décrépite.) Vous comprenez, madame, à force de vivre dans un endroit pareil, on devient de vrais rustres !

— J'accepte vos excuses, monsieur Rackrent, répondit doucement Katleen, tout en sentant ses joues s'empourprer.

L'embarras et l'étonnement le disputaient en elle. Elle ne parvenait pas à croire que St. Bride se montrait si exigeant en amour. Ne s'était-il pas comporté envers elle de façon plutôt légère ? Elle pensait particulièrement à un certain soir, à Belle Chasse, où il avait bu un peu trop de brandy et où il l'avait embrassée, tout en soulevant sa robe pour la caresser...

La voix de Rackrent mit un terme à ses pensées. Il semblait toujours embarrassé.

— Ah, St. Bride, j'ai mes règles moi aussi. Et malgré votre position, je...

L'aubergiste paraissait réellement ennuyé.

— Je dormirai avec madame Storrowton et ses filles, intervint nerveusement Katleen.

St. Bride s'était conduit en parfait gentleman durant tout le voyage. Mais comment se conduirait-il, dans ce lieu perdu, hors du monde ?

— Vous resterez avec moi dans le grenier, trancha St. Bride.

Son visage semblait détendu mais ses yeux intimaient à Katleen d'obéir sans discuter.

— Mais monsieur Rackrent a un règlement, murmura-t-elle faiblement.

— Pour des hommes comme St. Bride, je passe outre, glissa Rackrent en se levant, visiblement gêné de causer un affrontement entre les deux nouveaux venus. Installez-vous au grenier, St. Bride. Ah, si seulement vous n'étiez pas aussi arrogant... (Il se tourna vers Katleen avec un air de commisération.) Si j'ai un conseil à vous donner, mon petit, prenez garde à vous. Il serait capable d'avoir doté ce collier d'un pouvoir magique.

Sur ce, il retourna servir de la bière aux trappeurs.

— St. Bride, murmura Katleen peu après. Je ne dormirai pas avec vous dans le grenier. Je préfère encore passer la nuit dehors ! Comment pouvez-vous laisser entendre publiquement que... Vous avez peur que je m'enfuie avec les Storrowton ?

Attachez-moi au pied de votre lit, pendant que vous y êtes !

— Bonne idée ! Je n'y avais pas pensé ! Quant à ces gens, je doute qu'ils puissent vous emmener bien loin, rétorqua-t-il en finissant sa bière.

— Écoutez, je ne partagerai pas une chambre avec vous, s'obstina-t-elle en croisant les bras sur sa poitrine d'un air renfrogné.

Seule une excellente raison aurait pu la contraindre à une telle extrémité !

— Il n'est pas prudent que vous dormiez seule avec madame Storrowton, Katleen. Il n'y a que deux chambres et un grenier.

— Son mari ne semble pas inquiet.

— Il n'a pas eu affaire aux Pinelanders, aujourd'hui. Et puis, son épouse ne possède pas votre charme.

Il laissa errer son regard sur le visage de Katleen et s'attarda sur un point précis, à la base du cou.

Le collier au saphir... « Est-ce cela qui fait mon charme ? » se demanda-t-elle, avec une colère soudaine.

— Reprenez donc ce qui me donne tant de valeur à vos yeux, jeta-t-elle. Ainsi, je pourrai rester avec madame Storrowton.

Elle se détourna et lui présenta sa nuque. Puis elle souleva ses cheveux pour dégager le mystérieux fermoir et attendit. Allait-il enfin la libérer de ce joug ?

Il ne lui offrit pas ce plaisir. Comme il refusait d'abdiquer, elle lui fit face, profondément dépitée.

— Ma chère, vous vous trompez si vous croyez que c'est à ce collier que j'attribue la plus grande valeur.

— Si la mienne est plus grande à vos yeux, enlevez-le-moi, chuchota-t-elle. Vous n'ignorez pas combien il me pèse.

— Bien sûr ! Je vais vous en débarrasser pour

que vous vous en empariez à la première occasion ! Il est beaucoup mieux où il est. Je peux ainsi avoir un œil sur les deux à la fois !

— « Nathrach ! » explosa-t-elle en gaélique.

Elle se leva d'un bond, oubliant ses horribles courbatures, et s'éloigna de quelques pas.

— Où allez-vous ? demanda aussitôt St. Bride.

— C'est personnel !

— Emmenez madame Storrowton avec vous, Katleen, ou bien c'est moi qui vous accompagne.

Il se leva et lui prit la main.

— St. Bride ! s'exclama-t-elle en rougissant jusqu'aux oreilles.

— Je m'en démordrai pas. Cette auberge ne jouit pas d'un très grand confort. Les lieux d'aisances se trouvent dehors, au bout du chemin. Je ne vous permettrai pas d'y aller seule.

— Très bien, abdiqua-t-elle.

Katleen releva la tête le plus dignement possible et traversa la salle. Puis elle s'adressa à madame Storrowton qui accueillit sa requête le plus gentiment du monde. Les deux femmes, ainsi qu'Eugenia et Charlotte, les filles de madame Storrowton, allaient se mettre en route lorsque St. Bride retint la jeune fille par le bras et chuchota à son oreille :

— Laissez la porte de derrière ouverte, Katleen. Il fait très noir, dehors.

La jeune fille acquiesça et rejoignit ses compagnes.

— Votre Ferringer est bien bon, pas vrai ? s'enquit madame Storrowton en prenant ses fillettes par la main.

Elles s'engagèrent dans le chemin. La lumière émanant de la porte ouverte éclairait effectivement le sentier, mais il tournait, un peu plus loin, et après ce virage, il s'enfonçait dans les plus obscures ténèbres. La petite bougie que tenait Katleen devenait ridicule dans ce noir d'encre. La jeune fille se réjouit soudain que St. Bride ait insisté pour qu'elle ne sorte pas seule. Les bois, tout autour d'elles, formaient une masse sombre et épaisse. Elle frissonna, essayant de chasser l'effrayante impression que des milliers d'yeux l'épiaient, dans ces profondeurs étranges...

— St. Bride est comme du vif-argent, répondit-elle finalement, avec un sourire amer.

— Mais il se montre tellement attentionné à votre égard !

— C'est à cause de ce collier. Il ne voudrait pas le perdre, voyez-vous.

Katleen retint de justesse Eugenia qui buta contre une racine.

— Un bijou magnifique, reconnut madame Storrowton. Mais d'après moi, ce n'est pas ce qui le rend aussi attentif.

La jeune fille ne sut que répondre.

— Ainsi, vous allez devenir la maîtresse de Wolf Island, continua la femme. Mon mari et moi avons entendu parler du domaine, bien sûr, mais nous ne pensions guère rencontrer un jour son illustre maître. Depuis combien de temps êtes-vous mariée, Katleen ?

La question la prit totalement au dépourvu, et elle trébucha à son tour.

— Je ne suis pas mariée, madame Storrowton, avoua-t-elle en baissant la tête.

Un silence s'écoula puis la fermière prit la parole d'une voix douce :

— Je suis désolée. C'est à cause de ce collier, et de tout le reste. J'ai supposé que... Tout est de ma faute. Monsieur Rackrent nous avait dit que vous faisiez chambre commune, alors...

— Nous ne sommes pas...

« Amants », faillit préciser la jeune fille. Mais de

tels aveux ne s'imposaient pas. Elle serait inutilement passée pour une menteuse.

— Les nobles agissent comme ils l'entendent, dit madame Storrowton. En tout cas, je trouve que les hommes jouissent d'une égalité plus grande dans ces colonies.

Elles étaient arrivées devant une petite cabane délabrée qui semblait sur le point de s'écrouler, mais qui abritait apparemment les commodités. Katleen ne prit pas garde à son aspect misérable. Elle se demandait pourquoi madame Storrowton croyait que St. Bride était un noble. Monsieur Rackrent lui-même avait fait une allusion à ce sujet, à leur arrivée. « Noble St. Bride », avait-il dit... Était-ce autre chose qu'une formule amicale ?

— Madame Storrowton, pourquoi...

— Allez-y, Katleen, je vous en prie, l'interrompit la femme. Nous devons éviter de trop nous attarder, je n'ai aucune envie que les hommes s'inquiètent à notre sujet, et que l'idée leur prenne de venir nous chercher.

Les deux fillettes et leur mère succédèrent à Katleen dans la bicoque. La jeune fille confia la bougie à madame Storrowton et referma la porte. Puis elle s'éloigna de quelques pas.

Mon Dieu ! Que les bois semblaient lugubres, dans la nuit ! Mal à l'aise, Katleen jetait des regards furtifs autour d'elle, mais sans la chandelle, elle ne distinguait rien qu'une énorme masse noire. Décidant de se raisonner, elle tourna le dos à la forêt en se disant qu'elle n'était plus une enfant. Mais il était difficile de ne pas avoir peur dans une obscurité aussi dense. Partout, des créatures invisibles chuchotaient. Les feuilles caressées par la brise frissonnaient bruyamment. Les cigales stridulaient, les hiboux ululaient. « Bleu », semblaient prononcer ces derniers. Et le mot se répétait en écho, de l'un à l'autre. « Bleu... Bleu... »

Mais, bientôt, le murmure s'amplifia, à tel point que Katleen commença à se demander si ce bruit était bien naturel. Il s'approchait, se précisait... Elle entendait madame Storrowton s'agiter avec ses filles mais elle n'osa pas l'appeler. Elle était sans doute victime de son imagination. La rumeur persistait, néanmoins, de plus en plus pressante. Katleen battit en retraite contre la porte.

— Ma belle Bleue, épouse-moi, épouse-moi, viens, épouse-moi...

Un coup de vent agita les branches épineuses d'un genévrier, et ses griffes effleurèrent la jeune fille épouvantée. Avait-elle réellement entendu ces mots, ou n'était-ce que la plainte du vent ? Peu importe ! Elle devait rentrer immédiatement à l'auberge ! Elle avança la main pour frapper à la porte mais, alors qu'elle s'apprêtait à atteindre le battant, des doigts longs et secs se posèrent sur son bras. Elle voulut crier, mais aucun son ne sortit de sa gorge. Elle tenta de se débattre, espérant encore qu'elle n'était victime que des branches du genévrier. Mais une frayeur sans nom la cloua sur place quand elle sentit le murmure tout contre son oreille.

— Épouse-moi, épouse-moi, Bleue, épouse-moi...

Au bord de l'évanouissement, Katleen devinait que celui qui parlait ainsi avait d'autres idées en tête que le mariage. On la tira soudain en arrière, loin de la porte. Instinctivement, elle chercha le « sgian dhu », mais sa jarretière ne retenait évidemment rien d'autre que des bas de soie blanche. Sans savoir comment, elle retrouva alors l'usage de sa voix, et elle hurla, déchirant le silence des bois obscurs. Les doigts la lâchèrent instantanément.

Katleen fit volte-face, s'attendant à voir le Pinelander grand et maigre, avec ses yeux vicieux trouant l'opacité de la nuit. Mais elle ne vit rien, à part les branches mortes du genévrier emmêlées à ses cheveux et à ses vêtements. Elle se dégagea et aperçut madame Storrowton, sur le seuil de la cabane. Son visage était blême à la lueur de la chandelle.

— Mon Dieu, que se passe-t-il ? demanda-t-elle d'une voix blanche.

Comme Katleen ne parvenait pas à prononcer un mot, elle souffla la bougie et prit la main de Charlotte. Eugenia s'était déjà réfugiée dans ses bras. La jeune fille recouvra enfin l'usage de la parole :

— Je ne sais pas... Ne restons pas là !

Toutes les quatre remontèrent le chemin en courant et atteignirent l'auberge en moins de temps qu'il ne faut pour le dire. Monsieur Storrowton prit immédiatement Charlotte dans ses bras et St. Bride tenta d'apaiser le tremblement des mains de Katleen en les serrant dans les siennes. Même les trappeurs s'étaient levés, ils avaient sorti leurs armes. Tous avaient entendu le cri de Katleen.

— Qu'est-il arrivé ? s'enquit St. Bride.

Toujours sous le choc, Katleen était incapable de parler. Sous l'effet de l'anxiété, Rackrent ne cessait de glisser ses doigts dans ses cheveux gris. Il ne tarda pas à ressembler à un vieux lion hirsute. Quant aux deux fillettes, elles avaient du mal à retenir leurs larmes.

— Nous étions dans la cabane quand Katleen a crié, dit madame Storrowton. Mon Dieu ! Quelque chose lui a causé une belle frayeur.

— Quoi ? Quelle chose ? interrogea St. Bride en installant la jeune fille sur le banc.

Il secoua les longues boucles noires parsemées d'épines de genévrier.

— Je ne sais pas, répondit-elle. Quelque chose m'a attrapée. Je croyais que c'était l'un des Pinelanders que l'on a croisés aujourd'hui, mais quand je me suis retournée... il n'y avait personne. Peut-être ai-je effrayé tout le monde pour rien.

— Ce n'est pas grave. Montez vous reposer, je vous rejoins dans un instant. Je vous apporterai de quoi recoudre votre robe.

— Ma robe ?

Katleen baissa les yeux et découvrit alors une large déchirure au niveau de l'épaule. Étaient-ce des longs doigts d'homme qui avaient troué le tissu ? Elle mit une main sur sa bouche en frémissant d'horreur.

— Allons, montez et reposez-vous, dit doucement St. Bride en lui tendant une bougie.

Il lança un regard de connivence à Rackrent qui hocha la tête. Sans comprendre le sens de ce mystérieux regard, Katleen s'excusa auprès des Storrowton pour la peur qu'elle leur avait causée, souhaita bonne nuit à tout le monde et monta.

La chambre aménagée au grenier se révéla à la fois rudimentaire et relativement confortable. Les poutres du toit n'étaient pas écorcées et les murs n'avaient pas été blanchis à la chaux. Néanmoins, elle possédait un lit pourvu de draps propres et d'un matelas bien rembourré. Plus surprenant, un luxueux fauteuil jaune, recouvert de tapisserie, était placé près de la fenêtre. Il semblait lui tendre les bras, et la jeune fille s'y installa immédiatement. Puis elle examina la longue déchirure de sa robe.

— Tenez, fit St. Bride en entrant dans la chambre. Rackrent vous envoie cela. (Il lui tendit du fil et une aiguille.) Il demande si vous désirez un peu de laudanum pour vous calmer. Je n'aime pas ce genre de remède, mais si vous pensez que c'est nécessaire...

Katleen secoua résolument la tête.

— Non, merci. Il faut seulement que j'oublie cette

mésaventure. J'ai sans doute été victime de mon imagination.

Mal à l'aise, elle prit le nécessaire de couture. Pour réparer la robe, elle devait l'enlever. Comme elle n'avait pas d'autre solution, elle se leva et se cacha pudiquement derrière le haut dossier du fauteuil. Là, elle fit glisser la robe à ses pieds. Puis elle tourna le fauteuil vers elle et s'y installa. Elle se sentait presque nue en corset de satin mauve et en chemise. Heureusement, St. Bride ne pouvait la voir que de profil. Munie de la vieille aiguille et du fil, elle commença son travail.

Mais même de profil, le spectacle qu'elle offrait enchantait St. Bride. Il se déshabilla en partie. Torse nu, seulement vêtu de ses chausses de daim qu'il avait achetées à un marin, sur le « Balcraig », il s'accouda sur le lit. La jeune fille lui lança un bref regard et s'aperçut qu'il avait posé un pistolet sur la table de nuit. Il restait dans la pénombre, toutes les chandelles se trouvant près d'elle pour lui permettre de coudre.

Sentant les yeux turquoise posés sur elle, elle s'efforçait de se concentrer sur sa tâche. Elle ne possédait que deux robes, il s'agissait donc de les ménager. Katleen cousait avec minutie, appliquant à la lettre les leçons de sa mère, mais au bout d'un moment, l'examen dont elle faisait l'objet lui parut intolérable. Il ne semblait pas se lasser de l'observer, admirant la perfection de son profil, les battements de ses longs cils sur ses joues, ses lèvres pleines, légèrement entrouvertes. Son regard glissa sur le long cou d'albâtre, puis sur le doux renflement au bord du satin mauve. Il s'attarda ensuite sur les jambes, visibles à travers l'ouverture de la chemise. De longues jambes, fines, douces, des cuisses fermes... Des chevilles d'une finesse exquise, mais qui portaient toujours les marques de la rude vie que la jeune fille avait menée à La Nouvelle-Orléans.

— Pourquoi me détaillez-vous de la sorte ? A quoi pensez-vous ?

— Vous voulez vraiment le savoir ?

Il plissa les yeux et esquissa un sourire démoniaque.

— Non, répliqua-t-elle vivement.

— Vous vous méprenez, ma chère. En vérité, je pensais à une jeune fille.

— Lady Catherine ? demanda-t-elle en se piquant le doigt.

— Non. A cette étrange fille, cet ange noir qui m'a volé un dé bleu, un jour... Lorsque je l'ai questionnée, elle a nié, arguant qu'un dé ne lui aurait servi à rien, puisqu'elle ne savait pas coudre.

Katleen s'interrompit et demeura immobile.

— Un autre mystère à élucider, continua-t-il. Me ferez-vous l'honneur de m'aider, cette fois, ou devrai-je me débrouiller seul, comme d'habitude ?

— St. Bride... soupira-t-elle.

Pouvait-elle lui faire confiance, maintenant ? Difficile à dire... Elle contempla ses larges épaules, ses muscles souples qui jouaient sous sa peau, son ventre plat... Non ! Katleen se détourna ; elle ne pouvait décidément se fier à un homme tel que lui.

— Reprenons : vous savez lire, coudre...

St. Bride se mit à rire et roula sur le lit.

— Je suis impatient de découvrir les autres talents que vous me cachez... milady.

— Oh ! Vous êtes impossible !

Elle noua rageusement le fil et repoussa la robe. S'approchant de la table de toilette, elle versa de l'eau dans un grand bol en bois et se lava le visage avec un minuscule bout de savon. Puis elle s'épongea et remit la serviette en place. Un détail retint son attention. Bien qu'elle fût ancienne et d'étoffe grossière, les bords de la serviette étaient soigneusement surfilés et elle était d'une propreté immaculée, aussi blanche que le linge de Belle Chasse.

— Monsieur Rackrent est-il marié ? demanda-t-elle à St. Bride. Seule une femme peut s'occuper si méticuleusement du linge de maison.

— Le vieux Rackrent vit avec une squaw, de la tribu des Orcoquisacs, je crois.

Katleen resta stupéfaite. Elle n'imaginait pas un vieil homme comme Rackrent, qui aurait pu être son grand-père, avec une Indienne.

— Mais... elle travaille pour lui, c'est cela ?

— Elle vient quand il n'y a pas de clients, pour entretenir la maison et... lui tenir compagnie. Je l'ai aperçue, un jour, mais généralement Rackrent la renvoie dans sa famille quand il a de la visite. Il redoute la réprobation des autres.

— Une telle liaison me semble étrange. Ils doivent être tellement différents !

Soudain, les propos de madame Storrowton lui revinrent à l'esprit. N'avait-elle pas fait allusion à la noblesse de St. Bride ?

— Madame Storrowton m'a dit une chose qui m'a étonnée, tout à l'heure, sur le chemin.

— Quoi donc ? fit-il, imperceptiblement en alerte.

— Tout d'abord, elle m'a demandé depuis combien de temps nous étions mariés, commença-t-elle en rougissant. Puis elle a évoqué votre noblesse.

— Ma noblesse... Que penseriez-vous si je vous disais que je suis un noble, Katleen ? Cela me rendrait-il plus cher à votre cœur ?

— Non, je n'aimerais pas cela du tout.

— Diable ! Et pourquoi ? La plupart des femmes seraient ravies de l'apprendre, au contraire.

— Pas moi. Les hommes jouissent déjà d'un pouvoir assez grand. Ils n'ont pas besoin d'un titre pour en avoir davantage, répondit-elle amèrement.

— Venez dormir. Il nous reste une journée de cheval jusqu'à Wolf Island.

— Possédez-vous un titre, St. Bride ?

— Je suis propriétaire d'une plantation, voilà tout. A présent, venez vous coucher.

— J'ai bien entendu madame Storrowton, vous savez. Elle semble bien renseignée. D'ailleurs, même Rackrent vous traite comme si vous étiez de condition bien supérieure à tous ceux que l'on rencontre par ici.

— Vous avez mal interprété leurs propos. C'est seulement à cause de Wolf Island que je suis aussi connu dans les parages.

— Mais...

— La curiosité est un vilain défaut, Katleen, coupa-t-il sèchement. Au lit, dépêchez-vous, nous avons besoin de repos vous et moi.

Mais Katleen n'était pas disposée à lui obéir. Elle s'installa dans le fauteuil et jeta un regard belliqueux sur la flamme mourante de la chandelle. Une fois de plus, elle songea à l'intelligence et au charme de St. Bride. Il était trop brillant, trop parfait : cela cachait quelque chose...

Elle se tourna vers lui. Son regard turquoise perçait la pénombre. Elle se sentait mal à l'aise et inquiète, tout comme le jour où elle avait lu la note accrochée à la porte d'Alban, ou comme la nuit où il lui avait offert le corset rouge. N'avait-elle pas été trop prompte à écarter de son esprit les menaces qu'il pouvait représenter pour elle ? Cela ne risquait-il pas de lui coûter très cher ? Pourtant, au fond d'elle-même, elle n'aspirait qu'à lui faire confiance. Souvent, elle se retenait pour ne pas courir se jeter dans ses bras, se blottir contre lui, sentir sa chaleur rassurante. Mais il y avait toujours ces moments de doute qui l'en empêchaient.

— Katleen, venez près de moi, murmura-t-il.

— Je vais dormir ici, s'obstina-t-elle.

Sa méfiance l'emportait finalement. Après tout ce temps passé près de lui, elle ne parvenait toujours pas à savoir qui il était réellement. Elle posa ses grands yeux bleu nuit sur lui, perplexe. St. Bride s'exaspéra :

— Vous pouvez dormir habillée, ou même sur la tête, si cela vous chante ! Mais vous ne resterez ni près de la fenêtre ouverte, ni près de la porte : elles ne possèdent pas de verrou. Voulez-vous que votre mésaventure de ce soir se répète ? Cela ne vous a donc pas suffi ? Apprenez que l'auberge de Rackrent n'est pas une forteresse.

Katleen fronça les sourcils. La chandelle s'éteignit.

— Venez au lit, continua-t-il plus gentiment. C'est tout de même plus confortable que le plancher. Si cela peut vous rassurer, je me sens capable de me contrôler, ce soir. Je ne vous promets pas de me montrer toujours aussi conciliant, mais si vous tenez à dormir en célibataire cette nuit, vous avez ma parole que je ne vous importunerai pas.

Il faisait presque noir, à présent. Katleen repensa aux murmures qu'elle avait entendus, en attendant madame Storrowton et ses filles. La proximité de St. Bride lui parut soudain infiniment préférable. Lentement, elle se leva et s'approcha du lit dans lequel elle se glissa lentement. Elle se prit ensuite à souhaiter que son compagnon eût aussi sommeil qu'il l'avait laissé entendre. Son espoir ne tarda pas à être déçu.

— Votre comportement est assez déconcertant, dit-il soudain. (Appuyé sur un coude, il considérait avec effarement la forme allongée dans l'ombre à ses côtés.) Serait-ce trop vous demander d'enlever au moins vos chaussures ?

Elle s'assit et se débarrassa de ses chaussures en

fulminant. Puis elle se recoucha et lui tourna résolument le dos. Son corset et sa robe la gênaient horriblement, mais il était hors de question qu'elle se dévêtisse tant qu'il ne serait pas profondément endormi.

Quand elle l'entendit respirer de façon régulière, elle attendit encore un long moment avant de se résoudre à se déshabiller. Elle plia soigneusement ses effets et se recoucha silencieusement, seulement vêtue de sa chemise de batiste, et le plus loin possible de St. Bride. Elle ne voulait surtout pas le toucher.

Mais malgré tous ses efforts, elle sentit soudain le bras de St. Bride peser sur elle. Il émit un grognement sourd comme quelqu'un qui est en train de rêver. Dormait-il réellement ? Elle n'aurait su le dire mais elle n'osa bouger de peur de le réveiller. Quelle situation ridicule ! Elle avait même peur que les battements affolés de son cœur ne le tirent du sommeil !

La fatigue accumulée tout au long de la journée eut peu à peu raison de ses forces. Son corps douloureux se détendit et, bien en sécurité sous le bras possessif qui l'entourait, elle finit par s'assoupir.

Une large main, puissante et nerveuse, lui couvrit la bouche. Prise de panique, Katleen ouvrit les yeux et se mit à se débattre dans la nuit.

— Chut... Pas un mot, compris ? chuchota St. Bride à son oreille.

Il la tenait contre lui. Sa chaleur la rassura quelque peu. Elle hocha la tête affirmativement, et il libéra sa bouche.

— Que se passe-t-il ? souffla-t-elle.

— Vous n'entendez pas ?

Retenant sa respiration, Katleen comprit alors ce qui alarmait tant St. Bride. Des pas résonnaient dans l'escalier. Quelqu'un montait au grenier. Le bruit était infime, seuls quelques craquements se rapprochaient. Katleen s'agrippa en tremblant au bras de son compagnon.

— Qu'est-ce que c'est ?

— Restez ici. Ne bougez pas du lit.

St. Bride se leva silencieusement. Il prit le pistolet posé sur la table de nuit. Puis, comme un félin aux aguets, il scruta les ténèbres.

— Ne me laissez pas... J'ai peur, implora doucement la jeune fille.

Il lui ordonna de se taire d'un geste sec et se dirigea à pas de loup vers la porte.

— St. Bride !... Je vous en prie...

Une frayeur indescriptible l'oppressait, mais cette fois, ce n'était pas pour elle qu'elle tremblait, mais pour St. Bride. Sans le quitter des yeux, elle rejeta ses couvertures et se mit à genoux. Elle ne voulait pas rester là. Elle voulait le suivre ! Tournant brièvement la tête vers elle, il l'en dissuada.

— Oh, St. Bride... murmura-t-elle, une main sur sa bouche.

Il ouvrit la porte... Une silhouette immense apparut sur le seuil, dans l'obscurité, et se jeta sur St. Bride comme une bête sauvage.

Figée de terreur, Katleen assista avec impuissance à la lutte qui s'engageait sous ses yeux. Elle aurait voulu aider St. Bride, mais la bagarre faisait rage, et elle parvenait à peine à distinguer les deux silhouettes. A un moment, elle vit l'inconnu tenter de saisir le pistolet mais ils roulèrent à nouveau sur le sol et franchirent la porte. Katleen se leva, déterminée à intervenir, quand un coup de feu l'arrêta net dans son élan. Suivirent un bruit de chute, puis celui d'un corps qui dévalait l'escalier.

— « Mo chridhe ! » St. Bride ! cria-t-elle en s'élançant hors de la chambre.

Oubliant sa tenue légère, elle descendit les marches et se retrouva dans la salle de l'auberge. Elle entrevit un corps étendu sur le sol. Saisie d'une terrible angoisse, elle se pencha lentement vers la forme inerte. Puis des pas résonnèrent tout près d'elle et, brusquement, une chandelle s'alluma. C'était Rackrent. Il soufflait sur le canon encore fumant d'un pistolet.

— Tout va bien, St. Bride, c'est le Pinelander ! s'écria-t-il en poussant du pied sa victime. Un sale individu, sans aucun doute. Il a dû se faufiler par l'une des fenêtres. Mais quel coup de feu ! Je n'avais pas tiré depuis le jour où j'ai abattu un ours qui dévorait mes betteraves à sucre !

Les yeux écarquillés, Katleen constata avec un soulagement indescriptible que le corps à ses pieds n'était pas St. Bride, mais celui du grand maigre. Il gisait face contre terre. Mort. Du sang s'échappait de sa poitrine. Assis près de lui, son comparse, l'idiot, se balançait sur lui-même, l'air hagard. Reportant son attention sur le cadavre, Katleen vit en frissonnant qu'un horrible rictus tordait sa bouche.

— Ne regardez pas, intervint St. Bride derrière elle en l'attirant contre lui.

Il avait le souffle court. Dans sa main, il tenait toujours son pistolet dont il ne s'était finalement pas servi.

— J'ai cru que c'était vous, là, par terre ! s'exclama Katleen, tandis que des larmes de joie voilaient sa vue.

— Quel dommage, n'est-ce pas ? fit-il en la pressant contre son torse nu.

Puis il regarda avec amusement Rackrent expliquant aux deux frères à moitié endormis comment débarrasser la salle du cadavre qui l'encombrait.

— Ne dites pas cela ! s'exclama Katleen contre la

poitrine de St. Bride, tandis que les deux hommes tiraient le grand maigre vers la porte.

— Vraiment ? Vous vous inquiétiez pour moi ?

Il semblait grave, tout à coup. Avec une douceur infinie, il essuya sa joue.

— Je... Je...

Incapable de trouver ses mots, elle l'attira brusquement contre elle et l'embrassa avec une ardeur féroce qu'elle ne se connaissait pas. Elle ne se souciait plus ni de leur tenue inconvenante, ni des regards à la fois timides et envieux que leur jetaient les deux frères, distraits dans leur tâche. Elle refusait de s'écarter de St. Bride jusqu'à ce qu'il comprenne combien elle se sentait sincèrement soulagée.

Quand leurs lèvres s'écartèrent, elle constata que son comportement inhabituel l'avait troublé. Mais il demeurait méfiant. En réalité, elle s'était surtout surprise elle-même, elle se découvrait des sentiments nouveaux. Diverses émotions l'assaillirent. Ne risquait-elle pas de se lier inexorablement à lui ? Peu lui importait, tout à coup. Durant un an, il avait fallu qu'elle ne compte que sur elle. Même Bardolph ne lui avait pas toujours été d'un grand secours. Elle s'en était sortie, à peu près. Mais cette agression avait tout bouleversé. Sa propre survie n'était plus sa seule préoccupation. D'une certaine façon, les rôles venaient d'être inversés.

— Remontez, Katleen. Toutes ces émotions vous ont épuisée, dit doucement St. Bride.

— Quand...

— Je vous rejoins tout de suite. Je dois seulement parler à Rackrent.

Il se sépara d'elle à regret et elle se dirigea vers l'escalier sans oser jeter un dernier regard aux deux frères et à leur funeste chargement.

Étendue dans le noir, Katleen écoutait les bruits

provenant de la salle de l'auberge. Une fois le calme revenu, St. Bride la rejoignit. Les ressorts du sommier grincèrent quand il se recoucha à ses côtés.

Cette fois, elle ne protesta pas quand il s'approcha d'elle et la prit dans ses bras.

— Katleen ? Que signifie « mo chridhe » ?

— « Chat noir » ! fit-elle en riant.

— Je ne vous crois pas. Ce n'est pas ainsi que vous m'avez appelé, tout à l'heure, avant de descendre à ma recherche.

Il effleura les joues de la jeune fille du dos de la main. Elle sentait contre elle chaque frémissement de son corps d'homme. Elle songea que seuls un fin batiste blanc et des chausses s'interposaient entre leurs chairs.

— Cela ne veut rien dire. C'est une expression gaélique sans grande signification.

Une main s'égara sur sa hanche, doucement, presque timidement, puis se glissa sous la chemise de batiste... St. Bride se pencha sur elle et lui mordilla le lobe de l'oreille. Puis ses lèvres descendirent le long de sa gorge, laissant sur leur passage un sillage brûlant. Elles s'attardèrent sur la pointe d'un sein, et la saisirent, la pressèrent, l'aspirèrent...

— Dites-moi... Que signifie « mo chridhe » ?

— Rien...

Un léger cri échappa à la jeune fille quand il ouvrit le décolleté de sa chemise, dévoilant entièrement son sein. Sa bouche s'en empara à nouveau, sa langue se concentra sur la partie la plus sensible.

— St. Bride... implora-t-elle d'une voix tremblante de désir.

Il précisa sa caresse. Katleen se sentit embrasée.

— Dites-moi... « Mo chridhe »... Vous préférez que je continue ?

Elle acquiesça imperceptiblement en laissant ses mains s'aventurer sur le torse musclé de St. Bride.

— Dois-je vous forcer à répondre, mon ange ?...

Elle lui offrit un sourire enjôleur et il roula immédiatement sur elle, lui arrachant un petit rire cristallin plus beau que toutes les musiques. Elle brûlait qu'il continue de tourmenter sa poitrine mais il avait glissé une main sous ses reins, les plaquant contre lui.

— Oui... oui... murmurait Katleen, impatiente qu'il aille plus loin.

Alors il commença à lui caresser le ventre, de plus en plus bas, l'incitant à entrouvrir les jambes. Vaincue, elle lui obéit, mais le gémissement qu'elle poussa alors n'était plus un gémissement de plaisir.

— Dites-moi, « mo chridhe »... insista-t-il à nouveau.

— Non, je ne peux pas, souffla-t-elle alors en le repoussant. Je ne peux pas...

Ses jambes courbaturées la faisaient souffrir au moindre mouvement. Elle ne voulait pas faire l'amour dans ces conditions. Elle ne le pouvait pas, surtout.

— Très bien, je ne saurai pas ce que « mo chridhe » veut dire.

Il voulut l'embrasser mais elle secoua la tête.

— Vous voilà bien timide, tout à coup ! s'étonna-t-il, croyant qu'elle plaisantait.

— Non, St. Bride... protesta-t-elle tandis qu'il se pressait contre elle.

— Vous tremblez de désir, vous ne pouvez le nier...

— Vous ne comprenez pas. J'ai mal partout, à cause de cette journée à cheval !

Elle le sentit se raidir contre elle.

— Quoi ?

— Je vous en prie ! Mon corps me fait affreusement souffrir ! Vous devez le savoir !

— Ce n'est pas vrai ! s'exclama-t-il, furieux tout à coup.

— Je ne peux pas. Lâchez-moi !

Horriblement frustré, il frappa du poing la tête de lit qui grinça sinistrement. Puis il roula de côté. Au bout de quelques minutes, elle trouva le courage de se tourner vers lui. Étendu sur le dos, il regardait fixement le plafond.

— Je suis désolée, osa-t-elle prononcer. Je me sens... ridicule.

— J'attendais ce moment depuis longtemps, Katleen. Ardemment. Je pensais qu'il était enfin arrivé.

Incapable d'aller plus loin, il ferma les yeux.

— Et moi, cela fait trop longtemps que je n'avais parcouru un aussi long chemin à cheval. Les courbatures étaient inévitables, je n'y peux rien. Si au moins je pouvais les apaiser...

Sa voix se brisa, et il comprit qu'elle ressentait aussi cruellement que lui la torture du plaisir inassouvi.

— Je crains que la journée de demain n'augmente encore vos souffrances.

Katleen soupira. Il déposa alors sur ses lèvres un bref baiser avant de quitter le lit.

— Ne me laissez pas ! s'écria-t-elle aussitôt. « Mo chridhe », où allez-vous ?

— Dehors, fit St. Bride en laçant ses chausses.

— Mais... n'avez-vous pas compris que cette fois j'étais consentante ?

St. Bride s'arrêta à la porte mais il ne se tourna pas vers la jeune fille, comme si le simple fait de la regarder le mettait au supplice.

— Eh bien, vous avoir dans mes bras consentante mais rouillée me paraît encore plus insupportable. Dormez. Nous partons dans deux heures.

Il referma la porte et descendit l'escalier.

Katleen essaya de se détendre pour calmer les souffrances de son corps douloureux. Mais son cœur était inconsolable. Elle s'aperçut que la chaleur de St. Bride, sa présence réconfortante lui manquaient cruellement. Dans ses bras, elle se sentait merveilleusement à l'abri. Elle se sentait chez elle, encore davantage qu'en Écosse, comme si elle retrouvait près de lui l'essence de son être.

Puis elle se souvint soudain qu'il l'avait appelée « mo chridhe », et elle sourit. Ignorait-il vraiment que ces mots gaéliques signifiaient « mon cœur » ?

## 22

La chevauchée sur la piste en rondins s'avéra plus qu'éprouvante. Katleen grimaçait de douleur à chaque mouvement de sa jument. Plus elle progressait dans la lande à pins, plus elle se disait qu'elle n'arriverait jamais au terme de ce voyage vers Wolf Island.

Mais St. Bride était à ses côtés. Chaque fois qu'elle le regardait, elle repensait à la nuit passée. La lande s'étirait mollement autour d'eux. La brise de juillet chantait dans le feuillage des arbres mais Katleen n'était guère sensible au charme du paysage. Plus elle réfléchissait, plus elle se rendait compte que St. Bride exerçait sur elle un ascendant de plus en plus puissant. Elle sourit. Son pouvoir s'étendait même sur les endroits les plus secrets de son corps, son corps qu'il semblait déterminé à posséder, de la façon la plus altière et la plus délicieuse, comme s'il lui était destiné. « Peut-être ensuite s'attaquera-t-il à mon âme ? songea-t-elle avec une pointe d'amusement. Et à mon cœur ? »

Elle le contempla tandis qu'il avançait devant elle. Depuis le matin, il se montrait de sombre humeur, répondant à peine aux questions qu'elle lui posait pour tenter d'engager la conversation. Elle avait fini par se lasser et, depuis, ils ne s'adressaient pas la parole. Katleen soupira. Elle mourait de chaleur. Sa peau était moite.

— Nous nous arrêterons à Darien, annonça-t-il enfin, rompant le silence. Ensuite, nous descendrons l'Altamaha River vers le sud.

— Et après ? interrogea-t-elle tout en pestant de ne pas être un homme et de devoir endurer cette selle de femme.

— Ensuite, nous arriverons à Wolf Island. (Il sourit tout à coup.) La vie est bien moins compliquée ici, Katleen.

— Puissiez-vous avoir raison, St. Bride !

Mais quand elle surprit le regard dévastateur qu'il posait sur elle, elle en douta...

Sous la lune, les eaux argentées de l'Altamaha Sound les conduisirent jusqu'à Wolf Island. Comme personne ne les attendait, ils durent emprunter une barge carrée qui servait au transport du coton. Des peluches s'accrochaient à leurs cheveux, à leurs vêtements, mais Katleen était si contente de ne plus être sur le dos de Diana qu'elle ne prêta aucune attention à son apparence.

Une fois à Wolf Island, St. Bride choisit le chemin qui longeait la place. Épuisée, Katleen ne cessait de trébucher dans le sable blanc. Elle n'aspirait plus qu'à s'étendre et à se reposer.

Pourtant, alors qu'ils contournaient le dernier cap, la douleur disparut comme par magie. Ils étaient au bord de l'océan, là où les vagues du noir Atlantique venaient mourir sur le sol de Géorgie. La lune formait un fin croissant lumineux dans le ciel. Katleen avança vers la mer pour y tremper ses doigts.

— C'est beau, n'est-ce pas ? dit St. Bride.

— C'est plus que beau, fit-elle dans un souffle. C'est merveilleux.

— A quoi pensez-vous, là, maintenant ? s'enquit-il.

Il s'approcha d'elle, lui prit la main et passa ses lèvres sur sa peau salée.

— Je pense que ce même océan baigne les côtes de l'Écosse, répondit-elle, les yeux perdus sur la ligne plane de l'horizon, d'un bleu sombre.

Comme elle aurait aimé pouvoir nager jusqu'aux rivages de son cher pays, là-bas, très loin... beaucoup trop loin, hélas.

— Venez, rejoignons la maison.

— Oui, je meurs de fatigue.

— Vous allez vous reposer.

St. Bride posa une main douce sur la taille de la jeune fille et la guida sur le sable. Peu après, la silhouette de la coupole surplombant la demeure de St. Bride émergeait au-delà des dunes.

Katleen éprouvait la merveilleuse impression de vivre au milieu d'un rêve. La mer, le sable, le ciel lumineux formaient le décor de ses journées. Ses soirées se passaient dans la soie, le satin et le vin.

Rien n'était plus agréable que la vie à Wolf Island. Sa nouvelle existence chassait le souvenir de cette dernière nuit à La Nouvelle-Orléans, nuit de pluie et d'horreur. Son angoisse s'effaçait. Oubliée la malveillance de son cousin; oubliée sa lutte acharnée pour survivre au jour le jour.

Dès la première nuit, elle avait dormi dans une chambre tapissée de soie d'un vert tendre. Près d'un superbe lit en cerisier, se dressait une coiffeuse en acajou où elle se plaisait à contempler son image dans le miroir flamand. Tout ce luxe l'avait laissée sans voix. Une servante noire nommée Maddie s'était occupée de la baigner, de lui apporter un repas et de la border avant qu'elle ne s'endorme.

On la traitait comme la lady de la maison. On la servait avec empressement et diligence. Un esclave, Cooper London, était chargé de l'accompagner lorsqu'elle émettait le souhait d'aller flâner le long de la côte, ou bien d'admirer les champs de coton qui s'étendaient de part et d'autre de l'Altamaha. A Wolf Island, Katleen avait l'impression d'être en vacances.

Deux choses la préoccupaient cependant.

La première s'était produite le jour de son arrivée. Les esclaves avaient célébré bruyamment le retour de leur maître. Un tel enthousiasme l'avait étonnée. Questionnant Maddie, elle avait appris que St. Bride avait passé la majeure partie de l'année loin de Wolf Island. Elle avait alors découvert qu'il n'était nullement le planteur géorgien qu'il prétendait être. Il n'était pas originaire de la région. De plus en plus intriguée, Katleen avait interrogé sa servante sur ses véritables origines. Maddie lui avait alors rétorqué avec impertinence qu'elle n'avait qu'à se renseigner elle-même auprès de St. Bride.

Les robes avaient constitué la deuxième ombre au tableau. Sous l'œil attentif de Maddie, on avait un jour apporté plusieurs malles et boîtes tapissées de papier violet. Maddie les avait déballées et déployées sur le lit.

Devant cet étalage de luxe, coiffes ornées de plumes, robes de brocart, capuchons de toutes sortes, corsets de soie damassée et chemises de batiste, Katleen avait commencé à comprendre ce que signifiait devenir la maîtresse d'un homme...

— Oh, Mademoiselle, n'est-ce pas merveilleux ! s'était exclamée Maddie, sans remarquer le regard dédaigneux de la jeune fille.

— Merveilleux, en effet, avait répété Katleen avec amertume.

St. Bride se conduisait comme un parfait gentleman. Mais au bout d'une semaine, il lui faisait clairement sentir qu'il entendait qu'elle concrétise les promesses de la nuit chez Rackrent. Elle aussi le désirait, même si une pointe de tristesse tempérait ses sentiments, à présent.

Malgré l'intensité des sensations qu'il lui inspirait, elle ne pouvait s'empêcher de souhaiter le mariage avant de se donner à lui. Car hélas, les hommes n'épousent pas leur maîtresse...

Elle était sortie de la chambre, ignorant les cris de Maddie se rendant enfin compte de sa déconvenue :

— Mademoiselle ! Mademoiselle ! Vous n'aimez pas ces robes ?

Katleen avait monté l'escalier, jusqu'au troisième étage où se trouvaient les appartements de St. Bride. Mais elle n'avait pas osé aller l'affronter, pas encore. Au bout du corridor, elle avait ouvert une porte et pris l'escalier en colimaçon qui montait à la coupole. Là, elle s'était laissée tomber sur les coussins moelleux qui ornaient les sièges.

C'était le seul endroit où elle pouvait s'isoler pour réfléchir. La maison de Wolf Island était bien plus grande qu'elle ne l'avait imaginé. Construite en planches à clins, avec sa porte surmontée d'un fronton massif, elle offrait un étrange spectacle. Étrange et magnifique, grâce à sa situation face à la mer. Elle possédait une impressionnante quantité de pièces : une salle de réception, une bibliothèque, un salon du matin, un salon du soir. Il y avait les appartements des domestiques, les garde-robes, des chambres vertes, des bleues et des jaunes. Mais à part la coupole, aucune pièce ne permettait de s'isoler, tout simplement.

Katleen contemplait la plage. Il était midi. Le sable éblouissait sous le soleil. Au-delà, les eaux bleues de la mer miroitaient à l'infini. « Comment éviter l'inévitable ? » se demandait-elle en scrutant l'océan, y cherchant une réponse. Mais les vagues indifférentes se brisaient sur la grève, encore et encore, ne l'aidant nullement à entrevoir une solution.

Elle aperçut soudain une silhouette se dirigeant vers la plage. C'était St. Bride qui partait se baigner, comme chaque jour. Depuis la fenêtre de sa chambre, Katleen l'avait déjà vu nager avec vigueur dans l'océan tumultueux qu'il ne semblait pas craindre. Mais de la coupole, elle avait l'impression d'être plus près de lui.

Comme s'il se fût senti observé, St. Bride tourna la tête vers elle. Katleen recula. Puis, fascinée, elle continua à l'épier tandis qu'il se déshabillait. Un long frisson la parcourut. Il dénuda ses larges épaules, puis son corps tout entier avant d'entrer dans la mer.

Il mena sa bataille quotidienne contre les courants, nageant avec force, se reposant sur le dos tandis que le soleil dorait sa peau. Lorsqu'il ressortit, athlétique et vainqueur, elle le trouva plus beau que jamais. Il n'avait rien à envier aux superbes statues grecques. Au contraire : il était de chair et de sang. Son corps parfait vibrait de passion et d'émoi...

— Mademoiselle ! Mademoiselle ! Vous êtes là-haut ? appela Maddie, d'une voix forte et malvenue.

— Ici, répondit Katleen, abandonnant sa contemplation à regret.

Au bas de l'escalier, les mains sur ses hanches rebondies, Maddie la cherchait des yeux.

— Vous n'aimez pas les robes ! Vous rendez-vous compte ! Que va dire le maître !

— Il dira ce qu'il voudra, Maddie. Je ne lui ai rien demandé.

— Mais vous êtes sa petite chérie, quand même ! Pourquoi faites-vous l'enfant ?

Katleen refusa de répondre. Tout cela ne concernait pas Maddie ! Elle regarda l'océan à nouveau, et soudain, une idée germa dans son esprit...

En bas, la servante soupirait bruyamment devant l'ingratitude de sa maîtresse.

— Si c'est pas malheureux de vous voir avec cette vieille robe sur le dos ! se lamentait-elle. Venez au moins en essayer une ! Vous croyez que ça m'amuse d'être mieux habillée que ma maîtresse ? Oh, après tout, je m'en moque !

Maddie allait s'en retourner quand Katleen la rappela en essayant de masquer son impatience soudaine.

— Maddie ? Voudriez-vous demander à Cooper London de me conduire à Darien ?

— Que diable avez-vous besoin d'aller à Darien ? Ici, vous avez tout ce que...

— S'il vous plaît ! insista la jeune fille, jouant l'innocence.

Mais c'était compter sans la perspicacité de la servante.

— Oh, vous, vous mijotez quelque chose, je le lis dans vos yeux, petite !

— Je vais à Darien avec Cooper London, un point c'est tout ! s'irrita Katleen.

— Très bien, Mademoiselle. Mais que dira le maître quand il s'apercevra que vous lui jouez des tours ? Hum ? Je vous le demande... maugréa Maddie en s'en allant.

Katleen courut immédiatement jusqu'à sa chambre. Elle choisit trois des plus beaux chapeaux, les mit dans un panier en bois et sortit sans même prendre la peine de se coiffer.

Une heure plus tard, assise dans une petite barque conduite par Cooper London, elle remontait le cours de l'Altamaha vers Darien. Le contenu du panier intriguait visiblement l'esclave, et Katleen ne cessait de se demander si elle avait choisi la bonne solution.

— Cooper, commença-t-elle, hésitante, nous sommes amis, n'est-ce pas ?

— Oui, Mademoiselle ! répondit-il spontanément, avec un sourire plein d'affection.

Katleen sentit qu'il lui manquerait lorsqu'elle serait partie.

— Bien, reprit-elle. Si vous voulez bien répondre à mes questions, je vous promets que le maître n'en saura rien. Cela restera entre nous. Voilà, je... Je voudrais savoir où le maître achète ces articles de mode. Vous savez, les chapeaux, toutes ces choses qu'aiment les femmes... Et puis... ensuite, vous m'amènerez à l'endroit où l'on prend des billets quand on souhaite quitter Darien.

Elle espérait que, ne comprenant pas où elle voulait en venir, il répondrait sans réfléchir.

— Mademoiselle, Sa Grâce ne se fâchera pas pour si peu ! fit Cooper en ramant avec vigueur.

— Sa Grâce ? Mais, je vous parlais de votre maître.

— Oui ! Sa Grâce et mon maître ne font qu'un !

Elle avait voulu plonger Cooper dans la confusion, mais c'était elle qui se retrouvait perdue. Certes, elle se doutait que St. Bride avait un titre, mais pas celui-là !

— D'ailleurs, Mademoiselle, St. Bride n'est pas « mon » maître, il est « le » maître. Ce n'est pas la même chose.

Ils approchaient du petit village de Darien et il ralentit l'allure du bateau.

— Je ne comprends rien, Cooper.

— Je vais vous expliquer. Vous savez qu'il existe une ville appelée Londres ? Là-bas, de l'autre côté de l'océan, fit-il en désignant l'horizon vers le nord. Si je veux, je peux partir là-bas, Mademoiselle. Voilà pourquoi je dis que ce n'est pas la même chose.

— Comment... Vous êtes libre ? St. Bride vous a affranchi ?

— Oui, Mademoiselle. Nous sommes tous libres à Wolf Island. On peut aller où on veut.

Il s'interrompit à nouveau. Le mouvement des rames ressemblait au vol d'un oiseau.

— Pourquoi restez-vous ici, dans ce cas, Cooper ? Il y a tellement d'endroits merveilleux dans le monde ! remarqua Katleen en songeant avec nostalgie à son pays natal.

Cooper haussa les épaules avec fatalisme.

— Parce que je suis libre de rester là, tout comme d'aller ailleurs.

— Je comprends, fit la jeune fille en trouvant que le collier au saphir pesait plus que jamais à son cou.

— Alors, je vous emmène où, Mademoiselle ? Je connais cette ville comme ma poche, foi de Cooper ! Sa Grâce m'a bien recommandé de conduire sa chérie où elle le désirait.

— Il est duc, n'est-ce pas, Cooper ? Voilà pourquoi vous l'appelez « Sa Grâce »...

— Oui, Mademoiselle. Le maître est un duc.

— Un duc... répéta-t-elle en écho.

Et ce fut tout à coup comme si le monde s'écroulait sous ses pieds.

## 23

Malgré sa méfiance et son étonnement, Eva, la chapelière bavaroise, accepta de donner une bourse à Katleen, en échange de ses chapeaux à plumes.

— D'accord, puisque c'est pour Herr St. Bride, sourit-elle en tendant à la jeune fille une bourse de soie bien remplie.

— A présent, emmenez-moi au nouveau dock, Cooper, dit Katleen à l'affranchi, peu après avoir quitté la boutique.

— Vous avez déjà terminé vos emplettes ? s'étonna Cooper, tout en surveillant les alentours.

Il tenait à la protéger des chenapans qui pouvaient croiser leur chemin. Comme ils se dirigeaient vers le petit embarcadère tout récent de Darien, Katleen songea que Cooper était vraiment charmant. Elle souhaitait ardemment que St. Bride apprécie le jeune homme à sa juste valeur.

— Auriez-vous la gentillesse de me laisser parler deux minutes à l'officier du port ? Je vous rejoins tout de suite.

Avec les pièces qui tintaient dans sa poche, Katleen trouvait soudain la vie plus belle. Crécerelle avait retrouvé tout son optimisme !

— Je vais avec vous, Mademoiselle.

— Oh ! ce n'est pas la peine, Cooper ! Attendez-moi plutôt sur le bateau. J'en ai pour une seconde.

— Je vais avec vous, Mademoiselle, s'obstina le jeune Noir.

En voyant son air buté, Katleen comprit qu'il exécuterait les instructions de St. Bride à la lettre. Elle accepta à contrecœur qu'il l'accompagne mais il lui paraissait beaucoup moins charmant, tout à coup. Sa loyauté inconditionnelle envers son maître lui semblait même grotesque !

Farrell Stalwart, ainsi s'appelait l'officier du port. Au premier coup d'œil, Katleen devina que le petit homme sournois et mielleux ne serait pas facile à berner. Rassemblant néanmoins tout son courage, elle avança vers lui avec une assurance qu'elle était loin d'éprouver. Mais il fallait qu'elle obtienne son billet, son passeport vers la liberté. Elle remarqua avec satisfaction que Stalwart portait des chausses usées. Sans doute ne refuserait-il pas son or.

— C'est St. Bride qui vous envoie ? dit-il d'emblée à Katleen, entamant sérieusement son optimisme. Décidément, Darien était un village ! Tout le monde semblait connaître ses rapports avec St. Bride sans jamais l'avoir rencontrée !

— Non, pas exactement, répondit-elle, mal à l'aise, en jetant un bref regard à Cooper derrière elle. Le jeune homme feignait de ne pas écouter, mais il ne perdait pas un mot de la conversation.

— Je viens vous voir pour une affaire personnelle, continua Katleen. Je voulais savoir quand accosterait ici le premier bateau en partance pour l'Écosse.

Tout en parlant, elle se demandait ce qu'elle allait pouvoir inventer pour justifier sa démarche vis-à-vis de Cooper...

— Le dock n'a encore jamais servi, répondit l'homme en considérant la jeune fille avec suspicion. Aucun bateau ne pourra s'ancrer ici avant la semaine prochaine.

— Bon. Mais une fois qu'il sera opérationnel, quand arrivera le premier bateau pour l'Écosse ?

— Voyons, voyons... fit l'homme en consultant son calendrier. Le premier bateau pour Glasgow... Ah ! le voilà : le « Briney Marlin ». Il arrive au début du mois d'août... (le cœur de Katleen fit un bond dans sa poitrine)... et repartira fin septembre (ce fut la douche froide...).

— Fin septembre ! Mais... n'est-ce pas une trop longue escale ? ne put-elle s'empêcher de commenter, voyant son rêve s'éloigner.

— Trop longue ou pas, c'est comme ça. Le « Briney Marlin » repartira le 30 sepembre 1746.

Après un rapide calcul mental, Katleen s'aperçut que cela correspondait à peu près à la période où St. Bride rentrerait de Belle Chasse. Tant pis, elle n'avait pas le choix.

— Bon, j'aimerais un billet pour Glasgow.

Katleen serra les poings : sa voix avait tremblé. Elle n'allait pas tout gâcher maintenant qu'elle se sentait si près du but ! Une fois à Mhor, elle rétablirait la vérité et redeviendrait une lady. Oui, une lady ! Et St. Bride se traînerait à ses genoux ! Ce n'était donc pas le moment de ruiner toutes ses chances.

A son immense soulagement, Farrell Stalwart accepta son argent sans poser de question. Il lui rendit la monnaie et trempa sa plume dans l'encre.

— A quel nom, le billet ? demanda-t-il.

— Le nom ? Oh, bien sûr. Katleen Kerr.

Comme il sonnait bien !

Durant le trajet de retour, Katleen s'employa à convaincre Cooper London de tenir sa langue, coûte que coûte. Une fois à la maison, elle décida de monter se détendre dans la coupole, tout en admirant le coucher de soleil. Mais ses projets furent contrariés. Alors qu'elle traversait le vestibule, une voix l'arrêta :

— Katleen, vous ne m'avez pas remercié pour vos robes.

St. Bride était nonchalamment installé dans un fauteuil du salon, près de la cheminée.

— Venez ici. Nous avons à parler.

Elle se résigna à le rejoindre. D'un signe de tête, il lui commanda de fermer la porte derrière elle. Elle prit place à ses côtés.

— Je disais donc que vous ne m'aviez pas remercié pour vos nouvelles...

— Je ne vous ai rien demandé, St. Bride, rétorqua-t-elle, les yeux baissés sur le tapis imprimé de fleurs.

— Peut-être, mais à présent ces robes vous appartiennent. Alors j'espère bien que vous allez les porter.

Il lui prit le menton et l'obligea à le regarder.

— Je ne suis pas une poupée que l'on habille à sa guise, ou que l'on vient chercher pour s'amuser un peu ! jeta-t-elle en repoussant sa main.

— Voilà une image bien vilaine que vous ne méritez pas.

— Je vous ai déjà dit que je ne serais pas votre maîtresse. On ne m'achète pas, St. Bride. Je ne me donnerai qu'à celui qui m'épousera, et certainement pas pour des bijoux, des jolies robes ou...

— Je sais, Katleen.

Étonnée de le voir si calme et si compréhensif, elle réfléchit brièvement.

— Voulez-vous dire que... ces robes ne sont pas destinées à payer mes... Que voulez-vous de moi, exactement ?

— Vous le savez et je l'obtiendrai, avec ou sans cadeaux. J'ai parfaitement compris que vous les dédaigniez, je ne suis pas idiot.

— Alors pourquoi me les offrir ?

— Vous êtes trop belle pour rester vêtue comme une souillon.

— Je n'accepterai pas pour autant de...

— Si, coupa-t-il avec un sourire diabolique. Je n'attendrai pas indéfiniment, d'ailleurs.

— Et comment me convaincrez-vous ?

Décidément, l'arrogance de St. Bride dépassait les bornes !

— Allez donc vous changer, mon ange noir, fit-il, en plongeant sensuellement sa main dans les boucles brunes. Maddie s'impatiente là-haut. Ce soir, nous dînons tous les deux.

— Vous vous trompez sur une chose, St. Bride, fit-elle en se levant.

— Laquelle ? répliqua-t-il en se levant à son tour, soudain menaçant.

— Votre attente restera vaine ! jeta-t-elle avant de quitter la pièce, avec un petit sourire intérieur.

Dans sa chambre, elle s'assit devant la coiffeuse aux bords godronnés et repoussa les pots de poudres et de crèmes. Appuyant sa tête sur ses mains, elle se contempla tristement dans la psyché.

Les arrière-pensées de St. Bride l'empêchaient de lui manifester la moindre reconnaissance pour sa générosité. Elle regarda la montagne de soie, de satin et de brocart qui encombrait toujours le lit ; une flamme incendiaire s'alluma dans ses yeux. Il ne croyait tout de même pas qu'elle allait se farder et se parer pour dîner avec lui, timide et consentante !

— Quelle robe a choisie Mademoiselle pour ce soir ? s'enquit Maddie en entrant dans la chambre avec une bougie parfumée.

— Je mettrai ma robe habituelle, merci, Maddie.

Katleen se leva et entra dans le cabinet de toilette tendu de soie rouge.

— Maddie, où est mon autre robe ?

— Le maître m'a demandé de la jeter, avoua la servante en se mordant les lèvres, prête à affronter l'orage qu'elle sentait proche.

— Comment ! Il dispose à sa guise de choses qui m'appartiennent ? Très bien ! fulmina la jeune fille en croisant les bras sur sa poitrine. Il veut que je porte ses robes ? Soit, je vais les porter !

— Que... Qu'allez-vous faire, Mademoiselle ?

— Quelle est la plus belle, Maddie ? s'écria la jeune fille en disparaissant dans les flots de soie des vêtements que la servante avait déjà suspendus.

— La plus belle ?

— Oui ! répondit Katleen, auréolée d'un nuage de

satin. Je veux la plus belle, la plus finement travaillée.

— Pourquoi, Mademoiselle ? risqua Maddie, de plus en plus inquiète.

— Parce que ce soir n'est pas un soir comme les autres !

Katleen décrocha une riche création de brocart rouge. Une robe qui ne convenait qu'aux plus grandes soirées.

Une fois prête, la jeune fille se regarda une dernière fois. Elle n'avait pas ménagé ses efforts. Même ses lèvres étaient fardées de rouge. Son visage était copieusement poudré, ses yeux, soulignés de khôl. « Une horreur », songea-t-elle, satisfaite. Le panier sous la jupe lui donnait une ampleur démesurée. Tout cet apparat l'entravait, mais elle tenait à réussir son entrée !

Consternée, Maddie ne parvint même pas à répondre à son bonsoir. Katleen se hâta vers la salle à manger, le cœur empli de désir de vengeance.

St. Bride était assis quand elle entra. Il vit tout d'abord la robe. Ses yeux s'attardèrent sur les mètres et les mètres de soie, remontèrent jusqu'à la taille fine et bien prise, s'arrêtèrent sur le décolleté profondément échancré. Avec un sentiment de triomphe mêlé de peur, Katleen frissonna secrètement quand il leva enfin les yeux vers son visage.

Il demeura impassible. Toutefois, le petit éclat qui incendia ses prunelles aurait dû alarmer la jeune fille, mais elle marcha fièrement vers la table, au-devant de lui.

— Vous aimez ? s'enquit-elle d'un ton léger.

— La robe ? Bien sûr, puisque je l'ai choisie, dit-il en se levant pour l'aider à s'asseoir.

— Vous me voyez ravie d'avoir fait le bon choix. Je n'avais plus rien à me mettre, depuis que Maddie a jeté ma robe.

Elle s'efforçait de prendre un air dégagé.

— Vous êtes parfaite, jeta-t-il.

Il prit le temps de contempler son long cou aristocratique, sa peau de nacre que la soie parait d'un éclat incomparable, le merveilleux décolleté qui mettait en valeur sa généreuse poitrine.

Mais quand il reporta son attention sur le visage de sa compagne, son expression changea brusquement. Sans crier gare, il se jeta sur elle et l'immobilisa avec une habileté machiavélique. Armé de sa serviette, il se mit à la débarbouiller sans rien omettre, ni le khôl ni le rouge. Furieuse mais impuissante, elle dut subir son incroyable audace. A un moment, il s'arrêta pour demander à un valet de pied de lui donner une autre serviette. Bref, il s'acquitta méticuleusement de sa tâche.

— Espèce de sauvage! Quand cesserez-vous de m'humilier? s'écria-t-elle dès qu'il eut terminé.

Elle posa ses mains sur ses joues irritées.

— C'est vous qui m'y obligez! répliqua-t-il en lançant un regard furtif à son collier.

Le dîner qui suivit fut des plus sombres. Les aloses de l'Altamaha accompagnées d'asperges étaient délicieuses, mais St. Bride les dévora sans prendre le temps de les savourer et Katleen chipota dans son assiette. Elle ne parvenait pas à apaiser sa colère et tentait désespérément de se remonter le moral en pensant au « Briney Marlin » qui la ramènerait en Écosse. St. Bride ne perdait rien pour attendre. Un jour, il lui demanderait pardon à genoux!

En attendant le dessert, elle décida de prendre une petite revanche. Elle vrilla son regard dans les yeux turquoise du jeune homme et demanda avec une insouciance feinte:

— Cooper m'a appris que tous vos esclaves noirs étaient affranchis. Il a dit vrai?

Il hocha la tête en portant son verre à vin à ses lèvres.

— Comme vous êtes magnanime... « Votre Grâce ».

St. Bride reposa son verre avec rudesse sur la table. Il possédait donc effectivement ce titre... Katleen comprenait à présent la déférence de Rackrent, des Storrowton, du capitaine du « Balcraig » à l'égard de cet homme. Bien qu'impressionnée et un peu effrayée, elle se réjouissait d'avoir découvert ce secret.

— Ainsi vous êtes duc, St. Bride... mais peut-être devrais-je vous appeler Votre Grâce ?

— Vous vous aventurez sur un terrain dangereux, ma chère, répondit-il avec un calme inquiétant.

— Mais j'ai raison, n'est-ce pas ?

— Si j'étais duc, que ferais-je ici avec vous, au lieu de rester tranquillement en Angleterre avec des gens de mon monde ? jeta-t-il, glacial.

— Je crois que vous y allez souvent, au contraire. Voilà un an que vous n'étiez pas venu ici.

Contente de sa réplique, elle avala deux longues gorgées de vin.

— Katleen, sortez-vous cela de l'esprit, fit-il en étudiant attentivement les traits fins de la jeune fille.

— N'ai-je pas raison ?

— Je ne suis pas duc, ici, en Géorgie.

— Et voilà ! On recommence à tourner en rond.

— Ne m'avez-vous pas dit préférer les planteurs coloniaux ?

— Vous avez raison, mais ce que j'aime pardessus tout, c'est la vérité.

— La vérité ! répéta-t-il en jetant rageusement sa serviette sur la table. Vous avez passé votre temps à me mentir !

A ce moment-là, Maddie entra dans la pièce.

— Vous avez un visiteur, Votre Grâce.

La servante jeta un regard sur la jeune fille et constata avec incrédulité que le maquillage avait disparu.

— Où est-il ? demanda St. Bride.

— Dans la bibliothèque, répondit-elle avant de se retirer.

— Finissez de dîner, dit-il à la jeune fille. Je reviens.

— Vous êtes duc, St. Bride ! s'exclama-t-elle comme il se levait.

Il se mit à rire.

— Un drôle de duc, si je suis un sauvage, hum ? la taquina-t-il en lui caressant les cheveux.

— Vous devez être redoutable, en tout cas... fit-elle dans un souffle.

Il la contempla avec un large sourire puis l'abandonna en lui promettant de la rejoindre au plus vite. Katleen s'efforça d'oublier le dernier épisode. Elle mangea quelques pêches à l'eau de vie et alla s'installer dans le salon. Très vite, elle s'ennuya : elle n'avait ni livre ni broderie pour passer le temps. Au bout d'une heure, elle remonta dans sa chambre.

Plusieurs chandeliers en argent diffusaient une lumière ambrée. Elle éprouva alors une étrange sensation, une sorte de prémonition désagréable. Comme si une mauvaise surprise l'attendait... Elle regarda autour d'elle. Rien n'avait changé dans la pièce depuis qu'elle l'avait quittée, à part son lit qui, débarrassé de la montagne de robes qui l'encombraient un peu plus tôt, avait retrouvé un aspect normal. Maddie avait soigneusement replié le couvre-lit, comme chaque soir. Haussant les épaules, Katleen ôta ses chaussures et commença à dénouer sa robe. C'est alors que son attention fut attirée par un objet brillant sur le drap... Une pièce d'or !

Elle s'approcha et en aperçut plusieurs autres,

éparpillées sur le lin d'une blancheur éclatante. Frappée d'horreur, elle comprit alors la raison de son malaise. Sur la table de nuit étaient posés les trois chapeaux qu'elle avait vendus dans l'après-midi.

— Que le diable l'emporte ! jeta-t-elle entre ses dents.

Ivre de rage, elle ouvrit la porte et s'élança vers l'escalier. Ce St. Bride de malheur ne perdait rien pour attendre ! Tout duc qu'il était, il devrait pour une fois se plier à sa volonté !

Elle tremblait, tant la fureur l'envahissait. Elle traversa le hall. Où se cachait-il, ce fourbe ? Dans la bibliothèque, certainement... Oh, elle allait lui montrer de quel bois elle se chauffait !

Elle entra en trombe dans la pièce... et elle n'eut même pas la satisfaction de le surprendre.

St. Bride ne cilla pas. Il demeura impassible, comme s'il n'avait pas remarqué son irruption. Assis à un imposant bureau d'acajou massif, il n'esquissa pas un geste. Seuls ses doigts tapotant le sous-main de cuir indiquaient qu'il l'avait entendue.

— Comment avez-vous su ? Cooper, n'est-ce pas ? lança Katleen qui, toute pudeur oubliée, serrait contre elle le haut de sa robe délacée.

— Farrell, fit tranquillement St. Bride. Il aime l'or, voyez-vous, et comme tout le monde par ici, il sait que je peux lui en procurer beaucoup. Sachez qu'il m'a fait payer cher les informations qu'il possédait. J'ai même récupéré vos chapeaux, par ses soins, il vient de me les rapporter.

Katleen était blême de rage. Comme pour prolonger sa torture, St. Bride fit une pause avant d'agiter une feuille de parchemin.

— Devinez ce que j'ai là... La liste des passagers du « Briney Marlin », et votre nom y figure si je ne m'abuse, n'est-ce pas, Katleen ?

Incapable de supporter plus longtemps ses sarcasmes, elle porta une main à sa gorge.

— Reprenez votre collier ! cria-t-elle. Si je dois rester votre prisonnière, épargnez-moi au moins le supplice de ces fers !

— Je le considérais comme un cadeau, pas comme un joug, rétorqua-t-il d'une voix sévère, en s'approchant d'elle.

— Je me passerais volontiers de ce genre de cadeau !

Il lui prit le bras et la secoua.

— Quand donc cesserez-vous de nous compliquer la vie de cette façon ? Vous ne comprenez donc pas que je ne veux que votre bien ?

— Comment un homme tel que vous pourrait-il savoir ce qui est bon pour une fille comme moi... Votre Grâce ?

Son titre avait sonné comme une insulte... D'un geste rageur, il la plaqua violemment contre lui, se contenant visiblement pour ne pas laisser éclater sa colère. Quand elle sentit contre sa peau le contact des boutons en or de son gilet, elle se souvint que sa robe était ouverte. La tension entre eux ne fit que s'accroître, seconde après seconde. Impuissante, Katleen réalisa que le bout de ses seins durcissait. Malgré tout ce qui les opposait, elle le désirait. La chaleur de sa large poitrine contre la sienne allumait en elle des brasiers secrets. Conscient du trouble qu'il faisait naître en elle, il écarta les lacets de la robe et captura un sein dans sa main. Puis il se mit à le caresser, savamment. Vaincue, elle ferma les yeux, maudissant en même temps la faiblesse qu'elle éprouvait face à cet homme.

— Arrêtez ! eut-elle enfin le courage de dire. Ce n'est pas bien !

— Peut-être, fit-il. (Sa main devint moins tendre,

plus exigeante.) Mais avec vous, je prends ce que je peux, quand je le peux !

— Pas de cette façon !

Dans un suprême effort, elle lui échappa et se précipita vers l'escalier en retenant ses larmes.

## 24

Le lendemain matin, Maddie s'efforça d'aider la jeune fille à choisir une toilette appropriée. Elle hésita tout d'abord entre deux robes, l'une en coton satiné, l'autre en soie légère, dans le plus pur style français. Elle se décida finalement pour une création en damas bleu.

Avec un soupir d'exaspération, Katleen abdiqua et permit à la servante de l'habiller. A son grand amusement, elle remarqua que le busc du corset était en os, et non en argent comme il aurait dû l'être. Comment St. Bride pouvait-il encore craindre qu'elle aille le vendre en ville alors qu'elle avait lamentablement échoué avec ses chapeaux ?

— Merci, Maddie, dit-elle enfin en chaussant des mules de soie rose.

Elle attacha elle-même la pièce d'estomac en satin bleu.

— L'air est très humide aujourd'hui, Mademoiselle, l'informa Maddie en tournant ses yeux ronds vers la fenêtre.

Katleen suivit son regard. Une brume de chaleur coiffait la douce ondulation des dunes.

— Il va faire chaud, pour sûr, continua la femme de chambre. Je tirerai les stores pour garder votre chambre bien fraîche. Vous devriez revenir vous déshabiller un peu plus tard, et rester là.

— Merci, Maddie, mais la chaleur ne me dérange pas, répondit Katleen bien qu'elle sentît déjà la moiteur sur sa peau.

Après un dernier regard au miroir, elle tira nerveusement sur son corsage pour tenter de réduire le décolleté, releva une boucle retombée sur sa poitrine et sortit déjeuner.

Assis devant son café, le duc leva les yeux quand elle entra. A son air, elle devina qu'il ne lui avait pas pardonné d'avoir voulu s'enfuir à bord du « Briney Marlin ». Mais une lueur admirative brilla dans ses yeux, et ses lèvres esquissèrent un sourire.

— De prime abord, votre robe pourrait paraître trop élégante à cette heure matinale, mais votre choix n'est pas pour me déplaire.

— Vous m'en voyez ravie ! Puisque vous l'aimez tant, je ne la quitterai plus jusqu'à ce que vous ne puissiez plus supporter sa vue, susurra-t-elle tandis qu'un valet déposait un chocolat fumant devant elle.

— Touché ! fit St. Bride en levant sa tasse.

Katleen tenta de se détendre et d'oublier les regards perçants que de temps à autre il lui jetait. Elle enviait son aisance, son froid détachement. Il portait des chausses de daim, des bottes noires et une fine chemise de batiste. Repoussant son chocolat brûlant qui lui soulevait le cœur, elle grignota quelques mûres sauvages. Le tissu de sa robe, pourtant léger, l'insupportait terriblement sous ce climat étouffant.

Le déjeuner lui parut interminable. Le moindre geste lui semblait un effort épuisant. Elle réprima un soupir de soulagement quand St. Bride posa enfin sa serviette sur la table, signalant ainsi la fin du repas.

— Vous repartez pour vos champs de riz aujourd'hui ? demanda-t-elle d'un air faussement détaché.

Elle ne voulait pas paraître trop pressée de le voir s'absenter, mais une seule envie occupait son esprit : se retirer dans sa chambre pour ôter sa robe. Elle suffoquait.

St. Bride haussa les épaules, apparemment indécis. Il s'approcha d'elle. Ajouté à la chaleur, son regard la brûlait. Elle prit sa serviette pour se tamponner le front. Il se baissa et déposa un baiser sur sa nuque humide.

— Vais-je vous manquer ? dit-il innocemment.

— Au contraire, votre absence m'accordera un certain répit.

— Peut-être que oui... peut-être que non, riposta-t-il avec un léger sourire avant de prendre congé.

Katleen regagna immédiatement sa chambre. Elle se laissa tomber dans le fauteuil, près de la fenêtre, et commença la fastidieuse tâche d'enlever sa robe. Quand ce fut chose faite, elle s'éventa à l'aide d'une feuille de palmier séchée.

« Si seulement il y avait un souffle d'air ! » se lamenta-t-elle en silence, tout en essorant un linge mouillé qu'elle passa sur sa gorge. Dehors, les eaux turquoise de l'Atlantique miroitaient sous le soleil. Elles seules auraient eu le pouvoir de la rafraîchir. « Mais la natation est un privilège réservé aux hommes... », se souvint-elle en maudissant tant d'injustice.

« Et si... Non, se gronda-t-elle. Il vaut mieux ne pas y penser. » Si jamais St. Bride rentrait plus tôt que prévu, il risquait de la surprendre, et elle préférait éviter une telle rencontre. De même, un domestique ou un ouvrier pouvait aussi la voir s'ébattre à demi nue dans l'océan : un scandale s'ensuivrait inévitablement.

Katleen savait nager, bien sûr. Combien de fois

s'était-elle baignée dans les lochs de Mhor, lorsqu'elle était enfant ! Elle n'avait plus goûté à ce plaisir depuis l'âge de douze ans, quand elle était devenue une lady.

Mais aujourd'hui, la chaleur était vraiment insupportable, même à l'ombre de sa chambre. Ses baignades dans les eaux froides des lochs lui revenaient sans cesse à l'esprit. N'y tenant plus, elle se dit qu'un seul plongeon suffirait à la rafraîchir et, avec un peu de chance, personne n'en saurait jamais rien... Repoussant sa robe de damas, elle laça son corsage, prête pour l'aventure !

Le cœur battant, elle franchit les dunes en essayant d'oublier qu'on risquait de l'apercevoir. Mais quand elle découvrit de plus près les eaux cristallines de la mer, elle songea que cela valait la peine de braver de tels dangers.

Elle ôta rapidement le reste de ses vêtements, pour ne garder que sa chemise... et son collier. Si seulement elle pouvait perdre le saphir dans l'océan ! Elle entra dans l'eau et, tandis que les vagues se brisaient sur son corps, jeta un bref coup d'œil derrière elle. A son grand soulagement, elle ne vit qu'un immense héron bleu, debout sur les dunes brûlantes, tel un phénix renaissant de ses cendres. Elle rit de bien-être quand une vague plus forte que les autres la surprit. Puis elle plongea, s'immergeant totalement dans les eaux si délicieusement froides.

Une heure s'écoula avant qu'elle ne pense à regagner la maison. Elle avait nagé plus loin et plus longtemps que prévu, mais c'était si merveilleux ! Pour se reposer, elle s'était laissée flotter sur le dos, sous la chaude caresse du soleil. Quand elle sentit le sable sous ses pieds, elle marcha vers la plage en cherchant ses vêtements, une main en visière devant les yeux. Elle avait dû s'éloigner sans s'en rendre compte, car elle ne les distinguait nulle part. Elle essaya de se repérer par rapport à la coupole... et à cet instant elle aperçut St. Bride, debout sur la plage déserte, près de ses habits.

Elle jura en gaélique et demeura un instant indécise. Elle ne pouvait plus sortir de l'eau, à présent. Elle était condamnée à se noyer. De toute façon, si elle ne se noyait pas elle-même, St. Bride s'en chargerait ! Elle pouvait aussi essayer d'atteindre la plage plus loin, et retourner à la maison en courant. Oui, elle ne voyait aucune autre solution. Elle s'éloigna donc à la nage, et quand elle se crut hors de vue de St. Bride, elle s'approcha du bord.

Épuisée, elle s'arrêta alors que l'eau lui arrivait à la taille. Scrutant la plage, elle ne vit personne. Était-il rentré ? A moins que... Faisant brusquement volte-face, elle le découvrit derrière elle, émergeant de l'eau !

Avec un hurlement, elle tenta de lui échapper, mais il était trop tard. Elle se débattit farouchement néanmoins, comme si elle avait lutté contre un monstre marin tentant de l'entraîner avec lui dans les profondeurs de l'océan. Mais il lui enserra fermement la taille et la ramena sur la plage sans le moindre effort. Ce fut seulement quand il la déposa sur le sable qu'elle se rendit compte qu'il était entièrement nu. Elle eut un mouvement de recul et son visage s'empourpra. Il l'effrayait toujours autant, même sans ses vêtements. Éperdue, elle se détourna.

— Vous étiez censé partir dans vos rizières !

— Vous mériteriez que je vous tue ! lâcha-t-il d'une voix blanche. Que je vous tue ! Quand j'ai découvert vos habits sur la plage... Mon Dieu... Savez-vous ce que j'ai pensé ?

— N... non.

— J'ai cru que vous vous étiez noyée !

— Je vous croyais dans vos rizières, répéta-t-elle, n'osant toujours pas se tourner vers lui.

— Je n'irai plus dans mes rizières ! Vous seriez trop contente que je me jette en pâture aux moustiques, et qu'ils me donnent une de ces fièvres épouvantables !

— C'est faux !

Au bout d'un moment, elle entendit sa respiration s'apaiser. Il se calmait. Mais elle ne vit pas son regard s'attarder sur son corps, comme s'il découvrait seulement alors qu'elle était presque nue. Certes, elle portait toujours le collier au saphir et sa chemise en batiste. Mais l'eau rendait le tissu complètement transparent.

— Comment osez-vous vous conduire de la sorte ? jeta-t-il au bout d'un moment.

— J'ai simplement voulu nager, comme vous le faites tous les jours.

— Voilà donc les fruits d'une noble éducation ! Une lady se doit d'aller cabrioler à demi nue dans les vagues, n'est-ce pas ?

Il la força à découvrir sa poitrine qu'elle cachait sous ses bras repliés, et détailla longuement son corps ruisselant.

— Et quand je dis « à demi nue »... glissa-t-il d'une voix rauque.

Katleen n'osait pas se regarder, affronter le spectacle de ses seins dressés sous sa fine chemise irrémédiablement transparente, de ses longues cuisses moulées par le tissu, du triangle sombre au bas de son ventre... Elle osait encore moins soutenir le regard de St. Bride. Dans sa poitrine, son cœur cognait si fort qu'il couvrait presque le bruit des vagues.

— St. Bride... commença-t-elle.

— Taisez-vous ! Ne dites pas un mot. (Une lueur incandescente s'alluma dans ses yeux.) Regardez-moi.

Comme elle ne voulait s'y résoudre, il répéta avec plus de force :

— Regardez-moi !

Cette fois, elle lui obéit et tourna lentement la tête vers lui. Comme échappant tout à coup à son contrôle, son regard descendit le long du corps du jeune homme, inexorablement. Elle découvrit une toison bouclée sur le torse bronzé, magnifiquement musclé... Elle reporta vivement les yeux sur son visage.

— Encore, insista-t-il. Prenez votre temps.

Il se faisait si persuasif qu'elle lui obéit à nouveau. S'armant de courage, elle laissa son regard couler le long de son cou, large et puissant, sur ses épaules cuivrées et étonnamment fortes. Elle remarqua ensuite les minuscules gouttes d'eau accrochées aux poils de sa poitrine qui s'écoulaient en filaments jusqu'à son ventre plat, pour se perdre ensuite dans une autre toison... Elle fixa résolument son attention sur les cuisses fermes, sur ses jambes parfaites. Elle ne décela pas la moindre imperfection dans ce corps sculptural.

— Alors, suis-je si repoussant ?

— Non, avoua-t-elle dans un souffle, tandis qu'une sensation qu'elle essayait d'ignorer s'emparait d'elle.

Il fit glisser la chemise de batiste sur une épaule, puis sur l'autre. Comme il s'apprêtait à dénuder les seins, elle protesta faiblement.

— Non, St. Bride... On pourrait nous voir...

— Personne ne pourrait nous voir. De toute façon, il fallait y penser avant, non ?

Il fit glisser la chemise jusqu'à la taille et s'en servit pour attirer la jeune fille contre lui. Il la pressa contre son corps, de façon qu'elle ne puisse rien ignorer du désir qu'elle lui inspirait. Puis il la regarda. Ses cheveux noués sur la nuque étaient plaqués par l'eau ; il semblait plus jeune ainsi, mais pas moins viril. Elle contempla la courbe aristocratique de son nez, légèrement busqué, comme s'il avait été cassé autrefois. Alors, sans pouvoir s'en empêcher, elle se surprit à lui caresser la joue, à peine rugueuse. Au contact de sa peau contre ses doigts, elle entrouvrit les lèvres, en une invitation inconsciente. Elle renversa la tête en arrière. Elle émit un long gémissement quand elle sentit sa langue contre la sienne, chaude, salée et terriblement exigeante. Il prit possession de sa bouche avec une avidité dévorante et impérieuse.

Jamais elle n'aurait pu exprimer ce qu'elle ressentait dans ses bras en cet instant, ses seins nus collés contre sa large poitrine. Il souleva la lourde masse de ses cheveux pour lui caresser la nuque, le dos, lui arrachant de longues plaintes. Puis il saisit un sein dans sa main. A ce moment-là, la chemise glissa jusqu'aux pieds de la jeune fille qui poussa un long soupir, un soupir de bonheur. Plaquée contre lui, elle semblait l'appeler, encore plus près, plus loin... Elle lui rendait son baiser avec une ardeur débridée, et quand il la souleva dans ses bras pour l'allonger sur la chemise, elle s'agrippa à sa bouche comme à un élixir de vie.

— Mon Dieu ! Je ne sais plus où j'en suis, chuchota-t-il. C'est moi qui vous séduis, ou est-ce le contraire ?

Elle sentit contre sa gorge ses lèvres brûlantes, secouant la tête quand elles s'arrêtèrent à la base du cou, gémissant d'impatience tandis qu'elles s'acheminaient vers ses seins. Elle le guida elle-même vers une pointe durcie.

Jamais elle ne se serait crue capable de s'abandonner ainsi. Pour Katleen, c'était déshonorant. Pour Crécerelle, presque impossible. Mais St. Bride possédait sur elle un pouvoir magique. Une longue vibration se répandait à présent dans tout son corps. Elle se cambra contre lui, se retenant pour ne pas lui crier de continuer : encore, encore... Oui, désormais elle lui faisait confiance. Ses yeux turquoise assombris par le désir lui promettaient un plaisir qu'elle n'aurait pour rien au monde voulu refuser.

— Divine Katleen, chuchota-t-il, en abandonnant son sein l'espace d'un instant. Vous sentez si bon, le jasmin et la mer... Et vous êtes si douce...

— St. Bride... murmura-t-elle comme il s'appuyait sur ses avant-bras pour mieux la contempler. Je veux...

— Oui, je sais ce que vous voulez...

Il se pencha à nouveau sur sa poitrine frémissante, en aspira la saveur délicieuse, emportant la jeune fille aux frontières du plaisir. Puis sa bouche descendit, le long du ventre. Katleen tendit la tête en arrière. Elle ne savait plus où elle était. Les baisers de cet homme la rendaient folle. Elle s'offrait à lui, tout entière, et il allait prendre sans plus tarder ce qu'elle lui donnait naturellement. Elle faillit l'arrêter pourtant, à une ou deux reprises, dans un dernier sursaut de pudeur, mais elle lui accorda finalement ce que jamais elle n'avait accordé à personne.

Elle desserra ses jambes, et les lèvres de St. Bride prirent possession de ce nouveau fruit avec une précision sans faille. Immédiatement, une onde de plaisir embrasa le corps de la jeune fille. Un plaisir aigu, dont jamais elle n'avait ressenti le moindre avant-goût. De surprise, elle se raidit tout d'abord et ses cuisses tentèrent instinctivement de se resserrer. Mais St. Bride anticipa son mouvement et appuya la caresse de sa langue, imprimant de légères pressions à un rythme lent tout d'abord, puis un peu plus rapide. Vaincue, Katleen s'ouvrit à lui et s'accorda à son rythme. Bientôt, une vague brûlante monta en elle, prête à l'entraîner sur des rivages inconnus. Au moment où elle allait se laisser emporter, St. Bride s'interrompit et s'allongea sur elle pour s'emparer de sa bouche.

— Vous êtes un démon... je le savais.

— N... non... se défendit-elle faiblement.

Mais déjà, il caressait ses seins, les pétrissait entre ses doigts experts, tout en se pressant contre elle. Il la voulait à présent avec une sorte d'urgence. Ils s'embrassèrent encore, portant leur désir à son paroxysme. Ils se frottèrent l'un contre l'autre, retardant davantage le moment d'assouvir leur passion.

— Voilà comme je vous aime, Katleen, souffla-t-il contre son oreille. Démoniaque et superbe. Et tant mieux si vous n'êtes pas un ange : ils meurent trop jeunes.

Il saisit ses hanches à deux mains et elle écarta doucement les jambes. Au-dessus d'eux, le soleil brillait de tous ses feux. Leurs corps encore luisants d'eau de mer frémissaient l'un contre l'autre.

— Vous avez raison, murmura-t-elle, je ne suis pas un ange.

Et pour la première fois de sa vie, elle s'en réjouissait. Elle désirait cet homme, de tout son être, maintenant, au bord de l'eau. Ses yeux turquoise avaient toujours évoqué la mer, pour elle, de même que son tempérament indomptable et impétueux. Le moment était venu de renoncer à l'innocence.

Il raffermit la pression de ses mains sur ses hanches.

— Vous allez être à moi, maintenant... dit-il.

Elle acquiesça timidement. Alors il émit un long grognement, presque animal, et il la pressa contre lui. Puis il la pénétra. Complètement.

Ce fut comme si une vague glacée les engloutissait brusquement. Il ne s'attendait vraiment pas à arracher à la jeune fille un cri de douleur. Éperdue, elle le repoussa et se leva, trébuchant sur le sable mais prête à s'enfuir.

— Mon Dieu ! s'écria-t-il, anéanti. Si j'avais su que... Oh, Katleen...

Le visage blême, il se leva à son tour et tendit ses bras vers elle. Mais, comme s'il eût été le diable en personne, elle ramassa vivement sa chemise et s'écarta en criant :

— Vous saviez que vous alliez me faire mal, n'est-ce pas ?

— Non ! hurla-t-il en essayant de l'attraper, mais elle semblait tellement terrorisée qu'il la laissa se vêtir à la hâte, sans oser la toucher.

Puis elle s'en fut en courant, certaine qu'il ne ferait rien pour l'en empêcher. Il se contenta de la suivre des yeux, tandis qu'elle disparaissait vers la maison.

Alors il se prit la tête dans les mains et chercha ses propres vêtements, comme un aveugle...

## 25

Elle aurait dû se douter que cela se terminerait de cette horrible manière...

Blottie dans son fauteuil, près de la fenêtre, Katleen contemplait l'horizon rosissant sous les pâles rayons du soleil couchant. La mer était calme. Déjà, la lune montait dans le ciel encore lumineux. Katleen ne pleurait pas.

Elle éprouvait au contraire une étrange satisfaction à l'idée que toutes les épreuves qu'elle traversait finissaient par l'endurcir. Le jour où elle avait éconduit Straught, Morna et elle s'en étaient amusées. Le couple qu'auraient formé la jeune et brillante Katleen et cet homme aussi sec et tranchant les avait toujours beaucoup diverties. Elles n'imaginaient pas, hélas, les suites tragiques qu'entraînerait son refus.

Une larme coula finalement le long de sa joue. Elle l'essuya et continua à admirer le coucher du soleil. Elle aurait voulu aimer un homme, comme Morna, un homme digne de confiance. Mais St. Bride l'avait trahie.

Elle s'était pourtant méfiée de lui, depuis le début. Une autre larme coula. Puis une autre et une autre... Katleen ne les essuyait plus. Malgré ses appréhensions, elle avait fini par se livrer à lui, oubliant qu'elle n'avait rien à attendre d'un être qui fréquentait son cousin. Sur la plage, elle avait eu la faiblesse de croire qu'il pouvait lui faire connaître un bonheur infini, merveilleux. Chacune de ses caresses, chacun de ses baisers l'avait savamment entraînée vers une promesse de félicité totale, un point de non-retour. Elle s'était offerte à lui sans aucune arrière-pensée.

Et maintenant, son erreur lui laissait un goût amer. Elle noua ses bras autour de sa poitrine, comme pour se protéger. Jamais elle n'aurait cru éprouver une telle douleur. Peut-être était-elle plus innocente qu'elle ne l'imaginait ? Peut-être ne savait-elle rien de l'amour, après tout ? Durant son année passée avec Bardolph, elle avait pourtant côtoyé des prostituées qui se faisaient payer pour cela. Mais elles semblaient en tirer du plaisir, elles aussi...

Désorientée, Katleen passa une main tremblante sur ses lèvres. Elle se prit à maudire le « Briney Marlin » qui partirait sans elle, à maudire le jour où elle avait rencontré St. Bride. Elle devait absolument trouver un moyen de regagner l'Écosse. Coûte que coûte ! Son cœur se serra à la pensée de ne plus jamais revoir St. Bride, mais elle chassa cette sensiblerie malvenue. Elle fixa son regard sur les dunes qui ondulaient dans le déclin du jour. Il ne l'aimait pas. Jamais il ne lui avait fait confiance. Depuis le début, il la considérait comme une prostituée, et il n'avait pas hésité à lui faire mal en prenant possession de son corps. Elle devait s'en aller.

Son cœur saignait-il ? Soit, elle l'abandonnerait là-bas, sur la plage de Wolf Island...

— Avez-vous besoin de quelque chose, Votre Grâce ? s'enquit Maddie, comme St. Bride passait devant elle, dans le hall.

A cette heure tardive, toutes les autres servantes avaient regagné leur case. Seule Maddie dormait dans la maison. Elle s'apprêtait à regagner sa petite chambre quand St. Bride était apparu en haut de l'escalier, vêtu d'une robe d'intérieur parée de riches broderies.

— Non, répondit-il sombrement en descendant l'escalier.

Maddie roula de grands yeux étonnés. Jamais elle n'avait vu son maître autrement qu'aimable et détendu. Elle décela même de la colère dans ses yeux et... un autre sentiment, comme un repentir... Perplexe, Maddie s'effaça contre le mur pour le laisser passer. Sa surprise atteignit son comble quand elle le vit s'arrêter à la porte de Katleen et l'ouvrir sans même avoir pris la peine de frapper.

Il entra dans la chambre et referma bruyamment derrière lui. Katleen ne tourna même pas la tête. Elle savait qu'il était là. Qu'il faisait irruption chez elle comme en terrain conquis. Elle se recroquevilla simplement davantage dans son fauteuil.

— Nous avons à parler. Vous m'entendez, Katleen ?

St. Bride avança dans la pièce, mais elle persista à l'ignorer.

— Je vois que vous avez apprécié le dîner, dit-il en considérant les assiettes vides sur le plateau posé près d'elle.

Une note de soulagement avait percé dans sa voix. Elle s'efforça de ne pas s'en préoccuper. Il l'avait blessée, alors pourquoi se réjouirait-elle de constater qu'il se souciait de son appétit ?

— Je vous ai fait monter un bain. L'avez-vous pris ? J'ai pensé qu'il vous détendrait.

Il s'approcha d'elle et toucha ses boucles encore humides, comme pour s'en assurer lui-même. Elle eut un mouvement de recul.

Elle ne vit pas l'éclair de tristesse qui traversait le visage de St. Bride, derrière elle. Elle n'avait d'autre idée que d'éviter son contact.

— Qu'allons-nous faire maintenant, Katleen ? Vous m'avez totalement dérouté. Vous êtes un mystère complet pour moi.

Comme il avançait une nouvelle fois la main vers elle, elle s'écria :

— Ne me touchez plus jamais !

Elle le considérait d'un regard noir et accusateur.

— Tout s'est passé si vite... plaida-t-il. Si j'avais su, jamais je... Mon Dieu, Katleen, vous devez me croire !

— C'est trop tard maintenant. Laissez-moi seule.

— Non, fit-il. (Il paraissait soudain très fatigué.) Je ne peux pas vous laisser. Pas maintenant.

— Pourquoi pas maintenant ?

Katleen se tassa encore davantage dans son fauteuil. Un petit couteau était posé sur le plateau, près d'elle. Cette vision la rassura : elle brûlait de le prendre.

— Je n'ai cessé de penser à ce qui s'est passé sur la plage, toute la soirée, et je me suis souvenu d'une conversation que nous avions eue à Belle Chasse. Vous m'aviez parlé de l'homme que vous épouseriez. Vous vous souvenez ?

— Quelle nouvelle cruauté mijotez-vous ? Vous ne projetez tout de même pas de demander ma main ? Vous, le duc de... de... Vous rendez-vous compte de ce que vous avez fait ? Vous m'avez rendue indigne d'un autre homme et je ne connais même pas votre satané titre en entier !

— Celui qui vous aimera vous épousera telle que vous êtes, plutôt que de renoncer à vous.

— Quoi ? s'étrangla-t-elle.

— Nous devons faire un nouvel essai, Katleen. Cette nuit même. Sinon, vous ne me pardonnerez jamais. Pire : vous ne ferez plus jamais confiance à aucun homme. Si vous avez l'intention de vous marier, vous devez savoir que les hommes ne sont pas si terribles et que leurs étreintes peuvent être fort agréables. Cet enseignement-là, je préfère vous le donner moi-même.

— Vous imaginez un instant que je vous le permettrais ? Vous devenez complètement fou !

— Vous le devez, pourtant.

A nouveau, il avança une main vers elle mais cette fois, elle s'y attendait. Retrouvant toute sa dextérité, elle saisit le couteau en un éclair et le pointa vers lui.

— N'essayez surtout pas de me toucher, prévint-elle d'une voix blanche. Vous êtes séduisant, St. Bride. Je doute que vos conquêtes apprécieraient autant votre visage défiguré par une balafre.

Qu'avait-elle imaginé ? Lui faire peur ? Le tenir à distance avec ce petit couteau ? Il lui immobilisa les bras avec une facilité déconcertante, un sourire aux lèvres.

— Je vous déteste ! s'écria-t-elle.

Au fond d'elle-même, elle savait parfaitement

qu'il n'en était rien. Envers et contre tout, il lui inspirait des sentiments beaucoup plus doux. Mais elle ne lui permettrait pas pour autant de lui faire une nouvelle fois l'amour ! Elle se débattit tout en sachant très bien qu'elle n'était pas de taille face à lui.

— Allons, allons, ma chérie. Remarquez, je préfère vous voir ainsi, les yeux brillants de haine, plutôt que prostrée comme un animal blessé, au fond de votre fauteuil. Cela me rassure, en quelque sorte.

— Alors bonne nuit ! Vous vous croyez donc capable de venir à bout de moi ?

— Non, Katleen.

Il lui sourit et déposa un baiser au creux de la main qui tenait le couteau. Il la serrait toutefois trop fermement pour qu'elle pût s'en servir contre lui. A sa grande surprise et contre sa volonté, ce baiser fit naître un long frisson qui parcourut sa peau. Cette réaction inattendue de son corps la déconcerta totalement.

— Arrêtez ! supplia-t-elle comme il s'aventurait à écarter un pan de son négligé de satin bleu nuit.

Il découvrit sa poitrine mais ne la toucha pas.

— Jetez ce couteau, dit-il.

— Jamais ! Alban avait raison, vous feriez mieux de vous méfier de moi ! Je serais capable de...

— De me planter ce couteau dans le ventre ? Je ne crois pas... souffla-t-il en raffermissant sa pression sur son poignet.

Il porta alors sa propre main à sa bouche et passa sa langue sur son index, lentement. Katleen ferma les yeux.

— C'est bien... Détendez-vous. Je ne vais pas vous faire mal, murmura-t-il en lui arrachant un gémissement comme il plaçait son doigt mouillé sur le bout dressé de son sein.

Il y imprima de petits mouvements circulaires,

avec une précision diabolique. A un rythme régulier. Des frissons la traversaient, de plus en plus intenses.

Quand il approcha ses lèvres des siennes, elle balbutia :

— Non, vos baisers sont des mensonges...

— Vous vous trompez, dit-il simplement en saisissant entre ses dents sa lèvre inférieure.

Puis il s'empara de sa bouche.

Toutes les sensations qu'elle avait souhaité oublier se réveillèrent instantanément en elle. Comme si une vague l'engloutissait tout entière pour l'entraîner vers des rivages qu'elle craignait, qui l'effrayaient, mais qui l'attiraient comme un aimant. Irrémédiablement, elle se sentait happée vers l'extase, incapable de lutter. Au contraire, elle aurait été prête à se damner pour s'envoler avec St. Bride sur les rives du plaisir. Sous ses baisers brûlants, sa volonté s'anéantissait.

Elle sentait contre ses seins dénudés la douceur de la soie de sa robe d'intérieur. Dans un dernier éclair de raison, elle tenta de le repousser, mais la douceur de ses lèvres l'en dissuada.

Sa main s'activa à nouveau sur ses seins. Il ne pouvait ignorer le désir qu'il attisait. Vaincue, elle entrouvrit les lèvres. De sa langue, il chercha la sienne, exigeant une réponse qu'elle ne voulait encore lui donner totalement. Elle devait l'arrêter avant qu'il ne soit trop tard. Oui...

De sa main libre, elle tenta de l'éloigner. Mais elle sentait son cœur battre contre elle. Il respirait de plus en plus vite. Sa langue s'enhardissait contre la sienne. Alors, presque inconsciemment, elle lui rendit son baiser. Voluptueusement. Il l'interrompit brièvement pour murmurer contre ses lèvres :

— Jetez le couteau, Katleen.

Elle secoua la tête, dans une dernière tentative

pour essayer de recouvrer la raison. Pourtant, elle n'éprouvait qu'une seule envie: qu'il reprenne sa bouche. Encore et encore.

— Nous n'en avons pas besoin, dit-il encore en s'emparant du manche.

Elle s'y agrippa cependant mais il n'eut aucun mal à lui faire lâcher prise. Étourdie de plaisir, de désir, elle perdait tous ses moyens.

— Moi, j'en ai besoin! fit-elle dans un dernier sursaut, comme il envoyait voler le couteau à travers la pièce.

Elle était sans défense, désormais. Il la souleva dans ses bras et l'emporta sur le lit. Son négligé était ouvert et avant qu'elle ait pu réagir, St. Bride s'allongeait sur elle. Il lui embrassa le visage, les paupières, le cou, se grisant de la douceur de sa peau, de son odeur fleurie. Puis il prit le bout d'un sein entre ses lèvres et y fit jouer sa langue, sans se presser. Katleen perdait pied.

— Je veux tout connaître de vous, murmura-t-il en laissant sa bouche brûlante s'égarer sur le renflement de son sein. Je veux vous faire l'amour, apaiser ce désir qui gronde en vous. Ensuite, vous me direz qui vous êtes et pourquoi vous étiez vierge jusqu'à aujourd'hui.

— St. Bride... non.

— N'ayez pas peur. Je ne vous ferai pas mal, je vous le promets. (Il couvrit son sein de sa main.) Votre corps me fait confiance, lui. Voyez comme il m'appelle... fit-il en promenant sa paume sur le téton raidi. Mmmmm... c'est bon, n'est-ce pas ?

Et il continua la même caresse avec sa langue.

— Encore, Katleen ? Dites-moi si vous voulez que j'arrête...

Elle avait renversé la tête en arrière, s'offrant à ses lèvres en gémissant de plaisir. Plus rien ne comptait, que l'appel impérieux de la jouissance.

Elle perdait le contrôle de ses sens. Elle n'avait plus qu'une envie : ouvrir ses jambes et le sentir en elle. Il devait apaiser l'incendie qu'il avait allumé. Elle l'attira contre elle. Répondant immédiatement à son invite, il roula sur le côté et se débarrassa de son vêtement. Puis il enleva son négligé de satin, sous lequel elle était nue.

Katleen s'agrippa à ses larges épaules, pressée et heureuse de le sentir une nouvelle fois contre elle.

— Mon Dieu, vous me rendez fou, Katleen.

Il lui donna un baiser ravageur, puis s'écarta de ses lèvres.

— Vous avez fait basculer ma vie, ma chérie. J'oublie tout quand je vous tiens ainsi, dans mes bras...

— Attendez, attendez... souffla-t-elle comme sa main se faufilait entre ses jambes.

— Vous ne faites confiance à personne, n'est-ce pas ? demanda-t-il doucement en se positionnant plus intimement sur elle.

— Pourquoi le devrais-je ?

— Vous avez raison. Mais cette nuit, vous allez me faire confiance, dit-il en cessant de se frotter contre elle.

Il la contempla, avec ses boucles répandues tout autour de son visage. Le saphir à son cou se reflétait dans les yeux de St. Bride. Il s'attarda sur ses lèvres, empourprées par le désir mais tendues par l'incertitude. Puis il vrilla son regard dans le sien, un regard aussi sombre et ténébreux que l'océan dans la tourmente.

— Je ne veux plus jamais voir de tristesse dans vos yeux, ma petite fée. Seulement du désir, oui, un désir insatiable...

Alors il entra en elle. Tout le corps de Katleen se raidit... mais elle ne ressentit aucune douleur cette fois, seulement l'immense douceur de St. Bride en elle. C'est alors qu'une sensation inconnue s'éveilla au creux de son ventre. Des doigts, il lui en avait donné un avant-goût, de ses lèvres aussi... Mais elle devinait qu'elle allait maintenant connaître une tout autre plénitude.

Comme elle s'arquait vers lui, il retint sa respiration. Tous les muscles de son corps se tendaient, comme s'il allait se retirer.

Mais elle ne voulait surtout pas qu'il se retire ! Pas maintenant. Pas cette fois. Elle pressa étroitement ses hanches contre lui, pour le sentir plus loin en elle. Puis, de ses mains, elle guida son mouvement tout en posant ses lèvres sur la veine qui battait la chamade dans le cou de St. Bride.

Ils ondulèrent ainsi l'un contre l'autre, lentement, puis plus vite, plus lentement à nouveau... accordant leur respiration à ce rythme imposé par le plaisir. Comme enveloppée d'une sorte de brume étincelante, Katleen eut soudain l'impression qu'un éclair la traversait et explosait là où St. Bride se mouvait en elle. Un cri étouffé lui échappa et elle ferma les yeux. Son corps tout entier vibrait sous l'effet de la jouissance. Accrochée à son amant, elle tremblait de tout son être, transportée au septième ciel.

Alors, attentif à ce qui se passait en elle, il laissa son propre plaisir l'emporter à son tour. Il murmura son nom, enfouit sa tête dans les boucles noires et s'abandonna, frémissant de tous ses membres.

Plusieurs minutes s'écoulèrent avant qu'ils puissent rassembler leurs esprits. St. Bride n'avait pas bougé, et Katleen le retenait contre elle.

L'intense plaisir qu'elle avait ressenti et le bonheur qui s'ensuivait lui arrachèrent un éclat de rire.

— Pourquoi riez-vous ? s'étonna-t-il, amusé.

— Vous aviez raison. Les hommes ne sont pas si

terribles, finalement, sourit-elle. Je crois même que je vais beaucoup apprécier mon mari.

— Je suis heureux que vous ayez éprouvé du plaisir, mon ange. Mais ne vous réjouissez pas trop vite.

— Et pourquoi pas ? s'étonna-t-elle comme elle le sentait s'animer à nouveau en elle, les yeux déjà assombris par la flamme du désir qui renaissait en lui.

— Parce que j'ai l'intention de tout garder pour moi.

Il prit le visage de Katleen en coupe dans ses mains et s'empara de ses lèvres avec une nouvelle ardeur, sans cesse croissante, jusqu'à ce que, éperdue, elle le supplie de continuer, encore et encore...

## 26

La chambre de Katleen était sombre et fraîche quand elle s'éveilla. Les stores vénitiens frémissaient sous la brise marine. Les lattes de bois dirigées vers le haut renvoyaient les rayons du soleil vers le plafond. Seulement couverte d'un drap de soie, la jeune fille se frotta les yeux en essayant de se remémorer sa nuit.

St. Bride.

Elle fut déçue de découvrir qu'il n'était plus près d'elle. Son parfum masculin et poivré imprégnait encore les draps, sa peau, ses cheveux. Elle le respira avec délices, et le souvenir précis de toutes les fois où il l'avait faite sienne lui revint à l'esprit, avec une clarté inattendue. Au fur et à mesure que la nuit avançait, il s'était montré de plus en plus exigeant, de plus en plus fougueux. Et elle aussi. A présent, elle se sentait délicieusement endolorie, et se demandait si elle devait se reprocher sa propre hardiesse. Mais quand elle se souvint avec quel bien-être elle s'était endormie dans les bras de St. Bride, elle sourit en se disant qu'elle serait idiote de regretter quoi que ce soit.

Avec un soupir heureux, elle se leva et ramassa le négligé de satin abandonné sur le sol. Puis elle alla se préparer.

Maddie, qui avait entendu du bruit dans la chambre de sa maîtresse, arriva avec le plateau du petit déjeuner et rejoignit la jeune fille dans la garde-robe pour l'aider à faire son choix.

Elles se décidèrent pour une robe en toile imprimée dans les tons parme, agrémentée d'une pièce d'estomac en mousseline blanche.

Contrairement à son habitude, Maddie restait fort silencieuse. Elle ne cessait d'observer la jeune fille sans un mot. Ignorant ce comportement étrange, Katleen alla brosser elle-même ses cheveux, se grisant secrètement des odeurs boisées qui s'en échappaient encore. Refusant de les emprisonner dans une coiffure qui enfermerait leur parfum, elle y noua simplement un ruban de satin violet.

Elle grignota ensuite quelques biscuits et décida d'aller retrouver St. Bride. Ils n'avaient pas beaucoup parlé durant la nuit, mais à présent, ils devaient avoir une discussion. Elle porta ses mains à ses joues brûlantes et découvrit en sursautant que Maddie la scrutait avec intensité, comme si elle lisait dans ses pensées.

— Il va vous épouser, mon enfant ?

— Comment ?

— Sa Grâce va vous épouser, non ? Vous êtes peut-être enceinte...

— Maddie ! Qu'est-ce qui vous fait prétendre cela ?

— Rien de ce qui se passe dans cette maison ne m'échappe, répliqua la servante en secouant la tête.

— Peut-être, mais certaines choses ne vous concernent pas, riposta froidement la jeune fille.

— Quand il s'agit de l'enfant de St. Bride, je suis drôlement concernée, ça oui !

— Mais il n'est pas question d'enfant ! Ai-je l'air d'en attendre un ?

Maddie croisa posément ses bras sur son imposante poitrine.

— On en reparlera dans neuf mois, s'obstina la servante, posant sur sa maîtresse un regard maternel. Sa Grâce se montre généreuse avec toute la maisonnée, mais je n'ai pas toujours vécu ici, mon petit. La vie est parfois cruelle, et ce sont bien souvent les hommes qui en sont la cause...

— St. Bride a été gentil et...

— C'est un homme, ne l'oubliez pas. Vous devez l'emmener à l'église, mon enfant. Sans plus attendre.

Katleen considéra Maddie en silence. Le mariage ? Bien sûr, elle y avait pensé. Elle le souhaitait même à présent. Mais une ombre planait sur ses espérances. Un duc pouvait-il l'épouser ? Même si elle portait son enfant, c'était loin d'être sûr...

Avec ces doutes qui l'assaillaient, sa bonne humeur s'envola. Les ducs comme St. Bride n'épousaient pas les petites coupeuses de bourses qui vivaient dans les rues. Ils ne daignaient donner leur nom qu'à de riches Écossaises de bonne famille. Même si elle lui révélait sa véritable identité, il lui restait à retourner à Mhor afin de confondre Straught et d'obtenir justice. Un nœud lui noua soudain l'estomac. Elle ne parvenait toujours pas à comprendre comment St. Bride pouvait être l'ami de son cousin. Elle savait peu de chose des affaires qu'ils menaient ensemble. Mais en savait-elle davantage sur St. Bride ? Sur les sentiments qu'il éprouvait pour elle ? Certes, ils avaient vécu des moments passionnés, pendant une nuit, mais aucun mot d'amour n'avait été prononcé.

Alors qu'un instant plus tôt, elle s'apprêtait à rejoindre St. Bride le cœur léger, c'est d'une démarche pesante qu'elle s'y résigna finalement.

Elle le trouva dans son bureau. A la fenêtre, des rideaux de mousseline bouffaient sous la brise marine. Il était penché sur un grand livre ouvert devant lui, détendu et infiniment séduisant. Intimidant, tant il était beau. Katleen en perdit tous ses moyens. Il leva les yeux vers elle. Immédiatement, son regard s'adoucit. Il la détailla dans sa jolie robe, avec une réelle admiration. Repoussant son fauteuil derrière lui, il se mit debout pour l'accueillir.

— Vous avez une mine superbe ce matin, ma chérie. La nuit vous a réussi.

Il scella son compliment par un baiser sensuel.

— Vous a-t-elle réussi aussi, Votre Grâce ? demanda-t-elle d'une voix alanguie.

Il eut un sourire espiègle.

— A merveille, murmura-t-il. Mais ne m'appelez pas « Votre Grâce ». « Mon amour » me conviendrait davantage.

— Pourquoi ne désirez-vous pas que j'utilise votre titre ?

Comme beaucoup de questions l'agitaient, elle avait décidé d'en éclaircir certaines. Elle échappa au cercle de ses bras et se servit une tasse de thé. Une théière de style baroque était posée sur une petite table en bois de satin. Elle s'efforçait de paraître calme mais ses mains tremblaient un peu, et elle heurta légèrement la porcelaine en se servant du lait. Elle prit place sur un banc recouvert de tapisserie rouge et attendit sa réponse.

— Katleen, ne croyez-vous pas que c'est moi qui devrais m'interroger à votre sujet ?

Il s'avança et s'arrêta devant elle, la surplombant de toute sa hauteur. Une lueur imprécise brillait dans son regard. De la colère ?... Il ne semblait pas apprécier le détachement qu'elle s'efforçait d'afficher.

— Je dois tout d'abord vous demander de me pardonner mon indélicatesse, sur la plage. Mais comment aurais-je pu deviner que vous étiez... vierge ? Expliquez-moi ce mystère, Katleen.

— Je ne suis pas mariée, et j'ai à peine dix-neuf ans. Que croyiez-vous donc ?

— Vous savez très bien ce que je veux dire. (Il lui prit doucement le menton.) Vous viviez dans les rues depuis longtemps. Comment est-il possible que vous n'ayez pas connu d'hommes ?

— St. Bride... Je voudrais savoir, à propos de Belle Chasse. Ces fleurs de pavot que...

— Belle Chasse n'a aucun rapport avec ce qui s'est passé la nuit dernière. Nous en parlerons plus tard.

— Comme vous voudrez.

— Qui êtes-vous, Katleen ? s'enquit-il sans détour.

Un long silence suivit sa question. Katleen hésitait.

— Ramenez-moi en Écosse, et vous le saurez, se déroba-t-elle finalement.

Il secoua la tête.

— Nous y retournerons un jour, si vous le désirez. Mais je n'attendrai pas jusque-là. Qui êtes-vous ? Je veux savoir. Maintenant.

Comment éluder des questions si directes ?

— Que voulez-vous savoir, St. Bride ?

— Je veux connaître votre secret. Vos secrets. Comprendre pourquoi vous dédaigniez ce que je vous donnais, ou voulais vous donner, alors que derrière mon dos, vous voliez tout ce qui vous tombait sous la main. Je vous aurais offert des présents d'une valeur bien plus grande que toutes ces broutilles, vous ne l'ignoriez pas. Je veux savoir quel commerce vous entreteniez avec Quinn, et pourquoi.

— Que voulez-vous savoir d'autre ?

— Comment savez-vous lire, coudre, et vous exprimer aussi bien, alors que je vous ai trouvée sur le trottoir, maniant le couteau avec un art consommé ?

Soudain, un éclair de tendresse illumina les yeux turquoise. D'un doigt, il caressa le profil parfait de la jeune fille.

— Êtes-vous une orpheline ? Est-ce là l'explication ?

— Mes parents sont morts, en effet, il y a très longtemps.

L'évocation de cette tragédie lui demeurait pénible, malgré les années.

— N'avez-vous ni frères, ni sœurs ? Vous êtes seule au monde ?

— J'avais une sœur, parvint à articuler Katleen, avec une boule dans la gorge. Une sœur jumelle.

Elle épia sa réaction. A son grand soulagement, elle ne décela aucun signe révélant qu'il savait de quoi elle parlait. Seul un sentiment de pitié s'inscrivit sur son visage.

— Une jumelle... oui, cela explique un peu l'intérêt que vous portiez à Vénus et à Valentine. (Sa voix s'était radoucie.) Votre sœur a vécu ? J'ai entendu dire que fréquemment l'un des deux jumeaux meurt à la naissance.

— Elle a survécu. J'étais considéré comme l'aînée, bien que je naquisse après elle. On m'appelle Katleen parce que c'est plus doux que Kayleigh, mon véritable prénom. « Célilidh » en gaélique. Je suis née plus tard, après minuit, le soir de la nouvelle année. Mes parents m'ont ainsi baptisée pour célébrer la Saint-Sylvestre.

— Née juste après minuit... Bien sûr, fit-il en la caressant du regard. L'heure des sorcières.

— Oui, l'heure des sorcières, répéta-t-elle en songeant à sa petite boîte en émail.

— Que fait votre sœur, aujourd'hui ? J'aimerais l'aider, elle aussi.

— Elle n'a plus besoin d'aucune aide. Elle est morte.

Un ange passa.

— Elle a été... assassinée.

— Mon Dieu !

Cette révélation libéra tout à coup Katleen du poids trop lourd du terrible secret qu'elle portait. Pour la première fois depuis ce jour funeste à Mhor, elle évoquait ce sinistre drame. Comme si une barrière avait lâché en elle, un flot de mots sortit de sa bouche.

— Ma famille était très riche, et très puissante. Nous possédions un immense château dans les Highlands. Il était si ancien, et nous l'aimions tellement que même cette horrible guerre contre les Anglais ne nous en chassa pas. Mais tout changea quand mon père attribua le pavillon de chasse à mon cousin. Ma sœur fut assassinée et je me suis retrouvée dans les colonies, réduite à survivre dans la rue...

— Attendez ! Voulez-vous dire que ce Bardolph vous a kidnappée et emmenée en Louisiane ?

— Il m'a emmenée à La Nouvelle-Orléans, mais je suis venue de mon plein gré. Si je n'étais pas partie, j'aurais été assassinée moi aussi... ou peut-être pire.

— Alors vous avez tué Bardolph parce qu'il était responsable de la mort de votre sœur ?

— Mais non! Il ne l'a pas tuée!

— Alors pourquoi a-t-il été assassiné à son tour ?

St. Bride s'exprimait d'un ton égal, mais une certaine tension perçait entre les mots. Katleen découvrit alors que les traits de son visage devenaient sévères. Une frayeur inattendue s'empara d'elle; il ne la croyait pas!

— Je n'ai pas tué Bardolph.

— Je ne comprends pas, dit-il. Pourquoi a-t-il été assassiné s'il n'a pas tué votre sœur ? Et qui l'a tué ? Qui a tué votre sœur ? Votre cousin, peut-être ? Celui du pavillon de chasse ? s'enflamma-t-il. Où est-il maintenant ?

— Je... Oui ! explosa-t-elle. C'est mon cousin qui a tué ma sœur !

Enfin, la vérité s'était échappée de ses lèvres, mais la question qui suivit la figea sur place.

— Et comment s'appelle votre cousin ?

Elle regarda St. Bride droit dans les yeux, prête à répondre. Elle brûlait de prononcer le nom maudit qui la hantait, de laisser St. Bride aller demander des comptes à Straught pour ses actes, de le laisser lui procurer un peu de paix en ce monde. Mais il y avait les pavots, cette note sur la porte d'Alban... Les doutes subsistaient.

— Qui est ce cousin, Katleen ? la pressa-t-il.

Elle hésitait. Elle avait sous-estimé la passion de son cousin, causant ainsi son propre malheur. Allait-elle commettre la même erreur avec St. Bride ?

— St. Bride, nous devons nous marier, murmura-t-elle. Nous devons nous marier sans tarder. Alors je vous dirai tout. Le passé ne viendra plus s'interposer entre nous, parce que je saurai que vous m'aimez.

— Mais comment pourrais-je vous épouser sans savoir qui vous êtes ?

— Vous savez qui je suis ! Cette nuit ne vous a-t-elle pas éclairé ? Et pour moi ? Vous êtes le duc de quoi ? Je n'en sais rien. Cela ne m'empêche pourtant pas de vous connaître. Ce qui s'est passé la nuit dernière est tout ce qui importe, St. Bride !

— Katleen ! (Il lui prit les bras, la força à se lever et se mit à la secouer.) Répondez-moi ! Dites-moi qui a tué Bardolph ! Qui a tué votre sœur ? Dites-le-moi, et je vous épouserai. Mais si vous vous dérobez à nouveau, je vous jure que jamais plus je ne vous parlerai de mariage !

— Non !

Elle se dégagea et retomba sur le banc. Puis elle se prit la tête entre les mains. Tous ses espoirs et ses rêves d'avenir s'écroulaient à ses pieds. Straught avait irrémédiablement gâché sa vie...

— Et moi qui vous croyais presque ! jeta-t-il durement. Vous avez bien failli m'avoir, infâme créature ! J'ai failli compatir à vos histoires de jumelles, de château et d'enlèvement !

— Mais j'ai dit la vérité ! J'étais vierge, non ? L'aurais-je été si j'avais grandi dans la rue ? Je suis née pour de plus hauts desseins !

— J'admets que vous n'avez pas toujours vécu là où je vous ai trouvée. Quant à votre virginité, elle n'est pas difficile à comprendre. Qui aurait voulu d'une petite sauvage prête à lui enfoncer son couteau dans la gorge à la moindre occasion ? Mon Dieu, comment avez-vous pu me duper de la sorte ? Je sais de quoi vous êtes capable. Vous n'allez pas tarder à vous moquer de ce que nous avons éprouvé la nuit dernière.

Blême de rage, il semblait prêt à lui sauter dessus pour la punir comme il pensait qu'elle le méritait.

— Je sais que mon histoire est difficile à croire. Emmenez-moi en Écosse, St. Bride. Ou épousez-moi. Je vous prouverai que je suis bien celle que je prétends être... et bien d'autres choses encore.

Elle se leva pour aller vers lui.

— Je ne vais pas vous ramener en Écosse, Katleen... mais à Belle Chasse.

— Oh, non ! C'est impossible ! Je ne peux retourner là-bas ! Vous savez que la corde m'attend. Vous aviez promis...

— Je sais, mais moi je dois y retourner. Or, vous m'avez démontré l'autre jour que si je vous laissais ici, vous vous empressiez de vous sauver.

Il se dirigea vers son bureau et y prit une lettre.

— Ce message d'Alban est arrivé hier matin. Il a dû l'envoyer le lendemain de notre départ. J'étais parti sur la plage pour vous en parler, hier, pour vous informer que j'ai ordonné que l'embarcadère de Darien soit terminé au plus vite. J'ai fait venir un bateau de Savannah : il arrive ici dans deux jours.

Le souffle coupé, Katleen lut en silence la courte missive rédigée d'une écriture large et informe :

St. Bride,

Straught est venu à Belle Chasse. Votre absence l'a troublé. Vous devez rentrer tout de suite, sinon nous aurons des ennuis. Je vous attends.

Alban

Elle ferma les yeux et lui rendit la lettre. La tête lui tournait. Elle avait été sur le point de tout lui révéler sur son cousin. Tout duc qu'il était, St. Bride n'était qu'un jouet dans les mains de Straught, puisque ce dernier avait le pouvoir de lui dicter ses allées et venues, de le sommer de rentrer... « Mon Dieu ! songea-t-elle, désespérée. Comment un individu tel qu'Erath Straught peut-il manipuler un homme de la stature de St. Bride ? Par quelle ignominie le tient-il à sa merci ? »

Katleen se sentit soudain si faible qu'elle dut se

retenir à une table pour ne pas s'effondrer. Le duc se plaça derrière elle.

— Si vous n'aviez pas acheté ce billet pour le « Briney Marlin », je n'en serais pas réduit à vous faire courir de tels risques.

— Vous voulez me voir pendue au bout d'une corde, voilà tout !

— Ne soyez pas ridicule. Vous ne serez pas pendue, j'y veillerai.

— Jamais je ne retournerai là-bas, St. Bride. Je refuse !

— Comment pourrais-je vous laisser ici ? Vous confier à la vigilance de Cooper London ? Vous n'imaginez pas que je vais vous laisser m'échapper, après la nuit dernière ? Souvenez-vous, Katleen.

— Jamais je ne vous le pardonnerai si vous m'obligez à vous accompagner !

— Je m'en doute, souffla-t-il dans ses boucles noires. Mais vous n'avez pas le choix.

— Non ? fit-elle d'un air de défi en faisant volte-face.

Il étouffa ses protestations sous un long baiser. Un baiser brutal. Elle tenta d'abord de le repousser, mais ses sens la trahirent. Elle se détendit contre lui, se laissa aller dans ses bras. Il l'attirait dans un autre monde, au-delà de toute raison. Son corps puissant et musclé la magnétisait. Elle lui en voulait de n'être qu'un pion dans le jeu de son cousin, mais le désir violent qu'il lui inspirait occultait tout le reste. Son baiser devint plus doux et plus intense à la fois. Avec un long gémissement, elle frémit de toute sa chair...

## TROISIÈME PARTIE

### 27

Dès leur arrivée à Belle Chasse, St. Bride et Katleen apprirent le mariage de Colette et Alban. Le couple s'était présenté à la petite paroisse surplombant la place d'Armes et avait tranquillement demandé au prêtre de prononcer le sacrement. Les papiers rapidement signés, ils furent unis devant Dieu, dispensés exceptionnellement de la publication des bans. Alban avait lancé au prêtre un regard tellement noir quand il lui avait annoncé le délai légal que l'homme avait dû s'alarmer... Katleen y songeait avec un sourire et se réjouissait de leur union. En dehors de ses parents et de Morna avec son fiancé, elle n'avait jamais vu deux personnes aussi heureuses ensemble.

Sa propre relation avec St. Bride était d'un tout autre genre. Quand Colette l'avait accueillie à son retour de Géorgie, la jeune mulâtre s'était écriée :

— Katleen ! Que vous est-il arrivé ? Vous avez une mine épouvantable ! Vous paraissez si mince, si pâle ! On croirait que vous avez de nouveau été mordue par un serpent en Géorgie.

Ce n'était pas un serpent la cause de son état, mais un homme, et peut-être était-ce pire... Durant le voyage de retour vers La Nouvelle-Orléans, Katleen avait totalement perdu l'appétit. Elle s'était montrée rebelle le jour et soumise la nuit. Le bateau était aussi vaste que le « Balcraig », mais St. Bride avait exigé qu'ils partagent la même chambre. Il estimait que plus aucune raison ne les empêchait de dormir ensemble. Chaque nuit, il lui avait fait l'amour, tantôt avec une passion débridée, tantôt avec une lenteur très douce. Elle avait eu beau essayer de se raisonner, de résister, elle s'était à chaque fois retrouvée consentante dans ses bras.

A présent, de retour à La Nouvelle-Orléans, elle observait Colette faire le tour de toutes les pièces pour allumer les chandeliers. Katleen avait dîné seule, pendant que St. Bride s'entretenait avec Alban de la visite de Straught.

Bientôt vint l'heure du coucher, et St. Bride n'était toujours pas rentré. Si cela n'avait été aussi risqué, Katleen se serait glissée jusqu'à la case d'Alban afin d'écouter leur conversation. Elle sourit en songeant à l'évidente contrariété qu'Alban avait affichée en constatant qu'elle accompagnait St. Bride. Ils ne s'aimaient pas, certes, et cependant ils possédaient certaines affinités.

Ses paupières s'alourdissaient tandis qu'elle attendait son amant. Ce voyage l'avait épuisée et elle avait hâte de se coucher dans un lit qui ne tanguait pas. Elle quitta la bergère où elle s'était installée et, comme elle passait devant la chambre de St. Bride, elle jeta un coup d'œil sur le lit. Il voudrait certainement qu'elle y dorme avec lui... Elle ne laissa pas ses pensées dériver. Elle ne devait pas perdre de vue qu'elle allait le quitter au plus vite. Il serait occupé par ses affaires et elle en profiterait pour lui fausser compagnie.

Elle n'avait pu éviter de rentrer à Belle Chasse. Certain qu'elle se sauverait à la première occasion, St. Bride l'avait surveillée sans relâche, tel un fauve aux aguets. Jamais il ne lui avait accordé plus de quelques minutes de solitude, aussi l'avait-elle suivi fidèlement.

Mais à présent, elle n'attendrait pas que Straught vienne lui régler son compte à la plantation. Elle n'attendrait pas non plus que St. Bride ait réduit son cœur en miettes. Non, elle partirait dès que possible. Elle retournerait même sur les quais s'il le fallait, et s'embarquerait clandestinement.

Elle jeta un dernier regard sur le couvre-lit en satin imprimé de coquelicots et regagna son ancienne chambre. Une fois couchée, elle ne s'endormit pas aussi vite que prévu. Un plan d'évasion s'élabora dans son esprit...

Le lendemain matin, elle s'éveilla dans des draps de satin vert, sous un ciel de lit, entourée de tous côtés d'un rideau de gaze. A ses pieds dormait Candy, petite boule de fourrure noire. Elle le caressa avec tendresse, heureuse de le retrouver. Puis elle retomba contre les oreillers en soupirant. St. Bride l'avait certainement transportée dans son propre lit, durant la nuit, sans même interrompre ses rêves. Des rêves fort agréables, se souvint-elle tristement. Il faisait déjà très chaud. Une nouvelle journée étouffante s'annonçait mais elle ne s'en souciait pas. Ses pensées la ramenèrent malgré elle vers St. Bride.

Où était-il ? Il avait dormi près d'elle, les draps étaient froissés à sa place. « Sans doute s'est-il levé tôt pour courir rejoindre ce cher Erath... », songea-t-elle avec un frisson glacé.

Elle se leva, entraînant Candy dans son élan. Alors que le chaton partait sans délai à la recherche de son petit déjeuner, Katleen prit sa chemise de batiste, posée sur le fauteuil. Comment St. Bride avait-il pu la lui ôter sans la réveiller ? Elle rougit en se rappelant combien il était doux et diaboliquement adroit, quand il le fallait. Peut-être même lui avait-il fait l'amour pendant son sommeil ? Cette idée était loin de lui déplaire...

Elle s'approcha du nécessaire de toilette et se rafraîchit. La chaleur l'oppressait déjà. Elle releva ses cheveux d'une main et pensa brièvement à regagner sa chambre pour se coiffer. Mais il faisait sans doute plus frais dans cette pièce-là, car, située en coin, elle s'ouvrait sur deux façades. Un léger courant d'air la traversait. Elle alla donc chercher le peigne de St. Bride, sur la commode.

C'était un peigne en argent, gravé de dessins baroques sur la tranche. Elle le connaissait bien — combien de fois le lui avait-elle emprunté sur le bateau ! — mais elle ne le vit nulle part. Elle explora les tiroirs, sans plus de succès. Elle s'apprêtait à retourner dans sa chambre pour prendre le sien quand son regard s'arrêta sur le coffret en bois d'Amboine. Elle l'ouvrit et y découvrit le peigne. A côté, pliée en quatre, se trouvait la petite note d'Alban que St. Bride avait reçue à Wolf Island, celle qui l'avait contraint à la ramener avec lui à Belle Chasse où elle devrait jouer au chat et à la souris avec son bourreau...

Son délicat visage s'assombrit. Non, ce n'était pas cette note la responsable de son malheur, mais St. Bride lui-même. Il était rentré parce que ses affaires avec Straught comptaient davantage pour lui que sa sécurité à elle.

Cette pensée lui fit froid dans le dos. St. Bride était peut-être entre les griffes de Straught, mais elle-même courait un danger bien plus grand entre celles de St. Bride. Par ses caresses, il la gardait prisonnière, soumise et consentante, mais pour lui, elle n'était qu'une toquade. Que se passerait-il quand il se lasserait d'elle ? Une larme coula sur la joue de la jeune fille. Que font les ducs lorsqu'ils sont fatigués de leur maîtresse ? Ils s'en débarrassent, sans autre forme de procès. Et il se débarrasserait d'elle un jour ou l'autre, à moins que Straught ne soit plus rapide que lui...

Le plan de sa fuite lui revint alors en mémoire. Elle le mettrait en œuvre sans délai, décida-t-elle en retenant de nouveaux sanglots. Oui, elle fuirait, ne serait-ce que parce qu'elle ne se sentait pas la force de passer une nouvelle nuit avec St. Bride sans qu'aucun mot d'amour soit prononcé.

— L'amour... balbutia-t-elle tout haut.

— Mmm ?

Elle sursauta de surprise. Un bras s'enroula autour de sa taille et de petits baisers se posèrent sur sa nuque.

— St. Bride. Vous m'avez fait peur, fit-elle en essayant de retrouver son calme.

Elle ne bougea pas. Quand elle sentit ses lèvres sur son épaule, tout son corps frissonna, une fois de plus en proie au désir fou qu'il allumait en elle dès qu'il la touchait. Il était compromis avec Straught jusqu'au cou, mais quand il la prenait dans ses bras, rien d'autre n'existait plus pour elle. Même ce terrible danger s'évanouissait devant le plaisir qu'éveillait le moindre de ses baisers, la moindre de ses caresses.

— Mon ange noir m'a manqué la nuit dernière, murmura-t-il. Mais il n'est pas trop tard pour y remédier...

Lentement, il lui excita les seins puis délaça la chemise de batiste.

— D'où venez-vous ? s'enquit-elle dans un souffle.

— Je suis allé voir mes fleurs, chérie. Elles ne vont pas tarder à éclore. Encore quelques jours, et nous pourrons quitter Belle Chasse.

Il se pencha pour baiser ses seins avant de commencer à ôter ses bottes.

— Vous devez être content, non ? demanda-t-elle, comme il se relevait pour enlever sa chemise.

Comme toujours, elle admira son torse sculptural, à la peau cuivrée et aux muscles puissants. Son cœur se serra à la pensée de devoir bientôt renoncer à ce spectacle dont jamais elle n'aurait pu se lasser. De son côté, il la contemplait avec une avidité non dissimulée.

— C'étaient les fleurs préférées de ma sœur, indiqua-t-il. (Une ombre passa furtivement dans son regard turquoise.) Je crois qu'elles plairont aussi beaucoup à Straught...

Puis il reporta son attention sur Katleen et sa chemise à moitié délacée. Il maugréa contre les dessous féminins, alors que Katleen hésitait entre désir et défi...

— Vous voulez plaire à Straught, n'est-ce pas ? osa-t-elle demander.

— C'est à vous que je veux plaire. C'est vous que je veux satisfaire.

Sur ce, il déchira la chemise de batiste et dénuda les seins fermes de Katleen, sa taille fine, son ventre plat, centimètre par centimètre. Lentement. Sensuellement. Elle émit une faible protestation, mais visiblement il n'avait pas l'intention de s'arrêter en si bon chemin.

Déjà, ses lèvres brûlantes s'égaraient sur un sein, puis sur la peau si douce de son ventre pour arriver plus bas, là où elles allaient s'animer avec davantage encore de passion. Mais pas tout de suite. Il souleva soudain Katleen dans ses bras et la déposa délicatement sur le lit, à l'abri des rideaux de gaze, comme le plus précieux des trésors. Puis il finit de se dévêtir sous le regard de la jeune fille. Elle essaya à nouveau de se raisonner, de se souvenir du destin tragique de sa sœur et de celui, non moins tragique, qui la guettait si elle restait avec St. Bride. Mais, comme elle contemplait son corps de dieu grec, des images plus plaisantes se formèrent dans son esprit, comme celle du jour où ils avaient fait l'amour dans la coupole de Wolf Island...

C'était le jour de leur départ pour La Nouvelle-Orléans. Ils devaient sans tarder se rendre à Darien, et elle se désolait de n'avoir pu s'échapper. St. Bride l'avait deviné. Il l'avait emmenée dans la coupole et avait tenté de l'apaiser en la serrant simplement contre lui, comme pour doucement l'habituer à accepter ce qu'il lui imposait. Ils avaient contemplé les mouettes pêchant le long de la côte, survolant les eaux transparentes sous un soleil radieux. Katleen avait essayé de lui dire qu'elle ne voulait pas rentrer. Elle lui avait même promis de ne pas quitter Wolf Island jusqu'à son retour, et elle aurait tenu sa promesse. Mais il n'avait rien voulu entendre.

Il s'était simplement contenté de lui demander:

— Je ne vais pas vous manquer?

Elle avait nié vigoureusement en secouant la tête.

— Prouvez-le-moi, et vous resterez.

Et il s'était emparé de ses lèvres dans un baiser de plus en plus sensuel. Oh oui, elle voulait rester! Déterminée à ne pas répondre à son ardeur, à demeurer de marbre, elle s'était raidie contre lui. Hélas, peu à peu, le désir s'était insinué en elle, la faisant frissonner, et elle avait perdu le contrôle d'elle-même en sentant les doigts de St. Bride emprisonner ses seins, imprimant de légères pressions sur les bouts durcis, faisant naître en elle une onde brûlante qui se propageait jusqu'à son ventre. Elle s'était rendu compte alors qu'il avait fait glisser sa robe le long de ses épaules. Il la caressait à deux mains, sans lui permettre un instant de reprendre ses esprits. Déjà, elle ne souhaitait plus qu'une chose: le sentir en elle et laisser le plaisir transformer leurs corps en brasiers ardents. Il avait alors remonté ses jupes, et, l'allongeant sur lui sur les coussins, il avait guidé ses reins sur son ventre à lui, retardant au maximum le moment où l'explosion de tous leurs sens les avait transportés au paradis...

Maintenant, elle se retrouvait prise entre la peur et le désir. Nu, St. Bride avança vers le lit sans même avoir pris la peine de fermer la porte donnant sur le salon, certain que personne n'oserait venir interrompre leur intimité ! Il exerçait sur tout son entourage un charme naturel. Chacun lui était totalement dévoué et se plaisait à le satisfaire. Quand il la rejoignit sur le lit, Katleen n'espérait plus pouvoir stopper le cours des événements. Il la tenait en son pouvoir. Elle avait trop violemment envie de lui...

Il s'allongea sur elle, lui écartant doucement les jambes.

— Pourquoi vouliez-vous dormir dans votre lit, la nuit dernière ? Vous saviez que votre place était ici.

— Parce que... être amants ne... signifie pas que nous « devons » partager notre lit, bredouilla-t-elle, éperdue de sentir le poids de ce corps sur le sien, ce corps qu'elle désirait follement.

— Les nobles ne partagent jamais leur chambre avec leur épouse, vous le savez ? demanda-t-il en l'embrassant dans le cou. Cela explique sans doute pourquoi tant d'hommes ont des maîtresses.

— Les ducs n'échappent pas à cette règle, non ? Elle tenta d'imaginer que ses lèvres la laissaient froide, en vain. Partout où elles se posaient, elles allumaient des brasiers.

— Katleen, mes affaires à Belle Chasse touchent à leur fin. Je veux que vous rentriez en Angleterre avec moi.

— C'est en Écosse que je veux aller, nulle part ailleurs.

— Quelle drôle de couple nous formons... Le destin semble s'obstiner à nous séparer.

— Les maîtresses ne sont-elles pas toujours éphémères ?

— Pas vous.

Il laissa courir sa langue sur sa gorge, puis il plongea ses yeux dans les siens, des yeux graves, brillants et pleins de chaleur. La blancheur de la gaze s'y reflétait. Jamais elle ne les avait vus si tendres.

— Pourquoi faut-il que vous me regardiez comme ça ? gémit-elle.

— Pourquoi détournez-vous la tête ? murmura-t-il en la ramenant face à lui. N'êtes-vous pas attachée à moi ? Un tout petit peu ?

— Hélas... oui, avoua-t-elle.

— Pourquoi « hélas » ? (Il posa une main sur le cœur de la jeune fille.) Pourquoi ne pas l'admettre, Katleen, le dire tout simplement ?

— Je le dirai... à une condition.

— Laquelle ?

La main de St. Bride parcourait sa poitrine. Katleen essaya de l'oublier.

— Enlevez-moi ce collier. Il est devenu inutile, maintenant que vous avez obtenu ce que vous désiriez. Je ne pourrai jamais vous quitter, à présent. Vous le savez, n'est-ce pas ?

Il réfléchit un instant, puis il dit doucement :

— Dites-le-moi, dans ce cas.

Elle allait lui mentir, uniquement pour qu'il la débarrasse de ce collier. Lui mentir... car il ne pouvait être question d'autre chose. Pourtant, sa propre voix lui parut irréelle et terrible quand elle prononça, dans un murmure :

— Je vous aime. Je... je t'aime.

— Répète.

— Je t'aime.

Prononcer ces mots une deuxième fois ébranla le

cœur de Katleen. Des larmes inondèrent ses yeux. Oh ! Pourquoi ? Il ne s'agissait pourtant que d'une comédie. Elle n'aimait pas St. Bride. Non !

S'il douta de sa sincérité, il n'en montra rien. Il se contenta de boire ses larmes, au fur et à mesure qu'elles coulaient. Puis il glissa une main sur la nuque de la jeune fille. Elle entendit un déclic. Il l'avait libérée du collier, qu'il jeta au pied du lit. Il avait tenu sa promesse.

— Ma belle... Ne pleure pas. Je veux seulement te voir sourire.

D'un doigt, il dessina le contour de ses lèvres en forme de cœur et embrassa une nouvelle larme.

— Mais tes sourires sont trop furtifs, Katleen, tout comme tes moments de bonheur. Je vais te rendre heureuse. Pour toujours. Je le jure.

Il l'enlaça avec passion et commença à lui faire l'amour, lentement, déterminé à remplacer les larmes par le plaisir. Ses lèvres s'attardèrent à la place du collier. Katleen trouvait étrange de ne plus le sentir sur sa peau. Tout à coup, c'était comme s'il lui manquait une part d'elle-même. Elle faillit même lui demander de le lui rendre !

— St. Bride, pourquoi... ? Pourquoi... ? Oh, St. Bride... gémit-elle comme il penchait la tête pour lui mordiller les seins.

Elle ne savait plus ce qu'elle voulait lui demander. Un seul mot suffisait à exprimer l'amour absolu qu'elle lui portait. Un amour voué au désespoir. Mais elle ne parvenait plus à réfléchir de façon cohérente. Les doigts dans les cheveux de St. Bride, elle rassembla ce qui lui restait de lucidité pour oublier qui il était, et pour se concentrer uniquement sur l'homme qu'elle aurait aimé qu'il soit.

Ensuite, elle sentit qu'il pénétrait sensuellement sa bouche de sa langue brûlante, et que sa main remontait entre ses cuisses pour caresser l'endroit le plus secret de sa féminité. Il se montrait aussi impatient qu'elle. Alors elle s'ouvrit à lui et il la pénétra, la comblant de bonheur. Mais ce fut seulement quand elle eut l'impression de nager sur le satin comme dans une mer tiède, quand la gaze autour d'eux se mit à étinceler comme des milliers d'étoiles, quand leurs corps en fusion vibrèrent l'un contre l'autre, qu'elle répéta les mots d'amour. Cette fois, elle savait sans l'ombre d'un doute qu'elle ne mentait pas.

— Je t'aime, St. Bride!...

Elle riait et pleurait en même temps. Ondulant contre lui, elle sombra dans l'orgasme avec une volupté indescriptible. Elle devenait folle, mais le plaisir qu'il lui procurait était tellement profond, tellement intense, qu'elle ne se souciait plus de s'être vendue au diable, corps et âme.

Quand ensuite St. Bride la garda dans ses bras et s'endormit, Katleen ne s'en étonna pas. Elle savait qu'il était fatigué. Il s'était couché fort tard pour se lever à l'aube. Elle s'extirpa difficilement de son étreinte sans le réveiller. Et puis elle n'en avait pas vraiment envie non plus.

Elle le contempla avec une tendresse infinie. A travers la gaze, il évoquait un Icare échoué sur la grève, épuisé. Étendu sur le ventre, il dormait profondément, le visage tourné vers elle. Elle se plut à l'observer sans qu'il le sache.

Une barbe naissante ombrait ses joues. Pourtant, son visage paraissait étrangement enfantin, dans l'abandon du sommeil. Attendrie, Katleen sourit. Ses cheveux étaient toujours noués sur la nuque, mais des boucles noires s'échappaient du catogan. Elle avait envie de le toucher pour le réveiller, que son magnifique regard turquoise apparaisse et se pose sur elle...

Elle le caressait des yeux avec une émotion presque douloureuse, admirant ses bras forts et musclés repliés au-dessus de la tête, son dos cuivré, ses longues jambes au galbe parfait. Il était très beau.

« Mais il demeure aussi mon ennemi », se dit-elle en s'éloignant du lit. Il ne jouait pas le jeu. Durant les semaines passées ensemble, pas une fois il n'avait agi sans un motif caché. Ne lui avait-il pas lui-même avoué qu'il se plaisait à manipuler ses ennemis ? Katleen frémit. Ne l'avait-il pas manipulée, depuis le début ? Il s'était fait aimer d'elle, peu à peu, mais qu'allait-il advenir d'elle maintenant ?

Katleen ravala ses larmes et se rhabilla. Elle devait le quitter avant qu'il ne lui fasse l'amour à nouveau, avant qu'elle ne devienne folle...

Elle décida de ne pas retourner dans sa chambre pour emballer ses affaires. Colette risquait de la surprendre. Sa chemise étant déchirée, elle prit celle de St. Bride pour se couvrir. Le cœur serré, elle respira la délicieuse odeur boisée qui l'imprégnait. Puis elle enfila les chausses de daim. Bien sûr, la taille était beaucoup trop large. Elle se servit donc des bretelles en guise de ceinture.

La respiration de St. Bride était toujours aussi régulière. Elle replia les manches trop longues de la chemise et prit le collier au saphir qu'elle fixa à sa taille. Après un dernier regard plein de tristesse à l'homme qui dormait sous la gaze, elle sortit pieds nus sur le palier.

Quelques minutes plus tard, elle se faufilait jusqu'aux écuries où elle ouvrit les stalles et lâcha les chevaux. Ils s'égaillèrent dans la cour en trottinant puis, les étalons poursuivant les juments, ils disparurent en groupe vers les champs violacés. Mathias fit alors irruption des cuisines, visiblement affolé de voir les chevaux dont il avait la charge prendre la poudre d'escampette. Désolée pour lui,

Katleen espéra de tout son cœur qu'il parviendrait à les récupérer sains et saufs, mais elle ne s'attarda pas à s'apitoyer. Elle ouvrit la stalle de Canis. Il était sellé. Elle se hissa sur son dos. Mathias, qui arrivait en courant, se mit alors en travers de son chemin.

— Je regrette Mathias, vraiment. Écartez-vous !

Canis piaffait d'impatience, mais elle le contenait sans difficulté.

— Je vous en prie, Mathias, faites ce que je vous dis !

Elle fit avancer Canis de quelques pas. Ses cheveux noués balayaient ses épaules et elle maniait le fouet avec dextérité. Il cingla les flancs de l'animal.

— Ôtez-vous de mon chemin ! Je veux seulement partir d'ici.

— Mais le maître ! Vous l'avez tué ! s'exclama-t-il en reconnaissant avec horreur les vêtements qu'elle portait.

— Mais non ! Il va très bien. Laissez-moi passer !

— Mon Dieu ! Faites que mon maître aille bien ! s'écria Mathias avant de céder le passage.

Seule la peur qui la submergeait lui donnait la force de rester sur le dos de Canis. Ses mains se raidirent sur les rênes, et elle pria pour ne pas avoir oublié comment elle chevauchait jadis à Mhor, sur les poneys Shetlands, quand elle était enfant.

Donnant des talons dans les flancs de Canis, elle sortit de l'écurie. Plusieurs domestiques, dont Colette, la dévisagèrent avec incrédulité.

— Au voleur ! Au voleur ! hurla Grand-Louis en accourant derrière elle.

— Vieux fou ! murmura-t-elle presque pour elle-même, songeant que tout ce vacarme allait réveiller St. Bride.

Elle jeta un regard vers la maison, avant de disparaître à bride abattue. Elle s'aperçut alors qu'il était déjà réveillé. Il dévalait tant bien que mal les marches de la loggia en boutonnant des chausses enfilées à la hâte.

Déjà, Katleen galopait dans l'allée de pacaniers. Elle souhaita ardemment que St. Bride ne trouve pas le moyen de la rejoindre. Pour l'instant, il assistait impuissant à sa fuite, le visage décomposé mais l'œil meurtrier.

« Heureusement, je ne le reverrai plus jamais », pensa la jeune fille en frémissant, pendant que Canis continuait sa course sur la route qui longeait le fleuve.

Mais la vision de ses traits défaits, ravagés par le désespoir, n'allait pas cesser de la hanter...

## 28

— Papa, St. Bride est de retour. J'aimerais que vous lui parliez, dit Lady Catherine en suivant son père dans la grande salle.

Elle s'assit délicatement sur un pliant.

— Oui, oui, ma chérie. Mais pourquoi tenez-vous autant à cet homme ? St. Bride Ferringer me donne des indigestions !

— Parce qu'elle ne le fait pas marcher au doigt et l'œil, alors que tous les autres rampent à ses genoux, intervint Straught en entrant dans la pièce.

Il jeta sur Lady Catherine un regard chargé de mépris et elle le lui rendit avec le même dédain. De toute évidence, ils ne s'appréciaient guère.

— Monsieur Straught, prenez garde que je ne

vous compte pas vous aussi parmi la bande d'imbéciles qui se traînent à mes pieds ! (Lady Catherine se leva et se tourna vers son père.) Je veux aller à Belle Chasse aujourd'hui, papa. Ils sont revenus, tu le sais. Je dois voir St. Bride !

— Catherine, je ne tolérerai pas que vous parliez à notre invité sur ce ton ! (Thionville était devenu aussi rouge que le vin de Bourgogne qu'il était en train de boire.) Erath est notre hôte, il mérite notre considération. Excusez-vous, Catherine.

— M'excuser !

Catherine semblait trouver cette idée risible. Mais le sourire ironique qui s'ébauchait sur ses lèvres disparut. Une lueur sauvage incendiait le regard de Straught, et elle recula. Selon son père, les Lowlanders étaient des êtres étranges et sanguinaires ; elle le croyait volontiers à présent. Elle s'assit à nouveau et se réfugia dans un silence obstiné.

— Catherine ! s'indigna son père.

— Laissez, Thionville. Cela n'a pas d'importance.

Straught détailla la jeune fille. Elle était ravissante avec son teint de pêche, ses lèvres pleines et son regard étincelant de colère.

— Qu'elle suive son idée, puisqu'elle y tient tant, continua-t-il. St. Bride sait ce qu'il veut, lui aussi. D'ailleurs, il semble l'avoir montré clairement, non ?

— Oh ! fulmina Lady Catherine. Papa, je pars immédiatement. St. Bride renoncera à sa traînée et il m'épousera ! Je ne lui laisserai pas le choix ! Je refuse de devenir une vieille fille dans ce pays de sauvages !

— Allons, allons... Vous ne resterez pas célibataire, voyons. Dès que nous aurons récolté les profits de ces cultures de pavot, vous retournerez en France où vous mènerez la grande vie. Vous vous trouverez un bien meilleur mari, et plus riche que St. Bride !

— C'est St. Bride que je veux ! Personne d'autre ! J'ai rencontré nombre de gentlemen à la Cour, de ceux qui gravitent autour de Louis XV. Ils ne lui arrivent pas à la cheville. Je hais cette petite prostituée aux cheveux noirs ! Pourquoi ne l'a-t-il pas laissée s'enfuir ?

— Vos charmes n'ont malheureusement pas suffi à le retenir, glissa perfidement Straught avant de s'adresser au comte. Vos hommes ont dit qu'ils avaient tous deux débarqué la nuit dernière, St. Bride... Et cette fille l'accompagnait, n'est-ce pas ?

— Oui, mais d'après l'officier du port, la fille est rentrée de force. St. Bride la tirait presque pour monter dans la voiture, paraît-il. Je ne les attendais pas si tôt, je dois dire, vu la façon dont ils ont quitté le bal ! Vous ai-je dit, Erath, que selon mes invités la maîtresse de St. Bride est cette Crécerelle que nous cherchions ? Quand elle a perdu son masque, tout le monde s'extasiait sur sa beauté, sur ses yeux « les plus bleus », sur sa chevelure « la plus noire ». Une beauté ensorcelante, sans aucun doute. Une sorcière, oui ! Catherine n'exagérait pas.

— Une véritable sorcière ! affirma Straught sur un ton sinistre. Et elle est bien la Crécerelle !

— C'est la Crécerelle ! Mais... Enfin Erath, pourquoi ne pas m'avoir informé puisque vous le saviez ? Nous l'aurions arrêtée depuis longtemps, bien avant ce bal, ou même la nuit dernière, quand ils ont débarqué !

— Parce qu'elle accompagne Ferringer. Vous ne craignez pas de le contrarier, en emprisonnant sa maîtresse, de l'irriter ? Non, il nous faut agir sans qu'il le sache. Nous nous débrouillerons pour faire retomber le blâme sur quelqu'un d'autre.

— Mais enfin, pourquoi le blâme retomberait-il sur nous ? s'indigna Thionville. Nous n'y sommes pour rien si cette fille est une meurtrière ! Et qu'ai-je fait, moi ? Je me suis contenté d'afficher l'avis de recherche.

— Sur mes instructions. Qu'allons-nous faire, maintenant ?

— Rien, dit fermement le comte. Cette jeune beauté n'est pas la Crécerelle, elle lui ressemble, voilà tout. La maîtresse de St. Bride ne saurait être une vulgaire fille des rues. Elle est au contraire la plus jolie fleur de Louisiane. Sans compter Catherine, bien sûr ! se rattrapa-t-il in extremis.

— Mais c'est elle, la Crécerelle ! explosa Straught. Je vous l'affirme ! De plus, elle est avec St. Bride depuis le début ! Mon Dieu, il doit savoir qui je suis !

— Qu'avez-vous après cette Crécerelle ? Vous ne me l'avez jamais dit, tout compte fait.

— Peut-être que je la convoite, tout comme vous.

— Colette appartient à St. Bride, Erath. Autant l'accepter, non ?

— Que dites-vous ?

— Je dis que Colette...

— Pourquoi diable l'appelez-vous « Colette » ?

— Parce que c'est son nom ! Du moins celui qu'elle m'a donné la dernière fois où je l'ai vue à Belle Chasse. (Thionville fronça les sourcils.) Qu'y a-t-il, Erath ?

— Bien sûr ! clama Straught. Elle utilisait un faux nom ! Voilà pourquoi St. Bride n'a rien tenté contre nous. Je suis sûr qu'elle lui donne du fil à retordre. Apparemment, elle ne se fie pas plus à lui qu'à moi. Nous gardons une petite chance...

— Erath, enfin, réfléchissez ! Cette fille est la maîtresse de St. Bride. Il l'a même emmenée avec lui en Géorgie. Colette n'a rien d'une vulgaire coupeuse de bourses. Vous vous égarez complètement.

— Venez, Thionville. Partons pour Belle Chasse. Ce St. Bride n'a jamais pu m'expliquer clairement ce qui était arrivé à Quinn, alors nous l'interrogerons, et nous ramènerons peut-être Crécerelle en prime.

Le comte se leva lourdement en essuyant son front trempé de sueur.

— Bon, cela nous donnera l'occasion de voir comment se portent nos fleurs, abdiqua-t-il.

— Emmène-moi, papa ! Je veux être là quand vous arrêterez la Crécerelle. Je me chargerai de consoler St. Bride.

— Non, vous ne venez pas. Je ne supporterais pas qu'une femme interrompe mes projets, s'opposa Straught.

— Papa ! Je viens !

— Ce n'est pas le bon moment, Catherine. Demain, si tu le désires.

— Mais je veux être là quand...

L'apparition d'un valet interrompit sa phrase.

— Vous avez une visite, milord, annonça-t-il.

— Pas maintenant ! s'irrita Thionville. Nous partons pour Belle Chasse où nous pensons avoir localisé la Crécerelle. Cela ne peut attendre.

— Ils prétendent que c'est urgent, milord, et... si je puis me permettre, il s'agit d'une certaine Lina et de Wolfbane. C'est au sujet de la Crécerelle.

— Que savent-ils de Crécerelle, ces deux énergumènes ? coupa sèchement Straught.

Ignorant l'intervention de l'hôte de son maître, le valet ajouta :

— Milord... ils affirment avoir attrapé la Crécerelle.

— Quoi ? s'exclamèrent ensemble le comte, Straught et Catherine.

— Qu'attendez-vous pour nous les amener, idiot ! reprit le comte.

— Tout de suite, milord, fit le valet en s'inclinant.

St. Bride arpentait le plancher de la galerie. Il attendait des nouvelles de Katleen. En vain. A l'est, le bayou miroitait sous une chaleur étouffante. Au nord, les champs de fleurs maintenant écloses rougeoyaient comme un soleil couchant. St. Bride regardait ce paysage sans le voir. Seule Katleen occupait son esprit.

Sous l'implacable canicule du mois d'août, une brume recouvrait la route déserte. Personne en vue. Pas le moindre messager. St. Bride jura en silence, le front orageux, puis saisit à deux mains l'un des piliers de la galerie.

— Les fleurs se sont épanouies, St. Bride. Comme je vous le disais dans ma lettre, Straught a semblé perturbé par votre absence. Nous devrions prendre contact avec lui au plus vite, suggéra Alban en rejoignant son maître.

— Pas avant que j'aie retrouvé Katleen.

Alban ne sembla pas surpris par sa réponse.

— Ne vous inquiétez pas. Les hommes que nous avons engagés ne tarderont pas à la ramener. Elle ne peut quitter la ville puisque nous avons prévenu l'officier du port qu'elle essaierait de monnayer son billet contre le collier au saphir. Nous n'avons qu'à attendre, mais les fleurs, elles, ne supporteront pas ce nouveau délai. C'est pourquoi je me permets d'insister.

— Je dois retrouver Katleen.

— Elle se porte sans doute comme un charme. Elle est habituée à vivre dans la rue, non ? Mais... n'oubliez pas qu'elle vous a quitté, de son plein gré.

— Peu importe. Je dois la revoir, ne serait-ce que pour lui arracher les yeux ! Elle a prétendu qu'elle m'aimait, vous comprenez ? Et je l'ai crue. Je m'apprêtais à la demander en mariage, à faire de cette coupeuse de bourses une duchesse. Et je peux vous assurer qu'elle aurait fait honneur à son titre.

Ses origines sont un mystère, mais par moments, j'ai vraiment pensé qu'elle était noble, sinon de titre, au moins de cœur. Vous ne pouvez pas savoir à quel point je tiens à elle, Alban !

— St. Bride...

Alban aurait aimé l'apaiser. Ne sachant comment s'y prendre, il se contenta de poser une main sur l'épaule de son maître.

— Elle était tellement différente de toutes celles que j'ai connues. Elle se moquait de mes biens, de ces plantations, de mes cadeaux. Tout ce que je possède semblait la laisser froide, alors que toutes les autres ne voyaient que cela. En fait, la seule chose qui lui plaisait en moi... c'était moi. (Il ferma les yeux.) Elle m'a dit qu'elle m'aimait, vous comprenez ? Et je l'ai crue...

— Cette fille n'en est pas à sa première fourberie, ne l'oubliez pas, dit doucement Alban. Peut-être ne vous a-t-elle fait cet aveu que dans le but d'obtenir le collier.

— Peut-être, mais elle me l'a répété après que je lui ai enlevé. (St. Bride se tourna vers Alban et le regarda droit dans les yeux.) Elle était vierge, que dites-vous de ça ?

Cette fois, Alban parut troublé. Il demeura silencieux. St. Bride passa une main nerveuse dans ses cheveux.

— Je voulais simplement l'aider, la protéger, l'aimer. Pourquoi diable s'est-elle enfuie ? De quoi avait-elle peur ?

— Nous avons les moyens et le pouvoir de la retrouver, St. Bride, dit Alban. Mais en attendant, vous devez conclure votre affaire avec Straught avant que les fleurs ne changent de couleur.

— Très bien, soupira St. Bride. Envoyez chercher ce bâtard de Straught, Alban. Nous nous débarrasserons de lui. Mais si entre-temps les magistrats mettent la main sur Crécerelle, nous ferons ce que tout Louisianais qui se respecte ferait.

— C'est-à-dire ?

— Nous les achèterons.

## 29

C'était sa première nuit de liberté, et déjà, elle se retrouvait captive. Debout sur le seuil de la grande demeure du comte de Cassel, Katleen se remémorait toutes ses mésaventures depuis sa fuite de Belle Chasse.

Après avoir abandonné Canis sur la route, elle s'était dirigée vers les docks, mais elle avait dû renoncer à son projet de vendre le collier. Aucun bateau ne s'apprêtait à appareiller pour l'Écosse. Il y en avait bien un qui levait l'ancre pour Rotterdam, via Le Havre, mais quand elle avait proposé le collier au capitaine, il avait décrété qu'elle l'avait volé et que le bourreau la guettait. Le lui arrachant des mains, Katleen était retournée dans les rues.

N'osant regagner la hutte de Bardolph, elle avait tenté de dormir à divers endroits. Elle avait finalement choisi de passer la nuit sous un entrepôt, à l'est de la place d'Armes. Elle s'était glissée dans l'espace compris entre le plancher du rez-de-chaussée et le sol. Là, elle avait installé quelques palmes séchées et s'y était étendue.

Puis elle avait fait briller le collier avec la chemise de St. Bride. Elle aurait été triste de s'en séparer. Il lui faisait penser à son propriétaire, plein d'éclat à l'extérieur, mais renfermant les plus noires des traîtrises...

Refusant de laisser cet homme continuer à la hanter, elle cacha le bijou sous sa chemise. Elle ne pouvait le remettre, puisqu'elle ignorait comment l'ôter. Elle essaya ensuite de dormir.

— La Crécerelle ! La Crécerelle ! Ça y est ! La fortune est pour moi !

Katleen se releva et parvint à s'agenouiller dans l'espace exigu. Quelqu'un l'avait repérée !

Le soleil s'était levé. Il s'infiltrait à travers les lattes disjointes du plancher, au-dessus d'elle. Là, se tenait une femme que Katleen reconnut immédiatement.

Elle s'appelait Lina, un diminutif d'Angelina bien que dans les bas-fonds des berges, on l'eût surnommée « Diablina ». Ses tribulations l'avaient vieillie avant l'âge, mais c'était une dangereuse créature, perverse et sans scrupule.

— Va-t'en, Lina ! Ne t'occupe pas de moi ! cria Katleen.

— Elle plaisante celle-là ! Ça sent l'or à plein nez rien qu'à te regarder, ma petite. Tu sais ce que tu vas me rapporter ? Sors de là ! Je vais t'amener au comte et me remplir les poches !

— Non ! fit Katleen en battant en retraite vers l'autre bout du bâtiment, espérant se débarrasser de la vieille sorcière.

Tout en s'éloignant, elle prit soin de dissimuler le collier dans sa ceinture. Avec un peu de chance, elle parviendrait à rejoindre les docks, où il était facile de se cacher.

Hélas, la chance n'était pas avec elle. Diablina avait un fils, Wolfbane. Il l'attendait au bout de l'entrepôt.

— Wolfbane ! s'écria Katleen. Ne m'approche pas !

Elle se mit à courir dans le sens opposé. Les passants, déjà nombreux, ne prêtèrent pas la moindre attention à cette jeune fille poursuivie par un homme. Elle n'alla pas loin : Lina surgit soudain sur son chemin, menaçant la jeune fille de sa canne. Katleen était prise.

On la poussa si violemment sur le sol que Katleen suffoqua, cherchant son souffle. Quand enfin elle put lever la tête, elle découvrit avec horreur son cousin, assis sur un pliant de velours vert, devant elle.

Il la détailla attentivement, tout d'abord, de ses horribles yeux de démon. Il remarqua ses vêtements souillés, des vêtements d'homme. Ceux de St. Bride, sans aucun doute...

— Katleen, ne prenez-vous jamais de bains ? commença-t-il tranquillement.

Il jeta un regard dégoûté à Lina et à Wolfbane, avant d'ajouter :

— Remarquez, étant donné les gens que vous fréquentez, je n'en vois pas l'utilité.

— Vous n'échapperez pas à l'enfer, Erath ! cria Katleen en se levant.

Elle se précipita vers la porte, mais la présence du valet de pied et celle de Wolfbane la dissuadèrent de tenter quoi que ce soit.

— C'est vraiment la Crécerelle, Erath ? demanda le comte en quittant le divan où il était assis.

Il s'approcha de la jeune fille. Il empestait la pommade et la lavande. Catherine le rejoignit.

— Qui qu'elle soit, emmenez-la, Erath, jeta cette dernière avec fiel. Je ne veux pas qu'une prostituée vienne souiller ma maison. Papa, vous ne permettrez pas, j'espère, que maman pose les yeux sur cette créature !

Catherine toisa Crécerelle de la tête aux pieds avec un mépris chargé de haine. Katleen se sentit outragée, mais elle ignora l'effrontée. Une menace bien plus grande pesait sur elle. Elle se tourna vers son cousin.

— Erath, oseriez-vous m'assassiner devant tous ces gens ?

— Vous assassiner ? Qui parle de meurtre ? intervint le comte qui contemplait Katleen avec douceur. Il ne semblait pas se soucier de ses vêtements sales et mouillés. Il ne voyait que la jeune fille qui enflammait ses sens depuis le jour où il l'avait aperçue à Belle Chasse, et qu'il désirait toujours aussi ardemment. Katleen comprit immédiatement que les sentiments qu'elle inspirait au comte constituaient sa seule chance de salut. Elle lui lança son regard le plus dévastateur et murmura :

— Erath veut me tuer. C'est lui qui a poignardé Bardolph Ogilvie, pas moi !

— Qu'est-ce que cela signifie, Straught ? fit Thionville dans un hoquet. Est-ce possible que vous vouliez vraiment sa mort ? Je comprendrais encore si elle était aussi vieille et laide que cette... (Il hocha la tête en direction de Lina.) Mais Colette ! Ce serait vraiment un crime !

— Papa ! s'indigna Catherine.

— Silence ! ordonna son père.

Straught éclata de rire.

— Si vous croyez que je vais tuer la maîtresse de Ferringer, vous devenez tous complètement fous !

— Bon, c'est pas le tout mais nous on attend notre or ! s'interposa soudain Wolfbane.

— Ah ! fit Straught en fouillant dans la poche de son gilet.

Il jeta une simple pièce en direction de la mère et du fils. Elle roula sur le tapis persan et Wolfbane se précipita pour la ramasser. Il semblait satisfait, ce qui n'était pas le cas de Lina.

— Eh ! s'écria-t-elle. C'est ça la récompense pour la Crécerelle ? Celle qui a tué Bardolph Ogilvie ?

— Jetez-les dehors ! ordonna Thionville au valet de pied qui obéit sur-le-champ.

La vieille femme continua à hurler tandis qu'on l'emmenait, mais son fils obtempéra calmement.

— Je n'ai pas tué Bardolph Ogilvie, et vous le savez ! cria Katleen à l'adresse de Straught.

— Mais l'avis de recherche m'a permis de vous retrouver ! rétorqua-t-il. Je vais l'enfermer dans l'ancienne chambre de Quinn. D'accord, Thionville ?

— Ne lui faites surtout aucun mal !

— Non, non... Vous n'êtes qu'un vieux lubrique ! Vous la voulez pour vous tout seul, hein ? En tout cas, on a de quoi négocier avec Ferringer, maintenant. Il nous a dupés, j'en mettrais ma main à couper ! Elle nous servira à nous en tirer, vous verrez.

— Emmenez-la chez Quinn, d'accord ?

— Oui, le bougre doit rôtir en enfer à l'heure qu'il est, répondit Straught en poussant Katleen sans ménagement devant lui.

Tandis qu'ils approchaient des écuries, la jeune fille se répétait les mots que Straught avait prononcés, incrédule. « Il nous a dupés »... Serait-il possible qu'elle se soit trompée sur le compte de St. Bride ?

— Erath, écoutez-moi. J'ai une question à vous poser... St. Bride est-il votre ami ou votre ennemi ?

— Je ne vais pas tarder à le savoir, figurez-vous, fit-il avec un mauvais sourire.

Katleen se sentait anéantie. S'était-elle bernée à ce point ? N'avait-elle quitté Belle Chasse que pour découvrir l'ampleur de son erreur ? Elle épia discrètement son cousin. Jamais elle ne l'avait vu aussi préoccupé...

Tout s'ordonnait dans sa tête ! Katleen sentit ses jambes la trahir, elle s'appuya contre un mur. La vérité prenait corps dans son esprit. Tout s'éclaircissait. St. Bride n'était-il pas celui dont Quinn lui avait parlé un jour, celui qui recherchait Straught, pour le punir d'avoir abusé de... Mary !

Katleen ferma les yeux. Quelle idiote elle avait fait ! En s'enfuyant, elle avait gâché sa seule chance de trouver enfin le bonheur. Elle n'avait réussi qu'à se jeter dans les griffes de son cousin, et elle allait le payer de sa vie...

— Venez, ordonna Straught en lui saisissant les mains.

Comme elle résistait, il agrippa sa taille et sentit un objet dur sous sa main.

— Tiens, tiens... fit-il en dégageant le collier au saphir.

— Non ! cria-t-elle en le lui arrachant des mains et en se réfugiant dans un coin.

— Où avez-vous trouvé ceci ? s'enquit Straught, consterné.

Le saphir semblait lui rappeler quelque chose, il ne cessait de l'observer tandis qu'il approchait de Katleen. Elle le cacha derrière son dos mais Straught n'eut aucun mal à lui saisir le bras.

— Est-ce... possible ? balbutia-t-il. N'est-ce pas le saphir de Lansdowne ?... Le fourbe ! St. Bride le portait, sur le « Bonaventure » ! Il s'est joué de moi ! Ah, il devait bien rire. Mon Dieu !... Je me suis laissé posséder comme un débutant...

Décomposé, Straught changea de visage :

— Donnez-le-moi, Katleen !

— Non. St. Bride me l'a offert.

— Je n'en doute pas, ma beauté ! Vous lui plaisez, hein ?

D'un mouvement vif, il tenta de lui reprendre le bijou, mais Katleen s'y attendait.

— Vous ne l'aurez pas !

Remettant le collier autour de son cou, elle actionna le fermoir. A présent, il devrait la tuer pour le récupérer.

— Enlevez-le !

— St. Bride est le seul à savoir comment l'ouvrir ! Je ne peux rien faire pour vous, cher Erath !

— J'aurai ce collier, Katleen ! Dois-je vraiment vous annoncer comment ?

— Peu m'importe ! Quand St. Bride verra comment j'ai été assassinée, il comprendra que je l'aimais et que je ne lui avais pas menti.

— L'amour ! Ce n'est pas l'amour qui va vous sauver la vie, en tout cas.

Il lui saisit brutalement les poignets et les lui attacha. Katleen se débattit à coups de pied, mais il la repoussa violemment contre le mur. Heureusement, il ne comptait pas lui attacher les chevilles. Peut-être trouverait-elle le moyen de s'enfuir, avant qu'il ne soit trop tard ?

Mais c'était le sous-estimer. Il sortit de la poche de son gilet une petite fiole contenant un liquide transparent. Il versa du vin dans un gobelet sale qui se trouvait sur la commode de Quinn. Puis il y ajouta quelques gouttes de sa fiole.

— Laudanum ? proposa-t-il à la jeune fille.

— Je ne vous laisserai pas m'empoisonner !

— Mais je veux seulement vous aider, voyons. Nous allons rencontrer votre amant, ma belle, et je n'ai pas envie que vous interveniez pendant que nous négocierons. Buvez !

Il lui mit le gobelet sous le nez.

— Je ne m'endormirai pas ! s'écria-t-elle en repoussant le breuvage de ses mains nouées.

— Il n'y a pas assez de laudanum pour vous faire dormir. Il vous rendra seulement docile. Je vous conseille de coopérer, ma douce, sinon je vous jure que je fracasserai le crâne de votre cher St. Bride sous vos yeux !

— Il n'est pour rien dans notre histoire !

— Il m'a trompé. A mon tour, à présent. Vous

feriez mieux de m'obéir, si vous voulez lui rendre service. J'ai mon plan.

Et il la força à boire. Mais aussitôt, Katleen recracha le liquide et heurta le gobelet qui tomba sur le sol.

— Bien ! fit Straught en le ramassant et en le remettant à sa place. Je vois que St. Bride vous a appris la rébellion !

— Pourquoi ne me tuez-vous pas ? Je suis certaine que vous prendriez beaucoup de plaisir à me voir mourir ! hurla-t-elle en se plaquant contre le mur.

— Vous ressemblez à votre mère, Katleen. Elle non plus ne se laissait pas dompter !

— Ma mère était la douceur même, et...

— Savez-vous que j'ai essayé de l'embrasser, une fois ? fit-il en la dévisageant avec insistance. Non, bien sûr que non. Elle ne s'en est pas vantée ! (Il éclata de rire.) J'ai essayé de lui voler un baiser, oui, et elle m'a à moitié assommé avec la claymore de l'entrée, la garce ! Du coup, je l'ai laissée à votre père. Bon débarras ! Mais vous êtes née...

— Si vous me vouliez, pourquoi avoir tué Morna ? Vous saviez combien je l'aimais...

— Ce n'était pas elle que je visais, mais vous.

Il la détailla lentement, ne perdant rien du spectacle qu'elle offrait avec sa somptueuse chevelure d'ébène auréolant son visage d'ange.

— Oui, vous deviez disparaître puisque jamais vous ne m'auriez épousé. Je serai doux, continua-t-il, pris d'un accès de tristesse. Nous prendrons un bateau dans la nuit. Je vous donnerai de quoi dormir profondément, puis je vous jetterai par-dessus bord. Vous ne souffrirez pas.

— Quelle charmante attention !

— Je suis un Kerr, moi aussi ! Je veux vivre !

— Vous êtes indigne du nom que vous portez !

Jamais mon père n'a eu à se reprocher la moindre mauvaise action, et si j'ai moi-même été obligée d'en commettre pour survivre, je n'ai jamais tué ! Je vous en prie, Erath... Ramenez-moi à Belle Chasse. Vous serez libre, je me tairai. Je souhaite seulement retrouver St. Bride.

— Vous devez mourir, Katleen. A vous de décider si vous voulez que St. Bride connaisse le même sort.

— Non ! Je veux qu'il vive !

— Alors faites ce que je vous demande. Voilà mon plan...

Après lui avoir appris ce qu'il attendait d'elle, il quitta la chambre de Quinn. Dès qu'il eut refermé la porte, elle s'y précipita et s'acharna sur la serrure. Mais elle était bel et bien prisonnière. Elle se laissa glisser sur le sol, anéantie.

Peu à peu, elle se rendit compte que toutes les choses qu'elle avait volées à Belle Chasse l'entouraient. Sur le sol, elle reconnut un bouton en or du gilet bleu marine de St. Bride... et elle eut l'impression que son cœur allait se déchirer.

## 30

— Nous sommes des imbéciles, dit rageusement Straught à Thionville, dans la voiture qui cahotait sur le terrain irrégulier.

— Nous n'avons vu les fleurs que la semaine dernière, Erath. Elles n'étaient certes pas encore tout à fait ouvertes, mais St. Bride ne va quand même pas s'amuser à les arracher uniquement pour nous ennuyer ! Vous vous méprenez peut-être sur lui...

— Je vous répète que c'est Lansdowne ! Il me cherche depuis longtemps. Katleen avait son saphir avec elle. Je vous dis que Belle Chasse ne nous rapportera rien. (Erath se redressa sur son siège.) Mais nous avons Katleen. J'espère seulement qu'elle représente quelque chose pour lui, et qu'elle me permettra de récupérer les bijoux que j'ai donnés à Ferringer. Ensuite, elle mourra.

— Non ! Pas la Crécerelle ! Je ne le permettrai pas.

— Taisez-vous, rétorqua Straught d'un ton menaçant.

Ils atteignirent Belle Chasse après un voyage à tombeau ouvert. Impatients d'apercevoir au loin les champs en fleur, ils se jetèrent littéralement hors du carrosse et scrutèrent les alentours. L'arrière-cour était inhabituellement déserte. Ils se précipitèrent dans l'escalier.

De la loggia, ils pourraient voir les plantations de pavot. Straught arriva le premier en haut des marches et scruta l'horizon, cherchant désespérément la lueur rouge tant attendue. Les champs étaient inondés d'une couleur éclatante, mais Straught se couvrit le visage de ses mains.

— Ce n'est pas vrai ! s'exclama Thionville derrière lui, atterré.

— Vous voyez bien, idiot ! Les fleurs sont loin d'être rouges, elles sont orange ! Il a planté une variété de coquelicots !

— Mais... qu'a-t-il donc fait des graines que vous aviez vues ?

— Comment voulez-vous que je le sache ? Il a dû les jeter dans le Mississippi ! Nom d'un chien ! Je le tuerai, ce salopard ! Mais je tuerai d'abord sa maîtresse !

Straught entra dans le salon. Il était désert, tout comme le reste de la maison. Pas un bruit ne venait des quartiers des esclaves ou des dépendances. Un silence inquiétant avait pris possession de Belle Chasse.

— Ferringer ! Ferringer ! cria-t-il, tandis que ses mots résonnaient dans les pièces vides. Montrez-vous, espèce de vaurien ! Je vais vous tuer, vous entendez ?

— Erath ! Attendez-moi ! appela Thionville en jetant des regards apeurés derrière lui, comme s'il s'attendait à voir surgir des fantômes.

— Où êtes-vous, Lansdowne ? continuait de crier Straught.

Quand il arriva dans la dernière chambre, il s'arrêta net.

— Ah, vous voilà enfin... prononça la voix de St. Bride.

Nonchalamment installé dans un fauteuil en noyer, les jambes étendues devant lui sur le lit, il tenait un pistolet dans chaque main. Derrière lui se dressait Alban, armé d'un fusil français, sans doute acheté à la caserne. Mais rien n'était plus effrayant que le sinistre crochet qui pendait au-dessus de la tête de St. Bride. Un nœud coulant y était accroché, prêt à servir. Comme pour accueillir les visiteurs, il se balançait doucement, animé par la brise du Mississippi.

St. Bride y jeta un bref regard avant d'adresser à Thionville un sourire d'excuse.

— Désolé, milord. Il manque votre corde, mais je n'en avais qu'une.

— Vous êtes Lansdowne ! s'écria Straught ! Par tous les diables, je vais vous tuer !

— Ne rêvez pas, mon vieux, dit St. Bride avec un calme étrange. Vous avez raison, je suis le duc de Lansdowne, neuvième du nom, le frère de Mary Greenling. Je n'ai même pas eu besoin de changer de nom pour vous abuser, Straught.

— Vous devriez vous appeler Greenling !

— Mary Greenling était ma demi-sœur. Je vous croyais plus intelligent, Erath. Vous n'imaginez pas ma joie quand l'un de vos amis highlanders m'a appris que vous étiez parti pour les colonies, pour vous renflouer. J'ai trouvé Belle Chasse, une bonne occasion de vous gruger.

St. Bride s'interrompit et regarda à nouveau la corde.

— Maintenant que j'ai récupéré les bijoux de Mary, vous allez mettre fin à vos jours, Straught. Vous semblez fatigué de la vie, mon vieux. La seule façon de mourir honorablement est de vous pendre vous-même. Vous n'avez pas le choix.

— Mais vous avez volé mon or aussi ! osa intervenir Thionville qui suait à grosses gouttes. Je suis étranger à votre querelle, St. Bride.

— Exact, milord.

Et il ajouta sans quitter Straught des yeux :

— Mais n'est-ce pas immonde de cultiver le pavot ?

De toute évidence, Straught guettait l'occasion de s'emparer de son pistolet qui formait un renflement dans son gilet. St. Bride ne semblait pourtant pas s'en inquiéter.

— Je n'ai pas tué votre sœur, Lansdowne.

— Je sais. Vous ne seriez pas là si vous l'aviez fait.

— Alors où est le problème ? s'interposa Thionville. Pourquoi tout ce gâchis pour duper Erath, et moi avec, s'il n'est pas coupable ?

— Pour Mary.

— Mais enfin ! continua le comte. Puisqu'Erath ne l'a pas tuée ! Enfin, je ne comprends pas ! Pourquoi m'avoir soutiré tout cet argent ?

— Je ne dois d'explication à personne, rétorqua St. Bride.

— Je vais vous expliquer, moi ! intervint Straught. La demi-sœur de Ferringer, une orpheline abandonnée, était possédée par le Diable ! Personne ne voulait d'elle à cause de ça, mais moi, je n'ai pas eu peur.

— Mary était un ange, affirma St. Bride en le défiant du regard. Seule et vulnérable : une proie de choix pour une bête nuisible telle que vous !

— C'est vrai ! Vous faisiez un piètre tuteur, Ferringer ! Trop occupé par vos ridicules plantations pour veiller sur Mary. Et vous osez me reprocher quelque chose ?

— Oh oui, j'ose ! gronda St. Bride.

Il ôta ses pieds du lit et se leva, rangeant ses pistolets à sa ceinture.

— Vous avez profité de mon absence pour lui faire perdre pied. Vous l'avez courtisée jusqu'à ce qu'elle tombe amoureuse de vous, et ensuite vous...

— Vous dites vrai, St. Bride, mais à qui la faute ? Vous ne vouliez pas que je l'approche. Ma seule erreur a été de lui accorder un peu d'attention. Est-ce une raison pour vous venger de la sorte ?

— De l'attention, prétendez-vous ? Elle ne vous intéressait que parce qu'elle était la sœur du duc de Lansdowne ! Qu'elle était riche ! Puis, quand vous avez découvert que je gérais sa fortune, vous l'avez rejetée. Vous lui avez brisé le cœur et... elle s'est donné la mort.

— Peut-être, mais c'est elle qui s'est tuée ! Je ne l'ai pas forcée à boire tout ce laudanum !

— Voilà pourquoi vous êtes resté en vie jusqu'à aujourd'hui.

— Mary n'en avait que pour son frère aîné ! jeta Straught en reculant vers le salon. Son frère si prodigue, son frère qui sacrifiait sa jeunesse pour accomplir son devoir, après la mort de ses parents, pour continuer l'œuvre de son père ! Ah oui, son frère y mettait tellement de zèle qu'il a délaissé sa petite sœur. Mais Mary vous comprenait ! Mary approuvait ! Quelle sotte elle faisait !

— Elle était jeune et innocente. (La voix de St. Bride se durcit.) Quand j'ai découvert combien vous comptiez pour elle... il était déjà trop tard. Elle était persuadée que vous l'aimiez sincèrement, pour elle-même et non pour sa fortune. Vous avez su en profiter, sombre animal, jusqu'au moment où vous avez cru comprendre que cela ne vous rapporterait rien. Vous lui aviez promis de l'emmener à Gretna Green, avec ou sans mon consentement, avec ou sans sa fortune.

St. Bride marchait sur Straught, à présent, l'obligeant à se diriger vers la grande armoire, placée contre le mur opposé.

— La servante de Mary m'a raconté combien elle était heureuse, le soir où vous deviez l'emmener. Si vous étiez venu chercher ma sœur, Straught, je me serais résigné à tolérer votre vile présence sous mon toit. Oui. Je l'aurais fait, pour le bonheur de Mary. Mais jamais vous n'êtes réapparu. Elle vous a attendu. Elle a passé cinq jours et cinq nuits à guetter votre attelage, assise dans le hall... La sixième nuit, elle a pris du laudanum pour quitter définitivement ce monde qui était devenu pour elle un enfer.

— Ce n'est donc pas moi qui l'ai obligée à l'avaler, se défendit Straught, se retrouvant plaqué contre l'armoire.

Derrière St. Bride, Alban surveillait Thionville, tremblant de tous ses membres.

— Je porte le poids de ma responsabilité, admit St. Bride. Mais vous ? N'est-ce pas à cause de vous qu'elle a commis l'irréparable ? Pourtant, vous n'en éprouvez pas l'ombre d'un remords. (Il se retourna et désigna la corde.) Vous allez payer, Straught, pour la mort de Mary Greenling. De toute façon, vous n'avez plus aucune raison de vivre. Vous êtes ruiné. Vous n'avez plus un sou. Vous en seriez réduit à vivre dans la rue, mais même les vieux mendiants se moqueraient de vous. De vos belles manières et de vos beaux vêtements. Finissons-en, Straught. Prenez une chaise et pendez-vous. Alban et moi nous occuperons du reste.

— Je n'ai plus de raison de vivre ? releva Straught en riant. Vous vous trompez, mon cher. J'en ai une, au contraire, et je me damnerais pour elle ! Il me reste à coucher avec votre maîtresse, Lansdowne !

Voyant le visage de St. Bride se métamorphoser soudain, il s'enhardit :

— Oui, j'ai capturé la Crécerelle, figurez-vous. Thionville la connaît sous le nom de Colette. C'est une fille plutôt conciliante, elle ne verra pas d'objection à me tenir compagnie dans la rue. Elle n'est pas faite pour autre chose, à moins que vous ne l'ayez pervertie, Ferringer ?

Constatant avec satisfaction l'effet de ses paroles sur St. Bride, Straught émit un rire mauvais.

— Formidable ! Vous l'aimez ! Voilà exactement ce que j'espérais ! Combien vaut-elle à vos yeux ? Dix mille guinées, peut-être ?

— Où est-elle ? Aux mains de la justice ?

— Non... entre les miennes, bien sûr.

— Si vous avez eu le malheur de la toucher, je vous jure que vous le regretterez. Cette corde vous paraîtra un sort bien doux comparé à celui que je vous réserve.

— Je ne lui ai fait aucun mal, susurra Straught. D'ailleurs, je ne veux que son bien à cette petite.

— Si vous osez coucher avec elle, vous n'en réchapperez pas. Mais elle ne vous laissera pas faire !

— Alors qu'avec vous, Ferringer, elle s'est montrée plus que consentante ! glissa Straught avec un sourire vicieux.

Cette fois, il ne fit pas le fier longtemps. Le saisissant par le gilet, St. Bride le souleva du sol et le plaqua contre l'armoire.

— En effet, articula-t-il d'une voix méconnaissable. Ne la touchez pas, Straught, sinon...

— Si vous voulez revoir Katleen Kerr, lâchez-moi !

Avec un soupir de regret, St. Bride le laissa retomber sur le sol. Immédiatement, Straught se réfugia à l'autre bout de la pièce.

— Il y a une petite frégate française nommée « La Détente », prête à partir pour la Corse, cette nuit. Je veux m'y embarquer avec dix mille guinées en or. Je vous y attends à huit heures, et si vous m'apportez ce que je vous demande, je vous rendrai votre maîtresse.

— Amenez-moi à elle immédiatement, exigea St. Bride en avançant vers ses deux visiteurs.

— Vous la verrez à huit heures, répondit nerveusement Straught.

— Maintenant, répéta le duc, en reprenant ses deux pistolets de duel.

— Si vous essayez de me contraindre, vous ne reverrez plus jamais votre belle amoureuse !

— J'ai dit « maintenant »... répéta St. Bride.

Mais cette fois, il s'interrompit et ses yeux fixés sur son maître chanteur s'étrécirent.

— Comment connaissez-vous le nom de famille de Katleen ? demanda-t-il.

— A moi, elle ne ment pas ! ricana Straught, profitant du trouble soudain de son adversaire. (Il battit en retraite, Thionville sur ses talons.) A huit heures, devant « La Détente ».

Une expression terrible déforma les traits de St. Bride : il venait de comprendre ! Il se jeta sur Straught.

— Vous êtes son cousin, c'est bien ça ? Ignoble porc !

Et Straught se retrouva à nouveau plaqué contre le mur, pris au collet. Cette fois, le canon d'un pistolet était pressé contre sa tempe.

— Tout s'éclaire à présent ! Voilà pourquoi vous avez débarqué à La Nouvelle-Orléans.

— Oui, je suis le cousin de la belle Katleen. Et alors ? fit Straught, essayant de se soustraire à l'arme qui le menaçait.

— Elle m'a raconté que vous aviez tué sa sœur jumelle, continua le duc en appuyant davantage le pistolet. Vous êtes venu jusqu'ici pour la retrouver, et vous avez tué le vieux Bardolph Ogilvie. Alors elle s'est sauvée dans les marais, parce que vous la poursuiviez ! Mon Dieu ! Elle ne m'a jamais dit la vérité, et pour cause. Elle nous croyait amis !... Vous feriez mieux de me conduire jusqu'à elle, immédiatement ! Sinon, je vous fais éclater la cervelle ! Thionville me montrera le chemin.

— Très bien, Votre Grâce ! ironisa Straught. A une condition : rendez-moi les bijoux de Mary.

— Amenez-moi d'abord jusqu'à elle. Nous verrons ensuite pour le reste.

— Emportez les saphirs, si vous voulez la revoir vivante.

Ivre de fureur, St. Bride vrilla ses yeux dans les siens, mais l'autre ne cilla pas.

— Très bien, nous prendrons les bijoux, abdiqua-t-il en se tournant vers Alban.

Les deux hommes échangèrent un regard soucieux, puis Alban alla chercher les joyaux. A son retour, Thionville s'exclama soudain :

— Et moi, alors ? Je n'ai rien à voir avec tout cela !

— Ah, oui ! C'est vrai... Je vais vous rembourser, acquiesça le duc en allant ouvrir un petit coffre, pendant qu'Alban surveillait Straught.

Il y prit une bourse de soie qu'il lança au comte.

— Votre Grâce est trop bonne ! s'exclama Thionville, déçu.

— Vous avez là la somme nécessaire pour envoyer Lady Catherine en France. Vous êtes ruiné, Thionville, mais je ne vois pas pourquoi Catherine souffrirait de vos malversations. Permettez-lui donc de regagner Paris où elle se trouvera sans doute un mari.

Sur ce, St. Bride verrouilla le coffret.

— Je vois, soupira le comte en soupesant la bourse qu'il se résigna à empocher.

— Nous y allons ? demanda St. Bride.

Vif comme l'éclair, il surprit Straught en le désarmant lestement puis il désigna aux deux hommes la direction de la loggia. Il les suivit avec Alban.

— Katleen court un grave danger, Alban, murmura-t-il. Je peux compter sur vous ?

Depuis que le Jamaïcain avait entendu les aveux de Straught, il était assailli par les remords au sujet de Katleen.

— Bien sûr, souffla-t-il avec conviction.

## 31

Quelque part dans la nuit, une cloche sonna six coups. Katleen avait tenté à plusieurs reprises de s'évader de la chambre obscure où elle était enfermée, sans résultat, hélas. Recroquevillée sur elle-même dans un coin de la pièce, elle commençait à désespérer quand elle entendit des pas dans le couloir. Des pas d'hommes, qui s'arrêtèrent devant sa porte.

— St. Bride ! appela-t-elle en se levant, éperdue.

Mais ce fut son cousin qui entra, tout d'abord. Il

la poussa sans ménagement et elle tomba sur la paillasse immonde et grasse de l'ignoble Quinn.

Quand St. Bride fit son apparition, Katleen sentit son cœur prêt à exploser. Elle faillit hurler son chagrin. Quelle vie ils auraient pu mener ensemble ! Leur amour n'était-il pas prédestiné dès le début ? Elle demeura silencieuse, ses grands yeux bleu nuit fixés sur lui. Il avait l'air fatigué et inflexible mais une lueur de colère animait son regard.

— Fermez la porte, Ferringer, ordonna Straught.

— Elle restera ouverte, rétorqua St. Bride.

Straught allait insister quand la silhouette d'Alban apparut dans l'embrasure. Il tenait une lourde bourse de velours rouge.

— J'avais dit à votre nègre d'attendre en bas ! cracha Straught.

— Je n'allais pas porter moi-même les bijoux de ma sœur ! répondit St. Bride. Vous devriez savoir qu'un duc ne s'embarrasse jamais de bagages.

Puis il se tourna vers Katleen. Il étudia attentivement l'état de ses vêtements, ses cheveux emmêlés. Il semblait lire sur son petit visage ce qu'elle avait enduré durant ces deux jours. Puis son regard s'arrêta sur le collier au saphir et une expression heureuse anima ses traits. Dans les yeux de la jeune fille, il pouvait déceler l'affliction, le repentir et l'espoir. Mais saisissait-il ce qu'elle tentait de lui faire comprendre ?

— Ferringer est venu pour vous, Katleen, annonça Straught. Mais je crois que vous avez certaines choses à lui annoncer, n'est-ce pas, chérie ?

Katleen déglutit avec difficulté. Le moment était venu de jouer les Judas.

— En effet, St. Bride, articula-t-elle d'une voix blanche. Maintenant que nous avons les bijoux, je vais rentrer en Écosse avec Erath.

Un doux sourire apparut sur les lèvres du duc.

— Ainsi tu mentais quand tu me disais que tu m'aimais ?

— Non... murmura-t-elle.

Mais l'expression de Straught lui intima le silence. Elle prononçait le discours qu'il lui avait imposé. Oui, elle voulait sauver la vie de St. Bride, même si, en contrepartie, elle perdait la sienne. Proférer ces mensonges la mettait à la torture, mais elle n'avait pas le choix. Elle brûlait de tout lui révéler, et surtout combien elle haïssait son cousin ! Elle n'en fit rien.

— Viens, Katleen, dit St. Bride en lui tendant la main. Nous rentrons à Belle Chasse.

— Non... non ! bredouilla-t-elle.

Il ne la croyait pas. C'était merveilleux... mais cela allait leur coûter la vie !

— Pars sans moi, répéta-t-elle. Va-t'en ! Tout est... réglé, à présent.

Katleen réprima un sanglot. Il fallait qu'il s'en aille tout de suite, car elle allait flancher d'un instant à l'autre !

— Elle vous dit de la laisser, Ferringer, alors dépêchez-vous. Nous embarquons à minuit.

St. Bride s'interposa entre Katleen et son cousin.

— Elle n'ira pas avec vous, fit-il en attirant prestement Katleen à ses côtés.

— Je l'emmène ! Après tout ce que j'ai fait pour la retrouver... elle est à moi ! cria Straught en se jetant sur la jeune fille.

Il l'entraîna aussitôt à l'écart, en pointant un couteau sur sa gorge. D'une main, il saisit sa fiole cachée derrière des timbales en argent et obligea la jeune fille à en avaler la moitié. Il lui tordait violemment le cou et elle ne put recracher le liquide.

— Hors d'ici, vous deux ! ordonna-t-il au duc et à Alban. Et tout de suite, sinon je lui fais boire le reste du poison sous vos yeux !

Les deux hommes se retenaient pour ne pas intervenir.

— Vous oseriez ? siffla St. Bride entre ses dents.

— Je vais me gêner ! riposta Straught en voyant St. Bride essayer de prendre ses pistolets. (Il fit claquer sa langue.) Pas d'imprudence, Ferringer ! Vous la tueriez avant de m'atteindre. Je n'ai qu'un geste à faire pour la forcer à avaler ça !

St. Bride hésita.

— Ne l'écoute pas, mon amour ! s'écria alors Katleen. Je ne le laisserai pas faire avec son laudanum !

— Pas un geste ! hurla Straught en la plaquant contre lui, bien qu'elle se débattît.

Il parvint même à l'obliger à avaler d'autres gouttes. Mais Katleen n'avait pas dit son dernier mot.

— Allez-y, Erath ! Tuez-moi, fit-elle en le défiant. Videz cette fiole dans ma bouche, ou bien tranchez-moi la gorge. Qu'attendez-vous ? St. Bride pourra enfin prendre sa revanche. Voilà tout ce que je souhaite !

Il allait passer à l'acte... mais elle lança un bras en avant et parvint à atteindre la statuette d'Arlequin et Colombine, sur la commode de Quinn, qui tomba sur le sol. Elle se brisa avec fracas.

Profitant de cette distraction inespérée, St. Bride attrapa la fiole. En un éclair, le couteau quitta la gorge de Katleen et la jeune fille se retrouva dans les bras d'Alban. Straught avait été surpris par la vigueur et la vitesse de l'attaque. A présent, il se battait avec St. Bride qui tentait de lui prendre le couteau.

— Arrêtez ! cria Katleen, qui voulut se précipiter pour aider St. Bride.

Mais Alban n'eut aucun mal à la retenir. Affolée, elle assista, impuissante, à cette lutte pour la vie entre l'homme qu'elle aimait le plus au monde et celui qu'elle haïssait par-dessus tout.

Straught, certes plus petit que le duc, était vigoureux et musclé. Il se défendait bien. Katleen crut défaillir quand le couteau disparut un instant entre les deux hommes, puis elle soupira de soulagement quand St. Bride jeta l'arme sur le plancher. Il saisit alors son cousin par la mâchoire.

— Vous allez enfin payer, Straught ! fit-il en le soulevant du sol. Vous ne méritez que la corde !

— Je n'ai pas tué Mary !

— Ce n'est plus seulement pour Mary, mais pour elle ! cria St. Bride en amenant Straught devant Katleen. Regardez-la, espèce de monstre ! Regardez ses chevilles ! Regardez ses mains ! Elles portent les marques de la vie que par votre faute elle a menée dans les rues, pour vous fuir !

Déconcertée, Katleen se rendait compte peu à peu que St. Bride avait appris la vérité, en ce qui la concernait.

— Comment le savez-vous ? Elle ne vous l'a pas dit ! cria Straught, affolé.

— Katleen m'avait tout dit, depuis longtemps, mais c'est seulement maintenant que je le comprends. Regardez bien ses yeux, Straught ! Y voyez-vous le chagrin, la douleur que vous y avez mis ? Regardez, infâme créature ! Apercevez-vous la tristesse, inexorablement gravée ? Je n'ai jamais pu l'effacer. Je voulais vous montrer de près pourquoi vous devez payer, à présent, vermine ! Vous avez tué sa sœur, Katleen en témoignera. Et vous serez pendu.

— Non ! Jamais ! hurla Straught en essayant d'échapper au duc.

Mais St. Bride le retint et pointa l'un de ses pistolets sur lui.

— Jamais on ne me pendra, St. Bride, répéta tranquillement Straught en lui tournant le dos. Allez-y. Qu'attendez-vous pour m'exécuter ?

St. Bride hésita. C'était ce que l'autre attendait.

— Vous ne pouvez pas, n'est-ce pas ? ricana-t-il. Un noble ne s'abaisse pas à cela, voyons ! Là réside votre faiblesse, Ferringer. Soit vous me laissez partir, soit vous vous déshonorez en me tirant dans le dos ! Je sais déjà ce que vous allez choisir...

Et Straught traversa lentement la pièce, tournant toujours le dos à son adversaire.

— Vous paraissez bien sûr de vous, lança le duc en armant son pistolet.

— Allez-y, mon cher duc. Tirez donc dans le dos d'un homme désarmé !

— Vous ne sortirez pas vivant d'ici, Straught ! prévint St. Bride.

— Vous croyez ? répliqua Erath sur le point de franchir le seuil.

Le duc abattit alors sa dernière carte. Il poussa le sac rouge vers la porte.

— Voyons, Straught, vous laisseriez vos bijoux ? La seule chose qui compte pour vous, dans la vie ?

Sa cupidité fut en effet la plus forte : Straught commit l'erreur fatale de se retourner et de lui faire face. Et St. Bride tira. Entre les yeux. Straught s'écroula sur un tapis de bijoux.

## 32

Minuit sur les quais. Même les torchères de la place d'Armes ne parvenaient pas à percer la noirceur du Mississippi. Un peu plus loin, la colonie de La Nouvelle-Orléans commençait une nouvelle nuit de débauche. Sur la berge, tout était silencieux. On entendait seulement le clapotis de l'eau, par instants.

— Marche.

— Oh... St. Bride... j'ai tellement sommeil... Il faut que je dorme... Tu me raconteras tout plus tard. Pour l'instant, je veux dormir !

— Non ! Tu ne succomberas pas au poison de Straught !

Il raffermit son bras autour de la taille de la jeune fille et l'attira contre lui. Elle crut qu'il allait l'embrasser, mais il répéta :

— Marche.

— Seulement si tu me le dis à nouveau...

La tête de Katleen tomba. St. Bride la releva et la garda contre sa poitrine.

— Que veux-tu que je te dise ? Que je veux que tu deviennes ma duchesse, ou à quel point je t'aime ?

Les lèvres de Katleen ondulèrent en un sourire très doux.

— Les deux... mais surtout la fin... Je voudrais t'entendre prononcer ces mots chaque jour de ma vie.

Katleen se laissa aller dans les bras de St. Bride. Comme elle se sentait bien... Elle se blottit contre lui. Si seulement elle pouvait reprendre ses esprits, chasser le brouillard de laudanum qui embrumait son cerveau ! Elle parvenait difficilement à croire qu'elle ne rêvait pas, qu'elle n'imaginait pas tout ce qui était en train de lui arriver.

— Je t'aime, mon ange noir, murmura-t-il dans ses cheveux.

Le timbre grave et profond de sa voix faisait paraître ces mots encore plus doux. Katleen releva lentement la tête.

— Moi aussi... je t'aime...

Un sourire apparut sur ses lèvres en cœur et il y posa les siennes. Ce fut un baiser magique, divin. Très vite, il devint brûlant, ardent. Elle l'attira encore plus étroitement contre elle, désireuse de sentir tous ses muscles frémir. Elle avait besoin de lui. Désormais, elle se savait incapable de vivre sans lui. Mais cela ne l'effrayait pas, au contraire. St. Bride prendrait soin d'elle. Elle n'aurait plus besoin de lutter pour survivre. Son cauchemar prenait fin.

Leur baiser les enflammait. Il s'emparait de sa bouche avec avidité. Elle frissonnait de désir. De bonheur. De plaisir. Comme elle aimait sa force inébranlable ! Il la serrait si fort qu'elle en perdait le souffle. Puis il la lâcha et Katleen eut un petit rire heureux.

— Oh, St. Bride ! Comment savais-tu que je t'aimais ? Je m'étais sauvée, après tout, je t'avais trahi. Tu aurais pu m'abandonner à mon cousin.

— C'est Alban qui m'a ouvert les yeux.

— Alban !

— Oui. Il a changé d'avis, sur toi. Je suis certain que vous allez devenir les meilleurs amis du monde !

Il la secoua doucement, car sa tête dodelinait à nouveau.

— J'ai tué deux hommes pour toi, ma chérie. Je finirai en enfer, je le crains !

— Je t'accompagnerai en enfer. Le paradis sans toi ne m'intéresse pas.

Ils reprirent lentement leur marche vers les docks.

— Mais si tu es vraiment un ange, et que ta place t'attend au paradis ?

Il posa sur elle un regard indéfinissable, vaguement inquiet.

— Eh bien... murmura-t-elle, taquine, le faisant languir à dessein. D'ici là, je me compromettrai, pour être sûre que cela n'arrivera pas ! Aurais-tu une idée d'un acte... compromettant ?

— Peut-être bien... fit-il avec un sourire entendu.

## ÉPILOGUE

Moray Firth Road formait un long ruban de glace sur les hauteurs enneigées des Highlands, jusqu'à Mhor. Un carrosse aux armoiries ducales y cheminait lentement. Les chevaux trébuchaient entre les pierres et les congères. Quand l'attelage s'arrêta devant le château, la portière de la voiture s'ouvrit à la volée et le duc apparut, avant d'aider la duchesse à descendre.

Cela lui avait demandé presque deux ans, mais elle rentrait enfin chez elle. Comme ils franchissaient le pont-levis, Katleen était assaillie par les souvenirs. Des larmes brouillaient sa vue.

Devant elle se dressait Mhor Castle, sombre et sinistre dans la brillance éclatante de la neige. Une forteresse abandonnée, en quelque sorte, mais pour Katleen, le berceau de mille souvenirs heureux. Elle précéda St. Bride dans la cour d'une blancheur immaculée. L'émotion la submergea quand il la rattrapa pour franchir avec elle les portes du grand hall.

Tout semblait comme avant... mais rien n'était pareil. Tremblante, elle avança, retrouva les claymores accrochées au mur de granit, les haches et les épées qui ornaient l'arche au-dessus des fenêtres. Les tapisseries médiévales étaient toujours tendues de part et d'autre de l'immense cheminée.

Mais tout était gris, recouvert de poussière. Straught ne s'était aucunement soucié d'entretenir les lieux. Ne pouvant supporter davantage ce spectacle désolant, Katleen courut vers une fenêtre et l'ouvrit en grand. Elle essuya ses larmes en pensant à Morna.

— Y avait-il autrefois des objets de valeur ici, ma chérie ? demanda son mari en la rejoignant.

Il se plaça derrière elle et referma ses bras autour de sa taille. Puis il posa ses lèvres sur les boucles brunes.

— Straught a certainement vendu les seules choses qui en avaient un peu, répondit-elle.

Elle referma la fenêtre et se tourna vers lui.

— Je les rachèterai, promit-il.

— J'ai tout ce que je désire à présent. Toi, Mhor, et puis mes souvenirs. Straught n'a pas pu me prendre ça.

— Viens, je vais faire du feu.

Peu après, assis sur la couverture qu'ils avaient sortie de la voiture, ils se réchauffaient devant l'âtre. Ils demeurèrent un moment silencieux, à regarder les flammes, perdus dans leurs pensées.

— Merci de m'avoir ramenée ici, St. Bride, dit enfin Katleen.

— C'est un retour bien triste. Je ne pensais pas que Straught pouvait avoir négligé le château à ce point, répondit-il en l'attirant plus près de lui.

— Non, ce n'est pas triste. Les choses sont rentrées dans l'ordre, puisque je suis revenue.

— Mon ange noir a raison.

— Je veux demeurer ici, toujours.

— L'enfant doit naître à Scion, Katleen. Mais je vais faire venir une armée de domestiques à Mhor, et nous y passerons tous nos étés.

Il passa une main caressante autour de la taille arrondie de sa femme.

— C'est pour bientôt, ma chérie.

— Mmm... et vu ma corpulence, je crains qu'il n'y en ait deux !

— Deux ?

— Oui, nous allons avoir des jumeaux, monsieur le duc !

— Et quelles paroles magiques as-tu prononcées pour en être aussi sûre ? la taquina-t-il.

— Je ne suis pas une sorcière ! Je le sens, tout simplement. Elles bougent en moi, vois-tu ?

— Elles ?

— Oui. Ce sont des jumelles, j'en suis sûre. Tu verras !

Il avait retrouvé tout son sérieux tout à coup.

— Et ça ? Qu'est-ce que c'est ? demanda-t-elle plaisamment.

— Regarde.

St. Bride posa un sac sur les genoux de son épouse. Durant le voyage, il l'avait laissé sur la banquette du carrosse, mais Katleen s'était endormie et avait oublié de le questionner.

Avec stupéfaction, Katleen découvrit sa petite boîte, au fond du sac de soie ! Un flot de souvenirs revint à sa mémoire...

— Oh, mon amour... Merci ! Où l'as-tu retrouvée ?

— J'ai envoyé mes hommes à la recherche du capitaine du « Deepwater », mais il l'avait revendue à un vieux comte de Glasgow. Ils sont allés rendre visite au vieux comte, et voilà ! Il ne voulait pas s'en débarrasser, mais quand il a su que j'étais ton mari, il l'a donnée, en cadeau pour la mariée. Il y a autre chose dans le sac. Regarde encore.

Katleen secoua le sac sur sa robe de brocart, et il lui sembla qu'un fantôme s'en échappait. D'une main tremblante, elle prit la boîte de Morna.

— Mon Dieu... Comment...

— Je l'ai trouvée à Londres. Straught s'était

empressé de la vendre après s'être emparé des bijoux qu'elle contenait. J'ai fait paraître des annonces dans les journaux de la ville, disant que j'étais prêt à payer n'importe quel prix pour ce coffret. Il est arrivé une semaine avant notre départ pour l'Écosse.

— Oh, St. Bride... murmura-t-elle, des larmes plein les yeux.

Quand elle fut en mesure de regarder le portrait de sa sœur, cette ravissante jeune fille blonde au visage d'ange, elle approcha sa propre boîte et compara les deux images. Leur différence la frappa. « La Bien-Aimée » et « L'Ensorcelée »...

— C'est vrai, tu sais, murmura St. Bride.

— Non, je ne crois pas à ces choses-là.

— Straught y croyait, lui. Et moi, je le crois aussi, depuis le jour où je t'ai rencontrée. Depuis le moment où j'ai croisé le regard lumineux de ma déesse... je suis sous son charme.

— St. Bride ! fit Katleen en riant. Tu es aussi superstitieux que les Highlanders !

— Cela te déplaît, mon amour ?

— Oh, non ! souffla-t-elle.

Elle approcha son visage du sien, et une onde de désir les parcourut. Doucement, il l'allongea sur la couverture et s'empara de ses lèvres avec passion.

— Nous n'avons que cette nuit, mon amour. Demain, nous retournons en Angleterre. Ce sera notre seule nuit à Mhor avant la naissance des bébés.

— Je suis chez moi, St. Bride. Je dois te souhaiter la bienvenue comme il se doit.

Les flammes dansaient dans l'âtre. D'autres flammes dansaient dans leurs corps. Elle agrippa sa chemise pour l'attirer contre elle.

— Nous ne risquons pas de... enfin, nos enfants ne risquent-ils pas... ? hésita-t-il.

— Non. Je me sens si bien dans tes bras, et tu es si tendre... si...

Elle glissa une main dans l'entrebâillement de sa chemise et l'ouvrit. Puis elle leva la tête pour embrasser sa poitrine. Il embaumait l'hiver, le vent, mais un autre parfum se mêlait à ces notes vertes et fraîches... Celui de l'été, de la chaleur et de l'exotisme. Ivre de désir, elle se grisait de son odeur.

— Tu aimes ? demanda-t-il avec un sourire.

— J'aime tout de toi, mon amour. Tout.

Elle regarda son mari. Parfois, ses sentiments pour lui l'étourdissaient, tant ils étaient violents. Aucun mot n'était assez fort pour les exprimer. Elle parvenait mieux à les lui communiquer par ses caresses. Elle l'embrassa avec une émotion immense.

— Tu m'aimes, mon ange noir ? chuchota-t-il.

— De toute mon âme.

Il lui avait donné son nom, ils allaient créer une famille. Elle était tout ce qu'il désirait au monde. Ils s'aimaient au-delà de tout.

La jeune femme soupira de bien-être.

Elle était Katleen à nouveau.

# Aventures et Passions

**Quand les passions se déchaînent, quand elles entraînent des êtres prêts à tout pour les vivre dans un tourbillon d'aventures tumultueuses, elles sont dans la collection Aventures et Passions.**

**De l'Angleterre moyenâgeuse à la Louisiane déchirée par la guerre de Sécession, des îles Caraïbes aux rivages de l'Inde, Johanna Lindsey, Julie Garwood, Jennifer Blake, Kathleen Woodiwiss et tous les meilleurs auteurs du genre dressent pour vous des décors historiques somptueux. Suivez les aventures de leurs héroïnes rebelles que seul l'amour parvient à dompter.**

**BLAKE JENNIFER**

Sérénade en Louisiane
**3169/5**

Les chaînes de l'amour
**3240/5**

**Dans la luxuriance d'une plantation de Louisiane, l'impétueuse Anya s'éprend d'un séduisant aristocrate français. Mais c'est lui qui a assassiné le frère de la jeune femme ...**

Un éden sauvage
**3347/6**

Le vengeur créole
**3415/5**

Le temps d'une valse
**3758/6**

**Bien qu'ayant fait un mariage de convenance, Amélie n'aura pourtant de cesse qu'il soit consommé. Mais au matin, elle s'apercevra qu'elle a pris, sans le savoir, un amant !**

**BRANDEWYNE REBECCA**

La lande sauvage
**3018/5**

Duel sur la lande
**3055/4**

Pour l'amour d'un comanchero
**3159/7**

La passion du conquistador
**3285/5**

**Pour échapper aux intrigues perverses de Don Rodolfo, Aurora est prête à s'enfuir au bout du monde !**

Les amants hors la loi
**3397/6**

Un mari en héritage
**3543/5**

La prisonnière du drakkar
**3907/5 Inédit (Avril 95)**

**BUSBEE SHIRLEY**

Le quiproquo de minuit
**2930/5**

**Ayant malencontreusement compromis Melissa, Dominic est contraint de l'épouser. Mais au cours de ce bel été, la Louisiane se mobilise contre les Anglais. Et entre la trop belle Melissa et son turbulent époux, c'est aussi bientôt la guerre car aucun ne veut être dupe de l'autre.**

Au-delà du pardon
**2957/5**

L'appel de la passion
**3056/8**

Sous le sceau de l'amour
**3287/7**

**CAMDEN PATRICIA**

Sous la coupe du Sultan
**3704/6 Inédit**

Le fils du diable
**3868/5 Inédit (Février 95)**

**COPELAND LORI**

Hannah l'indomptable
**3260/2**

Les traîtrises de l'amour
**3414/5**

**DAILEY JANET**

Le solitaire
**1580/4**

**DEVERAUX JUDE**

*La saga des Montgomery*

- Les yeux de velours
**2927/5**
- Un teint de velours
**3003/5**
- Une mélodie de velours
**3049/4**
- Un ange de velours
**3127/4**

*Les dames de Virginie*

- Kidnappée par erreur
**3180/5**
- La fiancée délaissée
**3181/4**
- Mariage forcé
**3182/5**
- Le pays enchanté
**3372/5**

Duel de femmes
**3447/4**

L'homme au masque
**3523/4**

Les entraves de l'amour
**3643/5**

La duchesse infidèle
**3683/6 Inédit**

Un mari par procuration
**3794/4**

**Directrice d'une agence matrimoniale, Carrie tombe amoureuse d'un de ses clients en voyant sa photo...**

La tentatrice
**3889/5 Inédit (Mars 95)**

**A vingt-huit ans, Christiana n'est toujours pas mariée. De plus, elle est résolue à faire carrière comme reporter. Est-ce là un métier pour une jeune fille de bonne famille ? Furieux, son père engage deux hommes pour la ramener à la maison. Tynan et Asher parviendront-ils à remplir leur mission ?**

# Aventures et Passions

**FEATHER Jane**

La favorite du sérail
**3448/6**
**A Grenade, à la fin du XV<sup>e</sup> siècle, la belle Sarita succombe au charme d'Abdul, le seigneur maure qui règne sur l'Andalousie. Cependant dans le sérail de l'Alhambra, de sombres complots se trament contre la favorite.**

La nuit de Saint-Petersbourg
**3560/6**

La favorite afghane
**3664/7 Inédit**
**Muté par ses supérieurs en Afghanistan, le capitaine Kit Ralston de l'armée britannique ne s'attendait certes pas au charmant spectacle d'une ravissante jeune femme indigène, se baignant nue dans une rivière ! Mais la belle Ayesha est la favorite du cruel Akbar Khan...**

**FINCH Carol**

Aveuglée par l'amour
**3777/6**

Séduction au clair de lune
**3946/6 Inédit (Juin 95)**

**GARLOCK Dorothy**

Le métis apache
**3594/5**

**GARWOOD Julie**

Sur ordre du roi
**3019/5**

Un ange diabolique
**3092/5**

Un cadeau empoisonné
**3219/5**
**Fiancée à quatre ans, embarquée de force dans des aventures rocambolesques, Sara est une héroïne d'une drôlerie irrésistible.**

Désir rebelle
**3286/5**

La fiancée offerte
**3346/5**

Le secret de Judith
**3467/5**

Un mari féroce
**3662/6 Inédit**

Le voile et la vertu
**3796/5**

**HAGAN Patricia**

Violences et passions
**3201/6**

Folies et passions
**3272/5**

Gloires et passions
**3326/6**

Fureurs et passions
**3398/5**

Splendeurs et passions
**3541/5**

Rêves et passions
**3682/6 Inédit**

Honneur et passions
**3756/5**

Triomphe et passions
**3847/5**

**HAZARD Barbara**

L'aventurier des Bermudes
**3703/7 Inédit**

Coup monté
**3811/6**

**HENLEY Virginia**

La colombe et le faucon
**3259/5**

La fleur et le faucon
**3416/6**

La rose et le corbeau
**3522/5**

Les amants secrets
**3641/7 Inédit**

Mariage à l'essai
**3866/7 Inédit (Février 95)**
**En Ecosse, à la fin du XVI<sup>e</sup> siècle, Ramsey Douglas doit épouser la jeune Elisabeth Kennedy. Mais sa mère substitue à la délicieuse promise l'insupportable Valentina, sa sœur aînée...**

**JOHANSEN Iris**

Prince de cœur
**3757/7**
**Dans l'Inde de l'époque coloniale, l'intrépide Jane Barnaby dirige la construction d'une voie ferrée et connait une passion tumultueuse auprès du beau Ruel, un aventurier écossais.**

**JOHNSON Susan**

Proposition malhonnête
**3542/5**

Le séducteur sauvage
**3642/6 Inédit**

Les enchères de la passion
**3705/7 Inédit**

**JOYCE Brenda**

Des feux sombres
**3371/5**

Le fier conquérant
**3222/5**

Candice la rebelle
**3684/7 Inédit**

**KLEYPAS Lisa**

Par pure provocation
**3945/5 Inédit (Juin 95)**
**Arrogante et provocatrice, Lily Lawson semble prendre plaisir à choquer la bonne société londonienne. Au point que sa famille, outrée par ses extravagances, ne la reçoit plus. Lily va même jusqu'à tenter de séduire le fiancé de sa sœur, le hautain Lord Alex Raifort. Mais le secret de sa conduite scandaleuse ne réside-t-il pas dans une terrible blessure ?**

**LANDIS Jill Marie**

L'héritage de Jade
**3449/6**

# Aventures et Passions

**LINDSEY Johanna**
Samantha
**2533/3**
Esclave et châtelaine
**2925/4**
La révoltée du harem
**2956/6**
**Capturée par des corsaires sur la côte barbaresque, Chantelle se retrouve prisonnière du dey de Barikah, qui la retient dans son sérail. Situation intolérable pour une jeune rebelle !**
La fiancée captive
**3035/4**
Les feux du désir
**3091/5**
La Viking insoumise
**3115/5**
Un si doux orage
**3200/4**
Un cœur si sauvage
**3258/4**
Epouse ou maîtresse ?
**3304/3**
Captifs du désir
**3430/4**
Une fiancée pour enjeu
**3593/5**
Paria de l'amour
**3725/4**
**Fuyant sa belle-famille décidée à l'éliminer, Jocelyne va s'installer aux Etats-Unis où elle veut refaire sa vie. Elle y rencontre Colt Thunder, dont le sang cheyenne a fait un paria.**
*Les frères Malory*
- Passagère clandestine
**3778/5**
**A l'insu de ses frères, Georgina s'embarque pour l'Angleterre dans l'espoir de retrouver son fiancé. Elle y rencontrera un pirate et, s'étant compromise, ses frères la contraindront à l'épouser !**
Le séducteur impénitent
**3888/4 Inédit (Mars 95)**

**LOWELL Elizabeth**
Poker menteuse
**3726/5**

**McKINNEY Meagan**
L'enchanteresse perverse
**3239/5**
L'ange de la vengeance
**3373/5**
Le corsaire des Caraïbes
**3490/5**
Le secret de la passion
**3795/6**
Le secret de la veuve
**3923/6 Inédit (Mai 95)**

**McNAUGHT Judith**
Les machinations du destin
**3399/7**
**Incorrigible séducteur, le duc Jordan ne croit pas à l'amour. Pourtant il décide un jour de se marier avec une inconnue, par simple reconnaissance : elle lui a sauvé la vie. Mais Alexandra est ravissante et elle a de l'esprit !**
Compromise
**3521/6**
La scandaleuse
**3741/5**
**Fiancée contre son gré au désinvolte duc de Claymore, Whitney la rebelle est bien décidée à se battre pour préserver sa liberté.**
L'amant de l'ombre
**3810/7**
**Que faire lorsque votre fiancé vous a abandonnée et qu'un beau ténébreux demande à être consolé d'une expérience conjugale malheureuse ?**

**MATTHEWS Patricia**
La promesse sauvage
**2987/5**
Les trois amours de Rachel
**3160/6**
Le déchaînement des passions
**3348/5**

**MICHAELS Fern**
Passions captives
**3492/7**
Dans la tourmente du désir
**3575/8**

**MILLER Linda Lael**
Pendue ou mariée
**3614/4**
**Sauvée par un inconnu, Julie est-elle condamnée au mariage ? Si ce Daniel n'est pas sans charme, les "amis" de Julie ont décidé de la reprendre.**
L'épouse yankee
**3867/5 Inédit (Février 95)**

**NERI Penelope**
Séductrice en guenilles
**3562/8**
La captive du Sahara
**3644/7 Inédit**

**O'BANYON Constance**
L'amante masquée
**3428/6**

**O'GREEN Jennifer**
Prisonnière du roi
**2981/5**

**ORWIG Sara**
La belle d'Albuquerque
**3890/4 Inédit (Mars 95)**

**POTTER Patricia**
Le flambeur du Mississippi
**3468/6**
Sans foi ni loi
**3561/5**

**QUICK Amanda**
La séductrice inattendue
**3491/5**
La dame voilée
**3612/5**
Etrange passion
**3921/4 (Mai 95)**

# Aventures et Passions

**REDD Joanne**

La fiancée du désert
**2926/4**
Le rêve chimère
**2980/5**
L'aventurière de Fort Alamo
**3328/5**
Danse avec le feu
**3429/4**
La fiancée apache
**3663/6 Inédit**

**ROBARDS Karen**

Désirs fous
**2928/5**
La lune voilée
**2979/5**
Mississippi belle
**3070/4**
Le brigand aux yeux d'or
**3142/5**
Promise au bûcher
**3221/5**
Esclave de personne
**3327/5**
Les sortilèges de Ceylan
**3466/5**

**ROGERS Rosemary**

Amour tendre, amour sauvage
**952/4**
Le grand amour de Virginia
**1457/4**

**Pour se venger de son mari, qu'elle soupçonne de lui être infidèle, Virginia s'embarque à Cuba avec un don Juan notoire. Au cours d'une escale dans un petit port, un tremblement de terre va bouleverser sa vie.**

Le métis
**2392/5**
Esclave du désir
**2463/5**
Le désir et la haine
**2577/7**

**RYAN Nan**

Esclave de soie
**2929/5**
Le prince aztèque
**3071/5**

**Meagan s'éprend de Tonatiuh, son ami d'enfance, et découvre entre ses bras le feu de la passion. Mais Tonatiuh a du sang aztèque et tout les sépare.**

La légende de l'amour
**3247/5**
Le ravisseur indien
**3574/6**
L'amour pour mission
**3846/5 Inédit**

**A la recherche de son frère disparu, Kay arrive à San Francisco en 1883. Elle découvre bientôt avec horreur que la maîtresse de ce dernier travaille dans un saloon comme... danseuse nue !**

**SMALL Béatrice**

La captive d'Istanbul
**3613/6**
Chassé croisé
**3776/7**

**Des brumes d'Ecosse aux rives d'Istanbul, quatre hommes se disputent le cœur et le corps de la belle Cat.**

**SMITH Bobbie**

Capture mon cœur
**3922/7 Inédit (Mai 95)**

**SPENCER LaVyrle**

N'aimer qu'une fois
**3906/6 Inédit (Avril 95)**

**STUART Anne**

Désirs masqués
**3845/5 Inédit**

**SUTCLIFFE Katherine**

Un défi amoureux
**3592/4**

**TRENT Lynda**

Coup de patte
**3509/6**
Jumelles et rivales
**3724/6**

**WEYRICH Becky Lee**

Le vent brûlant de Bombay
**3036/5**
Le chardon et la rose
**3110/6**
La proie du pirate
**3158/5**
Lune gitane
**3202/5**
Le bal masqué de Géorgie
**3303/5**
L'esclave de l'empereur
**3905/5 Inédit (Avril 95)**

**Au temps de la Rome antique, sous le règne de Néron, les aventures torrides de Tilia, une jeune et belle esclave chrétienne que convoite l'empereur. Mais son cœur bat pour un gladiateur.**

**WIGGS Susan**

Le renégat
**3944/6 Inédit (Juin 95)**

**En Irlande, au XVII^e siècle, la belle Caitlin MacBride a pris la tête du Fianna, un mouvement de résistance à l'occupant anglais. C'est alors qu'arrive John Wesley, chargé par Cromwell d'infiltrer les rangs des partisans irlandais et de démanteler le Fianna...**

**WOODIWISS Kathleen**

Quand l'ouragan s'apaise
**772/4**
Le loup et la colombe
**820/4**
Shanna
**1983/5**
L'inconnue du Mississippi
**2509/3**
Cendres dans le vent
**2421/7**
Qui es-tu, belle captive ?
**2998/6**

# Amour et Destin

Les romans de la collection Amour et Destin présentent des femmes exceptionnelles, qui découvrent dans l'amour le sens de leur vie. Elles iront jusqu'au bout de leur quête, quel qu'en soit le prix.

Héroïnes modernes, elles ont décidé de prendre en main leur destin et de l'assumer, dans un monde trop souvent hostile.

Dans cette collection, des femmes courageuses et intransigeantes affrontent la réalité, tout en sachant que l'amour, seul, pourra leur apporter l'épanouissement dont elles rêvent.

**BENNETT ELIZABETH**
Le balancier du cœur
**3598/6**
**Jolie, douée mais obèse et malheureuse, Janie quitte un jour la Nouvelle-Angleterre pour devenir directrice artistique dans une agence de publicité new-yorkaise. Elle y gagnera son indépendance, perdra les kilos qui la gênaient et surtout découvrira, après quelques errances, le véritable amour.**

**BENZONI JULIETTE**
*Le Gerfaut*
– Le Gerfaut
**2206/6**
– Un collier pour le diable
**2207/6**
– Le trésor
**2208/5**
– Haute-Savane
**2209/5**

**BINGHAM CHARLOTTE**
Ombre et lumière
**3493/7 Inédit**

**BLAKE JENNIFER**
Les secrets du passé
**3323/6**
**Dans le décor luxuriant de La Nouvelle-Orléans, les passions se déchaînent autour de Riva, prisonnière d'un mystérieux passé.**

Délices et fureurs
**3525/6**
Le parfum de la passion
**3759/6**

**BRISKIN JACQUELINE**
C'est écrit dans le ciel
**3139/7**
**Au sommet de sa gloire, Alyssia del Mar, star secrète et fascinante, convoque les Cordiner. Elle a fait autrefois partie de cette famille de magnats du cinéma. Ils l'ont humiliée et elle a décidé de se venger...**

Cœurs trahis
**3431/7**

**BROWN SANDRA**
French Silk
**3472/7**
Des secrets bien gardés
**3617/6**
Substitution ?
**3666/6 Inédit**
*Texas !*
– Le destin de Lucky
**3282/3**
– Le destin de Rocky
**3432/3**
– Le destin de Sally
**3563/3**
Le souffle du scandale
**3727/7**
**En quelques heures, trois voyous sans scrupules font basculer la vie de Jade dans l'horreur. Désormais, elle n'aura plus qu'un but : se venger. Dillon parviendra-t-il à lui redonner le goût du bonheur ?**

**CLARKE BRENDA**
Au-delà du monde
**3618/5**
**Qui était cet homme auprès de qui elle a vécu durant vingt-cinq ans ? Rowland l'a-t-il vraiment aimée ?**

**COOKSON CATHERINE**
Le bonheur secret d'Emma
**3343/5**
**Dès son plus jeune âge, Emma a compris qu'un seul homme compterait pour elle : le pasteur Henri Grainger.**

Les tourments d'Annabella
**3487/7**

**DAILEY JANET**
*Voir aussi page 34*
Le mal-aimé
**1900/4**
Prisonniers du bonheur
**2101/4**
Le triomphe de l'amour
**2430/5**

**DEJONG LINDA RENÉE**
Illusions brisées
**3395/6**

**DELINSKY BARBARA**
Une femme trahie
**3396/7**
**Lorsque Jeff, son mari, disparaît brusquement, Laura se trouve confrontée à une situation financière catastrophique. Avec horreur, elle comprend alors qu'elle vivait auprès d'un inconnu.**

La quête de Chelsea Kane
**3450/6**
Empreintes
**3576/6**
Un moment d'égarement
**3728/7**

# Amour et Destin

**DEVERAUX Jude**
Entre ses mains
**3544/6 Inédit**
La patience récompensée
**3843/2 Inédit**
Plus jamais sans toi
**3942/3 Inédit (Juin 95)**

**FIELDING Joy**
Les amours déchirées
**3545/5**

**GOLDREICH Gloria**
Rencontre
**3471/5**

**HOAG Tami**
L'homme des marais
**3706/5 Inédit**

**JAGGER Brenda**
L'amour revient toujours
**3390/5**

**KRENTZ Jayne Ann**
Le petit-fils prodigue
**3707/5 Inédit**
Un mariage blanc
**3797/5 Inédit**
Talents cachés
**3943/6 Inédit (Juin 95)**
Qui aurait pu croire à une telle rencontre ? Serenity est épicière, spécialisée dans les produits bio. Calec, un jeune loup de la finance. Pourtant, Serenity va découvrir les drames secrets de cet homme, mais aussi ses talents cachés. Seul, le grand amour peut unir ces êtres que tout semble séparer.

**LAIMAN Leah**
La richesse du cœur
**3887/4 Inédit (Mars 95)**
Héritier des usines automobiles D'Uberville Motors, Andrew est fiancé à Bethany Havenhurst : un mariage de raison plus que d'amour. Mais un soir d'été, au bord du lac de Millpond où doit être édifiée une nouvelle usine, il rencontre Samantha Miles, mécanicienne et simple employée de l'entreprise...

**LAROSA Linda**
Princesse Alexandra
**3358/7**
Par un beau matin d'été de 1868, une jeune femme s'enfuit du domicile conjugal, en Autriche, et se réfugie à Paris, sous une fausse identité. C'est Alexandra, cousine de l'empereur François-Joseph...

**MACOMBER Debbie**
L'amour par petite annonce
**3865/5 Inédit (Février 95)**
Débordé par ses trois neveux orphelins, dont il a désormais la charge, Travis, célibataire endurci, se résoud à passer une annonce matrimoniale. Parmi toutes les réponses qu'il reçoit, une lettre retient son attention : celle de la timide et solitaire Mary. Mais peut-on trouver l'amour par petites annonces ?

**MANSELL Jill**
Malentendus
**3685/6 Inédit**
Pour la magie d'un baiser
**3779/6**
Trois femmes en quête du bonheur...
Troublante différence
**3904/7 Inédit (Avril 95)**
Las de ses liaisons successives avec des top models au corps parfait et au cœur vide, le photographe Guy Cassidy s'interroge sur sa vie et sur les femmes. Surtout lorsqu'il rencontre les sœurs Vaughan, qui se ressemblent de façon troublante et qui sont pourtant si différentes...

**MAREZ Marnie De**
L'épouse indésirable
**3686/5 Inédit**

**McNAUGHT Judith**
L'homme qui haïssait les femmes
**3665/4 Inédit**
Où tu iras, j'irai
**3760/6**
Lorsqu'un inconnu vous demande de tout abandonner pour le suivre à Porto Rico, on a certes le droit d'hésiter. Mais alors, on court le risque de tout perdre...

**PEARSON Michael**
Une femme d'argent
**3359/5**
De New York à Londres, en ce début de siècle, l'irrésistible ascension de Victoria dans le monde de la haute finance.

**PLAIN Belva**
Les trésors de la vie
**3524/7**

**QUIN-HARKIN Janet**
Grâce au ciel
**3812/5**

**RENICK Jeane**
Fais-moi confiance
**3597/6**
L'enfant de la dernière chance
**3742/6**
Un bébé ! Cette idée obsède Marielle, à qui la nature ne laisse plus beaucoup de temps. Après mille péripéties, elle aura enfin ce qu'elle veut, et le bonheur en prime.
Le regard de Leanna
**3844/6 Inédit**

3239

Achevé d'imprimer en Europe (France)
par Brodard et Taupin à La Flèche (Sarthe)
le 3 avril 1995. 1610 L-5
Dépôt légal avril 1995. ISBN 2-277-23239-4
1er dépôt légal dans la collection : mai 1992
Éditions J'ai lu
27, rue Cassette, 75006 Paris
*Diffusion France et étranger : Flammarion*